Under
the Tuscan Sun

托斯卡纳艳阳下

〔美〕弗朗西丝·梅斯 著
邱艺鸿 译

南海出版公司

新经典文化股份有限公司
www.readinglife.com
出　品

献给安·康内利森

目录

写在前面的话

“你们在那儿种了些什么？”家具店的员工扛着一把扶手椅，穿过我家门前的走道。他眼睛很尖，一下子就看到了山坡上的那片地。

“橄榄和葡萄。”我答道。

“这个我当然知道。除了橄榄和葡萄，还种什么别的了吗？”

“一些花草。我们春天不住这里，错过了时节。”

他把椅子搁在湿漉漉的草地上，仔细打量着梯田里那一棵棵修剪整齐的橄榄树。最近，我们正在犁地和翻土，打算重建昔日的葡萄园。“种马铃薯吧，”他建议道，“非常省心。”他指着第三块梯田，“就种那儿，那儿阳光充足，是种马铃薯的好地方，红马铃薯，黄马铃薯，可以做肉馅汤圆的马铃薯。”

就这样，我们在入主此屋的第五个夏天，可以到田里挖马铃薯做晚餐了。马铃薯很好挖，跟捡复活节的彩蛋一样，毫不费劲。一个一个，干干净净，叫人好生惊讶。只要用水冲洗一下就亮光光的。

过去四年里，我们将托斯卡纳的废宅修缮一新，耕种了四周的田地，像收获马铃薯一样收获了一切。我们向弗朗西斯科·法尔科取经。七十五岁高龄的弗朗西斯科一生大部分时光都在和葡萄打交道——怎样把老葡萄树的卷须埋进土里，让它生根，长出新芽。如今，我们的葡萄架上已是果实累累。作为有幸安家于此的外国人，我们什么都想尝试。旧貌换新颜的大部分工作，都是我们亲手完成的。我的祖父要是目睹了这里的成就，准会说傻人有傻福。

一九九〇年，我们在这里度过了第一个夏天。我买了一个特大号的本子，佛罗伦萨纸的封皮，蓝色真皮的镶边。我在扉页上写下了“ITALY”（意大利）。这样的本子，照理应当书写不朽的诗篇，可我留在纸页上的却是这样的东西：野花的名字、琐屑的计划、意大利语生词、庞贝城的瓦片素描，还有树木的形状、鸟儿的啼鸣，甚至诸如此类的种植建议：“在月亮穿过天秤座的时候，种向日葵……”其实对于建议中的具体时间，我根本不知所云。此外，我遇见的人、经历的事以及烹调过的佳肴，也都悉数留在了本子里。这个本子就是一个地地道道的记事本，详细记录着我生活于此处最初四年的点点滴滴，如今里面还夹着各种菜单、油画明信片、修道院平面图、意大利诗歌和花园草图。这个本子不同寻常的厚，就是再写几个夏天都没问题。现在，它已经化身为《托斯卡纳艳阳下》这本书，真实再现了我在意大利的快乐时光和自然流露的种种感情。无论是修缮房屋，变布满荆棘的土地为橄榄林和葡萄园，还是探索托斯卡纳和翁布里亚的古文化遗址，甚或在异国厨房烹调美味，领悟饮食文化的奥妙，都让我深切感受到另一种生活方式的乐趣。把葡萄卷须埋在土里，它就会生根发芽，同样的道理，不时改变一下生活方式，思想便会深邃很多。

每年六月初，我们都得下地除草。等到七月酷暑来临，地里就不会因天干草枯引发火灾。窗外，三个工人正推着割草机除草。轰轰的机器声如同一大窝黄蜂的嗡鸣。明天，多米尼克会过来帮忙翻土，将今天的碎草送还给土壤。他会开着拖拉机，沿着很久以前公牛耕过的环形痕迹，反复来回。尽管有割草机和翻土工的帮忙，减少了不少田间工作，但我仍觉得自己正参与着古代夏天的耕种仪式。意大利有着数千年的历史积淀，我站在历史最顶层的一小块土地上，望着山坡上星星点点的橘黄色百合，心情格外愉悦。就在看得入神的时候，一位过路老者走到我面前，驻足问我是否住在此地。他告诉我，这块土地他非常熟悉。随后他打住话头，目光在石墙两侧逡巡，接着轻声说，他哥哥就是在那儿被枪决的，被怀疑是游击队员，死时才十七岁。他不住地点头，我心里清楚，老人看到的，既不是我的玫瑰园，也不是我那用鼠尾草和熏衣草围成的篱笆。他走的时候抛了一个飞吻给我，“Bella casa, signora.”（太太，多美的家啊。）昨天，我在一株橄榄树下，发现了一片蓝色矢车菊，或许老人的哥哥就是在那儿倒下的。这些花是打哪儿来的呢？莫非是画眉鸟自空中遗落的种子？明年今日，它们会拓展领地，开遍整片田地吗？古老的地方总是时空交错，而我将在其中的某一点上开始新的一页。

我打开这个蓝色的本子，记下这里的一草一木，自己的发现所得、足迹所至，以及日常生活的琐屑小事。对我来说，这本身就是赏心悦事。依稀记得，几百年前的一首中国诗歌曾表达过：用文字再现经历，无异于生活了两次。追根究底，寻求变化的动机十有八九与渴望拓宽心灵居所有关。《托斯卡纳艳阳下》正是我心灵居所的写照。我希望，读者能像前来探访我们的朋友，学我在厚厚的大理石灶台上和面打蛋；和我一样被菩提树上的杜鹃叫醒，走进田间小径，对着葡萄架歌唱，采摘一罐又一罐李子；或者随我一道驱车去看那些有着圆形塔和天竺葵的山城；像我一样想亲眼目睹橄榄枝头初结橄榄的模样。前来度假的客人常常沉溺于这种愉悦。感受到凉风拂过滚烫的大理石雕像了吗？我们可以像两个老农一样，坐在壁炉旁，吃着厚厚的牛油吐司，喝着新酿的奇扬第葡萄酒。我会带你去亚伯泰德，欣赏挂满一屋又一屋的文艺复兴时期的圣母画像，之后沿着尘土飞扬的古道返回家中，用大蒜和鼠尾草煎鳝鱼给你果腹。无花果树下，两只猫咪蜷缩着身子，我们也觉得那里非常阴凉。我数过，鸽子每分钟会咕咕叫六十声。我家山顶上的伊特鲁里亚石壁的历史，可以追溯到公元前八世纪。我们可以慢慢聊天。

有的是时间。

一九九五年于科尔托纳

渴望阳光

我看中了国外的一幢房子，它有一个美丽的名字：巴玛苏罗。房子又高又大，四四方方，杏黄色的外墙，略有褪色的绿色百叶窗，古色古香的瓦质屋檐，二楼还有一个安装了铁栏杆的露台。我暗忖，过去的女眷说不定就坐在那里，轻摇着扇子，欣赏下面的风景。可如今楼下长满茂密的欧石南、枝蔓杂乱的野蔷薇和高至人膝的杂草。露台面朝东南，顺着眼前的深谷望去，远处是绵延至托斯卡纳的亚平宁山脉。每逢下雨或光线交替之时，房子的正面就会相应变成金黄色、黄褐色和暗红色；原来的红色墙壁渐渐模糊成玫瑰色，像一盒忘了收拾的颜料，在日光下慢慢融化。有几处石灰墙皮脱落了，露出粗糙的石头，墙壁原本的样子隐约可见。房子坐落在一处满是果树和橄榄树的山坡上，一条白色鹅卵石路蜿蜒而过。巴玛苏罗，是由巴玛（bramara，渴望）和苏罗（sole，太阳）两个词构成：渴望阳光。没错，这正是我的内心写照：渴望阳光。

家人一致反对我的购房计划。母亲觉得这想法荒唐之极，她故意将“荒唐”二字说得震天响。姐姐虽然很兴奋，却也忧心忡忡，好像我是个十八岁的少女，打算盗用家中的汽车，跟哪个水手私奔似的。

我又何尝不是疑虑重重。尽管已经坐在意大利公证人办公室外的椅子上了，心里却一点底都没有。我每一挪动身子，椅子上的马毛就会穿过白色薄棉裙，刺我一下。只有在紧张之极的等候中，人才会留心到这种细微的感觉。我瞟了一眼埃迪，想看看他在收据背面写些什么：帕尔玛干酪、意式香肠、咖啡、面包。这个人怎么敢在收据这样的重要物品上乱涂乱画？终于，一位女士打开办公室门，冲着我们叽里呱啦地说了一大通意大利语，语速堪比急流。

意大利的公证人和美国的公证人有着云泥之别。在意大利，公证人只是处理地产事务的法定代表人。我们委托的公证人曼图丝女士是西西里人，她个子不高，作风雷厉，鼻梁上架了一副厚厚的浅色眼镜，衬得绿色大眼跟风铃似的。她大声地念着冗长的法律条款，语速比我遇见的任何人都要快。我一直认为意大利语是世界上最悦耳动听的语言，没想到从她口中说出来，如同岩石滚落陡坡。埃迪目不转睛地盯着她看，我知道他是被这位女士的声音震呆了。房主卡特医生看到我们真的有意购买，似乎突然觉得自己的报价太低了。他肯定是这么认为的，而我们其实知道他出的价格高得离谱。事实上，我猜中了他的心思。那个西西里女公证人，一口气都没停，没有人能够打断她的话头，但是楼下小酒吧的老板吉塞普是个例外。他突然推开公证室暗色的门，举着托盘，满脸惊讶地望着里面面面相觑的美国客人。他给曼图丝女士端来上午的浓咖啡，她拿起咖啡，一饮而尽。房主想报两个价，合同上的价格低一些，而实际成交价要稍高。“理当如此，”他再三坚持道，“哪个人会这么傻，把真正的成交价公之于众。”他建议我们在公证处开一张支票，私底下则把款项分成十张面额较小的支票给他。

闻言，我们的中介马提尼先生耸了耸肩头。

我们雇来负责翻译的地产代理商，英国人伊恩，也耸了耸肩头。

最后，卡特医生只好无奈地说："你们这些美国人，真是太死板了。好了，拜托你们别将支票日期写为同一天的，隔一星期一张，这样银行才不会察觉这笔大数目。"

难道他说的银行就是我去过的那一家？那个眼睛又黑又大的出纳，总是无精打采，一边抽烟一边打电话，十五分钟才能处理完一宗业务。女公证人的话音停了，她理了理文件，塞进一个文件夹，起身送客。等钱和文件备妥之后，我们还得再度造访。

推开旅馆房间的窗户向外望去，意大利科尔托纳风格的古老屋顶一览无余，远处青黛色的基亚纳山谷迤逦。一阵狂野的热风吹过，使得正常人都不由得疯狂起来，而此时的我，正处于疯狂之中。我难以入睡。在美国也捣腾过几套房子，每次我都是把母亲的斯波德瓷器、一只小猫和部分盆栽往车上一扔，驱车五或五千英里，来到一个新的地方，掏出新钥匙打开新房门，便大功告成。当然，在你脑袋上方的屋顶就要更换的时候，难免心事重重，思前想后。毕竟，卖房子意味着必须丢弃一连串回忆，而买房子则是在选择未来的容身之所。没有一个住所是中立的，它势必对你产生影响。除此，还有那么多法律手续和种种突发事件等着应对。这一切都让身在旅馆的我，眼前一片黑暗，无所适从。

意大利一向是我心灵的指针。在我们租住托斯卡纳农舍的四个夏天里，买房的念头就在脑海中盘旋不去。初访意大利时，我、埃迪和另外两个朋友合租了一处农舍，自入住的第一晚起，我们就开始盘算四个人的积蓄凑在一起，能不能买下那幢站在阳台上望见的破败石砌农场。埃迪立刻迷上了意大利的乡村生活。他整天在附近的田里转悠，看邻居们干活。安托里斯人擅种烟草，这种植物虽然可恶却很漂亮。

我们听得到田里的农人警告同伴的喊声："毒蛇！"傍晚，蓝紫色的暮霭从暗黑的树丛间缓缓升起。从阳台上望去，对面那个农场井然有序，静谧安宁。

我们的同伴离开意大利后就再也没有旧地重游。而我和埃迪在接下来的三个夏日里，却开始了锲而不舍的寻房之旅，一心想找到一栋中意的房子。不经意间，我们去过很多地方，绿色纯质橄榄油的产地、村庄深处漂亮的罗马教堂；我们还曾在葡萄园后的小路上悠闲散步，品尝口感最温和的布鲁内罗红酒和色泽最深的诺比利红酒。不过，找房子一直都是生活的重心。每个星期我们都会逛一次市场，不只是买野餐的桃子，还会观察、对比不同摊位上的货物质量和种类，想象若是日后有客人在家里开生日晚会、度假和过周末，该买什么当早餐。逛罢坐在广场上或小酒吧里，悠闲地喝着柠檬汁，一坐就是好几小时，静静感受着当地的生活气息。因为走了太多的碎石小路，我脚上起了不少水泡，回到旅馆后不得不把脚泡在浴缸里，然后涂抹药膏。由于总搬家，我们每次都抱着一大堆历史、旅游、花卉类书籍和小说进出租来的房子或旅馆。我们也常询问当地人爱上哪里用餐，然后按图索骥，因此用餐地点往往是旅游指南里没有的。我们俩都对山坡上的那些古堡废墟无比好奇，一有空就开着车，行驶在翁布里亚和托斯卡纳的石路上，漫无目的，快活而自在。我想，天堂中的生活也不过如此吧！

科尔托纳是我们到意大利的第一个落脚之处，也是屡次旧地重游之所。后来我们还在沃特拉、佛罗伦萨、蒙蒂西、里格纳诺、维其奥以及奎尔恰格罗萨等地租过房屋。这些房子都古怪而迷人。有一栋房子的厨房非常小，容不下两个人转身，但从房间里却可以看到亚诺河。另一栋的厨房既没有热水供应，也没有刀具，但房屋外形酷似中世纪的城堡，还能从屋里俯瞰外面的葡萄园。还有一栋房子存放了够四十人用餐的瓷餐具和数不清的玻璃杯和银器，可是冰箱却每天结霜，一到四点，冰箱门便自动弹开，露出里面如圆顶建筑似的冰霜。若遇到潮湿天气，手碰到厨房内的任何一样东西，都会感到刺痛。据说，契马布埃[①]就是在这里发现了牧羊少年乔托。另外一栋房子，床铺中央已下陷，蝙蝠从烟囱飞进屋里，在我们周围嗡嗡地盘旋；房梁上的小虫不时地将木屑撒到枕头上。不过它的壁炉堪称庞大，甚至可以坐到里面烤黑胡椒小牛排吃。

为了看房子，我们有时会在尘土飞扬的小道驱车数百英里，看到的却是洪水多发区台伯河附近或矿区附近的房子。锡耶纳的房产中介曾乐观地保证：二十年后这个地方一定非常漂亮，因为法律规定，凡开采过的地方必须重新绿化。我们还见过一栋气势雄伟的中世纪房屋，不过价格高得令人不敢问津。有一次，在一家酒吧，我们邂逅了一位牙齿参差不齐的农民，他极力推荐自己小时候住过的房子。我们过去一看，不禁哑然失笑，原来是间连窗户都没有的石头鸡舍，鸡舍旁的房前拴了好几条狗，狂吠不已，若不是被绳子拴着，早就扑了过来。后来我们在蒙蒂西看中了一个农场，可农场主人，一位伯爵夫人，陪我们看了几天房子之后，突然改变主意，说要等接到上帝的旨意之后才出售房子。我们恐怕等不了那么久，只好悻悻离开。

每次回忆起这些地方，不知怎的，我总有一种距离感，对于科尔托纳，也是如此。但埃迪不会。他每天下午都去广场转悠，看着一对对小夫妻推着婴儿车在街上行走。他们每走几步就得停下来，因为路上的每个人都会围着童车，探看婴儿的模样，啧啧地称赞不已。埃迪不无羡慕地对我说："如果有来世，我想做个意大利宝宝。"广场周围

①契马布埃（1240－1302），意大利佛罗伦萨最早的画家之一，乔托·杜乔受其直接影响，被称为"文艺复兴绘画的原动因"。

一幕幕的生活场景也令埃迪流连忘返：一个肌肤黝黑的男子闷热难耐，卷起了袖子，懒洋洋地用手撑着下巴，露出手臂上的强健肌肉；附近的楼房窗口，飘出维瓦尔第的长笛乐曲；卖花人在石砌花店里摆满缤纷的鲜花；一个看上去没长脖子的男子，正从货车上卸小羊羔，他把羊羔像面粉袋似的扛在肩头，小羊鼓着眼睛，打量着世界……每隔几分钟，埃迪就要抬头看一眼广场上那座不知工作了多少个年头的大钟。最后，他慢慢地走回住所，默默地记住脚下每一块街石。

每天凌晨，在旅馆庭院的对面，有个阿拉伯人都要做祷告——这恰好是我准备入睡的时候。他的祷告声，像人们用盐水漱口时发出的声音，一连好几个小时，毫不间断。有时，我真想探头冲他大吼一声："住嘴！"可有时又忍俊不禁。我站在窗口，看见他面带微笑，冲我点头示意。耳边的祷告声，不由让我想起儿时在美国南方，烟草拍卖商在闷热的仓库里拍卖烟草的声音。如今我离家七千多英里，打算把半辈子积蓄一股脑儿投到一个心血来潮的念头当中。是心血来潮，还是像一个刚刚坠入爱河的人，虽然忽喜忽悲，心情起伏，却笃定不渝？我这是怎么了？

每走出凉爽的旅馆到阳光慷慨的镇上溜达一次，对这个地方的喜爱也就多了一分。"运动酒吧"的室外餐桌，正好面对西纽雷利①广场。每天清晨，总有些农民在那座十九世纪的剧院台阶上卖农产品。我们一边喝着咖啡，一边看他们高举着生锈的手秤称番茄。除了这座剧院，广场四周还有保存完好的中世纪或文艺复兴时期的宏伟建筑。人们可以随时起身走进剧院，说不定正好碰上上演《茶花女》呢。每天，我

①卢卡·西纽雷利（1450－1523），意大利画家，以画人体的技巧而闻名。

们都会走访拥有中世纪拱顶石门的伊特鲁里亚古城墙，穿梭于只有一辆菲亚特汽车那么宽的石板路，道路两旁布满文艺复兴时期或更古老的建筑；此外我们还流连于那条狭长的小巷和充满神秘气息的人行道。十四世纪砖砌的“逝者之门”仍依稀可见。据说，正门旁边的幽灵之门，是专为瘟疫中的死者而设的。当时的人们担心从正门抬出瘟疫死者，会招来厄运。我还注意到，这里的老百姓常把自家的钥匙留在门锁上。

旅游指南常用“阴冷”和“严肃”这类词形容科尔托纳，显然有失正确。科尔托纳的城墙、地势独特的山顶，以及笔直高大的石头建筑，突显出气宇轩昂的气势。走在广场上，就连房屋的投影在我眼里都那么棱角分明，如一个个规则的几何图形。不知不觉间，我也想昂首挺立。笔直矗立的建筑感染着每个人。这里的居民步履从容，身姿优美，用“挺拔”二字形容毫不为过。走在路上我时时惊叹：“快看，那女子真漂亮啊！”“看哪，那个男子多有风度！”“瞧，那简直就是拉斐尔画中的人物！”临近傍晚，我们又坐进酒吧喝咖啡。只是这一次，面对的是另一个广场。一个六十来岁的妇人，带着女儿和十几岁的外孙女从我们身边走过。三个人手挽手，不急不缓，阳光洒在脸庞上，令她们神采奕奕。阳光怎么能拥有这样的魔力，我大惑不解。难道是田里的金色向日葵将阳光反射到了她们脸上？眼前的三个女子如此平和、尊贵、赏心悦目，应该把她们的脸铸在钱币上才对。

就在我们啜饮咖啡的时候，美元却在急速贬值。每天清晨在广场上喝完咖啡后，我们都会跑去银行察看当天的汇率。如果你只是一名游客，打算在离境之前用剩余的旅行支票去皮革市场淘点东西，那么汇率的浮动与你无甚关系。可如果你正打算购买一座占地五英亩的农场，美元每下跌一里拉都会造成巨大的损失。我们的食欲也急剧下降，每下跌一百里拉，我们就忍不住计算一遍，把那个农场买到手，又需多花多少钱。我还极不理性地在内心换算，用这笔钱能买多少双鞋子。以往我在意大利的主要开销都用在鞋子上，这是颇为难以启齿的恶习。我曾带着九双新鞋凯旋而归：红色蛇皮平底鞋、凉鞋、海军鹿皮靴和几双鞋跟高度不同的黑色便鞋。

对于海外大宗汇款，不同银行收取的手续费不同。我们想多了解几家看看。在意大利兑现一张支票竟然费时数周，看来银行要赚取大笔利息了呢。最后，我们知道了其中的窍门。卡特医生急于成交，给距此地半小时车程的阿雷佐一家银行打了电话——他父亲和岳父都是这家银行的老主顾。过后他致电我们，“快过来，这儿不收手续费，而且按当日汇率牌价兑换。”

对卡特医生的精明，我们毫不吃惊：谈价的时候，他表现得似乎对金钱毫无兴趣，却开了一个高价，并且分文不让。据他说，这栋房子是他一年前从佩鲁贾的五个老姐妹手中买来的，想给家人当避暑别墅，但后来他们夫妇又继承了一处海滨房产，于是决定卖掉它。真是这样吗？还是他从几个九十多岁的老人手中低价买进，转手高价卖出之后再去买海滨别墅？我不得不佩服他的精明能干。

兴许是怕我们中途反悔，卡特医生打电话约我们在那栋房子里见面。他开着一辆阿尔法164，浑身上下意大利名牌阿玛尼，一见到我们就说：“还有一样东西值得一看，跟我来，我领你们去。”这句开场白就像是接过刚才未完的话头似的。他领我们走了几百英尺后，转向一条石头小径。小径两侧开满香气袭人的金雀花。奇怪的是，它竟然通往山上，沿着山脊蜿蜒爬升。没走多久，我们来到一个小山谷中，站在这里，二百度角之内的景色尽收眼底。向下望去，可以看到一条柏树林荫大道和一块块葡萄园、橄榄园。远处，一抹蓝色，那是特拉斯蒙诺湖；右侧，科尔托纳的红色屋顶在蓝天的映衬下，光彩夺目。

卡特医生转身看着我们，一脸得意。石头小径至此突然宽了许多。“这条路是罗马人修的，直通科尔托纳。”太阳炙热地烤着我们，他却兴致大发，滔滔不绝地介绍起山顶的大教堂。他指给我们这条古道接下来的方向，还说它会直接穿过巴玛苏罗。

回到巴玛苏罗后，卡特医生打开屋外的一个水龙头，洗了把脸。“在这里，所享用到的矿泉水完全属于你们自己，对肝脏益处良多。”他这个人忽而友善热情，忽而高高在上。这或许是因为我们双方对钱的问题都太过直接，或许是他认为我们这些奉公守法的美国佬，对待交易过于天真。他仍站在水龙头下，双手捧成杯状接水俯身去喝，压根不管考究的亚麻衣服在肩头皱成一团。“这么多水，够填满一个游泳池。”他接着说，“游泳池最好建在看得见湖的地方，从那里正好俯瞰汉尼拔打败罗马人的战场。”

山坡上那条覆满野花的罗马古道，让我们心神往之。以后的下午，我们可以沿着这条小径进城喝咖啡。随后，他又领我们看了一个古老的蓄水池。在托斯卡纳，水珍贵无比，通常是一滴一滴积聚起来的。站在蓄水池口拿手电筒探照，可以看到拱形石道，显然那是一条地下通道。我们曾在山上梅第奇古堡的蓄水池中，看到类似的拱道。当时要塞管理人员告诉我们，那是一条供撤退的秘密通道，从山上通至山谷，直达特拉斯蒙诺湖。在意大利人眼里，这些古迹似乎稀松平常。私人居然能够拥有历史遗迹，在我看来难以置信。

我初见巴玛苏罗的时候，就想立即把夏装挂进衣柜，将书籍摆在那扇面朝山谷的窗下。在马提尼先生位于下城区那间狭小昏暗的办公室里，我们和马提尼先生共处四天。办公桌上方挂着他的一幅戎装照，我猜是墨索里尼时期照的。我们说话的时候，他听得很认真，似乎我们操一口流利的意大利语。等描述清楚理想的房屋，马提尼先生站起身来，戴上软呢帽，只说了一个字："Andiamo."（走。）尽管脚刚动过手术，他还是开车带我们在荆棘丛中左冲右突，穿行于根本不是路的路上，去看只有他才能找得到的房子。有的房子屋顶都坍塌了，离城好几英里，却价格不菲。其中一栋带有一个十字军建的塔台，可是女主人一见我们有意购之，竟然号啕大哭，当场把价格抬高了一倍。还有一栋紧挨着一间小鸡跑进跑出的农舍，院里堆满了生锈的农具，几头猪大摇大摆地来回走动，另有几头坐在小路上休息，可能是热得透不过气来了吧。另外一栋房子，需要请人开道方可接近，它藏身于黑莓丛和荆棘之后。我们只能透过窗户，瞅瞅里面的模样，因为门槛上盘着一条黑蛇，一直不肯离开。

我和埃迪送花给马提尼先生表示感谢，向他辞行。看到我们要走了，他满脸歉意。

第二天中午，我们喝完咖啡在广场上与他不期而遇。他说："我刚碰到了一个从阿雷佐来的医生，他有房屋出售。"他特地强调道："一栋十分漂亮的房子。从那里步行就可以到科尔托纳。"

"多少钱？"我们单刀直入，虽然知道他不喜欢别人直接询问价格。他只说了句"先看看再说"，就开车带我们出了科尔托纳，朝一条山道驶去。车子在白色的鹅卵石路上颠簸了好几英里，来到一条长长的斜坡车道前。我第一眼望见的是一个神龛，接着就是一栋三层房屋。房门的上方有一个扇形铁窗，两侧各种一棵高大而极富异国情调的棕榈树。在清新的阳光下，房子熠熠生辉，散发着柠檬黄、胭脂红和土黄色的光芒。我和埃迪屏息凝视，缓缓下车。寻觅了如此之久，终于找到了它，而它似乎也一直静候我们的到来。

"好极了，就是它！"我穿过杂草走向它时，开玩笑似的说。马提尼先生并不急于推销，只是跟以往一样陪在我们身边。生了锈的阳台铁栅栏上爬满了野玫瑰。双层房门的第一层轻轻一推便吱嘎作响，像是拥有生命。墙壁非常结实，其厚度如我一条手臂的长度，渗透着丝丝凉意。窗玻璃上光影闪烁。我用鞋跟抹去地上厚厚的尘土，看得出地板依旧光滑，完好无损。每到一个房间，埃迪都要把玻璃窗打开，再拉起百叶窗，美景逐一呈现：成排的苍松，连绵的青山，远处的别墅，幽深的山谷，真是令人陶醉。这套房子竟然还有两个浴室能用，虽然不够漂亮，但毕竟是浴室呀！而之前看过的许多房子甚至没有地板，带供水系统的更是少之又少。这栋房子已有三十年没人居住，看上去就像被施了魔法的花园，长满了茂盛的黑莓和藤蔓。我看得出马提尼先生正用乡下人的实用眼光审视地面。常春藤缠绕着树木，顺势爬向阳台。“Molto lavoro.”（要费很多工夫呀。）这就是他的所有评论。

这几年里，我们看了不少房子，有的是无意邂逅，有的需费尽心力才一睹芳容，像巴玛苏罗这样令人一见倾心的房子，却绝无仅有。可第二天当我们知道它的价钱后，不得不与它怅然作别，打道回府。

以后的几个月里，我常念叨巴玛苏罗的名字。我在镜前挂了一张它的照片，常常在它的花园和屋中神游。这幢房子似乎有所隐喻，但又那么真实，而地处异国，更令人平添了几分遐想。我呢，结束了一段从未料想到会结束的漫长婚姻，又开始了一段新感情，所以这栋房子将与全新的我休戚与共。我慢慢地走出了离婚的阴影，回首检视，发觉陪伴左右的不过这些：一个成年的女儿、一份大学教师专职（历经数年的兼职工作方才修得正果）、一笔数额不大不小的有价证券和一个有待创造的未来。离婚比死亡还令人难受，但我惊奇发现，多年来处于亲密家庭生活中的我此刻反而找回了自己。我迫切地想在另一个文化中审视自我，从而超越自我。我需要一些具体可感的东西，用它填补抛弃过去生活后留下的内心空白。恰好，埃迪与我一样，对意大利情有独钟，又与我一样是大学老师，每年享有三个月的暑假。有了这三个月，我们就有了探索、研究和写作的充裕时间。轮到埃迪开车时，他总把车子驶入那些迷人的羊肠小道。意大利的语言、历史、艺术和地理无穷无尽，要想充分了解它们，就是活两辈子也不够。是的，对于身处异乡的我也是如此。巴玛苏罗有它既有的作息规律和生活节奏，对我的新生活自然大有裨益。

熬到了春天，我给加州的一位女士打了通电话，她正要前往托斯卡纳推广地产生意。我让她替我查一下巴玛苏罗的情况，如果仍然待售，价格或许有所回落。一周以后，她同房主见面并从一家酒吧打来电话："巴玛苏罗的确还没出手，但根据意大利人的独特逻辑，房价不降反升了。"接着，她提醒道："美元又下跌了，再说，装修那房子相当费事。"

就这样，我们又回到意大利了。这一次，基于同样独特的逻辑，我下定决心要买下巴玛苏罗。毕竟，这笔交易唯一的缺憾就是价格。既然我和埃迪对周边环境、地理位置、房屋院落都很满意，如果只是这么一个小问题，我告诉自己：出手吧！

当然，那得花去 sacco di soldi（一大袋子的钱）。要将多年无人打理的房屋和土地恢复旧貌，肯定是个大工程。房屋裂痕斑斑，墙体发霉；一列石墙摇摇欲坠，墙皮脱落；一间浴室臭烘烘的，而另一间仅存一个硕大的金属浴盆和一只破裂的马桶。

为什么我维修旧金山家里的厨房时心情恶劣，而此时却兴致勃勃？在旧金山，就是想在墙上挂幅画，都得凿落一堆灰泥。每次通堵住的下水道时，我都气鼓鼓的：为什么垃圾不能像朝鲜蓟的花瓣那样悦目，为什么污泥像旧金山海湾里的淤泥一样，层出不穷。

话又说回来，巴玛苏罗的优点不容忽视：房屋本身气势威严，旁边有一条古罗马小道，山顶有若隐若现的伊特鲁里亚古城墙，（是伊特鲁里亚呢！）近有蒙蒂西要塞，远有阿米亚达山，还有一条地下通道，以及一片栽了一百一十七棵橄榄树、二十棵李子树和数不清的杏树、苹果树、梨树的山地。水井边的那几棵无花果树枝繁叶茂。房前台阶边还有一棵高大的榛树。此外，它还紧挨着我见过的最美丽的城镇。不买下这栋名为巴玛苏罗的美宅，岂非愚不可及？

可是，要是埃迪或我被运土豆的货车撞了，没法工作怎么办？我在脑海里历数我们俩可能患上的疾病。我姑姑四十二岁时心脏病发作不治而亡，祖母年老失明，该死的可恶的疾病！要是地震了，把我所在的学校震塌了怎么办？根据政府公布的名单，我教学的那栋人文大楼，是州内最有可能被中级地震震倒的建筑之一。要是证券市场的股票一路狂跌又该当如何？

凌晨三点，我从床上跃下，冲进浴室，用冷水洗了脸后，又在黑灯瞎火中向床铺摸索，一不小心脚趾撞到了铁床架上。一阵剧痛从脚趾直抵脊椎骨。“埃迪，快醒醒！我的脚趾受伤了。都这时候了，你怎么还睡得着？”

埃迪坐起身来，打开床头灯，满面笑容。“我正做梦在院子里拔草呢！有鼠尾草和蜜蜂草。鼠尾草的意大利语是‘salvia’。”他笃定不疑，购买巴玛苏罗是个了不起的主意，那才是人间天堂。

我的一片脚指甲被撞裂了，快掉下来，只剩一点点儿连在肉上，下面的肉呈可恶的紫色，或留或去都让人不舒服。我忍不住喊：“我想回家！”

埃迪用创可贴包我受伤的脚趾，问：“你是想回巴玛苏罗，对不对？”

卖房的款项已经从美国加州汇出却还没到意大利。怎么会这样？

我跑去银行咨询，钱一经汇出能否立刻到达汇入地。大多数银行职员冲我耸耸肩头作为回答。也许汇款被佛罗伦萨的总行滞留了。日子一天天过去，万般无奈之下，我给加州的经纪人史蒂夫打电话求助。因为当时酒吧正在转播足球比赛，我只能扯着嗓子大声喊。对方也喊着说："你应该去查查原因，钱早就汇出了。难道你不知道，打二战结束，你那里已经换了四十七任政府了？这笔钱原本买的可都是免税且成长性最高的基金呀。你的澳大利亚债券升值了百分之十七。行了，la dolce vita（祝你们生活甜蜜）！"

蚊子[1]和干燥的热风结伴攻击旅馆。我躺在床上辗转反侧，无法入睡，直到被咬得多处红肿才勉强睡着。午夜时分，我醒来，起床打开百叶窗，探头看着窗外，脑海里想着其他游客熟睡时的模样——满脚是走碎石路磨出的水泡，手里还紧握一本旅游指南。现在，要打退堂鼓还来得及。只要把行李往租来的菲亚特上一扔，说声 arrivederci（再会），便可扬长而去，到阿马尔菲海边玩上个把月，而后带着黝黑的肤色和一身轻松，掉头返美。临走前，还可以捎带几双凉鞋。时至今日，我还记得二十岁时爷爷给我的忠告："做人要现实，别整天踩在云端上。"对我攻读诗学和拉丁语词源这样的科目，他气急败坏，认为那些都是毫无用处的废物。而如今我在一个连语言都不通的国家买一栋废宅，爷爷要是知道了，没准会脱下寿衣，爬出坟墓，找我理论。我们家可没有金山银山当后盾，禁不起任何差错。

为什么对房子这东西，我会如此沉迷？究其原因，是家族里的人很早以来就有一个共同的癖好：包里放的不是室内装饰品、彩色浴室

---

①意大利语中，蚊子是 zanzare，读起来很像蚊子的嗡嗡声。

方砖，就是七种不同颜色的油漆样本或印花壁纸小样。我们喜欢四面是墙的东西。当姐姐问我："她的房子怎么样？"我知道她想问的是："她这个人怎么样？"周末外出，哪怕就是去附近的地方，我也会从杂货店外抽取一张免费的地产广告，带在路上看。有一年六月，我和两个朋友一起在西班牙马略卡岛租了一套房子度假；还有一年暑假是在墨西哥阿伦德的圣米格尔一栋小屋里度过的，因为那里，我爱上了带有喷泉的庭院、从阳台垂至卧室的九重葛和朴实无华的马德雷山。在圣达菲度过的那个夏季里，我到处寻找当地的土砖房，想象自己是美国西南部人，用咖喱煮菜，戴花形绿松石首饰——借以体会一种全然不同的新生活，伺机做另一个自己。但一个月之后我离开了那里，而且再也不想重游此地。

我非常喜欢佐治亚海边的岛屿，孩提时曾在那里度过了好几个暑假。为什么不在那儿买一栋灰色老房子呢？那里的房子可都是用像是被海浪冲上海滩的木头搭建的。那里有棉地毯、冰冻桃汁，还可以把西瓜放到清凉的水湾中冰镇，夜里枕着窗外的滚滚涛声入眠。我的姐姐、朋友以及她们的家人，要去看我也很方便。但我内心清楚，只要仍旧逡巡于旧日的足迹，就无法获得新生。虽然我难忘已知的东西，但更钟情于未知的惊奇。意大利对我具有无穷的魅力——何不想想《神曲·地狱篇》开篇中的发问：人要想成长，应当付出怎样的代价？我的父亲，就是那个古板教条、节俭成性的祖父的儿子，给我的忠告，我也得铭记在心：咱们的家训是不在家便远行；坐不起头等舱，就哪儿也别去。

我躺在床上，那种熟悉的感觉又涌上心头，我知道答案近在咫尺！就像十岁时喜欢玩的算命游戏，将八个黑球放到瓶子里就能找到答案。每每进退维谷，我都感觉得到，总有一个主意或解决方法，正穿过污浊的水面徐徐上升，随后整个世界清晰如白纸。我喜欢现在这种等待的心情，这是一种从一片混沌到澄澈清醒时身体和心理的正常状态。

要是你根本就感觉不到这种不确定性呢？透明的白纸问道。难道你从不疑惑？干吗不把“不确定感”命名为“刺激”呢？当第一缕镶着金边的紫色霞光露出天际时，我把头探出宽大的窗户，发现那个阿拉伯人仍在酣睡。眼前起伏的景色，无论从哪个角度看，都是那么宁静美好。蜜黄色的农场安卧在山谷的怀抱中，仿佛一块块新鲜出炉的面包。我知道，这些山脉都是在侏罗纪时期因地壳剧变而慢慢隆起的，一座座圆圆滚滚，仿佛一双巨手揉搓而成。太阳逐渐明亮，大地的柔光也出现了变化：原本笼罩大地似美钞的绿色，渐渐稀释成奶黄色；而天空则如盲人的眼睛一片湛蓝。文艺复兴时期的画家，对色彩的把握实在精准。我从不认为佩鲁吉诺、乔托、西纽雷利等是写实派画家，但他们画中的背景，确实跟游客在此地亲眼目睹的毫无二致。在他们的画中，柏树被画成暗黑色，只为突显目之所及处每个物体的轮廓。现在我终于明白了，为什么科尔托纳博物馆中的一幅油画里，金发小天使的红靴子那么鲜亮，为什么圣母身上的蓝衣色彩那么明艳。原来，这样的景色和光线下，所有物体都如此浓郁，就连晒在我窗下的红浴巾，都娇美艳人。

试想一下：如果夜幕永远不会降临，如果天空一直明亮，如果巴玛苏罗能在三年内修缮一新……我们就能拥有自己品牌的橄榄油，就能拉上薄薄的亚麻窗帘美美地睡午觉、在食品架上放置成罐的李子酱、在菩提树下摆张长桌享受美食，就能挎上摆放在门口的篮子，到田里摘番茄、芝麻菜、野茴香、玫瑰花和迷迭香。生活在这样新奇的环境里，我们会变成什么模样呢？

汇款终于到了，账户也开好了，银行却又没有支票簿了。偌大的一家银行，在意大利黄金区域拥有数十家分行，竟然没有支票！“下星期也许有吧。”拉古琪女士说，“但现在没办法。”我们俩气坏了。两天后她又打来电话，说：“我可以给你十张支票。”支票又不是什么大不了的东西。在我们美国的家中，支票都是成箱放的。拉古琪女士把支票包好递给我们。她穿着紧身T恤、紧身裙，双唇湿润微翘，肌肤光滑鲜亮，漂亮得不得了。手腕上戴着非常精致的用方块缀成的黄金项链和镯子，每在支票上盖一次账户号码戳，它们就叮叮当当响上一阵。

“好漂亮的首饰，我真喜欢。”我说。

“这儿只有金子。”她颇为沮丧地说。对阿雷佐的古墓和广场，她早已腻烦，倒是美国加州让她颇感兴趣。每次看到我们，她便两眼放光，热情地招呼道：“来啦，加州人。”这家银行有点超现实主义的味道。我们坐在营业厅后面的银行办公室里，一个男职员推着一辆装满金条，准确地说，是小金砖的推车走了进来。四周没有警卫。另一个穿着朴素、工人模样的男职员取出两块金砖，放入一个脏兮兮的马尼拉袋子中，提着袋子径自走出银行，将它们送往某个地方。难道这就是意大利的“武装押运”？多么高明的便衣行动啊。再来看看我们手中的支票，上面没有盖像船只、棕榈树或马车夫的印章，没有名字、地址、驾照、社会保障号码。拿着这些浅绿色的、似乎是二十年代印制的支票，我们异常兴奋。因为有了银行账户，就多少有了点儿意大利的公民权。

终于我们又回到了公证人的办公室，办理最后的成交手续。手续办得很快。办公室里每个人都在说话，却没人在听。我们压根儿听不进那些天书似的法律条文。屋外，有人在用电钻打洞，可我觉得他正对着我的脑袋打洞。条款中好像有什么“两头牛”、“两天”这样的内容，伊恩暂停翻译，解释道：按照意大利十八世纪的法律习惯，一块地的面积是用两头牛需要耕多少天来计算的。照这么算，我买到的是一份“两头牛耕两天”的财产。

我开始填写支票。在填“百万”的时候，手僵硬得不听使唤。结婚多年来一点一滴积攒的那些证券和股票，本来是为了老有所养，怎么像变魔术似的，一下子变成了一片山地和一栋空荡荡的大房子呢。我想起了在加州住了十来年的玻璃屋，房子周围种了金橘、柠檬、山梅和番石榴，有一个清澈的游泳池和布满垂柳鲜花的庭院，而这一切却渐渐模糊起来，像是从望远镜里看到的景致。用阿拉伯数字填写“百万”可得注意了，绝不可以掉以轻心。埃迪站在我身旁，仔细核对写了几个零，担心我一不留神把“百万”写成了“千万”。他用现金支付了马提尼先生的中介费。马提尼先生自始至终只字未提费用，是我们从房主那儿打听到该付总价的百分之几给他的。他非常高兴，好像收到了一份大礼。他做生意的方式有点不合常理，但令人愉快。

我们与在场的人一一握手告别。卡特夫人的嘴角是不是挂了一丝狡黠的笑意？我们本以为合同会用古体字写在羊皮纸上，原来那只是白日做梦。女公证人正打算外出度假，她说走之前会尽力将正式文件办妥。马提尼先生说了句：“Normale.”（应该的。）我注意到，这里的人们经常说这个词儿。一大堆合同、契约、文件一样也没弄清楚。下午，我们离开公证处走进炎炎烈日中的时候，只拿到了两把沉甸甸的铁钥匙。它们比我手掌略长一些，一把打开那扇生锈的铁门，一把打开屋子前门。与我以前拿到的任何钥匙都不一样，想配备用钥匙似乎不大可能。

楼下，吉塞普站在自己的酒吧门口，向我们挥手示意。我们告诉他买到了新房子，他急切地问：“在哪儿？”

“巴玛苏罗。”埃迪说了房子的名字和具体地点。

“哦，巴玛苏罗，una bella villa（很美的别墅）！”小时候他去那儿摘过草莓。尽管现在是下午，他却硬把我们扯进酒吧，斟上格拉巴酒，然后大声喊：“妈妈！”他母亲与妹妹闻声从里屋走出，举杯向我们祝贺，七嘴八舌地发表高见，称我们为 stranieri（老外）。格拉巴酒性极烈。我们用女公证人喝咖啡的速度，一杯杯往肚里灌。离开酒吧的时候，我们俩都走不稳了。尽管车里热得像比萨烤箱，我们打开车门坐进去时，依旧忍不住大笑不止。

在前往公证处办理成交手续之前，我们已请了两个女清洁工、订了一张床差人送到巴玛苏罗。此时，我们在镇上买了一瓶冰镇普罗赛柯，经过小市场的时候，又买了点儿腌南瓜、橄榄、烤鸡和马铃薯。

这一天我们忙了不少事儿，又多喝了几杯格拉巴，回到巴玛苏罗时头昏脑涨。清洁工安娜和卢西卡已把窗户擦洗干净，地板上的灰尘和天花板上的蜘蛛网也已清除殆尽。二楼那间带砖露台的卧室窗明几净，新床上铺好了蓝色床单，露台门敞着，菩提树上的布谷鸟和野金丝雀的叫声清幽可闻。露台上还有几朵粉色玫瑰没有凋谢，我把它们采下来，插进两个古色古香的奇扬第酒瓶中。拉上百叶窗的房间里，四壁粉白，地板打了蜡，床上铺了新床单，窗台上摆放着略带甜味的玫瑰，在一盏四十瓦电灯的照耀下，整洁得如同圣方济各修道院的密室。在我眼里，它就是世上最完美的屋子了。

我们冲了澡，换上干净衣裳，在静静的黄昏下，坐在田里的石头墙上，端着辛辣的普罗赛柯，为彼此和新房子干杯。普罗赛柯之于我们就像液体空气，不可或缺。接着，我们为道路两旁的柏树、邻居田里的白马、远处专为教皇来访而建的别墅一一干杯。我们把橄榄核抛进田里，希望来年能够长出小橄榄树。晚餐美味极了。夜幕降临之时，一只仓鸮掠过头顶，就连它拍打翅膀的声音都清晰可闻。它飞到一株黑洋槐上,发出几声怪叫,是在同我们打招呼吧。北斗星悬在房屋上空，像是要往屋顶倾倒什么似的。群星现于天幕，清晰得如同一张星座图。一直住在灯火通明的都市，我都忘了星星的存在。如今它们就在头顶，闪闪烁烁。及至天色全黑,我们发现银河正好在屋顶上空。长长的银河，如同一条突然抛至天空展开的白练。埃迪很喜欢耳语，此刻，他俯在我的耳边轻问:“还想回家吗？这里能算得上一个家吧？”

那房屋与那土地

我很羡慕蝎子能美得那样与众不同，就像用黑墨水写成的象形文字。它们神奇异常，居然能够通过星星辨路，但我始终没弄明白，居住在这座空宅灰尘满地的角落，怎么看得见星空。有一只蝎子，每天早上都要去我的浴盆里跑上一圈。还有几只钻进了吸尘器。不过，它们大部分都能幸免于难：我把这些可怜虫装进瓶子，拿到屋外放生。我怀疑每只杯子和每只鞋子都藏有蝎子。有一次抖枕头的时候，居然抖落了一只白蝎子到我的裸肩上。我们整理楼梯下储藏室里的酒瓶时，一大群蜘蛛慌慌张张地四处逃窜。那些细丝般的腿和苍蝇大小的身体，叫人过目难忘；我甚至看到了它们的眼睛。除了这些“房客”，前一位住户留下了一笔“财富”——数以千计、沾满灰尘的空酒瓶。车库里、马厩里，到处都是。我们把酒瓶装进箱子，一趟又一趟地送到回收站，它们倾泻而出时，有如瓢泼的玻璃大雨。马厩和柠檬屋[①]堆满生锈的平底锅、一九五八年以来的旧报纸、电线、涂料罐和各种杂物。我们三下五除二就把蜘蛛和蝎子的生态圈摧毁了，不过看情形，几个小时之

①柠檬屋通常盖在房屋一侧，大小如车库，过去用来储藏过冬的柠檬。

后，它们就能卷土重来。我想从里面淘点旧相框、汤勺什么的，可是一无所获，唯一有点意思的东西就是几件手工制作的铁农具和一个“普利斯特”——一种天鹅形状带有挂钩的木制品，用来挂装炭火盆，冬天还可用于暖床。还有一样古怪玩意儿是一件小巧玲珑的铁器，呈巴掌大小的半月形，连着一个破旧的栗木柄。任何一个托斯卡纳人一看就知道：它是修剪葡萄藤的工具。

我们第一次看房子的时候，屋里塞满了各式各样的旧家具：绘着圣母和抱羊羔的牧羊人的精致铁床、被虫蛀过的大理石台面柜子、婴儿床、镜框斑斑点点的镜子、摇篮、箱子、基督受难像……收房之前，房主几乎搬走了一切，连开关面板和灯泡都没留下，只有一个三十年代的碗橱和一张难看之极的红色床铺。我们折腾了很久都想不出该如何把这两件宝贝从狭窄的楼梯搬下三楼，只好先把床架拆了，一块块扔至窗外，再扔出床垫。看着床垫像在电影中的慢镜头里缓缓坠落，我的心里很不是滋味。

附近的科尔托纳居民，吃完午饭出来溜达，总驻足仰望我们奇怪的行为：货车满载空酒瓶绝尘而去，床垫从窗口飞出，女人打扫马厩围墙时看到蝎子落在身上不停惨叫，男主人挥舞大镰刀狂割满院的野草。有时他们会大声问：“这房子你们花多少钱买的？”

他们的直率让我既惊讶又羡慕，我应道：“可能买贵了。”有个人说，这房子以前住过一位从那不勒斯来的艺术家；不过大部分人都说，打记事起，就没见过有人住在这里。

每天都忙着搬这洗那，我和埃迪跟屋旁的小山一样，快被太阳烤焦了。我们添置了一些清洁用品、一个新炉子和一台冰箱，又找来两个木架子和两块木板，搭了一个临时灶台。虽然得用塑料桶到浴室提热水用，但总算有了一个凑合能用的厨房。用惯了名牌储物柜的我，现在得重新学习使用最原始的厨房用具。厨房里配备了三柄木汤匙（两柄做沙拉用，一柄用来搅拌东西）、一个平底煎锅、一把刃面包的餐刀、一把切肉刀、一块切奶酪的菜板、一个面锅、一个烤盘和一个炖锅。我们从美国带了一些旧的银质野餐餐具，又买了几副杯碟。

我首次下厨煮的面味道棒极了。干了一整天的活儿，我和埃迪如饿鬼下山，可以把视野之内的所有食物一扫而光，然后像两个干了一天重活的农民倒头就睡。我们俩最爱吃用意式烤肉酱拌的意大利面。意式烤肉酱很好做，把未经熏制的猪肉切成细块，烤至褐色，再加入奶油和芝麻菜丝一起搅拌即可。这一带芝麻菜俯首可拾，我家车道和石墙边都有。我们还会撒些帕尔玛干酪碎末在面上，然后端起面碗狼吞虎咽。我会做一种极其美味的沙拉，将上好的番茄切成厚块同罗勒丝和乳花干酪搅拌而成。此外，我们还学会了用鼠尾草和橄榄油加工托斯卡纳的白刀豆。早上我先把豆子剥好煨烂，待凉至室温，淋上橄榄油。我们每天都要吃很多黑橄榄油。

每个晚上，我们吃的差不多都是这三样，却很满足。想到以后可以在这里大展厨艺，我就异常兴奋——有这么棒的材料，还有什么佳肴烹调不出？我捡了一块大理石板，原本应是某个碗橱的面板，来做擀面板，因为我想自己动手做李子馅饼的面皮。我一边用从废物堆中捡来的奇扬第酒瓶擀馅饼面皮，一边想念加州的厨房：黑白相间的瓷砖，一面镜墙把橱柜和灶台分离开来，长长的灶台台面闪闪发光；一个巨大的炉子，拿去给客机厨房用都绰绰有余；阳光慷慨倾泻，洒满整个厨房；煮饭的时候，背景音乐或是维瓦尔第的长笛，或是罗伯特·约翰逊的蓝调，或是巴西作曲家维拉·罗伯斯的乐曲。而在这里，陪伴我的唯有那只死也不愿离开壁炉的蜘蛛。炉子和冰箱，置于斑驳的白墙边，一盏小灯挂在一根临时拉就的电线上。昏黄的灯光下，它们新得刺眼。

傍晚时分，我总要在浴缸里泡澡，躺在满是泡沫的水里，清洗头发上的蜘蛛丝、指甲内的污垢和脖子上一道道的泥痕。自从小时候我不再在夏天傍晚玩踢易拉罐游戏起，脖子上就没见过泥巴的影子。埃迪，每次洗完澡换上白色棉T恤和卡其色短裤，皮肤黝黑发亮，好像换了一个人似的。

空荡荡的房子清扫干净以后，宽敞而舒适。大部分蝎子都移居他处了。由于墙壁是用大石块垒的，所以即使是大热天，仍阴凉清爽。柠檬屋里有一张粗糙的桌子，被挪出来放到房前的地里做户外餐桌。我们坐在桌边，商量房屋修缮大计，品尝戈贡佐拉干酪和树上新摘的梨子，享用特拉斯蒙诺湖产的红酒。特拉斯蒙诺湖，离我们很近，翻过一个山谷就到了。我们的整修计划并不复杂，一个中央热水系统、一个新浴缸和一个新厨房，仅此而已，一切从简。可是什么时候才能拿到整修批文呢？中央热水系统非要不可吗？厨房是建在原处，还是挪至牛棚？那样，就可以把现在的厨房改成起居室，再安一个大壁炉。昏暗中，一个中规中矩的花园轮廓依稀可辨，一长排异常茂盛的黄杨木树篱，篱笆前是草草修剪而成的五个植物大圆球。重建花园时，是把那几个古怪的球砍掉，还是干脆把整个树篱去了，种些不那么死板的植物，比如欧薄荷什么的？我闭上眼睛，试图想象三年后花园会呈现什么样的景色，可是满脑子都是这些茂密的杂草荆棘，无力浮想联翩。吃毕晚餐，我已困乏万分，像马一样站着都能睡觉。

根据中国人的说法，这栋房子的风水肯定不错，因为住进来以后，我和埃迪都觉得百骸具畅。埃迪一人有三人的力气，而常年失眠的我，每晚都睡得跟死人一样，做着又香又甜的美梦。譬如梦见自己在清澈碧绿的溪水里怡然自得地游来游去。搬入的第一个晚上，我梦见房子原来不叫巴玛苏罗，而叫申托·安琪利，意思是“百名天使”。好啊，我一定要把这些天使一个个找出来。给房子改名会不会招来厄运？听说给船改名没有好下场。我这个胆小怕事的外国人，最好不要造次。不过在我心里,除了“巴玛苏罗”,这栋房子又多了一个不为人知的名字。

我们在门后钉上挂钩，用来挂皮箱中的衣服，又用马厩中废弃的牛奶木箱和几块方方正正的大理石，做了两张书桌，花园中有两把椅子正好跟它们配套。

已是万事俱备，只欠修建批文。我们步行到镇里喝咖啡，给geometra（装修设计师）皮埃罗·理查蒂打电话。不管你把geometra翻译成“设计师”还是“装修师”，都不够精确，因为在美国找不到这样的专业人士。在意大利，geometra除了负责设计，还要充当业主、施工人员和市镇规划官员的联络员。伊恩向我们保证，理查蒂是这个行业的佼佼者，他不仅设计功力一流，而且与负责房屋修建的官员关系很硬，可以在最短的时间内为我们拿到批文。

第二天，伊恩载着怀揣笔记本和卷尺的理查蒂先生来到巴玛苏罗。我们像旁观者一样，打量着自己这栋空荡荡的大房子。

一楼大体上有五间房：雇农厨房、主厨房、起居室、马厩和牛棚，起居室和楼梯位于厨房后面。由石质台阶和自制铁栏杆构成的宽大旋转楼梯把一楼分成了两部分。格局比较奇特。每个房间都差不多长，很像小孩的玩具屋。在我看来，这就像给家里所有的孩子都取相同名字一样不可理喻。二楼与三楼楼梯两侧各有两间毗邻的卧室，必须穿过外面的卧室才能到达里面那间。这并不奇怪，据所我知，意大利家庭是在前不久才开始重视个人隐私的。我记得，就连米开朗琪罗工作的时候，都是跟自己的泥瓦匠四人挤一张床铺。我们参观佛罗伦萨的古宅时，都得先经过外面的大房间，才能进入里屋。当时的建筑师肯定认为，建走廊是浪费空间之举。

主屋和西侧偏房之间拦有一堵高墙，偏房每层各有一间屋子，专供种植橄榄和葡萄的雇农及其家属居住。主屋和西侧偏房之间唯一的通道就是雇农厨房的前门。西侧偏房墙外，建有一道石质楼梯，供上下楼使用。巴玛苏罗开有很多扇门，除了西侧三间屋子的三扇、马厩和牛棚的两扇以及房屋中央的一道大门外，还有四扇法式玻璃门。我不由得想象，它们已装好百叶门，大门敞着，正对山上的欧薄荷、玫瑰和夹在其间的一盆盆柠檬，屋内芳香四溢。理查蒂先生转了一下雇农厨房的门把，门把随即脱落。

西侧偏房的后面，加盖了一间简陋的小屋子，里面装了一个马桶（看来在尊重隐私方面有所进步），但是没有抽水系统，雇农只能用水桶提水冲厕。主屋的两个浴室，也是后来加盖的，位于三楼楼梯间的两侧。以前的石砌房子，因为没有室内供水设施，只能在屋外加盖这些丑陋的屋子。我看过的那些古老石屋，多数带有此类加盖屋，有的还借助木头斜撑在主屋墙上。小浴室（据我推断比大浴室建得早）的屋顶很矮，铺有格子图案的石制地砖，装了一个漂亮的小浴缸。大浴室应该建于五十年代左右、屋子空置之前的某个时候。肯定有人特别钟爱瓷砖，因为浴室四壁贴满粉色、蓝色和白色蝴蝶图案的瓷砖。地砖也是蓝色的，不过跟墙壁的蓝不同。喷头被安装得很高、直接冲向地面，这意味着，每次淋浴整个屋子都会被水溅湿，即使挂有浴帘，也会形成一股气流，将浴帘卷起裹住我们的双腿。

我们来到二楼卧室外的L形露台上，凭栏远眺。房屋一侧正对开阔的山谷，另一侧面朝果树和橄榄树成林的山坡。我的思绪翩然而出，想象着自己坐在果实累累的李子树下吃早餐，山坡上满是绽放的野鸢尾花（这种锯齿状的植物漫山遍野，随处可见），女儿和她的男友坐在躺椅上看小说，中间摆着一大瓶冰红茶。露台地板和室内地板一模一样，唯一不同之处是露台的地板青苔点点，被雨水侵蚀得斑斑驳驳。我看见理查蒂先生皱了皱眉头。我们下楼来到柠檬屋（在二楼露台的正下方）时，理查蒂先生边指边说，天花板上长满的青苔好几处都碎了，说明有裂缝。看来修补的费用不低呀，理查蒂先生已经密密麻麻地做了两页笔记。

不过，这栋房子古怪的格局很适合我们。我们用不了八间卧室，可以把卧室旁边的一间改为书房、更衣室或起居室。虽然已经有两个浴室，我们还是决定奢侈一回，把与主卧相邻的那间卧室改为浴室，再在浴室和隔壁的雇农厕所之间开一扇门，这样就可以把雇农厕所变成浴室的专用储藏室了，这可是整栋房屋中唯一一间储藏室哟。理查蒂先生用卷尺比画给我们看，说这里原来就有一扇门，那么恢复那扇门，应该不费吹灰之力吧。

一楼的房间布局很不理想。第一次看房的时候，我就忍不住脱口而出："把三堵墙通通打掉，将五间屋子打通成两间大屋。"可是理查蒂先生告诉我们，考虑到防震需要，每堵墙最多只能开一个六英尺宽的口，不能整面打掉。此时，我站在一楼对这栋房子的内部结构看得更清楚了。我发现为了跟地基中的大石块接榫，一楼墙脚的某些地方略微翘起。建房子与建露台如出一辙，都没有使用灰泥，只是把石块堆好嵌实而已。从窗框和门框附近的墙壁可以看出，墙壁越往高处越薄。一楼的墙体厚达一码，而三楼墙壁的厚度只是一楼的二分之一。房子要是再往上盖，靠什么支撑重量呢？要是找不到石头可用，用点时尚元素，加几根钢筋房梁如何？

当年佛罗伦萨圣母百花大教堂打算盖个大圆顶时，没人知道怎样才能把一个半圆形的庞然大物弄上屋顶去。有人建议，在教堂里堆满沙土，形成一个大土丘，再将圆顶沿土丘拖上屋顶。要是真的实施这个方案，恐怕耗资巨大，因为得雇大量农民挖土运沙。多亏布鲁内莱斯基想出解决办法。我相信，盖这栋房子的建筑师依据的肯定也是切实可行的建筑方案，但我仍然抱有一丝侥幸心理：打掉一楼那些城墙一样厚的墙壁，也许并不会有问题。

设计师理查蒂很有想法，他说房子的后楼梯应该拆掉。但我们舍不得，觉得它像一条秘密逃生通道。设计师又建议我们重新粉刷斑驳的外墙。没门！他不知道，这些外墙的颜色会随天色变化而变化，下雨时墙体变得金黄，好像吸收了全部的阳光，我是多么喜欢。他还说，屋顶修缮首当其冲。可是屋顶又没有裂缝，干吗多此一举？比屋顶更急需对付的地方多的是呢！我们对他解释，不可能一步到位，全部搞定，那样的话，所花的钱连地球都买得起。我们必须分段分时进行，很多事情会自己动手完成。我试着告诉他，美国人常常喜欢 DIY。听到我的话，埃迪面露忧色。可是设计师听不懂，他摇了摇头，很是无奈，好像连修屋顶这样的小事都得让他大费唇舌，接下去恐怕不好办。

理查蒂温和地对我们说："屋顶必须加固。我叫施工人员把瓦片一块块取下来，编上号再按原来顺序归位，这样你们的屋顶就能结实许多。屋顶必须加固。"

目前，只能在修缮屋顶和安装中央暖气这两方面二选一。我们与理查蒂先生争论孰重孰轻。虽说我们的居住时间多为夏日，但也不想圣诞节来摘橄榄时，冻得瑟瑟发抖。要是决定安装中央暖气，那么安装水管也必须同步进行。屋顶维护以后再说，永远不修也大有可能。目前，家里的用水全靠雇农卧室的蓄水槽。洗澡和冲厕时，水泵会噗噗抽出井水，让它汩汩流入蓄水槽中。两个浴室各装了一个热水器——居然能用，真不可思议！要是有中央热水系统，洗澡时就再也不用听水泵无比刺耳的声音了。

我们决定先装热水系统。理查蒂先生似乎觉得我们肯定会回心转意，因此说他还是把屋顶修缮许可证办下来为好。

这栋房子曾遇人不淑。有人用可恶的加了醋的清漆，将屋里所有栗木横梁漆了一遍。这种古怪的维护方法，曾经一度风靡意大利南部。想想看，你在真正的木头上涂层黏性涂料，用刷子来回刷后，使它变成仿木！因此当务之急是用喷砂去掉这些多余之物。这项差事令人讨厌但不费事，打磨上蜡我们可以自己来。我以前曾给一只大箱子打磨上蜡，觉得很有意思。所有的门窗都需要修理，因为窗框和门框都被漆上相同的仿木涂料。大概也是拜那位天才所赐，壁炉才会铺上仿砖的陶质瓷砖。以假乱真，着实匪夷所思！这些必须通通去掉，包括窗台上的那些蓝瓷砖和浴室里的蝴蝶图案。现在，理查蒂先生的记事本已经记了满满三大页。雇农厨房的地上铺的是大理石碎片，丑得无以复加。许多老旧的电线横七竖八地牵在天花板上，下面吊着几盏白炽灯。打开电灯开关，灯泡里会闪过火光。

理查蒂先生坐在山地石墙上，一边用一方印了字母的超大亚麻手帕擦脸，一边同情地看着我们。

翻修房屋的第一要则是人在现场，可我们却在主要工程进行之时，身处七千英里之遥的美国。为此，我们得睁开“火眼金睛”，好好挑选一个工程承包商。

马提尼先生推荐的南度·鲁斯诺里开着蓝西亚驶入我家，他把车停在车道入口，下车伫立良久，面对的不是房子而是山谷。我想，这位老兄肯定喜欢自然风光，可仔细一瞧，原来他在打电话，另一只手拿着根香烟，对着空中比画。挂了电话，他随手一抛，将电话扔进汽车前座。

“Bella posizione!”（好地方！）他与我们握手时，仍挥舞着那根高卢牌香烟。这个帅小伙的父亲是石匠，他自己则做包工头。跟许多意大利人一样，他身上散发着柠檬香水或胡须膏的味道，很好闻，但是偶尔会受到烟味的侵扰。用不着他开口说话，我就认定他将入选。我们领他去看房子，一路上他不住地说：“Niente, niente!”（好办，好办！）“一个星期我们就能从屋后挖条通道，埋好热水管。浴室呢，三天就能搞定。你们只要锁上门把钥匙交给我就行了，等你们回来，房子肯定焕然一新。”他保证能找到旧砖块盖新厨房，这样厨房就会跟周围浑然一体。电怎么办？他有一个朋友可以负责。露台砖块呢？他耸了耸肩，那个嘛，用灰泥就行了。那打墙呢？这个简单，他父亲就是这方面的行家。他的黑发原本向后梳得光光滑滑，但有几绺不听使唤，垂在额前使他看上去很像卡拉瓦乔画的酒神巴库斯，唯一不同的是他的眼睛呈青苔绿，而且没什么精气神儿，也许是飞车来此给累的。他对我提出的修缮建议赞不绝口，夸我是当建筑师的材料，品味极好。我和他坐在石墙上喝红酒，埃迪进屋给自己冲咖啡去了。南度在一个信封背后画了一条水管分布图给我看。他说我的意大利语说得很好听，我说什么他都听得懂，还说明天就把预算送过来。我相信他的预算会合情合理。这个冬天，南度、南度的父亲和几个信得过的泥瓦匠，就会开始改造巴玛苏罗了。“好好过你的日子，把这里交给我就行了。”他边发动车子边说。我与他挥手告别的时候，发现埃迪待在露台上没有出来送行。埃迪对南度的印象并不好，说他浑身 profumeria（香水味），抽高卢烟爱显摆，还说他的安装方案行不通。

伊恩推荐的是贝尼托·坎托尼，一个黄头发的结实矮个男子，年纪六十岁左右，跟墨索里尼有几分神似。我猜测他的名字肯定有来头。因为墨索里尼的原名也是贝尼托，取自一个名叫贝尼托·胡阿雷斯的墨西哥革命者。两个性格迥然不同的人（一个独裁者，一个沉默者）竟然取同一个名字，我觉得非常不可思议。坎托尼先生脸庞宽大，亮亮的秃头像个磨光的核桃。他话很少，说的是基亚纳山谷一带的方言。他听不懂我们的话，我们也听不懂他，就连伊恩都似懂非懂。坎托尼先生曾承接过修复塞勒修道院的礼拜堂工程，由此可见他的能力不容小觑。伊恩还载我们看了坎托尼先生在湖堡镇附近正在翻修的一栋带有一座高塔的农舍，据说是圣殿骑士所建。活儿做得很精细，给我们留下的印象相当不错。坎托尼手下的两个泥瓦匠满脸笑容，跟他本人完全不同。

回到巴玛苏罗后，坎托尼先生一声不吭地四处查看，显得冷静而自信。我们叫伊恩代问一下工程预算。他听了先是一愣，然后反问道："你们打算投多少钱？"（看他问的！）他说，他不确定楼上的瓷砖要不要更换，也不知道二楼露台瓷砖被敲掉之后，会出现什么状况。但他看见，三楼的一根横梁需要更换。

当地的工头对工程预算都很陌生。他们习惯按天数计算，习惯施工的时候委托人在场，计算总工时。虽然他们偶尔也会回答"三天之内"或"quindici giorni"。我们知道，"quindici giorni"即"十五天之内"，是个搪塞之词，说明他们不知道具体需要多久，只知道会有结束的一天。我们误过一次火车，吸取的教训是"quindici minuti"在意大利人嘴里，不是一个实数。一名站台服务员告诉我们"十五"分钟后发车，可等我们十五分钟内赶到时，火车已经杳无踪迹。原来她说的十五分钟是大概时间，指的是几分钟。连站台工作人员都这么说话，普通意大利人的时间观念可想而知。我觉得大部分意大利人都不如美国人的时间观强。急什么！在意大利，一项工程开工之后，可能会拖很久很久——甚至长达千年。两星期完成？两个月完成？这对意大利人来说，简直是难上加难。

拆墙？坎托尼先生不赞同我们的建议。他比画着告诉我们，那样做整栋楼会塌的。临别之际，坎托尼先生终于对着我们展颜一笑。他那口坚固的黄牙，看起来可以咬碎砖块。伊恩特别看好坎托尼先生，说南度是个“花花公子”。此话正中埃迪下怀。

设计师理查蒂先生向我们推荐了第三个包工头。这人名叫普里莫·比安基，他开了辆微型三轮货车阿普。他本人跟车一样，也很迷你，身高不足五英尺，很壮实，穿一件工作服，系一条红围巾，戴一副金边眼镜，白发飞扬，脚穿长靴，瞧着像个圣诞老人。他一本正经地说道：“先生、女士，你们好。”进大门前客气地问：“Permesso?”（我可以进去吗？）此后每进一扇门，他都停下来问一句：“Permesso?”好像担心会撞到里面哪个没穿衣服的人似的。看他拿帽子的样子，很像我父亲南方工厂里的工人。看来，比安基先生习惯用农民对贵妇讲话的方式跟人打交道。但是，他的身上又流露着一种自信，这种自信我常在当地侍者、维修工和邮差身上看到。他推推每一扇门和窗，又用刀尖戳了戳横梁，看看有没有朽烂或松动的木头。

然后开始细查地板。他跪在地上，用手使劲擦两块颜色略浅的砖块，尔后笑眯眯地指着自己的胸膛说：“Io, molti anni fa.”（我，是我砌的。）原来这两块砖是他多年前补的。他就是盖大浴室的人。有一段时间，每到十二月他都会到这里当帮工，把放在露台上的一盆盆柠檬搬回柠檬屋过冬。原房主跟他父亲年龄相仿，是个鳏夫，有五个女儿，她们长大后相继离开了这里。他过世后，房子就一直空着，一直空了三十年。女儿们舍不得卖这房子，但又不愿花心思打理。哎呀，原来他说的就是住在佩鲁贾的五姐妹，我想象她们睡在各自房间的小铁床上，同一时间起床打开百叶窗。我不相信世上有鬼，但打我入住以来，眼前总隐隐晃过她们扎了丝带的粗黑辫子，绣着名字首字母的白睡衣，以及她们母亲每晚对着镜子用银梳为她们梳直头发的情景。

到了二楼露台，比安基先生摇了摇头。瓷砖全部得撬起来，才能铺防水层和绝缘物。我们知道他说的有理。那么中央暖气系统呢？“火烧旺点儿，衣服多穿点儿就行了，夫人。中央暖气系统贵死了。”那么那两堵墙能敲吗？可以。他做的决定虽不合常理，但我和埃迪都清楚，他才是承接装修工程的不二人选。

如果哪本书的第一章提到了枪，那么书的结尾肯定就会听到枪声。

前房主卡特医生领我们看房子的时候，一个劲儿地夸赞这里丰富的水资源。这个人真是个狡猾的大骗子。他把花园里的水龙头拧到水量最大，在凉凉的井水下反复搓洗双手。“这可是伊特鲁里亚人留下的！这里的水是最纯净的，整个梅第奇家族的供水系统，”他边说边用手指着山顶上那栋十五世纪的梅第奇古堡，“都要穿过这块土地。”他的英语非常流利。毫无疑问，他有丰富的水源知识，说得出四周山脉的水道，以及这一带水的主要来源。

当然，购房之前得验证虚实。从离这儿几英里的翁布里亚，我们请来一位公正不阿的勘测师，让他出具一份详细的评估报告。报告称，这里的水资源非常丰沛。

可是，在我们搬进这里第六个星期的某一天，我在洗澡的时候，喷头的水流突然慢了下来，接着变小了，慢慢地只有水滴，最后干脆连水滴都没有了。我满身泡沫，呆呆地站在浴室里，不知如何是好。我以为是水泵停止了工作，可能是停电了。可是屋顶的灯明明亮着呀。我匆匆走出浴缸，用浴巾擦去一身浴液。

马提尼先生心急火燎地从办公室开车过来，手上拿着一卷带刻度的线团，线端绑着一个铅锤。我们搬开石头井盖，将铅锤垂下井。听到铅锤碰到井底的声音，马提尼先生大声宣布："Poca acqua."（没水了。）他拉起铅锤，只有末端几英寸的地方是湿的。这口井有二十米深，抽水泵肯定是工业革命时期的产物。这点常识那个从翁布里亚来的勘测师不会不知道。就算托斯卡纳三年大旱，井中也不至于缺水到如此田地。

"Un nuovo pozzo."（打口新井。）马提尼先生更大声地说。他为我们支了招，暂时向他的朋友购水，水会用卡车运来。谢天谢地，不管遇到什么情况，马提尼先生总有一个"朋友"可以出手相助。

"是湖水吗？"我眼前立刻浮现特拉斯蒙诺湖中的小蟾蜍和细细的绿水草。马提尼先生向我们保证，是纯净水，里面还含有氟。他朋友会把无数公升的水倒入井中，够我们过完这个夏天。秋天，一口很深、水质很好的新 pozzo 就打好了，到时水多得可以灌满一座游泳池。

每次找房子，游泳池都成为一个重要话题。因为来自加州，每个领我们看房的人都认为游泳池是第一要求。记得很多年前，我去东部一个朋友家做客，他家那个脸色苍白的小孩问，我是不是穿泳装给学生上课。他的主意不错。可我觉得最能享受戏水乐趣的不是自家有游泳池，而是认识一个家里有泳池的朋友。彻夜放水清洗游泳池不在我的度假计划之中，我现在遇到的麻烦已经够多了。

就这样，我们买来了一卡车水。虽然像是干了一件蠢事，却如释重负。尽管只能在这里再待两个星期，但买水肯定比住宾馆更省钱，也不会那么狼狈。现在我们洗澡的速度飞快，只喝瓶装水，经常在外吃饭，用干布做卫生。山谷下方，钻井机隆隆地响了一整天。不知哪家人的井也不够深了。但我怀疑会有意大利人买一卡车的水倒进井里。我常常把意大利语中的"pozzo"（井）和"pazzo"（疯）搞混。瞧我们干的事儿，肯定是疯了。

终于搞清楚自己是谁，除了水还需要什么东西时，又得走了。在加州，学生们都开始忙着买教材和选课了。我们得把改建批文申请之事安排妥当。目前为止，接到的所有预算都是天文数字，看来许多事情只能亲力亲为。记得有一次，我给加州家中的书房换灯泡，不小心触了电。还有一次，埃迪爬到阁楼上的屋顶查漏，没想到一脚踩穿了天花板。我们给比安基先生打了通电话，告诉他修缮工作由他负责，等改建批文一拿到手，就通知他。巴玛苏罗属于绿色区和保护区，既不允许新建任何建筑，也不允许改变结构，破坏当地的整体建筑风格。因此改建得同时接受地方政府和中央政府的审批，而这通常需要几个月甚至一年，才能办下来。希望理查蒂先生名不虚传，真有通天本领，早点把批文办妥。今年，巴玛苏罗又得孤零零地自己过冬了。

临别时，我们在西纽雷利广场偶遇前房主卡特医生。看样子他很惬意，穿了一身簇新的阿玛尼西服。见到我们，非常热情地打招呼，“巴玛苏罗怎样了？”

“好极了。”我应道，“那里的一切我们都很喜欢。”

离开巴玛苏罗的时候，我算了一下，整栋房子共有十七扇窗户，每个窗户都有又厚又沉的百叶窗和做工考究的内窗；共有七扇门要上锁。我一一拉下百叶窗，屋子顿时幽暗下来，只有微弱的光线透过百叶窗的缝隙照进去。除了大门，每扇门上都有一根铁条闩。大门的铁锁牢固且精巧，尽管如此，一个窃贼真想破门而入，也并非难事。不过，这栋房子已经空了整整三十年，再多空一个冬天又何妨？就算真有窃贼入户，他在黑洞洞的房子里，只能找到一张孤零零的床铺、一些亚麻布、一个炉子、一个冰箱和一些锅碗瓢盆而已。

提着行李准备驱车离去的时候，看着房子矗立在我最喜欢的晨光中，有一种莫名的情感，好像自己从未在这里住过似的。

我们朝尼斯的方向飞驰，穿过托斯卡纳，到达海边的利古里亚。快被烈日烤焦的小山、向日葵盛开的田野，飞速从眼前掠过。一个个写着魅力之都的路标一闪而过：蒙特瓦奇、佛罗伦萨、蒙蒂卡提尼、比萨、卢卡、彼得拉桑塔和河里落满白色大理石粉尘的卡拉拉。对我而言，房子是有生命的东西。它们就是它们。就像巴玛苏罗，在我们离开之后，重新做回自己：高大挺拔，心满意足地望着太阳。

车子在城镇里冲进冲出，而我则一路哼着“这块奶酪无人陪伴”这句歌词。埃迪问：“你唱的是什么呀？”此时的他正以每小时一百四十公里的车速超越前面的车子。我真担心他真正喜欢上了意大利危险的赛车运动。

“你上一年级时没玩过‘小溪中的农夫’吗？”

“我玩的都是抢旗，女孩子才玩唱歌游戏。”

“我最喜欢大家一起唱最后一句——这块奶酪无人陪伴。大家扯着嗓门，每个字都唱得很用力。想到咱们的房子一整个冬天都孤零零的，而我们忙忙碌碌，连想它的工夫都没有，心里就有点儿难过。”

“你想多了吧。每天我们都会想该买些什么，种些什么，还要为这栋房子花多少冤枉钱。”

我们到达法国的边城蒙顿时，找了家宾馆住下，然后在傍晚时分去地中海游泳。昏暗的暮色中，远处的意大利就像一只伸入海中的手臂。在几光年之外，巴玛罗苏正矗立在沉沉黄昏里。而在更多光年之外的加州，现在已是早上——阳光正好洒进餐厅，猫咪“小妹”一定躺在那里懒洋洋地晒太阳。我们沿着长长的海边小径走回城里，吃了几碗蔬菜浓汤和几条烤鱼。第二天一大早，我们开车前往尼斯，从那儿直接飞往美国。飞机飞离跑道的那一刻，我瞥见了一排棕榈在明亮的天空下婆娑摇曳。飞机腾空而去，这一去可是整整九个月。

水姐妹与火兄弟

又到六月了。我们听说，上个冬天科尔托纳天寒地冻，春天却山花烂漫，异乎往年。时值夏季，罂粟花依旧不舍得离开，金雀花开着又细又长的黄花，芳香弥漫了整个天空。我们不在的这几个月里，巴玛苏罗似乎吸收了更多阳光。画家孜孜以求的绝妙效果，大自然在季节的变化过程中，毫不费劲就达到了。周遭一切如故，我觉得自己仅离开几日而已，好像前一会儿还在山地里锄草。此刻，我确实又在地里与野草作战。只是每过一会儿，我都会停下手中的活儿东张西望，等待给神龛献花的人出现。

每天，在我家车道入口的神龛前都有一束鲜花。一把夹竹桃、一小束野萝卜花和连着茎的小茴香、大茴香、蒲公英、毛茛和欧薄荷。我一直想看看献花人。刚开始，我以为是个女性，也许用不了多久就能看见她的身影：穿着海军蓝印花裙子，骑一辆旧自行车，车把上的菜篮子装满各色时蔬。

我的确看见一个老妇人，佝偻着背，披了条红披肩，每天早上都会来神龛一趟。她总是先吻自己的指尖，再摸那尊圣母瓷像。我还看见一个小伙子开车来神龛附近。他跳下车，站了片刻，随即掉头绝尘而去，没有带花。后来有一天，一个男子从科尔托纳方向走来，步履缓慢而庄重。他在神龛前逗留了片刻，随后我发现神龛上多了一束新鲜的紫色豌豆花。前一天的那束野紫苑，已被丢进地上枯萎的花堆中。

现在我等的就是他。他会先仔细观察路边和田里的野花，然后挑自己最喜欢的摘。每天摘的都不同，但总是最新开的花朵。此时，我站在高高的山地上，砍石墙上常春藤和果树的枯枝。但每隔几分钟，注意力就被各种各样的野花吸引去了。许多花的英文名我都不懂，遑论意大利名。有一种植物，与圣诞花很像，开着白花，漫山遍野。我想应该属唐菖蒲。生机勃勃的红罂粟，真的像地毯似的，铺满山边。只有蓝鸢尾敢于和它们争地盘，可惜蓝鸢尾花已败成了灰白色。我的脚被野草划了一下，就在俯身看脚的时候，那位朝拜者出现了。他停下脚步，盯着我看。我挥了挥手，他没有回应，只是愣愣地看着我，好像我身为老外，就应当被人观看而浑然不觉，像动物园里的动物一样。

来巴玛苏罗的人，最先看到的就是那个神龛。它嵌在一堵圆弧形的石墙上，被涂成了蓝色，一尊罗比亚[①]风格的圣母瓷像摆在拱形洞门的中央，在这一带非常普遍。我发现，乡下的神龛大都满是灰尘，无人问津。而这儿的神龛，不知怎的，人气很旺。

他是个老人，外套披在双肩上，若有所思地慢慢走着。有一次我在公园遇见他，主动向他问好，他低沉地回了句："Buon giorno."（午安。）石蓝色的眼睛模糊而冰冷，就在那次，他取下了帽子，我发现他只剩头部边缘一圈稀疏的白发，顶上光秃秃的，亮得跟灯泡一样。我在镇上也见过他。显然，他不喜欢跟人打交道，不愿跟朋友进酒吧喝咖啡，走在街上也不会停下来同人打招呼。我忽然觉得他有可能是名

①德拉·罗比亚（1435－1525），意大利雕塑家，以大型彩饰浮雕作品著称。

天使，因为他总是把衣服披在肩上，似乎除了我谁都看不见他。我想起刚搬进巴玛苏罗那晚做的梦，我会把那一百名天使一个个找出来的。但这个天使化身成了凡人。他拿起手帕擦了擦额头上的汗。或许他出生在这栋房子里；或许他爱着这房里的某个女子；又或许是这条路上的每一棵柏树，都是为纪念一个在一战中死去的本镇青年（小小一个镇子，居然失去了这么多青年），走在路上，总能让他想起某个老朋友。或许他母亲是个绝代佳人，就在这里坐上马车弃他而去；或许他父亲非常固执，不准他再踏进这栋房子与心上人见面；或许是在给手术成功的女儿献花感恩；又或许他有一个好习惯，喜欢每天散步到这里，顺路拜拜这位“道路的守护神”。不管怎样，我是不敢用手揩拭圣母脸上的灰尘，不敢拿布擦亮神龛的蓝色内壁，甚至不敢清理那已堆成小丘的枯花。古老的地方都有自己的生命，我们只是路人罢了。看着那位老人，我似乎感觉到了巴玛苏罗的周围环绕着许多大光环。我得穷尽几年时光，才能弄清哪些光环可以触摸，又该如何触摸，哪些光环应敬而远之。我的眼前蓦地浮现了住在佩鲁贾的五姐妹，这栋房子原来的主人。她们宁可让自己祖宅的石屋常年关闭、长苔发霉，宁可让藤蔓肆虐缠树，宁可让梨子和李子年年落在地上腐烂，也不愿卖掉房子。当她们还是小女孩的时候，五姐妹会一起起床、一起开窗、一起呼吸窗外的清新空气吗？或许正是因为房子里充斥着这样的儿时记忆，她们才舍不得出售吧。

最终她们还是放手了，机缘巧合，我得到了它。此时，我拿着一张十八世纪的地图，查看这栋房产的范围。在一个三角地带，我发现一架云梯架在一堵石墙上。那石墙垒得齐齐整整，像字谜中的方格。与周围建筑浑然一体的石灰云梯，只是哪个农民的得意之作，方便爬上另一块梯田。因多年来无人攀登，台阶上渐渐长满蓝灰色的青苔，淹没了往昔的足印。但是，用手来回摩挲的时候，我能感觉到台阶中央的小细坑。

站在这块高高的梯田上俯瞰巴玛苏罗，看得见灰泥剥落的地方，露出一块块四方形的大石头。它的正面，两棵棕榈屹立在大门两侧，乍看之下,还以为是栋建在哥斯达黎加或丹吉尔的房子。我喜欢棕榈树，喜欢听它们在风中摇曳的沙沙声，喜欢看它们带着异国情调的曼妙身姿。在那个装着扇形窗的双层大门上方，有一个铁栏杆石露台。露台不大，仅够几个人站立其上，欣赏我亲手栽种的天竺葵和茉莉（目前这只是我的蓝图）。

虽然站在山地上，我既看不见下方农场里的忙碌景象，也听不见农民们干活的嘈杂声响，只能看见自家的橄榄林。林子里有几棵因为一九八五年那场百年难遇的严寒，长得特别矮小，有的已然丧命，但多数生机勃勃，树冠银光闪闪，周身绿意盎然。在那三棵叶子异常大的无花果树下，我好像看见了绽放的黄百合。我可以坐在这里，忘情于眼前一座座圆鼓鼓的小山包，流连于柏树夹道的小路，沉醉于蔚蓝的天空和朵朵巴洛克式的云彩，以及远处半掩于错落有致的橄榄园和葡萄园之间的一座座石砌农舍。（我们的房子能有这种景致吗？）

我的地盘上居然有一个神龛，让我惊讶万分。更令我诧异莫名的是，我竟然开始效仿那个老人，加入献花者的行列。现在，我把大剪刀搁在草地上。他走得很慢,花拿在身后。我没有看他在神龛前做什么。不过稍后我会下山，到车道上看个究竟，他今天献的鲜艳花束是黄色金雀花和红罂粟吗？

埃迪正站在比我高两层的梯田上，与一棵黑洋槐身上密密匝匝的爬藤作战。每听见一根藤条断裂的噼啪声，我的心就会扑通跳一下，担心埃迪滚下来。我抓住石缝中的一株青藤，使劲一拔，这株总算解决了。可是，这样的东西加起来有好几英里长呢，就是它们摧垮了石墙。有些藤条跟脚踝一样粗。我那旧金山家中的烛台上，摆放了一个精致的大花瓶，里面养了一株常春藤。我仿佛看见，那株常春藤趁我不在，嗖嗖地爬出来，缠住家具，覆满窗台。我走在墙根下，踩到了蜜蜂花和小小的野薄荷，一股清凉的香味从脚下被碾碎的小草中飘散。我站在那里，剪断一株青藤，将它连根拔起。泥土溅得满脸都是，小石子连同青藤根噼里啪啦地滚出来，砸向脚背。就在这时，我看到墙上有一条蛇正在睡午觉，这么大的动静居然没有打搅它。它的脑袋藏在缝隙里，（多大的头呀？）一节长约二英寸的尾巴垂在外面。它会怎么出来呢，是倒退着爬出来还是往前爬再掉头？我绕过它身边十英尺左右的青藤，抓住一簇青藤的根，用力一拔，坏了，墙轰然倒下，而我差点儿掉进一个大窟窿里。

我冲埃迪大喊："快看哪，这里好像有口井。墙里怎么会有井呢？"埃迪手脚并用地爬到我正上方的一块梯田上，俯下身子。他脚下的梯田里，青藤和黑莓茂密极了。

"这里好像是个开口。"他对着黑莓开动除草机，没想到除草机的锯片反被缠住了，只好动用大镰刀。慢慢地，一条用大石头堆成的斜道映入眼帘。这条状如脊柱的石道蜿蜒消失于地下，很像公园中的滑梯。原来我发现的是这条斜道的出口。我们看了看埃迪上方的那块梯田，一无所获。但再上两层的田里，又有一丛黑莓，茂盛得不同寻常，恰好与我们现在站立的地方处于同一条直线。

这些天，我们的脑子里想的都是水和井。几天前刚从美国回巴玛苏罗度假的时候，迎接我们的只有路边的卡车、小汽车以及车道上的一堆废土。马提尼先生的朋友负责的新井，已经接近尾声了。安装管道的吉斯帕开了一辆老掉牙的菲亚特500，轮子被车道旁边的一块石头顶住了，无法前进。吉斯帕很有礼貌地向我们介绍了自己，转身骂骂咧咧地踢着车子。“蠢货，可恶的东西！”这个东西是蛇，还是猪？他又发动引擎，可是动力不足，三个轮子依旧不动。埃迪想把地上的石头搬走，以助他一臂之力，可是搬不动。吉斯帕又踢了车子一脚。这时，三个钻井工人大笑着走过来，和埃迪一起把这辆玩具一样的车子抬过石头，放到平地上。吉斯帕卸下一条新管道往井边走，嘴上依旧骂骂咧咧:“蠢货！”我们看着他把管道垂到井下三百英尺深的地方才住手。这肯定是所有基督教国家最深的一口井。原来早就打到水了，但马提尼先生吩咐接着往下钻,他说我们再也不想过断水的日子。现在，他就在房子里面，看吉斯帕的助手干活。我们真的没想到，他已经叫人把小浴室的热水器挪到了临时厨房，这样那个简陋之所就有热水用了。更令人感动的是，他安排人把屋子打扫得十分干净，还在棕榈树四周种上了金盏花和矮牵牛——这个杂草丛生的院子，总算有了文明的标志。

马提尼先生被太阳晒黑了许多，腿看起来也好利索了。“你的生意怎么样啊？”我问，“又卖了不少房子给傻乎乎的老外吧？”

“Non c’è male.”（不错。）他打了个手势叫我们跟着。来到旧井边，他把铅锤垂进井里,很快就听到了触水声。“Pieno, tutto pieno.”（满的，全满的。）他哈哈大笑。原来，过了一个冬天，井里又注满了水。

我看了一本当地历史地理志，知道图伦地区，也就是巴玛苏罗所在的地区，是个分水岭。水一支流入基亚纳河谷，一支流入台伯河谷。单单车道附近的那个地下蓄水池，就已令我们兴奋异常。那天用手电筒探看蓄水池时，发现一个石拱，离池底有一人多高。池水很深，身边所能找到的最长的竿子，都够不着水底。我想起九岁时最喜欢的神探南茜和她的《古井的秘密》，只是内容已记不大清了。最初了解到的意大利史也在脑中一闪而过。那时我上六年级，巴莉老师在黑板上画了一幅罗马水道简图，一个劲儿地向我们夸赞古罗马人的高超水利技术。她画的是麻西亚水道，全长六十二英里，建于公元一四〇年的部分管道保存至今。我当时一边想弄明白公元一四〇年到底距离现在多久，一边想把麻西亚水道与本希尔县的北高速叠在一起。

蓄水池洞口下方似乎有一条隧道。虽然池子两侧有踩脚之处，但我和埃迪都不敢下到十五英尺深、湿漉漉的通道里一探究竟。我们盯着黑幽幽的通道，猜想躲在里面的蝎子和毒蛇会有多大。蓄水池上方的石墙上有个口，水像是从这里注入池中的。

在拔那簇粗壮的青藤根时弄倒了一段石墙后，我和埃迪发现了一条斜道。当时我们就意识到，斜道一定通向蓄水池口。接下来的几天，我们又发现了四段石头斜道沿坡而下，从一块梯田通向另一块梯田，最后从一个正方形开口处通向一条地下隧道，蜿蜒了大约二十五英尺后，不出所料，再度出现于蓄水池上方的梯田上（就是山坡最下方的那块梯田）。所有斜道背部，都有一条凹槽，由单块大石头砌成，方便引水。如果隧道清理干净了，雨水就会涓涓流入蓄水池。我突然有了个主意：为什么不在蓄水池里装一条管道，让池子与斜道之间的水可以循环流动？经历上次断水之苦后，在我耳中，哗哗的水流声简直如同天籁。去年我和埃迪坐在石墙上赏野花、数果树的时候，没有掉进斜道窟窿里，真是万幸哪！

还有一次，我们在第三层梯田的石墙边清除黑莓的时候，弄断了一根生锈的水管，水管根部露出一块平整的石头。擦去石头表面的淤泥，用水冲洗时，石块的面积变大了，下面似乎埋了个大东西。慢慢地我们发现，那是一个石水槽，在先进的水泥水槽问世之前，意大利的厨房装的都是它。起初我以为水槽是破的，等擦去表面的泥土，再用铁锹从土里挖出来时，才发现它完好无损。这个水槽是用一整块石头刻的，长四英尺，宽约十八英寸，厚约八英寸，中间挖了一个清洗用的浅凹槽，两侧刻了排水道。角落上的排水孔塞满树根。过去，我们因为新家没有这种古老而富有特色的东西耿耿于怀。在意大利，很多老房子都有这种石水槽，污水可以直接穿过厨房墙壁排到一个扇贝形的石块上，最后流进院子。我喜欢在这样的原始水槽里洗杯子。我打算把它安在屋外墙边的树荫下，这样，在户外设宴的时候，就有地方存放冰块和红酒；在花园里干完活，也有地方洗手洗脚了。过去，这个水槽洗了不少粗糙的碗罐，从今以后，这里将是一个斟酒的尊贵场所，上面摆着插了玫瑰的大瓦罐。被埋没了这么多年，英雄又有用武之地了。

我们继续扫荡青藤。几分钟后，在离石水槽约莫十二英尺的墙缝中，发现了两个锈迹斑斑的挂钩。挂钩下面也有一块平整的石头。埃迪用铲子铲上面的厚土时，碰到了石块中央的一个把手，上面缠绕了一圈锈铁线。原来这是个圆形的石盖。埃迪得将铲子插入盖子周边的缝隙里，才能把它撬起来。

已近傍晚，雷雨刚过，天空一片耀眼的金黄色，我多希望能拿个瓶子将这种色彩封存。盖子终于被撬起来，露出洞口。说是洞口，其实是一块自身拥有坑洞的天然白石头。阳光径直照在洞内清澈的水面上。一汪浅绿色的水，泛着光躺在石面上。我和埃迪趴在地上，打着手电筒，轮流伸头往洞里瞧。无花果树根顺着石壁朝有水的地方延伸。洞底还有一个大罐子，罐子上的绿色大字清晰可辨：olio d'Oliva（橄榄油），原来不是罗马陶罐或画着舞蹈的森林之神的双耳土罐。白石头的后方有一条生锈的管子，管口恰好就在两个挂钩下方，有人拿了个瓶塞把它堵住了。这下清楚了：那两个挂钩以前是用来挂手动水泵的，而这个洞穴是口埋了很久的古井。究竟多久？慢着！离白石块正下方不远处，好像还有一个洞口。瞧着像石灰华门楣的一角，上面有不少雕刻，露出的部分仅两三英寸长，其他部分在石头下方，不为所见。我看过一篇报道，说附近有个居民圣诞前夕到菜园子里摘莴苣，踩到一个洞，掉进伊特鲁里亚古墓，里面摆放着好几具精美的石棺。这个小石洞，只是农民为灌溉田地而打的水井吗？为什么有雕刻呢？又为什么要用一块普通的石头遮盖呢？一定是这口井枯了，才另择新地又打了一口，就是去年夏天断水的那个。现在，我们有三口井了。在这片土地上的众多找水人中，我们的装备，那个无坚不摧、吱吱叫的井钻，对这个秘密洞口的制造者来说，陌生得形同天外之物。

我们叫马提尼先生来参观神奇的新发现。可马提尼先生双手插在口袋里，头都没往井里探一下，就说了句："Boh."（这个词是个万金油，随处可用，相当于"嗯"、"噢"、"天晓得"，也可以表示不赞同。）接着，他朝井口挥了下手，说："有水。"看到我们对废宅古井这么感兴趣，他肯定认为我们稚气未消，满脑子胡思乱想。我们又带他去看那个石水槽，告诉他会把它洗干净拿来用。他只是摇了摇头。

相比而言，跟马提尼先生一起来的吉斯帕就兴奋多了。这个人应该去当莎士比亚戏剧演员，每说一句话至少有三到四和手势辅助，说什么话就摆什么动作。几乎把整个身子探进了井里。"Molta acqua."（水很多。）说着指了指井壁两侧。我们本以为只有一侧井壁有开口，原来不止。吉斯帕几乎是脑袋朝下悬着身子朝井里看，所以能够发现井壁的另一个开口。他站起身来，习惯性地摊开双手，说了句唯一会说的英语："O.K., Yes!"他想到了一个好主意，在井中装一台手动水泵，将水打出来供花园使用。我们以前在基亚纳河谷乡村的五金店里，见过他说的那种翠绿色水泵，于是第二天就去买了一台回来，挂在石墙上的挂钩中。

吉斯帕为我们示范，如何一边往水泵里加水，一边有节奏地摇动手柄。在我的基因库里，早就没有了这个动作，但是握着手柄吱嘎地摇了两下，很快就得心应手了。水泵哼唧了几声之后，清冽的井水汩汩地流入水桶。我们还算清醒，没有去喝桶里未经检验的水，只是开了瓶红酒，席地而坐，一边说话，一边望着荆棘丛生的山顶。吉斯帕想了解美国的迈阿密和拉斯维加斯，还认为我们应该首先打理棕榈树。可是怎么做呢？它们长得那么高大，没有一架梯子够得着。两杯红酒下肚，吉斯帕敏捷而优雅地爬上最高的棕榈树，咧嘴笑了。我从没见过还有谁的嘴巴能咧得那么大。树开始倾斜，他赶紧抱着树干滑下来，没想到速度太快，跌了个四脚朝天。埃迪赶忙又开了一瓶红酒给他压惊。

事实证明，我们的前房主卡特医生没有说谎：巴玛苏罗的水资源的确丰富。这里的水利系统即使不能跟德阿斯特别墅的花园媲美，但也足够我和埃迪挖掘探索好些日子了。看着这些精密的地下水道，我们如梦方醒：原来在意大利，水是如此珍贵。只要有水流淌，就得想方设法留住它；即使水源丰富的时候（比如现在），也得珍惜它。圣方济各一定是悟到了这个道理，所以才会写下这样的诗行：“主啊，赞美水姐妹吧，她是那么有用、谦卑、珍贵和纯洁。”我和埃迪痛改前非，缩短洗澡的时间，洗碗和刷牙的时候也会及时关水。

有趣的是，所发现的古井两侧都有隧道，为的是让存储不下的井水分流到蓄水池。清理蓄水池时，我们找到两个洗衣服的石盆，石盆旁的石墙上钉着好几个挂钩，肯定是挂水泵用的。真是一滴水也不浪费呀。离古井五英尺左右、即去年夏天枯掉的那口，又被冬雨灌得满满的。埃迪决定，用古井浇树，用枯井浇花草，至于家庭用水，则交给那口美丽的新pozzo。那可是一口三百英尺深、穿透坚硬磐石的井哪！

付钱的时候，钻井工人说："棒极了的水，都快碰到地狱了，不过冷得像冰。"我们付他现金（好大一笔数目），因为他不要支票。他不明白，很多人身上明明有钞票，干吗还要用支票？他指着巴玛苏罗说："水，水，这里到处都有水，多得够灌满一个游泳池。"

当初我们买房的时候就注意到，与门前空地垂直相交的一道梯田石墙，坍塌了好几处。野草、漆树和无花果树已在塌落的石块上生根发芽。而我们第一次看房的时候，石墙后方的院子里立了一个十四英尺高的凉棚，上面爬满玫瑰，四周紫丁香环绕。可是，过了一年我们回来商量房价的时候，棚架不见了，玫瑰和紫丁香全被匆忙铲除，变成一片空地。我站在这片杂乱的空地上抬头望那栋房屋，才发现，原来褪了色的绿色百叶窗，已经被漆成闪着光泽的棕黑色。惊讶之下，我们几乎没注意到脚下的乱石堆。等意识到一条长达一百二十英尺的石墙需要修建时，爬满玫瑰的凉棚顿时被我们抛到了九霄云外。

去年夏天，买下这栋房屋以后，埃迪利用剩余的几周假日，把石墙摇摇欲坠的地方拆了。他以为重砌石墙不是难事儿，只要找到合适的石头垒上，用棒槌敲实，把表面抹平就行了。古老的手艺令他跃跃欲试，能够甩手大干一场更叫他兴奋不已。眼见着拆下的石块一天天增加，他身上的肌肉也一日日见长。埃迪乐此不疲，干脆买来一双厚皮手套，将石头分门别类：大石头分一堆，小石头分一堆，平整的再分一堆。我们家这片山地的石墙一律为干墙，没有用灰泥涂抹，墙厚超过一码，垒得均匀结实，齐齐整整跟拼图似的。为了抵消山坡的陡势，整堵石墙微微后斜。跟新英格兰地区漂亮的石围墙不同，那里的石头都来自采石场，而这里的是就地取材。而且在新英格兰地区，像我们这样的山地，只有橄榄园和葡萄园才围石墙。我在一块地头发现一株杏树被墙压得卧倒在地。

到了返美之时，约有三十英尺长的石墙被拆下来，石头分成了几堆。埃迪虽对石工很感兴趣，但是面对这没完没了的拆掘和日后的砌墙工作，也有点望而生畏了。且别提还有好几英尺的墙等着他拆，只要看看地上堆得跟山头似的石堆，就够他发愁的了。

这个冬日，我们拜读了查尔斯·麦克拉文的大作《石头建筑》，见识大长，知道了还有防水密封、地基和冰冻线这些知识。残留下来的石墙高度不够，而重建的石墙必须能够支撑一直延伸至我们家门口的山地。新石墙除了长一百二十英尺外，高需十五英尺，背后还要有支撑物。等看到书中提到填充层、推力、平衡以及土地受冻时的变化等建筑常识时，我们不禁怀疑，拟建的是中国的万里长城。

一点都没错。回到巴玛苏罗，我们请来几位经验丰富的泥瓦匠过来查看余墙。工程大得吓人，与之相比，室内装修简直是小巫见大巫了。“天哪，太多了！”泥瓦匠们异口同声地说。我们听说了，科尔托纳最近出台了新法令，对位处地震带的建筑墙壁有新规定：所有墙壁必须使用水泥加固。遗憾的是，巴玛苏罗就位于地震带，而我们当初根本没打算用水泥。瞧，有五英亩的黑莓和漆树等着清除，几片果林等着修剪，房子的装修就别提了，哪来的闲钱建水泥石墙？它的预算可是天文数字呀。况且愿意接这活儿的人屈指可数。

虽然如此艰巨，我们还是建好了石墙。就让我来告诉诸位，托斯卡纳的波兰大城墙是怎么建成的。

马提尼先生帮忙介绍了两三个朋友，而我则将丑话说在了前面：要马上开工；只付本地人的价钱，不付外国人的价钱。新井打好了，我们暂缓一口气。但房屋修建的批文还没下来，还不能开工。他介绍的第一个朋友表示，建这些石墙要六十天。至于他的报价，够我们买一艘小游艇和一辆跑车，环游希腊一圈。而介绍的第二个朋友，阿费罗，开的价钱连我们都意想不到，非常合理。此外，他还有一个好主意：另一堵墙应该与这堵相邻，紧挨着菩提树。如果你无法流利使用一种语言，就无法掌握判断一个人的诸多线索。我们俩都认为阿费罗疯了，可马提尼先生说他很胆大。我们希望这活儿能在我们住在这里的时候开工，所以很快就与阿费罗签了约。设计师理查蒂先生没听说过他，提醒我们，他有空接这个活儿，说明他手艺不怎么样。可是，他的话我们没有听进去。

根据进度，星期一就得开工。可是星期一过去了，星期二、星期三还不见人影，直到星期四才运来了一卡车沙土。到了这周的最后一天，阿费罗带着一个十四岁的小男孩终于出现了，没想到随行的还有三个波兰大汉。他们一到便干起活来，日落时分，剩下的一长排墙居然全被拆完，实在难以置信。我们整天看着他们干活。那三个波兰大汉，举一百磅重的石头像举西瓜一样。阿费罗没有说一句波兰话，而他们说意大利语加起来不超过五个词。好在干体力活不需要什么语言。“Via, via.”（那里，那里。）指指石头，他们就过来搬走。第二天，他们开始挖土。没见到阿费罗在场，可能去忙别的了。那个小男孩，阿列桑德罗，整天绷着脸。他是阿费罗的继子，显然阿费罗是想让他学点东西。可他呢，倒像个梅第奇王子，一脸厌恶和不耐烦，无精打采地瞎晃荡，时不时地用网球鞋踢踢这块石头，踹踹那块石头。波兰人没空理他，从早上七点到中午十二点，一刻不停地干着。到了正午才停工，开着波兰造的菲亚特离开工地，下午三点回来，又一气不歇地干五小时。

历史上，意大利人去许多国家当过“外籍劳工”，而现在，意大利却被外籍劳工问题搞得焦头烂额。我们住在巴玛苏罗的第二个夏天，就阿尔巴尼亚移民涌入南意大利海滨地区一事，意大利民众义愤填膺，而对民众的反应，报纸采取默许态度。我和埃迪都是从旧金山来的，那里每天都有新移民抵达，所以对这种事见怪不怪了。美国城市居民早就注意到移民的数量在与日俱增，估计到世纪末，美国的人口分布图就需要大幅度调整。但是欧洲人对这种现象很难接受。“我们国家有自己的穷人。”他们不以为然地对我们说。“没错，美国也有自己的穷人。”我们反驳道。意大利人几乎都是同一种族，在托斯卡纳很难看见非洲人和亚洲人的面孔。最近，东欧人发现德国的劳动力市场到处都是他们自己的面孔，于是开始向繁华的意大利北部转移。现在，我们明白了，为什么阿费罗的报价比别人低。通常，意大利工人的薪资是每小时两万五至三万里拉，而这些波兰人的报酬则是每小时九千里拉。阿费罗保证，他们都是合法劳工，都买了保险。波兰人对自己的报酬也很满意，因为以前国内工厂没倒闭时，上一天班也不一定能挣到这个数。

埃迪在明尼苏达州的一个波兰裔天主社区长大。父母都是波兰移民的后裔，在威斯康星与明尼苏达交界地带一个说波兰语的农场里长大。埃迪不会说波兰话，因为父母希望他做个地道的美国人。他试着对波兰人说了三个字，可他们一个也没听明白。不过，他觉得这几个无法用语言沟通的人很亲近，名字也很耳熟。每次走过后院的时候，我们都会向他们点头微笑，仅此而已。拉近我们之间距离的是诗歌。有一个下午，我无意中翻到一首切斯瓦夫·米沃什的诗歌。米沃什是波兰最著名的诗人之一，很久以前流亡到美国。我知道，几年前他终于返回了自己的祖国。这时，一个波兰人推着独轮车，从我身边经过。我问他：“知道切斯瓦夫·米沃什吗？”他眼睛一亮，马上大声告诉两个同伴。在接下来的几天里，每当我经过，他们都会说：“切斯瓦夫·米沃什。”好像这是个问候语一样。我也会回一句：“对，切斯瓦夫·米沃什。”

现在，我们开始为阿费罗头疼了。他做什么都像蜻蜓点水，开个头糊弄几下就不见人影，有时甚至连续几天踪影全无。当我发现对他和颜悦色不管用后，就改变战术，像个凶悍的老南方人，冲他大发雷霆。我发现自己还挺泼辣的。刚开始，他还毕恭毕敬地认真听我说话，可过了几分钟，就像个安静不下来的小孩心不在焉起来。当然，他也有迷人之处。一说起赛蛙、摩托、汽车、葡萄酒之类的话题，便眉飞色舞，用手拍着肚皮，说着方言，我们俩听得云里雾里，不知道他说的到底是什么。于是我准备动怒的时候，就把马提尼先生找来，只有他听得懂阿费罗的话。我发火的时候，马提尼先生直点头，虽然他心里一定觉得很好笑，阿费罗满脸通红，三个波兰人面无表情，埃迪却一脸尴尬。我说我很 malcontenta（不满）。我朝工地又摆手又摇头又跺脚。阿费罗只在大石头下垫了小石头，连墙基都没打，水泥里都是沙子。马提尼先生听到这些，冲阿费罗大吼。阿费罗虽不敢顶撞我，却敢顶撞马提尼先生。“蠢货！”我又听到了这句骂人的话。原以为阿费罗挨了骂，会夹起尾巴做人。但我想错了，人家第二天露面的时候可是一脸阳光，似乎早把昨天的事情忘得一干二净了。

“挪开！搬走！”马提尼先生用脚踢了一下阿费罗砌的墙，“你妈送你去哪儿上的学？是哪所学校教你把水泥和成沙堡的？”然后他们俩同时转身，冲着波兰人大吼大叫。好几次马提尼先生跑进屋子，给阿费罗的母亲打电话（他们俩是老朋友），但总是开头恶言恶语，结尾好声好气。

私底下，他们肯定以为我们很聪明，懂这么多。其实，真正的高人是那三个波兰人。“太太，意大利人的水泥。”指点我们的波兰人克利斯托夫用手捏了捏水泥，太干了；又用脚踢了踢坚硬如石的墙脚，说：“波兰人的水泥。”看来，这被他上升成了民族问题。“阿费罗，水泥少。”说完他用手捂住嘴巴。我向他道谢。我懂他的意思：阿费罗用的水泥太少了，不要说是他说的。后来，如果发现有问题，而阿费罗又在场，他们就给我使眼色，或者等阿费罗走后，通常他很早就开溜，再把问题指出来。所有的一切，似乎只要一经阿费罗的手，都有问题。可是我们签了合同，而他们又受他所雇，所以不能毁约。再说，要不是阿费罗牵线，我们彼此也不会相识。

在石墙最顶端，他们发现了一截齐地高的树桩，阿费罗说："Non importa."（没什么大不了的。）但我们看见波兰人里卡杜飞快地摇了摇头，于是埃迪断然下令：挖出树桩。阿费罗让步了，建议我们往树桩上浇汽油烧掉它得了。我们指了指那口二十英尺开外的新井，表示此地不宜。三个波兰人一直挖了两个多小时，还没挖出树桩。原来，下面有三根粗大的树根，紧紧扣在一块轮胎大小的磐石上，数以百计的小树根则向四面八方延伸。现在我们知道了，谁才是导致石墙坍塌的罪魁祸首。终于，树桩连同磐石一块被挖了出来，三个波兰人坚持要把树桩根部和顶部磨平，用独轮车运到菩提树荫下，当桌子使用。我敢说，这一定是全托斯卡纳最丑陋的桌子。

波兰人唱着歌儿搬石头，全世界的人在劳动的时候都应该这样歌唱才对。克利斯托夫有时会用假嗓唱，听着他的歌声，再看看他那魁梧黝黑的身形，心中莫名地感动。他们从不偷懒，就算老板不在场也依然如故。有时候材料用完了，而阿费罗又忘了备货，我和埃迪干脆叫他们停工，趁机雇他们给田里锄草。到后来，又请他们给百叶窗磨砂。他们很能干，什么都会做，而且速度很快，比我见到的其他工人要快两倍。每天干完活儿，他们就脱去衣服，用水管冲洗全身，再换上干净衣服，跟我们一起喝点啤酒。

当地的神父唐费比奥收留他们住在教堂后面的一间屋子里。一人五美金，包括一日三餐。他们一周工作六天——神父禁止周日干活，把赚来的里拉全部换成美元，等回家时交给妻子。里卡杜今年二十七岁，克利斯托夫三十岁，斯坦尼斯洛四十岁。他们工作了几周，使我们的意大利语水平下降了不少。斯坦尼斯洛以前在西班牙干过活，所以大家对话时，常把意大利语、西班牙语、波兰语和英语混在一起使用。我们学了不少波兰话，比如 jutro（明天）、stopa（脚）、brudny（脏）和 jezioro（湖），还有一个词的发音像是 grubbia，说的是马提尼先生的大肚子。他们也从我们这里学会了 beautiful（漂亮）和 idiot（白痴）这两个词，还有几个意大利词语，但大都是不定词。

尽管阿费罗带来了不少麻烦，但最后建好的石墙却坚固耐看。在第一片梯田和第二片梯田之间，还修了一道弧形阶梯，两端各预留了一个平台摆放盆花。新井和蓄水池四周也都用石墙围好。从下往上看，石墙巍然高大。看惯了坍塌的破墙，还有点儿不适应呢。我们知道过不了多久，新墙就会像其他墙一样，从缝隙里钻出小小的植物。由于用的是旧石头，新墙除了略高一些，与周遭环境几乎浑然一体。接下来我们就想着从井边车道到石阶这一段该种什么才好。两头种花草，沿石墙种上小树。试着种了一株木槿，没过多久就开花了，可把我们高兴坏了。

一个星期日早上，三个波兰人上完教堂，穿着熨好的衬衫裤子和从超市买的一模一样的凉鞋，来看我们。我和埃迪正在锄草。以前都是他们穿大短裤，现在反过来了，我们俩穿着大短裤，浑身脏兮兮的。斯坦尼斯洛带了一台大概是三十年前造的苏联相机。我们围坐一圈喝可乐，拍了不少照片。每次接过可乐，他们都要说一句："噢，美国！"他们连衣服都没换，就领我们到新墙旁，把墙基上方几英寸高处的泥土铲干净。墙上赫然印着用混凝土写的大字：POLONIA（波兰）。

巴玛苏罗的楼梯装的都是手工铁扶手，上楼时两边对称的弧形扶手会叮当作响。大门的扇形窗、卧室露台上的铁栅栏和大门上方的围栏，全都是手工制作的精致铁制品，只是生了一点点锈。车道入口的那扇铁门，曾经很气派，如今因为荒废多时而破败落寞。铁锁锈迹斑斑，铁门上方的半个铰链已经断裂，整扇铁门摇摇欲坠。

吉斯帕带了一个朋友，一位技术高超的铁匠，来看我们的铁门是否还有挽救的余地。吉斯帕总唱反调，说这么漂亮的别墅，应该换一扇更气派的铁门。从他车上走出的那个人，乍一看，像是穿越了时空隧道从中世纪来的——高个清瘦，貌似林肯，一头黑发暗淡无光，穿了一件黑色工作服，模样非常怪异，可我又不知该怎么形容，总之像是用其他材料造的。他话不多，脸上总挂着腼腆的笑容。只一眼我就喜欢上了他。他静静地摸了一遍大门，似乎要说的话全在手上。显而易见，他非常热爱自己的手艺，将毕生的精力都奉献给了它。是的，他点了点头说，这门能修，只是耗时。吉斯帕听了一脸失望。他一直希望我们装一扇更富丽堂皇的大门，总伸手在空中比画着心目中的理想模样：带有拱顶，上面刻着箭矢形图案，十分精美，装上彩灯和电子遥控系统，只要在屋里一摁，大门应声而开。可现在拥有一位铸铁艺术家，你们却叫他仅仅修理破门？

在一起去铁匠铺看铁门的路上，吉斯帕停了好几次车，让我们欣赏这位铁匠朋友的杰作。有几扇大门上刻着简单的剑形图案，另有几扇则刻着环环相扣的圆圈和麦穗，相当繁复。还有一扇在铁门上方刻着主人姓氏的缩写字母，它旁边的则刻着一顶皇冠，着实奇怪。我们中意精美的弧形铁门，喜欢环饰甚于硬邦邦的箭矢图案（后者会让人联想到教皇派和保皇党之间延续了两三百年的烧杀掠夺）。所有的大门都显然非常牢固，似乎可以永远屹立不倒。来到每扇大门前，这位铁匠都只是用手轻轻抚摸，一言不发，只让作品说话。突然，我的脑海里出现了新构想：大门中央刻一轮小太阳，四周是弯曲的阳光。

铸铁是托斯卡纳一门古老的手艺。每一个意大利城镇，都有复杂的中世纪门锁、卷曲的铁灯罩、军旗旗台、花园大门，甚至可爱的铁制动物和钉在墙上用来拴马的蛇形圆环。但是如同其他传统手艺，铸铁手艺已经后继乏人，即将消失。其理由不言而喻。要知道，blacksmith（铁匠）一词的关键是“black”，即黑。铁匠铺里炭火不息，铁匠从早到晚满脸煤灰，在打铁工具和大熔炉旁劳作，凡此种种，仿佛从赫菲斯托斯点燃阿佛洛狄忒[①]炉子那一刻起，历经沧海桑田丝毫未变，连空气中都弥漫着一层煤灰。左邻右舍的铁门都出自这位高超的铁匠之手。看到自己的作品举目皆是，他一定非常满足。铁匠铺正对着的，是他自家的房子。那一个方形阳台，毫无疑问是现代工艺的产物，为了弥补不足，安装了摆放盆花的铁篮。房子和铺子之间是一群母鸡、十几笼兔子、一片菜园和一棵李子树，一架手工木梯斜靠在果实累累的树上。吃完晚饭，他肯定会爬上梯子，采摘自己的甜品。此时，我越发觉得他来自另一时空。那么“阿佛洛狄忒”去哪儿了？应该就在铁匠铺的附近吧。

“时间。唯一的问题是时间。”他说，“铁匠铺里就我一个人。我有个儿子，但他……”

我无法想象，在二十世纪末的今天，还会有哪个年轻人愿意待在一家黑糊糊的铁匠铺里，听着门外车马喧嚣，整天与铁酒桶、铁柴架、铁篱笆和铁大门为伍。但我还是希望子承父业，或者有哪个人拜他为师。

①赫菲斯托斯，古希腊神话中的火神和冶锻之神；阿佛洛狄忒，古希腊神话中的爱与美之神，是赫菲斯托斯的妻子。

他拿来一根有方形狼杖头的手杖递给我，又用手指了指，没说一句话，但他的神情令我突然想起在锡耶纳和古比奥看到的火炬手。我们询问了重修铁门的大概费用，也咨询了做一扇新门的价格，新门不需太复杂，只要跟巴玛苏罗屋里楼梯的扶栏相配就行，兴许还会在铁门上方再刻一轮太阳，正好跟房名匹配。这一次没再问工期多久，因为我们已经学乖了，别去与拉丁民族那令人羡慕的时间观唱反调。

真的需要一扇手工铁门吗？我们反复自问，省点事儿不好吗？巴玛苏罗毕竟不是我们真正的家啊！可是，打心眼儿里想要一扇他亲手锻造的铁门，哪怕需要等好几个月的时间，也心甘情愿。我们还没离开，他就忘记了周围的一切，兀自拿起一些铁块，在铁砧和冒着火焰的炉子之间忙碌开了。我们的铁门必定做工精良，我仿佛听见了新门阖上时的咣当声响。

看着新井和新墙，我们觉得自己小有成绩。可是房屋仍未动片瓦。主要的修缮工作没完成之前，其他的不好动工。墙壁迟早要挖开安放热水管道，所以提前油漆毫无意义。波兰人已经把窗户拆下来了，正刮白漆，为日后上新漆作准备。我和埃迪要么去田里干点活儿，要么四处挑选浴室的瓷砖、五金、油漆，还有铺厨房地面的老式薄砖。有一天，我们在本地家具店里买了两把靠背椅。等椅子送到家才发觉它们相当笨重，黑色的苏格兰佩斯利螺旋花纹也十分古怪。不过，可能是坐了两周花园里僵硬的椅子，新椅子舒服极了。遇到雨夜，不能在室外用餐，我们就把两把新椅子相对摆好，中间搁只板条箱，铺上桌布，吃饭之地就解决了。在“餐桌”上点一根蜡烛，放一个插了野花的果酱罐，就可以美美地享受由面团、茄子、番茄和罗勒组成的佳肴了。假如是凉飕飕的夜晚，我们就用柴生五六分钟火，把料峭寒气驱逐出去。

与上个夏季不同，这个夏季雨水很多，暴雨频频。在白天，每逢大雨来临我都格外兴奋。小时候生活在美国南方，习惯了天上雷鸣电闪的壮观景象，而旧金山难得下场暴风雨，令我想念得紧。“这样的热气该散了！”常常是母亲话音未落，就见天上乌云密布，一道上亿瓦的闪电划过天幕，紧接着雷声大作。托斯卡纳的暴雨通常在夜晚降临。我斜倚在床头，拿着一个本子构思厨房和卧室的布局；埃迪在聚精会神地研读，当然不是罗马诗人的诗集，而是我先前认为他绝对不可能去碰的《涂抹石灰的技巧》，身边还放着一本《家庭自来水系统》。雨突然啪嗒啪嗒地打在棕榈树叶上。我走到窗前刚刚探出头去，又急忙缩了回来。闪电像一根根之字形长矛直刺地面，跟卡通片中描绘的一模一样。三道、四道、五道，几乎同一时刻，齐齐下刺，把整栋屋子围在里面。雷声起初只在远山隐隐响起，才一会儿就逼近耳边，如我自己的脊椎骨啪啪折断般清晰，连房屋都被震得摇晃起来。这绝不是一场普通的雷雨。电灯熄灭了。尽管我们已经紧闭门户，狂风依旧裹挟着大雨，不知从哪个缝隙勇猛地闯进屋内。阵阵阴风，如同鬼魅，从烟囱进进出出。好一个不平静之夜！

大雨肆无忌惮地敲打着房屋，门外那两棵傻乎乎的棕榈树，只是一味对狂风让步，身子弯了又弯。我好像嗅到了臭氧的味儿，肯定是房子某处遭雷击了。这场暴雨选择了巴玛苏罗作为攻击目标，似乎不达目的誓不罢休。位于暴风雨中心的我们，也许会被冲到特拉斯蒙诺湖里去呢。“你选哪个？”我问埃迪，“被山崩活埋还是被闪电击毙？”我们像十岁的孩子一样躲在被窝里，每一次闪电来临都吓得大叫：“快停吧！”“别闪了！”

当暴风雨渐渐北去，黑色夜幕上居然露出了被冲洗干净、亮晶晶的星星。埃迪打开窗户，徐徐的微风把被暴风雨打落在地的松枝和松针散发的清香送给我们。还是没有电。我们倚着枕头靠在床上，静等心跳慢慢平复。窗外好像有声音。是一只小猫头鹰掉到了窗台上，脑袋不停地转来转去。或许是它的栖息之所被风吹落，或许是它在暴风雨中迷了路。月亮露出云端的时候，猫头鹰正定定地看着我们。我们一动不动，不住地祈祷：千万别进来。我很怕鸟，这是儿时留下的后遗症，没想到，现在居然有只小猫头鹰守在窗台上！猫头鹰似乎不是简单的鸟类，在美国它像图腾，至少充满象征寓意，在这里也一样神秘莫测。我蓦地想到了密涅瓦[①]的猫头鹰。其实它不过是住在这座山里的一只小动物而已。有几次，我们在夜里看见过它的大个子长辈。它始终不走，而一声不吭的我们终于敌不过浓浓睡意。第二天早上醒来，它已经不知踪影，窗台上只有清晨六点的阳光。金色的阳光，急匆匆地赶跑夜色，为的是照亮山谷，迎接劫后余生的蓝色天空。

①密涅瓦，掌司智慧、技术、工艺的罗马女神，因她的神殿在夜间会有猫头鹰出没，人们相信那是她的化身。

野果园

吃瓜时间，最美的午后小憩。论起世间美味，西瓜当属其中之最了，而我觉得托斯卡纳的西瓜，一点不亚于小时候我在南佐治亚地头摘的。我一直不懂怎么挑瓜，有些人用手一拍就知道瓜的好坏，可惜我学不来。在我听来，生瓜熟瓜都是一个声儿。虽说不懂挑瓜，但切开我摘的西瓜，个个熟得正当其时，吃在嘴里香甜多汁、味道醇美。跟工人们一起吃瓜，我发现他们连瓜皮上的白肉都吃得精光，只留下一层又薄又软的绿皮。现在，坐在石墙上，沐浴着阳光，我吃得那么认真，一边从指间弹落瓜籽，一边用小勺从滴着汁儿的瓜瓣上挖出一圈圈瓜肉，仿佛又回到了七八岁的孩童时光。

车道上的五棵松树，突然热闹了起来，像是小松鼠扯开魔术贴或嚼碎 panini（一种坚硬的意大利面包圈）的声音。一辆车子驶了进来，车上跳下一位男子。他从地上捡起三颗松果，快步向我走来。来者是马提尼先生，我希望他来是要告诉我们，翻土工物色到了。他拿起一颗松果，往石墙上一敲，喀哒一声一些小黑块应声掉出。他又捡起一块石头，敲敲其中一片黑块儿，剥出一粒带皮的果仁。"Pinolo."（松仁。）他指了指车道周围四处散落的棕色小球，郑重其事地说了句"Torta della nonna”（老祖母馅饼），生怕我听不懂他的意思。我想，那肯定比用罗勒（只要往地上随便插几根苗就能长出一大片）做的面饼好吃。我喜欢在沙拉里放松仁。松仁！我竟然在它们身上踩来踩去却浑然不知！

我当然知道松果是长在松树上的，我还曾仔细检查过后院，敲开松果来寻找松仁，只是一无所获。万万没想到，车道旁的这几棵松树居然能产松仁。在我来这里前，它们已守护此地多年，因此我并未特别关注它们。细瞧之下，它们像油画中常见的松树，也像许多地中海海滨城市中因海风常年吹袭，树枝倾斜的松树。但丁当年流放到拉文那镇时，就是在这种松树间漫步的吧。这几棵松树繁茂高大。想不到平凡的 pino domestico（家居松，我从植物书中获知它的学名）竟能结出那种带牛油味儿的松仁，烤熟以后味道一绝。这一带肯定住过一位老祖母，拿手绝活就是做厚实的松仁镶边馅饼。她肯定还擅长做意式榛果馅方饺和杏仁饼等小吃，因为这里还长了二十棵杏树和一棵葱郁茂盛、果实累累的榛树。榛果果壳外裹着一圈黄绿色的绒毛，好像穿上了小翻领似的。就连那棵卧倒在山上、奄奄一息的杏树，也挂满了果子。

或许，马提尼先生应当回办公室，给国外客户推荐那些缺水缺屋顶的房子，可他却留下来陪我捡松果。我遇到的意大利人大都不缺时间，马提尼先生也不例外。我很喜欢看他专注捡松果的模样。不一会儿，我们俩的双手就被乌黑的果壳染黑了。“你怎么知道这么多？是土生土长的本地人吗？”我问他，“今天是松果落地日吗？”几天前他曾告诉过我，榛子成熟日是八月二十二日，正好是外国的圣菲尔伯特斋戒日（St. Filbert）。

他告诉我，他是在特文里纳长大的，离巴玛苏罗不远，二战时才离开家乡。虽然很想知道，他是加入了游击队还是为墨索里尼而战，但我终于只问了他战火是否蔓延到了科尔托纳。他指着房屋上方的梅第奇古堡，说："德国人曾占领了那里，充当通讯基地。战后一些德国军官返回来，买下自己住过的农场。"他笑着说，"可是他们一直搞不懂，为什么农民不愿意替他们干活。"这时，我们已经在墙边堆了二十几颗松果了。

我没有问他巴玛苏罗是否被纳粹占领。"那游击队呢？"

"到处都是。"他边说边打手势，"就连十三岁的小孩，上这里来放羊或摘草莓都被当成游击队员杀害了。到处都是地雷。"他没再说下去，而是突然转换话题，说他母亲前几天刚过世，享年九十三岁。"我再也吃不上老祖母馅饼了。"他的情绪变得很低落。看到我敲扁了好几颗松果，他拿起石头为我示范，怎样才能只敲碎果壳而不伤及果仁。我则告诉他，父亲已经去世了，母亲得过严重的中风，现在行动不便。听到他说眼下自己孤身一人，我没敢打听他妻儿的情况。彼此认识了两个夏天，今天是第一次谈及私事。把松果放进纸袋后，他起身告别，临走时说了声："Ciao."且不管语言课上老师传授的内容，我在托斯卡纳乡下很少听到成年人告别时用"ciao"，一般用的是"arrivederla"，更熟悉一点的，就用"arrivederci"。

我敲了四个小时，才敲出四勺松仁，弄得两手又黑又黏。难怪一袋两盎司的松仁在美国卖得那么贵。我打算自己动手做一次"老祖母馅饼"。这种馅饼随处可见，总让人误以为意大利就只有这一种甜点。法国和美国的甜点，在意大利根本没有市场。不过我相信，不是从小在意大利长大的人，吃不惯这里的点心。依我的口味，意大利的糕点太干。除非是在昂贵的餐厅，否则，可供选择的甜点不外乎老祖母馅饼、水果馅饼，还有提拉米苏（我厌恶的甜点）。多数糕饼坊和酒吧，都有出售。虽然有的偶尔口感不错，但多数却像是搁了塑料，难以下咽。难怪意大利人用水果代替甜点。甚至鲜果冻，曾经意大利的无上珍馐，现今也难以保证甘之如饴了。尽管店家宣称出售的是秘制鲜果冻，但果子中掺了面粉，却忘了公之于众。要是遇到货真价实的梨子果冻或草莓果冻，那倒真的一吃难忘。幸好，将水果浸在一碗凉水中，做迷人夏夜的片尾曲，也是极其惬意的事，要是再放点佩科里诺干酪、羊乳白干酪或帕尔玛干酪，就好上加好了。

我翻开食谱，尽量将食谱上的“克”换算成“杯”。老祖母馅饼的种类数以百计，而我最喜欢的是那种掺了大麦糊的蛋糕，中间夹着一层薄馅。虽然在美国只要打开冰箱，就能取出松仁，但在这里我宁愿花时间亲自敲松果取松仁。做老祖母馅饼，首先得做厚厚的蛋糕坯，需要两个蛋黄、三分之一杯面粉、两杯牛奶和半杯糖。但按这些比例做出的蛋糕坯，对我来说量太多了。于是我倒出两份，留待日后再用。在蛋糕坯冷却时，我揉了个生面团。原料是一杯半大麦糊、一杯半面粉、三分之一杯糖、一汤勺半发酵粉、四盎司牛油，再打入一个鸡蛋外加半个蛋黄。我把生面团切成两半，其中一半擀平放在馅饼烤盘中，上放蛋糕坯，再将另一半擀平，铺在蛋糕坯上面，将两片生面饼的边捏合在一起。我在上面撒了一把烤好的松仁后，将整个馅饼放入三百五十度的高温下烘烤二十五分钟。很快，厨房便飘满诱人的香气。等闻到熟了的香味，就取出黄澄澄的馅饼，搁在厨房窗台上摊凉，给马提尼先生打电话:“我的老祖母馅饼做好了。”

马提尼先生到来后，我给他煮了一壶浓咖啡，又切了一大块老祖母馅饼。他用叉子将馅饼送入口中，流露出无比陶醉的神情，说了句:“Perfetto！”（太完美了！）

那位当初住在巴玛苏罗的老祖母，不仅种了坚果，还一心想把这里变成一座伊甸园。瞧瞧她留下了多少好东西：三种不同的李子树（那种饱满的圣罗莎李子被当地人称为“coscia di monaca”，意思是“修女玉腿”）、无花果树、苹果树、杏树、一棵樱桃树（快要不行了）和好几棵梨树。日渐成熟的果实正慢慢从青绿色变成赤褐色，鲜嫩香甜。我很想知道，老祖母的苹果树是什么品种。它的树皮凹凸不平，看着好像不会结果子，而实际上，挂着一树像农药广告画中未施农药受了虫害的果子。院里的其他树大都是自生自长的，一则这些树都还弱小，应该是房屋闲置之后生出来的；二则许多树生长的地方都很古怪，不像是人为栽种的。譬如，山上那十棵成排的李树正下方，又冒出四棵，显然是上方的果实掉落此地，自行生根发芽的。我相信，那位老祖母也采野茴香、晒干黄花，在烤肉的时候，把它们尚绿的枝条扔进火中燃烧，增加食物的香味。我们在山边的灌木丛中，发现一些半掩在地里的葡萄枝。生命旺盛的枝条上，依旧抽出长长的卷须，结了一小串一小串的葡萄。田边竖立着一块块古老的葡萄石，像块奇怪的墓地。每块葡萄石高及人膝，状若墓碑，上有一个小孔，用来插铁竿子。铁竿子一直延伸到葡萄地外，让其藤须有更多爬升空间。埃迪用金属线把铁竿子连在一起，再把葡萄须卷在金属线上，我们才恍然大悟：原来此地是个葡萄园。

锡耶纳有个宏伟的酒堡，那是政府出资建设的品酒中心，陈列着来自意大利各地的葡萄酒，供访客品尝。侍者告诉我们，意大利的大部分葡萄园面积都不到五英亩，就是说跟我们的园子相差无几。很多小种植者都会加入地方性的合作组织，共同生产各种葡萄酒，包括vino da tavola（佐餐酒）。因此，我们在锄草的时候，自然想着在二〇〇〇年的品酒会上，带上自产的葡萄酒，一种名为巴玛苏罗的加美葡萄酒或奇扬第葡萄酒。最近的发现终于让我们明白了，为什么以前的这里酒瓶似山。过去，附近的餐馆想必也出售巴玛苏罗的红葡萄酒吧，没准是柠檬味的白葡萄酒呢。是啊，巴玛苏罗一直在等着我们到来，或者说是我们一直在等待它的出现。

橄榄油肯定是老祖母必用的原料。她用橄榄枝烧旺炉灶，将面包蘸点橄榄油再放进烤箱，或用可爱的绿色橄榄油给汤料和面食的酱料调味。冬季，她用布袋包住橄榄，悬挂在烟囱里熏制。即使家用肥皂，都是她用橄榄油和壁炉里的烟灰调制而成的。她的丈夫和雇农每年都得花好些时间，照管田里的橄榄树。橄榄枝的修剪一定得恰到好处，所留的空间必须够小鸟飞过树枝而翅膀不会拂落树叶。收获橄榄也有讲究。不能在湿漉漉的橄榄树上进行采摘，否则橄榄还没送进磨坊就发霉了。吃橄榄之前，也必须先用盐腌制或者浸泡在碱液或盐水中，这样才能去除橄榄中苦涩的葡萄苷。除了这些实用知识，还有一大套传统说法，比如何时适合摘橄榄、何时适合种橄榄，都要根据月亮择日。很久以前，维吉尔曾观察过农民的习惯：他们喜欢在月圆后的第十七天栽种橄榄，而忌讳在第五天种植。他还提到，要砍除橄榄树的残枝，最好是在夜里进行，此时露水滋润，残枝十分柔软。我担心，埃迪要是依葫芦画瓢，会从梯田上摔下来。

我们的橄榄树中，有的可以卸下使命了，因为树龄悠久，枝叶纠结，而且树干已扭曲。但还有许多老树，在伤痕累累的树干四周，抽出了不少新枝。弯弯的月亮投下柔和的光华，慈爱地照着这片山坡，我实在难以想象，这里的温度会低至零下六摄氏度。可是在一九八五年，的确如此。在树与树之间，还残留着不少死去的大树桩。这片橄榄林被冷落了这么多年，是时候让它重焕生气了。在每棵橄榄树的周围，都长了许多小漆树、金雀花和无名野草。我们得先除去它们，再给橄榄树剪枝、施肥。整块田地都需要翻土和除草。这是一项重要事务，但它们还得再忍耐一阵子。既然橄榄树好像永远死不了，那再等一年应该无妨。

弥尔顿在《失乐园》中写下这样的诗句："他带来了一片橄榄叶，一个和平的象征。"《圣经》中记述了洪水退去后，鸽子口衔橄榄枝飞向方舟的故事，预示和平的到来。这个比喻很漂亮，因为橄榄枝的确使人平和。理由很简单，橄榄树能长存于世。这些树木过去、今日、将来都将屹立此处，见证岁月。不管属于我们，还是属于他人，抑或谁都不属于，它们照样日复一日，在每天清晨舒展枝叶，迎接太阳。

几年前的一个夏天，我和一个朋友去马略卡岛的索勒远足。我们爬了五英里长满蓊蓊郁郁橄榄树的山坡，直到发现了几间石屋。周围的橄榄林是石屋天然的遮蔽。虽然迷了路，还在一片草地上遇到一头走失的公牛，但在这片兴许已有千年高龄的树林中，我们沉醉于宁静，乐不思蜀。现在，穿行在巴玛苏罗山地，我又有了那种感觉。虽然并非百分百的自然界，但这片田地能给人回归自然的感觉。在最早发明的书写方式中，有一种"牛耕式转行书写法"（boustrophendon），就是先由右至左，再由左至右书写。如果我们也受过训练，阅读照此法排版的文字，可能比阅读一律从左到右的文字更有效率。从词源学角度来说，boustrophendon 一词中有几个古希腊词根，意思是像牛耕田那样转行。这种书写的确与在逐级上升的梯田上耕田很相似：当牛耕到一行尽头时就掉头转弯，更上一层，朝另一个方向耕去。

屋旁田边的那五棵古老的树木，不知是菩提还是酸橙，并不会结果，但每逢炎炎烈日，我们不敢去屋前的梯田里干活时，就会躲到它们的树荫下乘凉。每天，我们都在那里吃午饭。树上的花朵，像是约好一般，在同一天竞相开放，好似梨形耳坠，垂落下来。馥郁的香味弥漫了整片山坡。在花儿怒放之时，我们爬上离树最近的二楼露台，坐在那里用心体味花香。我认为这种花香有点类似便利店香水柜台里的味道，可埃迪觉得像塞尔叔叔梳头用的发油。不管谁说的更对，反正全镇的蜜蜂都被吸引到此。即使夜晚，我们坐在露台上喝咖啡的时候，蜜蜂仍在花朵中忙碌不停。嗡嗡声汇聚在一起，如同群蜂朝我们飞近，既让人昏昏然又不得不严阵以待。埃迪最初只敢待在门口，因为曾被蜜蜂叮咬全身过敏。不过，蜜蜂们忙自己的事情都来不及，根本无暇顾及我们。它们一心只想把蜜囊装满，让脚上沾满花粉。

虽然埃迪害怕叮咬，却渴望养几箱蜜蜂。他极力鼓动我养蜂，说我没被蜜蜂叮过，证明它们对我不感兴趣。我告诉他自己曾被一整窝的黄蜂叮过，但他说黄蜂不是蜜蜂，算不得数的。他想象着在酸橙树边放一长排蜂箱。“你要是看过蜂箱，肯定会着迷。”他说，“天热的时候，几十只工蜂守在蜂箱口，一起扇动翅膀，给蜂后驱热。”我留意到埃迪收集了不少本地蜂蜜，也常看见家里的锅中烧着热水，软化蜡状蜂蜜硬块。金合欢花蜜色较浅，带柠檬味。栗子花蜜色略深，又稠又浓，汤勺插进去可以竖直不倒。他还有一罐百里香蜜，酸橙蜜就更不用说了。最天然的当属马基亚蜜了，马基亚是一种生长在托斯卡纳海边的灌木。“蜂后的寿命好像太长了点儿。她这辈子除了产卵还是产卵，只享受过一次蜜月，就被永远关进了蜂巢。还是没受过精的工蜂最为惬意，可以在花丛中飞来飞去。试想一下，在玫瑰花中进进出出，多享受啊。”我看得出，埃迪的魂魄已经出窍，悠悠地飞到了玫瑰花中。但我却有问题要问：

“它们冬天都吃什么呀？”

“蜜蜂面包。”

“蜜蜂面包，真的吗？”

“一种花粉和蜂蜜混合成的东西。工蜂会从胃里分泌出金色蜂蜡建筑蜂巢。那些蜂巢的六角形，多么精确啊！”

我想象着工蜂腹部的大小。为了酿出一小勺蜜，它们得在蜂巢和酸橙树间往返多少次？一千次？照这样计算，一罐蜂蜜就意味着一群蜜蜂携带着沉重的蜜露，腿上沾着花粉，往返一百万次！维吉尔在《农事诗》（类似古代农民的历书）中提到，遇到强烈的东风，蜜蜂会在飞行时携带一块小石子，增加体重，以防被风吹走。维吉尔的确对蜜蜂颇有研究，但也不可尽信其言，因为他还说过这样的荒唐之语：腐烂的牛尸会生蜜蜂。我很喜欢蜜蜂携小石子飞行的样子，就像足球运动员掷界外球之前，将球紧抱胸前的模样。“没错，我看见了那四个漆成绿色的蜂箱。我也喜欢养蜂人带的那种中世纪的面罩。我还想自己动手用蜂蜡做蜡烛。”话说到这儿，我已经动心了。

他站起身，探头去闻那迷人的香味。“黄蜂都是无政府主义者，但蜜蜂却……”他满脑子都是蜜蜂，已经不知道现实为何物。

我收起咖啡具，“这事儿等房屋整修清楚了再说吧。”

无花果树能透露出水源，我们就是在山上的无花果树边发现了那口石井。顺着井口往下看，甚至看得到它们的树根穿透井壁，伸进井中。无花果树给我的感觉异常复杂。它的果实肥美到令人匪夷所思的地步。在意大利语中，il fico（无花果），还有一个衍生词 la fica，指的是阴户。这可能跟那个著名的《圣经》故事有关：亚当和夏娃被逐出伊甸园时，下体盖的是无花果树叶，也许无花果树是人类最古老的树种之一吧。然而更不可思议的是，无花果的花竟然开在果实里面。只要剥开无花果，就能看到复杂、原始而巧妙的生命循环。无花果的授粉工作，是由一种品种特殊、长约八分之一英寸的黄蜂完成的。雌黄蜂在无花果上钻个洞，进入果实内部的花苞，将产卵器（一根细长的弧形鼻管）伸进雌花的子房中，产下自己的卵。即使雌黄蜂的产卵器够不着无花果的子房（有些无花果的花柱特别长），它照样会把沿途采集到的花粉授在无花果的花上。总之不管怎样，两项任务雌黄蜂总能完成一项：要么成功产卵，要么授粉成功。如果雌黄蜂无法完成产卵任务，通常会困死在无花果内；如果成功产卵，卵就会在无花果内孵化。孵化出的新一代，雄蜂一律没有翅膀，它们唯一的使命就是传宗接代。雄蜂与一同孵化出来的雌蜂交配，为它们提供营养，帮助它们飞出无花果，然后死去。雌蜂飞离无花果树后，带着受精卵，开始新的轮回。不管味道多么鲜美，知道了每颗无花果原来都是一座无翼雄蜂的墓地之后，你会不会大失胃口呢？或许无花果的味道这么甜美，正是因为花里埋藏了一只雄蜂短暂而美丽的生命？

我们家的女人大都擅长腌制瓜皮泡菜，制作面包、果冻、桃子蜜饯和李子果脯，而我却不善此技。看看我干的活儿：沸腾的锅边梅子迅速变软，果汁流得一灶台都是；糖桃成了带丁香味的糖浆，根本无法放进醋里浸制；腌出的黄瓜，只有无名指那么大。还在加州时，看着自己做的根本称不上果酱的果酱，还有带异国风味的黄色番石榴果冻最后变成死灰，我曾气得大哭。妈妈能做出鲜红和翠绿的蜜饯，还能用醋浸制各种泡菜，可我没继承她这方面的基因。每次看着自己忙碌一下午的劳动成果，心里只有一个想法：这东西人吃了，会不会中毒？

当初那位在巴玛苏罗的山上种满果树的女主人，想必也在楼梯间放了一个架子，存放她制作的果酱和蜜饯。即使储存到来年一月，打开那些罐子，味道也不会像我做的东西令人作呕。不过我相信，在巴玛苏罗，我一定可以拥有妈妈的天分，做出好吃的果酱和蜜饯，就像我从她那儿继承了对瓷器和昂贵鞋子的癖好一样。

我从周六的集市上买回一箱桃子。桃子漂亮极了，我只想把它们放进篮子里，欣赏那令人垂涎的美。不过，我从一本食谱上找到了伊丽莎白·大卫的桃子果酱秘方。方法简单之极，只要将桃子切成两半，加上糖后放进水里煮，冷却，翌日再煮至糊烂，装到罐中即可。伊丽莎白解释道:“这个方法虽然用料大，但可以做出味道可口的果酱。可惜的是，果酱放不了几天，表面就开始发霉，不过下层的味道不受影响，有时即使放在潮湿的房间里一年都不会变味。”关于发霉的说明让我有点儿放心不下，因为她既没告知杀菌的方法，也只字未提我妈妈做绿番茄酱封盖后里面发出的嘶嘶声。我记得，妈妈会用手拍打罐子以使盖子严实。可伊丽莎白好像只要把果酱装罐后就置之不理，等到要吃的时候把发霉的表面除去便可，而且还说“这个方法用料大，但可以做出可口的果酱”。只要这话是伊丽莎白说的，我就信。我买的桃子很多，所以决定先做七磅试试，剩下的都吃掉。这个夏天，我们就会把果酱消灭干净，让倒人胃口的霉菌没有机会在这间潮湿的房子滋生。我会送一些果酱给新朋友。他们肯定会纳闷:放着百叶窗不去漆，却捣腾什么果酱。

我把桃子扔进沸水中煮了一会儿，看到颜色从玫瑰红变成深红时，就捞出来撕去皮。桃皮非常好撕，像撕丝绸。这种果酱制作方法的确简单，甚至连食谱中常见的加入“几滴柠檬汁”、“一点儿豆蔻末”或者“一到两粒丁香”之类的东西都用不着。我还记得妈妈的独特手艺:自桃的凹陷处塞入杏仁类坚果。不一会儿，厨房里桃香四溢，许多苍蝇闻香而来。第二天，我又把桃子煮了一遍，然后装罐。就这样，我有了五罐可口的桃子酱，桃味浓厚却不甜腻。

科尔托纳的面包坊多使用木制烤箱，烤出来的硬皮面包好吃得不得了。早餐时间是一天中我最喜欢的时光。早晨，空气清新，丝毫感觉不到稍候便至的滚滚热浪。我起得很早，把面包和咖啡端到田里，在那里坐上个把小时，与我做伴的是一本书、柔和天空下那一排深绿的柏树和中世纪诗篇中描述过的种了橄榄树的山坡。有时，下面的山谷好似一个盛满雾气的巨碗。我看得见正下方那两棵挂满绿果子的无花果树和一棵同样果实累累的梨树。我常常忘了手中的书，脑子里装的都是各种食物:梨子酱、梨子馅饼、梨子冰淇淋、青无花果烤猪肉（黄蜂不会已经藏身其中了吧）、无花果饼、无花果和果仁馅饼……真希望这个夏季能百年永续。

太阳的声音

巴玛苏罗距离科尔托纳只有两公里，但给人的感觉却像地处偏僻的乡村。虽然有时能听得到有人在喊自家的小狗，却看不到一个邻居。炎炎烈日炙烤着大地，我可以通过太阳光射在房屋上的位置判断时间，好像我们的房子是个大日晷似的。清晨五点半，第一缕阳光照射在阳台门上，唤醒沉睡的我们，赐予一个欢乐的黎明。到了九点钟的时候，一大束阳光从边窗直射进书房。那是整栋房屋中我最喜欢的窗户，透过它，可以望见远处的柏树林、山谷里的小树林和亚平宁山脉。很想把这幅图景画下来，可是我的绘画水平不高，作品只宜放在储藏室。十点钟，太阳高高挂在屋前的天空上，下午四点之前，它会一直待在那里。四点过后，一道长长的黑影穿过草坪，意味着太阳正在赶往山的另一侧。如果我们此时出发去镇上，会在途中看见一轮巨大的落日，悬在基亚纳山谷之上，迟迟不肯下山。即使已经落山，它也会将一缕缕金黄和藏红的光芒留在天际，照亮我们的归路。到晚上九点半，靛青的夜幕才真正合拢。

没有月亮的夜晚，黑暗中的我们觉得自己就像待在一枚鸡蛋里。埃迪回明尼苏达参加他父母结婚五十周年的庆典了。要不是有一扇百叶窗砰砰地响个不停，屋里静得连我自己的血液流动声都听得见。独自一人守着偌大的房子，我以为会彻夜难眠，胡思乱想。比如，想象一个瘾君子端着一把乌兹冲锋枪，闯上楼来。而事实上，我一整晚都趴在堆满书本、卡片和笔记本的床上，做一件平日极少做的事——给朋友写信。写完信，我又重拾了另一个爱好：像学生时代那样，一边享用可乐和核桃巧克力饼，一边把自己喜欢的诗歌或文字抄在笔记本上。我的黑猫“小妹”要是在身边就好了，孤独之时，它是一个让人十分信任的伙伴。不过，就算它在这里，也不能像往常一样躺在我脚边睡觉，因为实在太热了！它只能睡到床尾的那个枕头上。我睡得像个新生婴儿。起床后，我在阳台上喝了杯咖啡，步行去镇上买了些杂物回家，之后又去花园里干了一会儿活，进屋喝水时，才刚到十点。时间慢慢地过去了，我没有感到任何说话的必要。

过了几天，我的生活有了规律。凌晨三点醒来，读一会儿书，六点钟起床。取消原来下午一点钟的午餐，改在上午十一点和下午三点各吃一顿小点心，比如口感像苹果的番茄。在炎热的午后，还会睡两小时午觉。我并不是真的很困，只是在令人昏昏沉沉的热浪中，吹着嗡嗡的小风扇，不知不觉也就迷糊了过去。晚上，我终于可以躺在铺在院子里的床单上，一手拿电筒，一手拿星座图，辨认星座。凭着屋顶上方的北斗星，我很快就找到了双子星座的北河三和小犬星座的南河三。我本已忘记星星的模样，但现在它们就在眼前，晶莹透亮，有明有灭。

一天，一个法国女子和她的英国丈夫拜访我家，自称是我的邻居。他们听说有对美国夫妇买了这栋房子，非常好奇，于是过来看看究竟是谁这么疯狂，千里迢迢自讨苦吃，修缮如此破的房子。他们还邀请我第二天去吃午饭。因为都是作家，目前也都在修自己的小农舍，所以大家一见如故。他们问了我很多问题：楼梯应该安在哪里？这个小屋用来做什么？把楼下的小马厩改成卧室好吗？光线会不会太暗？我告诉他们，市政府禁止老房子开新窗，即使是密不透风的房屋也不行。所有具有历史文物价值的建筑外观必须保持原样。他们又邀请我隔天共进晚餐。在那里，他们介绍了另外两个外国作家给我认识，一个法国人，一个亚裔美国人。一周后埃迪回来了，我们再次接到邀请。

宴会设在一个爬满葡萄藤的凉亭里。桌上放着凉拌沙拉、冰镇酒、水果，火炉上烤着一大块蛋奶酥。太阳烤着远处的橄榄树，这个石凉亭却很凉爽。主人又把我们介绍给了其他宾客：小说家、记者、翻译家和一个非小说类的作家。他们都较早搬到这里，都是住在附近山城里的外国人，也都有整修房子的经历，所以算是“老前辈”。我很想永远生活在异国，但也很疑惑：是什么让他们仅仅到意大利访问或旅游一次，就决定定居于此呢？我把心中的疑问告诉了身旁的费妮拉，她是一个国际新闻记者。“你想象不到五十年代的罗马是什么模样。只能用‘神奇’来形容了。我爱上了这座城市，就像爱上某个人一样，于是开始找机会来这里生活。后来，费了一些周折，我进入路透社做特约记者，才终于可以定居在这里。看看以前的老电影你就知道，当时的罗马街道基本上没有车。虽然二战才刚结束，整个意大利破败不堪，但这里有真正的生活。当时物价极其低。我们其实没什么钱，但还是可以住在一个有许多房间的大宅里面，租金很少，像白送的一样。每次回美国，我都迫不及待地想回来。这不算背叛吧？或许算，除了意大利，我哪儿也不想去。”

“我们也有同感。”我说，话音刚落就发现其实不然。虽然，我和她一样臣服于意大利的“神奇”，但我知道这里之所以吸引我，部分原因是它能平衡我在美国的生活。即使办得到，我也不会永远离开美国。我想修正刚才的话。“在美国的工作虽然辛苦，但我喜欢，它是我前进的动力。旧金山并不是我土生土长的故乡，但那个城市机遇很多，很漂亮，适合居住，尽管会有地震什么的。而意大利的日子呢，能让我远离美国的疯狂、暴力和不顾现实的一面，还有从早到晚忙碌不停的生活。到这里才短短三个星期，我就发现，我已经不像在美国那样，整天把神经绷得紧紧的。只是以前在美国的时候，并没发觉自己的防卫心那么重。”费妮拉听了，一脸同情。美国时下的暴力问题，已经严重到外人难以理解的地步。“在这里，我发觉自己的脉搏都慢下来了。”我接着说，“但还是觉得，美国最适合我思考问题，毕竟，那儿才是我的文化、精神和过往的源头。”我不知道自己的言辞是否达意。费妮拉向我举起了酒杯。

“没错，我女儿的想法跟你一样。你以前没去过罗马，现在的罗马大不如前了，一塌糊涂，可以前的罗马真的很迷人，见了就不想走。”我突然意识到，在座的各位都是经历“二度流亡”的漂泊人士：从美国“流落”到罗马，又从罗马“流落”到托斯卡纳。

这时麦斯也加入谈话。他上周刚去了趟罗马，说交通乱糟糟的。吉卜赛人以为他是游客，缠着他不放，冲他晃动纸牌，想分散他的注意力，趁机偷钱。“很久以前我就知道了，遇到这些人，就是要恶狠狠地瞪他们几眼，他们才会作鸟兽散。”他告诉我和埃迪。别的客人也纷纷表示，意大利今非昔比，可是如今的大千世界，又有哪个地方不是如此呢？自长大之后，我就不断听人说，以前硅谷果树成林，亚特兰大城的居民彬彬有礼，出版业都是绅士在经营，房子跟汽车一个价钱……这些都是事实，但是我们除了好好珍惜时下的生活，还能有别的选择吗？我的一个朋友最近在罗马买了一栋房子，她对罗马着迷得不行，我和埃迪也很喜欢那里。也许经历过海湾大桥的拥堵和旧金山飞涨的物价，没有哪个城市让人接受不了吧。

来客中有一位我仰慕已久的作家。二战结束后她移居意大利，起初住在荒凉的南部，后来到罗马住了一段时间，大约二十年前搬到了这里。我知道她住这里，还从我们俩的一个共同朋友那儿获得了电话号码。那个朋友住在佐治亚，每年都会到旧金山待一些日子。可是要我打电话给一个素昧平生的人，迟迟动不了手。再说，我内心里对她敬畏有加，她能用极其朴实动人的文字，描述生活在贫困的巴斯利卡塔的妇女阴暗、粗犷而曲折的人生故事。

现在，我仰慕的作家伊丽莎白，就坐在我的对面，用手盖住酒杯，不让麦斯添酒。“你知道我在午餐时间从不喝酒。”她婉拒道，看来还挺古板。她长了一双蓝眼睛，眼神专注，皮肤白皙，跟我一样带点儿南方口音。

我倾了倾身子试着问了句：“听您的口音，像是南方人吧？”

“我倒希望不是。”她应到。她脸上掠过的是微笑吗？随即她转头与身边的著名翻译家攀谈起来。我低下头看着自己的沙拉。

理查德把他用马斯卡普尼干酪制作的柠檬冰淇淋端上桌的时候，宴会已经接近尾声了。旁边的桌上，放了好几个空酒瓶。火辣辣的太阳，透过栗树枝叶的缝隙照着凉亭。这是老朋友之间的聚会，他们有许多共同的经历，我和埃迪想插话都找不到什么机会。费妮拉说了她最近去俄罗斯和保加利亚考察的经过。她丈夫则讲了从非洲出差回来时，在大衣口袋中夹带一只灰鹦鹉过关的趣事。辛西娅说了她们家人怎么争抢名人母亲的笔记本。麦斯讲述了他的一个经历，把我们全乐坏了。有一次，他飞往纽约时坐在一个电影制片人旁边，他抓住机会拼命向对方推销自己的剧本，终于说服对方，没想到后来对方主动拜访他并买下了版权。伊丽莎白好像听得很认真。

结束时分，伊丽莎白走到我面前，说:“我以为你会给我打电话呢。我找过你的电话可是没找着。伊比（我姐姐的一个朋友）告诉我，你在这里买了一栋房子。有一次我在罗马一个宴会上碰见过你姐姐。哦，不对，是在佐治亚碰见她的。”我推说自己忙于房屋装修，没空找她。接着在冲动之下，邀请她星期天到家里做客。我说自己是一时冲动，因为家里那时空空如也，没有家具，没有餐具桌布，只有一个配备不齐的厨房和寥寥几只碗碟。

我赶紧到集市上挑了块亚麻布，铺在屋后那张摇摇晃晃的桌子上，接着到外面采了一把野花，插进花瓶里，摆在餐桌上。我精心准备晚餐但又力求简单:用鼠尾草和牛油做意式方饺、炒鸡丁、做意式熏火腿卷和新鲜果蔬。伊丽莎白来到的时候，埃迪正要把桌子搬到山边。突然，桌面和一条桌腿散架了，哗地掉在地上。主客之间的生疏是打破了，但晚饭到哪儿吃可就没了着落。伊丽莎白帮忙重新拼好桌子，埃迪拿来钉子钉牢靠，再次铺上桌布，放上杯盏，没想到效果还不错。我们一边带客人参观新居，一边谈论着水管、水井、烟囱和油漆等话题。伊丽莎白告诉我们，她到托斯卡纳的时候买的也是破房子，后来被她装修得漂亮极了。她初搬进房子的第一天，一面墙倒了，墙后跑出了一头脾气暴躁的老母猪——可能是先前的农家忘了带走。很快我们就发现，这位客人对意大利了如指掌，于是赶忙向她询问:去哪里检验水质？一罗马里等于多少英里？哪家肉铺价廉物美？买得到老式瓦片吗？申请长期居住好吗？自从一九五四年搬到意大利，伊丽莎白就密切关注着这里的方方面面，对历史、语言和政治知之甚详。此外，她还知道不少优秀水管师傅的电话号码，认识会制作略带罗马北部风味面饺的妇女。晚餐在月光下持续了很久（虽然一直很担心饭桌会再次倒塌）。一顿饭下来，我们成了好朋友。

每天早上，伊丽莎白都会去镇上买报纸，然后拐进同一家咖啡店喝咖啡。我也爱早起，也喜欢散步到镇上，观看小镇苏醒的模样。我总拿着一本意大利语动词变化表，一边散步一边记忆。也会带上一本诗集，因为诗集和散步是绝配。有时会读上一两句，掩上书细细品味，接着再读一两句，有时仅仅是诗中的个别词句就足以让我琢磨一个早上。一边散步一边沉思，很容易把诗句从纸页中解放出来，因为我是踏着诗歌的韵律散步的。但埃迪觉得我这样走路很滑稽，恐怕会被当地人看作“美国怪人”。因此后来我走到镇口时，就把书收起来，看卖果蔬的玛丽亚·丽达整理水果，看用细枝扫把，（很像巫婆的扫把）扫地的商店老板和靠在理发椅上的理发师，他正在抽今天的第一支烟，一只带条纹的小猫睡在他的腿上。我常撞见伊丽莎白，这样的不期而遇一星期总能有一两次。

我和埃迪对镇上的了解越来越多了。我们尽量在本地商店里买东西：小五金、变压器、隐形眼镜护理液、蚊香和胶卷。卡姆基亚有更廉价的超市，但我们并不愿光顾。从面包坊逛到果蔬店，再到肉铺，把买来的东西全部装进随身携带的蓝色帆布包里。玛丽亚·丽达每次看到我们，都会特地走到店后，把新摘的莴苣和精心挑选的水果拿出来。如果我们没带零钱，她就会说：“明天一起付好了。”好像我们只怀揣大钞票似的。在邮政局，女职员会一边跟我招呼“太太早”，一边使劲儿地往我的信上盖邮戳，好像与它们有仇。在拥挤的小杂货店，我数过，多达三十七种干面条可供选择，柜台上摆放着新鲜的意式面饺、阿尔弗雷德宽面和两种方饺。现在，这里的服务员好像都摸清了我们的喜好，知道我们要买哪种面包，知道我们要的乳酪是水牛乳做的，而不是一般牛乳。

我还为即将到来的女儿阿雪莉挑了一张床。这里没有弹簧床，我们买的是那种金属床柜、木头底板的床。我想起小时候。有一次，我在床上跳着玩儿，突然床板、床垫连同弹簧哗的一声全塌了。不过，我买给女儿的床肯定不会这样，它结实而舒适。星期六的集市上，有一位黑发黑眼的年轻女子，专卖旧亚麻织物。我挑了一条钩边亚麻床单和一个镶边格子枕套，配女儿的床铺。看那货色，肯定是哪个新娘的嫁妆。两件物品都非常新，我真怀疑新娘子有没有从箱子里取出来用过。不过床单和枕套在折叠处有些脏，我把它们浸泡在肥皂水中，洗完后晾在正午的大太阳下。阳光是天然的漂白剂，床单和枕套立刻洁白如初。

伊丽莎白决定卖掉房子，改租一间十三世纪建造的温泉圣母教堂的侧室。那原来是神父的卧室。虽然她要到冬天才搬家，但已经开始整理东西了。也许是第一次在我家吃饭的经历让她念念不忘吧，她送了一张户外用的铁桌子和四把弯背椅给我们。几年前，她参与了一部专访意大利著名作家摩拉维亚的电视节目，摩拉维亚希望在拍摄的空当有个休息的地方，于是就买了这套桌椅。我为这张“摩拉维亚桌子”选了一块墨绿色桌布（类似巴黎公园中长椅的颜色）。她还送给我们好几个书柜和几个装满书籍的购物袋。即使是十四世纪在此隐居的雅士，也一定会对我们白色房间内的摆设赞不绝口：一张床、一堆书、一个书柜、几把椅子和一张古色古香的桌子。衣服就放在一些柳条篮子里。

每个月的第三个星期六，科尔托纳的邻镇湖堡镇的一个广场上，都有小型旧货集市。有一次，我们从集市里淘到一张发黑的旧照片，上面是一群面包师傅和几个栗色衣帽架。但大多数时候，我们只是走马观花，那些藏在旧车库里的旧家具价格高得令人咋舌，不敢问津。

回家路上，我们看见一起车祸：一辆小型菲亚特在弯道上超车，却迎面撞上了一辆新的阿尔法跑车。超车似乎是意大利人与生俱来的恶习。菲亚特翻倒在一旁，一个车轮还在转动。人们从变形的车身中抬出两个乘客。救护车呼啸着驶来。被撞毁的阿尔法没有翻，车门开着，前排座位空无一人。我们驶近那辆车子时，发现后座有一个十八岁左右的男孩，身体笔直，系着安全带，已经当场毙命。由于这起事故，道路拥堵得厉害，车辆只能慢慢蜗行。我们距男孩那双空洞的蓝眼只有两英尺远，鲜血从他嘴角一滴滴往下流。这以后，埃迪开车明显稳健多了。第二天，我们去湖堡镇游泳时，向酒馆老板询问那男孩是不是本地人。“噢，不是，他是从特朗托拉来的。”特朗托拉距离湖堡镇不过五英里。

我们还在等装修批文，但仍希望八月底回美国的时候，能先完成房梁喷砂的任务。每个房间都有两到三根大梁和二十五到三十根小梁，任务很艰巨啊！

在意大利，每年的八月十五日不仅是圣母升天的纪念日，还传达了这样的讯息：在这一天前后，所有的意大利人都该放下手中的活儿，好好休息。我们低估了这个日子的影响力。等石墙筑好想找人来喷砂时，才发现整个意大利就只有一个人挺身而出，愿意接活。他说他会八月一日来，三天内结束活计。但是到了八月二日，也不见半个人影。我们打了好几次电话，最后，一个听上去上了年纪的老妇人冲我们喊：他去海滨度假了。看来他终于还是选择了在沙滩上散步，而不是给黏糊糊的房梁喷砂。我们只能祈祷，希望他会半路折返。

尽管在中央供暖系统装好之前，不能给房子内壁上漆，但我们仍然决定把墙上的旧漆刮掉，为日后的油漆工作作准备。每个星期六或手头没其他活儿可干时，那三个波兰人就会过来帮忙。我和埃迪刮墙的时候，白色粉尘纷纷落下，落得一身都是。波兰人是用海绵或湿布擦漆，在他们的手下，掩藏于灰泥之下的一层更久远的鲜蓝油漆显露出来，这种颜色大概是受圣母身上的蓝衣启发吧。文艺复兴时期的画家，只能靠从位于现今阿富汗的采石场运回的天青石，取得这种稀罕的颜料。在每面墙的顶端，依稀可见一圈业已磨损的叶形装饰。楼下的卧室墙壁被漆成一英寸宽的蓝白相间条纹图案；二楼的两间卧室则呈明黄色，这种颜色深受文艺复兴时期画家的钟爱。它是用烤过的黄玻璃、红铅和来自阿诺河岸的沙子提炼出来的。

突然，从三楼传来克里斯托夫喊埃迪的声音，紧接着埃迪大声喊我，声音急促而兴奋。我跑上楼，看见克里斯托夫和里卡杜一边用波兰语说话，一边指着餐厅墙壁的中央。墙壁上画了一座拱门！克里斯托夫拿着湿布在拱门四周轻擦，慢慢地露出了一小片蓝色，然后是一个农舍，接着是杏绿色的羽毛状图案，应该是棵大树。老天，他们居然发现了一幅壁画！我们提来水桶，用海绵小心翼翼地擦着墙壁。每擦一下，画面就多露一点：岸边的两个人，湖水，远山。湖水的蓝色与底层卧室的蓝色相同。天空的蓝色比湖水的略浅，云朵是淡绯红色的。湿润的时候，壁画的颜色非常鲜艳，但水干了之后，就暗淡了不少。一根埋在墙上的电线大煞风景，破坏了整个古典画面。我们擦了整整一个下午，水顺着手臂流淌到地上。到最后，我觉得自己的胳膊就像没有弹性的橡皮筋，使不上一点劲。这幅画占了一整面墙，画中的风光看着有点眼熟，像是特拉斯蒙诺湖四周的景色。从朴实的画风可以看出，我们的新发现并不是乔托的大作，但还是相当不错。肯定有人不喜欢这画，所以在上面刷上了白石灰。幸亏用的不是黏性更强的漆，否则我们就不可能就着柔和的湖光享用晚餐了。

要让这栋房屋和周围的梯田焕然一新，恐怕一百年都不算长。我用醋将一楼的窗户擦拭干净，蓝天下烟蒙蒙的青山登时清晰可见。埃迪站在第三层梯田上，挥舞着又长又大的镰刀。他身穿的红色短裤像旗帜一样鲜艳，为了防止荆棘划破双脚，飞溅的石子伤眼，还特意穿了一双黑靴，戴着眼罩。他就像一个强壮的天使，前来给圣母报喜。而事实上呢，他只是无数个在此间辛劳劳作的平凡人之一，所有的努力只是为了不让农场荒废成一片陡坡。伊特鲁里亚人生活在此之前，托斯卡纳还是一片茫茫林海之时，巴玛苏罗想必只是陡峭的山坡。

除草机发出的刺耳嗡嗡声，淹没了路边白马的嘶鸣和每天清晨唤醒我的婉转鸟啼。可是，为了防止火灾，干草必须割除。埃迪打着赤膊，在炎炎烈日下干活，身上的皮肤日渐黝黑。他弯腰将修剪下来的橄榄枝堆在一起，在凉爽的夜晚再烧掉。橄榄枝一烧便着，灰烬又可以当肥料撒在树下。跟猪一样，橄榄树也浑身是宝。

窗户上的旧玻璃有几处凹陷了，窗外清晰的景象也随即变为一幅水景般的印象派作品。换作在旧金山，如果把时间花在擦银器、熨衣服和扫地这样的家务上，我肯定觉得自己是“浪费时间”。比这更重要的事情比比皆是，记备忘录、备课、写论文和写作。大学的工作已让我身心俱疲，家务事早成了可恶的负担。我种的花草不是涝就是旱。可为什么在这里，我却能哼着小曲擦窗户呢？这可是十大恐怖家务之一啊！现在，我还想建一个超大的花园。此外，还想亲手缝一块亚麻布帘，挂在浴室玻璃门上。将来，这栋房子的每一块砖和每一把锁，都会像我自己或爱人的身体一样，为我所熟悉。

修复。我喜欢这个词儿。房子、土地，或许还有我自己，都有待修复。只是修复成什么样儿呢？我们的生活非常充实，从早忙到晚，却乐在其中，这种热情连我自己都感到惊讶。难道只要有个目标，就可以不管意义何在？还是因为高涨的兴致，阻止我们思考自己行为的意义？抑或是巨轮在肩，我们别无选择，只能奋力前推？但我清楚，把我们吸附在这些琐事之上的是一条巨大无比的根，可以与自石墙边挖出的在大石块上盘根错节的树根一较高下。

我想到了法国哲学家巴什拉的大作《空间的诗学》。这本书我没带在身边，只有在笔记本里摘抄的几句话。巴什拉把房子称作“分析人类灵魂的工具”。回想曾经住过的房子，我们学会了如何“安顿”（这个词我喜欢）自己。关于房子，我与巴什拉英雄所见略同。他在书中这么写道：一个人独守空屋，能听见太阳照射进屋的奇怪声音。不过，最让我印象深刻的是他的另一个观点：房子是梦的庇护所。对我们来说，最好的房子就是能够让人安心做梦的场所。在巴玛苏罗留宿的客人，往往第二天一大早就跑下楼，讲述自己的梦。通常出现在他们梦中的，是已经过世的父母。“我梦到自己坐在车里，父亲在开车。奇怪的是，我就是现在的我，可我父亲在我十二岁那年就去世了。他开得很快……”一个客人曾做过这样的梦。他们大都睡得香甜。我们每次回巴玛苏罗，睡眠也很好。在这个世界上，这里是唯一让我在早上九点还有睡意的地方。难道这就是巴什拉说的“深层梦境的睡眠”？在这里待上一周，我就能像十二岁时那样精力充沛。巴什拉让我们知道，那些与我们息息相关的房子，总会把我们带回出生后的第一栋屋子，甚至是最初的自我。美国南方人身上都有一种无法从DNA中找到的基因，相信住所乃命运一说。你居住的地方决定了你是谁。你与自己的住所越息息相通，你的自我就越与它难分难舍。一个人选择居于何处绝不是偶然的，因为它反映了你内心的渴望。

我记得童年时的房间有六扇窗户，夏夜窗子都开着。大概是三四岁的时候，夜里家人睡得正酣，而我突然醒了，起床趴在窗台上，看着窗外如沙滩球大小的八仙花。吊扇的风轻轻吹拂着白色窗帘，把外面木樨的香味送进屋里。我摆弄着窗闩，不小心将它弄了下来。我至今仍记得它那金属的质感，我的小手指几乎可以塞进孔里。后来，我爬上窗台，跳进黑漆漆的后院，开始奔跑起来，一种奇怪的感觉——现在我知道了，那叫自由——涌遍我的全身。湿漉漉的草地、黑色灌木丛中绽放的白山茶、跟我当时一样高的小松树从身边掠过，我跑到胡桃树下抓着树枝荡秋千。那时，我刚学会上下用力晃动，又能荡多高呢？我绕着屋子乱跑，跑过每个家人的卧室，然后站在平时大人从不允许我穿过的街道上，再从不上锁的后门溜回自己的房间。

那种纯粹的快乐，那种激流般的欢愉，就像把插头插进插座时产生的电流。就是那种感觉。

我从前在旧金山住过一间小套房，后面是一个种满鲜花的小阳台。站在阳台上俯身下望，三层楼的下面是都市里常见的小中庭，四周是迷人的花圃，由一位园丁专职打理。但它们引不起我丝毫的兴趣。公寓高墙边的茉莉花沿着后楼梯的栏杆，爬到三楼我的阳台上，开得无比热闹。对此，我倒是一直难以忘怀，心存感激。每天下班回家，我都会到阳台上，给茉莉花浇水，望星空，闻茉莉的清香。茉莉花、金银花和栀子花的身上，都有南方的味道，那儿才是我身体上和精神上的家。虽然这种联系时断时续——毕竟，我的双脚站立在距离地面三层楼高的地方。就算我离开房间走到楼下，又有混凝土把双脚与土地隔开。住在一楼和二楼的都是我的朋友，有时我们会聚在一起，商量什么时候修台阶，什么时候粉刷楼道。我时常静静地欣赏外面的树冠，多美的树啊！房子的后面正对着一座私家花园，附近是一排维多利亚式的房屋，一户挨着一户。这个街区的中央是一块绿地。如果我们都把围墙拆掉，就有一大片草地可供散步了。我很喜欢自己的小房子，也因此心满意足。

莫非在巴玛苏罗，真有一位老祖母暗中坐镇一切？这座平地而起的三层楼房，在我醒着和睡熟的时候，正在慢慢自我修复。修复的是房子吗？一道灵光闪过我的脑际：当人与他最初的自我相认时，他就重新获得选择的权利。但丁在《神曲 · 地狱篇》的开篇处直接发问：人要想成长，应该付出怎样的代价？

在旧金山的家中，我经常梦到自己以前住过的房子，但房子里多了一些未曾有过的房间。很多朋友告诉我，他们也做过同样的梦。我梦见自己爬到三年前在纽约苏摩区住过的房子里。那是栋十八世纪的建筑，我很喜欢。梦中我爬进阁楼，发现了三个新房间。其中一间有一株奄奄一息的天竺葵，我把它拿到楼下，给它浇水，没想到像迪斯尼的片子里演的一样，天竺葵马上抽叶开花。我梦见一栋又一栋房子，高中好友的家、儿时的家以及父亲年幼时的家，每次打开门总会有新发现。在梦中，纽约家中的灯全都开着，我从每扇窗前经过，看里面的人在忙些什么。但我从来没梦见普林斯顿那个四四方方的公寓，也从未梦见旧金山那套我喜欢的小房子，也许是因为我在入睡前总听见传至海湾的雾号声吧。那些深沉的声音取代了梦，直触灵魂，呼唤埋藏心底的声音——那个声音人人都有，却不知如何利用。

几年前的夏天，我在维其奥租了一栋房子，竟把周而复始的梦境变成了现实。那栋房子很大，侧屋住着一位管家。有一天，我走进一间没人住的卧室，打开原以为是壁橱的门，不料发现一条两侧都是空房间的石廊，白鸽在里面飞来飞去。原来那是管家所住的侧屋二楼，以前我并未意识到那里没住人。打那以后，我清晨醒来，常把那扇房门打开，看太阳映在地板上的方形光影和鸽子飞翔的白色羽翼。

在巴玛苏罗，我又可以重享与户外相连相通的喜悦。这里的窗子都开着，蝴蝶、马蝇、蜜蜂……任何小动物，只要喜欢都可以随意从窗中进出。我们几乎每顿饭都在户外吃。我重获了母亲对季节和时间的敏感，即使是擦窗户，我也兴味盎然。我又拥有了一栋可以安心做梦的房子。房屋一端紧挨着小山，这是不是又一个暗示：此屋的居民可以与大自然重新连接？在这里，我从不做跟房子有关的梦。在这里，我在梦中的河流自由徜徉。

尽管白昼很长，夏季依然短暂。阿雪莉到来之后，我们像疯子一样，冒着酷暑四处游玩。阿雪莉第一次站在房前时，凝视了良久才说："这房子就要成为我们记忆的组成部分，真奇怪。"我懂她的意思。每次旅行或移居到另一个城市，都有这种感觉——这个地方将与我们融为一体，难以分割。

我当然希望阿雪莉喜欢这里，但我不想强求。还好，她已经开始计划在这里过圣诞。她给自己挑了一个房间。"家里有做意大利面条的机器吗？""可以顿顿吃瓜吗？""可以在第二块梯田上挖个游泳池。""有去佛罗伦萨的火车时刻表吗？我要去买双鞋子。"

阿雪莉大学一毕业就去了纽约。艺术家似的生活，打零工的漂泊，加上漫长炎热的夏季，让她的健康出了问题。我们去了后山一个教士开的山泉泳池中泡澡，到伊特鲁里亚人的海边晒日光浴，租了沙滩椅整天待在太阳下。到了晚上，找一家绝对地道的本地餐馆，用完餐后四处溜达。

日子像流水般飞逝，转眼又到了我和阿雪莉告别巴玛苏罗的时间了。我必须回去工作，但埃迪会多待十天，没准那位喷砂工人度假回来了呢。

欲速则不达

走出旧金山机场，一阵湿冷的雾气迎面袭来，空气中弥漫着浓浓的咸味和引擎的油烟味，吓了我一大跳。一个出租车司机走到路对面，帮我提行李。我和司机说笑了一会儿，就沉默下来。我是真的不想说话了，要知道，我已一路舟车劳顿二十四小时。和女儿阿雪莉在纽约机场分手后，我独自飞回旧金山。这一段旅途十分坎坷，因为遇上罕见大风，飞机延误了一个小时。坐在飞机上俯瞰，山上的房屋好像一条光链，很快旧金山海湾便出现在我的右边，几乎将整条高速环抱在胸。一条小道蜿蜒曲折，道路尽头，天际线边灯火通明，旧金山市赫然在望。我知道，飞机很快就要在山顶俯冲，楼宇间的一湾蓝水即将一掠而过。

虽然旧金山近在咫尺，但我脑海里的依旧是那栋石屋、堆着干草垛的山野，以及布满葡萄园、橄榄树林和向日葵的连绵青山，眼前的繁华都市让我觉得陌生。我开始找家里的钥匙，在记忆中它们放在手提箱的内袋里，可是没找到。是不是被我弄丢了？怎么办，虽然两个朋友和一个邻居都有我家的钥匙，但我担心听到的是电话留言："我出门了，星期五才回来……"出租车驶过一幢幢维多利亚式的房屋，家家户户门窗紧闭，窗帘严实，唯有廊灯照着门廊旁的木栏杆和园中的花草。街上没有一个人，连遛狗和买牛奶的人都没见着。想到科尔托纳人可以随意把钥匙留在门上，晚上全都出去溜达、访友、购物、喝咖啡，我好生忌妒。埃迪还在巴玛苏罗，因为他的学校开学稍晚，而我们希望喷砂工作能在这个夏天完成。出租车把我放下后，绝尘而去。我的房子看起来没有任何变化，只是蔷薇长高了，缠着柱子往上攀爬。我终于从一堆意大利硬币中摸出钥匙，打开家门。小猫“小妹”听到开门声，窜到我面前，喵喵地叫个不停，还用一侧身体蹭我的脚踝。我弯腰抱起小猫，闻着她身上的泥土与湿叶子味。在意大利，我经常在一觉醒来的时候以为“小妹”睡在床上。接着，它纵身跳上行李箱，蜷起身子打起盹来。我不在家的这段日子，它肯定受了不少苦。

电灯、垫子、橱柜、被子、桌子，以及墙上的画，对一个在七千英里之外的空屋子里居住了一夏天的人来说，是多么舒适，又是多么凌乱。书柜装得满满的，厨房的玻璃架上摆着五颜六色的盘子、水壶、碟子，一应俱全。厅里的那张长地毯多柔软哪！我能永远离开这里吗？弗吉尼亚·伍尔夫在二战期间曾避难于乡下。一次空袭后，她赶回伦敦，发现房子已成废墟。照理应该伤心欲绝才是，但她却感到一阵莫名的狂喜。遇到这样的事，我的反应肯定与她的不同。每次大地震过后，看着裂痕处处的烟囱、破碎的花瓶和玻璃杯，我都要难过好几天呢。只是现在，我踩惯了冰凉的瓷砖地板，看惯了朴实的白墙而已。我的躯壳回来了，灵魂还留在那里。

电话里有十一条留言。“你回来了吗？”“我需要您在我的毕业证上签名……”“请来电确认会面时间……”帮忙看家的太太记了一长串来电者的名字。书房里堆了三叠齐膝高的邮件，大部分没有要紧事宜。我打起精神，一封封地浏览。

因为我在意大利待得太久，直到最后一分钟才匆匆赶回，所以必须立即返校。再过四天就要开学了。虽然在意大利能收发传真，学校里的秘书又极其称职，但我毕竟是系主任，开学时得亲自坐镇才说得过去。第二天早上九点，我去学校报到。“暑假过得怎么样？”每个人问的都是这句话。新学年伊始，校园一派生气，弥漫于空气中的勃勃生机感染着每一个人。书店里挤满了买教材的学生，我本打算买些圆珠笔、有五种检索方式的记事本和活页纸，只好暂且作罢。待在办公室里签字、记备忘，打电话给一大群人，使我像台高速运转的马达，早已将时差带来的不适抛至九霄云外。

忙完工作，我上街去买日用品，发现有机蔬菜店新聘请了一位女按摩师，日后买马铃薯之前，我可以坐在按摩室享受七分钟的按摩，放松紧张的神经。但今天，一看到收银台前排着的长龙、一排排新鲜的农产品和商店前部新开的面包坊中诱人的面包，我就精神抖擞起来。芥末、蛋黄酱、巧克力、保鲜膜——我买了一大堆整整一夏无缘见面的东西，又去熟食店买了够吃两天的螃蟹饼、香葱马铃薯、玉米沙拉和小麦沙拉。接下来的日子，我肯定忙得没空下厨。

巴玛苏罗现在是早上八点。埃迪也许正在给橄榄树除草，不然就是着急地踱步，等待那位喷砂工人大驾光临。我把车子倒进车库时，看见只剩一颗牙的流浪汉艾维特，正站在我家垃圾桶边，寻找瓶瓶罐罐。邻居车库门上多了一张告示牌：“请勿停车，违者拖走！”

回到家，我听到了埃迪的留言，声音好像有点儿烦躁。“亲爱的，真希望能逮着你，都这个时候了，还在工作吗？我送你去机场后回到家，那位喷砂工人就已经到了。”他顿了好一会儿，才接着说：“一时半会儿说不清楚。他带了一台巨大的喷砂机过来，吵死人啦。砂子真的是喷出来的，满地都是，跟撒哈拉大沙漠的沙尘暴一样。他昨天喷了三间屋子。你无法想象地板上的砂子有多厚。我把家具全都搬到露台上，把自己关在一间屋里。咱们家到处都是砂子。不过处理过的横梁挺漂亮的，都是栗木的，只有一根是榆木。我不知道拿那些砂子怎么办，连我耳朵里都是，可喷砂的时候我已躲得很远了。用扫把清扫肯定不行，要是你在场就好了。”埃迪平日说话很少用这么多强调语气。

他第二次打电话的时候，正在佛罗伦萨附近的高速上，准备前往尼斯，搭乘飞机回国。他的声音听起来既疲惫又兴奋。我们的修缮批文下来了，喷砂工作也大功告成！可惜比安基先生要做胃部手术，不能接活儿。埃迪只好跟贝尼托·坎托尼签约——就是那位长得像墨索里尼的黄眼老兄。房子会马上动工，预计十一月初结束，来得及过圣诞。但砂子的清理却没有进展，据喷砂工人说，要把全部砂子清理干净需要五年时间！

伊恩，我们买房子时的翻译，替我们监督工程的进度。已经画好装修的草图，插座、开关和暖气的位置，浴室的格局，厨房的设计，就连水槽的高度、水槽和水龙头之间的距离，都有标记。甚至我们事先买好的浴室瓷砖和灯具放在哪儿，也交代得一清二楚。总之，只要我们想到的全都写在了纸上。我们焦急地等待意大利开工的消息。

九月十五日，收到伊恩的第一封传真，贝尼托第一天开工就跌断了腿，得等他能走路了，装修才能重新启动。

“Festina tarde”是文艺复兴时期的一个谚语，意思是“欲速则不达”。通常，这个谚语的形象表达，是一条咬住自己尾巴的蛇，或一只铁锚缠身的海豚，或一位端坐的女子一手握一对翅膀，一手握一只乌龟。画上的女子应该是一手握着大石墙，一手握着中央供暖系统、厨房、露台和浴室才对。十月十二日，我们收到伊恩的第二封传真，“工程进度落后了，原来的计划可能会有不少改动。”但他还是很有信心，叫我们不必担心。

我们回了一封传真，说了些鼓励的话，并请他吩咐工人将每件家具盖上塑料布，再用胶带加固。

随后的一封传真告诉我们：已经开始在厨房和餐厅那堵三英尺厚的墙上打洞。两天后的传真把我们俩吓了一大跳：工人把石墙上一块大石头抽出来时，整幢房屋吱嘎作响，吓得他们以为房子要塌了，夺门而出。

我们马上打电话给伊恩，问了他一箩筐的问题：事先用东西撑住房屋了吗？难道贝尼托没用钢筋？为什么会搞成这样，不知道可能会出这种状况吗？伊恩回复说，石屋的情况难以预测，不像美国的房子如何动手心中有数，不过房门已经开好了，看起来不错，就是比原计划的窄一些，开大了或许会有危险。我一方面生气他们的无能，另一方面又暗自庆幸房子没塌，没伤着他们。

十一月中旬，贝尼托将二楼露台装修完毕，三楼和雇农卧室相连的两扇门也开好了。我们原本想打通主卧和雇农卧室，现在计划取消。一想到贝尼托的手下惊恐逃生的景象，就丧失了勇气。不久，伊恩汇报第二项工程进度落后，即新浴室和热水系统不能如期完工。他劝我们圣诞节别过去，说："我几乎可以肯定，圣诞节这里供不上热水。事实上，这屋子那时根本没法住人，因为中央供暖的管道必须安在房子里，装在房屋后面的想法行不通。"贝尼托请伊恩转告我们，实际费用会高于预算，因为工作比预期的多很多。按照合同，原来由他承接的项目，比如水电安装委托给了别人，导致一大叠重复账单出现。我们根本不知道他们的工作是怎么分配的，而伊恩一样一头雾水。我们汇了部分款项过去，他却迟迟没收到，这令他大为光火。显然，因为没有亲临现场监督，班里图总是先忙完别的活儿，有空才过来装修我们的房子。

我们还是按照原定计划，飞往意大利过圣诞，盼望能有奇迹出现。伊丽莎白让我们借住她在科尔托纳的房子。她已将部分物品整理清楚。因为新居比旧居小，她还决定再送我们一批家具。我们坐车驶离罗马机场时，大雨像打开的水龙头，哗哗地打在汽车挡风玻璃上。越往北走雾越浓。路过卡姆基亚的时候，我们下车到一家小酒馆喝了两杯热巧克力，并决定先把行李卸到伊丽莎白家，午饭后再去巴玛苏罗。

巴玛苏罗简直就是一处灾难现场。为了安装暖气管道，每间屋子的墙壁都挖了小沟。大大小小的石头，堆在毫无遮盖的地板上。塑料布只是随便往家具上一扔，根本没按照我们的吩咐去做，以至于所有的书籍、桌椅、杯碟、床铺、毛巾，甚至收据，全被泥土占领。弯弯曲曲的管道凹槽，从地板伸至天花板，如同一道道没有包扎的伤口。新浴室才刚刚开工，堆了一地水泥。新厨房的灰泥已经开裂了，不过新的大水槽已经装完毕，效果不错。不知哪个工人在餐厅壁画上用黑色白板笔写了一个电话号码。埃迪看见了，立刻拿来一块湿布使劲擦抹，但是徒劳，气得他把抹布狠狠扔进石堆里。他们任由所有的窗户开着，而早上的那场大雨，使得地板上到处都是积水。粗心大意造成的恶果随处可见，就连电话都没幸免于难，被深埋进沙土中。我火冒三丈，快步走到屋外，呼吸新鲜空气。贝尼托不在现场，大概忙别的活儿去了。一个工人看见我们垂头丧气，安慰说房子快装修完了，效果会很不错的。他很腼腆，不过像是真的关心我们。多漂亮的房子！多好的地方！一切都会好起来的。他说着，用一双朦胧而苍老的蓝眼睛难过地看着我们。这时，贝尼托回来了，一见面就开始吹牛皮：那些沙土都是要清理的，只是赶不及在我们回来前做好，再说，都是管道工弄出来的，明明说好来清理，却不见人影，把他的活儿都给耽搁了；不过，所有的活儿都干得漂亮极了。厨房的裂缝会补好，那只是因为下雨天灰泥干不透才造成的。我们几乎一句话也没回应。就在他手舞足蹈口水飞溅之时，我瞥见刚才那位工人朝我们做了个奇怪的手势。他站在贝尼托身后，朝贝尼托的背影点点头，然后用手拉下眼皮。

二楼露台的活儿倒是干得相当漂亮。地上铺好了玫瑰色的砖块，生锈的铁栏杆也都加固了，看起来既结实又古色古香。平心而论，还是有些活儿做得不错。

下午四点，黄昏翩然而至，五点时分已夜色朦胧。冬日的商店午休过后依旧开张——早上工作，午间休息，天黑再营业。看来，科尔托纳冬天的生活节奏和炎热的夏天并没有区别。我们顺道看望了马提尼先生。见到他我们很高兴，知道能学到很多万金油似的语气词。我们用结结巴巴的意大利语将房子的情况告诉了他。临别时，我突然想起那个奇怪的手势，便用手拉下一边眼皮，问他："这是什么意思？"

"Furbo."就是胡说、别上当的意思，他问："是谁 furbo？"

"当然是我们的工头。"

谢谢你，伊丽莎白，多温暖的房子。我们买了红蜡烛，砍了一根柏树枝拖进屋里，多少得有点过圣诞的气氛吧。虽然商店中的冬令时蔬非常诱人，可惜我们无心下厨。伊丽莎白送的家具很让人倾心。除了两张一模一样的床、一张咖啡桌、两张书桌和一盏台灯，还有一个古老的栗木食品橱，上面可以揉面粉、做面包什么的，下面是橱柜和抽屉。我尤其爱抚摸栗木温暖的表面。此外，伊丽莎白还留下了不少东西：一个特大号的橱柜，大得可以装进我们家所有的亚麻桌布、床单和窗帘；一张餐桌、一只旧箱子、一个五斗橱、两把椅子和好些餐具。真没想到，一下子就有了一套带家具的房子。但是，我们丝毫不担心从此失去挑选家具的乐趣，因为摆进伊丽莎白的家具之后，剩余空间还很多。经历了装修房子的诸多烦恼，伊丽莎白的这份厚礼无异雪中送炭，让我们倍感温暖。这些家具摆在伊丽莎白整洁的房子里是那么协调。可是我们离开美国之前，必须把它们搬进另一栋瓦砾狼藉的房屋。

随着圣诞节的临近，装修进程慢慢减缓，最后完全停工了。我们压根儿没料到，工人们的假期那么多。临近新年就有好几个假期，而为感谢圣徒斯特凡诺，我们以前从未听过他的名字，工人们又多了一天假。伊丽莎白请来弗朗西斯科·菲克替我们搬家具。弗朗西斯科帮伊丽莎白干了将近二十年的活儿，这天，他带着儿子和女婿，开了辆大卡车过来。他们把大橱柜大卸八块，连同其他家具一并装到车上。唯一的漏网之鱼是一张书桌，因为太宽，没法从书房搬出来。伊丽莎白几乎所有的作品都是在这张书桌上完成的，看来它舍不得离开旧主。我捧着一堆碗碟向自己的汽车走去，抬头正好看见弗朗西斯科用一条绳索，将书桌从二楼的窗户缓缓吊下。书桌轻轻落地时，大家不禁鼓掌叫好。

家具运回巴玛苏罗以后，我和埃迪把它们一股脑儿塞进事先清理好的两间屋子里，盖好塑料布，关上房门。

什么事儿都做不了，贝尼托不接我们的电话，我又得了咽炎。我们连圣诞礼物都没有买，埃迪变得沉默寡言起来。女儿阿雪莉也得了流感，听说这里一团糟后，取消了到意大利过节的计划，宁愿只身一人待在纽约。我翻看杂志时，无意中发现一则巴哈马的旅游广告，怔怔地看着里面的照片：清澈蔚蓝的大海，金光闪闪的沙滩。我仿佛看见某地的某个人，躺在黄色的小舢板上，将手伸进温暖的海水，在阳光下浮想联翩。

平安夜，我们去一家当地餐馆用餐，点了野蘑菇意面、小牛肉和一瓶上好的奇扬第酒。平安夜是家人聚在一起共享晚餐的时光，所以餐馆中除了我们，只有另外一个客人。他身穿咖啡色西装，笔直地坐在桌边，一边吃菜一边喝酒。每次他只给自己倒半杯葡萄酒，然后举杯先闻闻酒香，再缓缓送入口中，好像喝的是人间珍酿，而不是普通家藏。他吃菜也很小心翼翼。我们吃完晚饭，看看手表，才九点半，于是打算回伊丽莎白家，生个火，享用下午买来的麝香酒和小蛋糕。埃迪等咖啡时，我们的晚餐伙伴正在吃一盘干酪和一碟核桃。餐厅里静悄悄的。“咔嘣”一声，他压碎一颗核桃，拿刀切取一片干酪，先放进嘴里尝尝，然后再吃核桃。接着，又是“咔嘣”一声，又一颗核桃。突然，我很想把头埋进白桌布里，痛哭一场。

根据伊恩的说法，房子的装修在二月底圆满完成了。我们按合同付给贝尼托费用，但没有理睬他后来添加的一大堆莫名其妙的账单。比如，装扇门要收一千美金。我们得实地查看他到底多做了什么。至于这笔尾款官司怎么了结，目前还是一个未知数。

四月末，埃迪回了意大利，学校的春季学期结束，开始放假。他计划在六月一日我到达之前，先打理田里的事情，再给房梁染色打蜡。等我到达后，一起打扫、清洗、粉刷房间和窗户，将地板还原到装修前的样子。新厨房里只有水槽、洗碗机、炉子和冰箱，我们不打算买橱柜，想用石灰砖砌框、厚木板当挡板，放置厨房用品。厨房的灶台就用大理石。我们这么积极动手是有原因的。好朋友苏珊计划六月底到科尔托纳举行婚礼。我问她为什么选择在意大利结婚？她神秘兮兮地说：“我希望证婚人用的是一种我听不懂的语言。”宾客住在巴玛苏罗，婚礼定在那栋十二世纪的市政大厅。

埃迪告诉我，他目前只能蜗居在二楼那间带露台的房间——整栋房子唯一没有垃圾的避难所。他已经清好了一个浴室，取出了几只碗碟，基本生活能够运转维持。贝尼托从屋里搬了几堆垃圾出去，不过就堆在车道上，如今的车道简直就是一个大垃圾场。在屋前的田地里，石头堆得跟座山似的，都是打门洞敲下的。而从露台和主卧敲下来的砖块堆成了另一座山。尽管如此，埃迪还是喜不自禁。工人们全走了！新浴室的地板上铺了一尺见方的瓷砖，装上了漂亮的支柱水槽、浴缸，宽敞而豪华，跟原来那个用木桶提水冲厕的浴室相比，简直天壤之别。春天绿意葱葱，田地里的草丛中绽放着数以千计的野鸢尾和黄水仙。他发现一条季节性的小溪潺潺流过长满青苔的山石，两只箱龟爬到石头上晒太阳。杏树和果树都美极了，他得挣扎一番才能安心在屋子里工作。

我们说好少打电话，因为一通起话就没完没了，光话费都可以添制许多件东西了。可是，看到通过自己的努力房子大为改观，总想找人说说，告诉对方房梁打蜡后多漂亮，而脖子仰了一天之后又有多酸。现在准备清理第四间屋子。埃迪说，光是房梁、天花板和墙壁，一间屋子就要花去四十小时。地板最后再打扫。工作日程是：早七晚七，一周七天。

终于，终于到了六月，我可以启程了。听了埃迪的描述，我以为等待我的是一栋窗明几净的房子。可是，埃迪只是把他已经完成的事告诉了我。

我初进家门时，简直不敢相信埃迪已经来了这么久。的确，房梁很漂亮，但是地板上全是垃圾和石灰，甚至连那个旧水槽都没有扔掉。电工没有到位，还有六间房子没有打扫，家具全都塞在三间屋子里，简直跟战场一模一样。我尽量控制情绪，不让惊愕流露出来。

我本想过来好好读书和写作的，不幸的是，除了立即卷起袖子干活之外，别无选择。离第一批客人到来不到三个星期。那可是人家的婚礼，这样的地方谁愿意待呢？

埃迪身高六英尺二，我身高五英尺四。正所谓体形决定命运，天花板归埃迪，地板归我。不过这两份工作孰轻孰重，眼下很难分清。埃迪倒是真喜欢刷横梁。漆天花板的砖块虽然没什么意思，但也小有成就感。原本黏糊糊的横梁打蜡上漆之后，黑亮光泽；而斑斑驳驳的天花板刷上油漆之后，朴素白净：房子顿时有模有样了。埃迪用野猪毛大刷子刷墙壁，效率很高。我们使用的是纯白色漆，刷在灰泥上显得比其他任何颜料都白。埃迪每漆好一间屋子，就轮到我刷当地人称为“扫把沾”的墙边，就是把离墙基六英寸高的地方刷成灰色。因为这个地带是扫把最容易碰到的地方，故名为“扫把沾”。这一带的老房子，通常把“扫把沾”漆成砖头的颜色，因为深色耐脏，常被扫把或拖把碰撞也没有关系，但我却偏爱浅一点儿的灰色。为了精确测量每面墙的六英寸高度，我几乎是倒立着完成任务——在地板和墙壁之间用胶带隔出六英寸的空间后，在两条胶带之间上漆，漆罢再把胶带撕掉。撕胶带时总会把部分白漆粘连带下来，所以稍后还得补刷。总共十二个房间，每间房四面墙，加上楼梯和门口，好大一个工程啊！那个石吧台我们没动。这件事完工后，我开始清理地板。第一步，先清扫大灰泥块和泥土，接着用吸尘器吸一遍，然后在地板上洒一种特殊溶剂，溶解残余的泥土、灰泥和油漆，接着再用抹布擦三遍（擦第二遍的时候，我用了一种温和的肥皂液），这些活儿都是跪在地板上完成的。第二步，用掺了少许盐酸的水接着擦抹地板，冲水后，再用亚麻籽油刷一遍，让地板自行吸收风干。两天后，我像个女佣一样，跪在地上，再给地板打蜡。我以前从未如此长久地跪地，站起来的时候膝盖痛得要命，差点叫出声来。最后一步，用软布擦拭地板。经过这三道工序，地板终于恢复了原样，色彩稳重，闪闪发光。每个房间都各司其职，像我们当初买的时候一样，但是横梁更漂亮了，暖气也到位了。记得当时我对管道工抱怨："Brutto."（丑死了。）他回答道："没错，但冬天就好看了。"

埃迪说得对：一周七天，早七晚七。我们把碎石铺到车道上，让来往车辆慢慢碾平。大石头和砖块则挖坑掩埋，上面盖上碎草，交给时间处理。而贝尼托扔在车道的石料，请人用卡车运走。过了几天散步的时候，发现离家一英里的地方有一个庞大的石堆，里面竟然有我们家的灰泥，上面还是圣母蓝衣的颜色，让人大吃一惊。

从高中到研究生，埃迪都是半工半读：当过搬家工、餐厅侍者助手、家具木工、送冰箱的工人。有个朋友打趣地称他为"肌肉诗人"。他干活的时候劲头十足，但到了晚上就蔫了。而我从来没做过粗活，最多只是给家具上光、修剪果树、油漆和贴墙纸什么的。目前的劳动完全超出了我的身体负荷，浑身上下没有一块肌肉不痛。什么叫膝水肿呀？我想我可能落下这个毛病了。一躺到床上，我就跟个死人一样。可一到早晨，我们俩又不知哪儿来的精力，浑身有使不完的劲儿，接着埋头苦干。连自己都不敢相信能这么吃苦耐劳。我第一次真正了解普通工人的处境，他们的报酬应该翻一番才对。

我在大太阳下给露台地板上亚麻籽油，而且拿定主意，再热都要把活儿干完，除非被太阳烤晕。为了舒缓身体，我不时站起身来，闻闻种在大盆子里的金银花香气，看看开阔的景色，接着弯腰把刷子蘸进桶里的亚麻籽油中。谁会在花高价请人铺露台的时候打听清楚，所付的工钱包不包括最后的清理工作？我和埃迪都没想到，厨房和露台还得涂这种黏糊糊的玩意儿。

每天晚上收工后，我们俩都会走来走去，看看还落下了什么，效果如何。虽然不打算要孩子，但打理巴玛苏罗就像养了三个孩子。每清理完一个屋子，我们就把家具摆进去。慢慢地房间都布置好了，虽然空空落落，但基本配备齐全。我在伊丽莎白送的那对床上铺了白色的床罩。还抽了一个早上去了一趟阿雷佐，买了几盏用传统的意大利锡釉陶花瓶改制的桌灯。眼看着工作一件件完成，真让人开心极了。太棒了，我们做到了！都干净了，冬天不用挨冻了！我们俩得意洋洋，干活的劲头也更足了。

婚礼前一周，好朋友莎拉和凯文从加州来到巴玛苏罗。老远就看见凯文从火车上搬下一个双人棺材大小的箱子。原来是他的自行车！白天他们俩去佛罗伦萨、阿西西参观历史遗迹，我和埃迪则在家里继续干活。晚上，我们四人一起享受丰盛的晚餐。他们讲述一天的见闻，我们则说着打算在浴室装一个新的喷头。他们俩一下子就爱上了这里，喜欢听我们的每日传奇，比如如何清理厨房地板砖。没有外出远游的时候，凯文就骑着自行车四处溜达。莎拉是个画家，被我们硬留在家里，为巴玛苏罗画装饰画。她在一间卧室的窗户上，画了一些粉蓝色的半圆形。我们从乔托的画中选了颗星星，她照着做了个模板，用金色的漆在拱门上印上一颗颗金色的星星。几颗星星还从拱门上“落”到了白墙上。我们开始着手布置新房。我在佩鲁贾附近的古玩店里买了两张彩色星座图，上面画着神话中的野兽和人物，又到科尔托纳的集市上买了几条白色绣花浅蓝底的棉布和亚麻布被单。为了迎接第一批客人，我们买了二十个葡萄酒杯、几块亚麻桌布、一个烘焙结婚蛋糕用的煎锅和一箱葡萄酒。

要在婚礼之前把一切准备妥当，完全不可能，不是吗？但我们还是竭尽所能，准备了一大堆东西。客人全部到齐的前一天，凯文下楼问道：“为什么马桶会冒热气？这是意大利马桶的特色吗？”埃迪赶紧拿来梯子，爬到墙边的水箱旁，用手试了试水温。是热的。检查其他浴室后，发现只有新浴室没有问题，另一间旧浴室的水也是热的。我们几乎没用过那两间旧浴室，所以不知道居然没有冷水。等到客人洗澡的时候，问题才冒出来。莎拉说，她洗澡的时候就觉得热水特别烫，因为不想给我们添麻烦，所以没有说。水管工几天内来不了，婚礼期间，不管淋浴还是冲马桶，都得速战速决。

最前面的一块山地至今一片荒芜，为了转移客人的视线，我们沿着石墙种了一盆盆天竺葵。至少废石全被运走了，四间房子里都有床铺。苏珊的两个表哥会从英国过来，科尔的兄嫂也在路上。莎拉和凯文到时会搬到镇上的酒店住几天。其他几个朋友将从美国佛蒙特州赶来会合。

人马到齐的那一天，我们家就有十二个人了，帮忙准备饮料和午餐的人手一下子多了许多。因为烤箱很小，用它做出的婚礼蛋糕肯定很寒碜，所以必须另想高招。我打算做三层杏仁果酱蛋糕，喷上用榛果和奶油调制的糖霜，配上奶油泡沫和红酒加糖浸泡的樱桃。我们找不到合适的煎锅放蛋糕，只好买了一个喂狗的锡碟来充数。烤出来的蛋糕相当漂亮，可惜歪了，好在有花朵点缀其间。宾客们一个个都往外跑，观光的观光，购物的购物。

一个清新温暖的夜晚，我们举行了婚前晚宴，来宾全都穿上浅色系的亚麻或棉布衣裳。大家照了不少相片：台阶上牵手并立的，斜依栏杆的，各种姿势都有。苏珊的表哥取出他从法国带来的香槟，大伙儿一边喝香槟，一边吃烤面包和干橄榄。接着上的是茴香汤。我还做了一锅简便的乡村砂锅，里面放了鸡头、白刀豆、香肠、番茄和洋葱。餐桌上摆着一碗青豆、一篮子面包、一盘芝麻菜和菊苠拌的沙拉。大家七嘴八舌地说着各自经历的结婚趣事。麦克本来要跟科罗拉多的姑娘结婚，可是婚礼当天姑娘逃婚了，一个星期后嫁给了别人。凯伦曾是一场游轮婚礼的伴娘，新娘的妈妈穿了一身花雪纺，烂醉如泥。而我二十二岁结的婚，本打算办一场午夜婚礼，请每个来宾穿上长袍，手捧蜡烛，却被牧师一口否决，说午夜“不够光明正大”，他主婚的时间最晚不超过晚上九点。结果长袍没穿成，我改穿姐姐的婚纱，手持一本皮面济慈诗集，踏上红地毯。母亲扯了扯我的裙子，在我侧身聆听她的智慧之言时，向我耳语：“你这个婚姻撑不过六个月。”事实证明她错了。

也许我们该请个手风琴师，像意大利的名导费里尼的电影中那样，再或者弄匹白马给新娘当坐骑。虽然没有这些排场，但晚宴的气氛相当不错。听着 CD 中的音乐，大家忍不住在餐厅里起舞。本来，吃完那道白桃馅饼，晚宴就该落幕了，不料众人听了埃迪对镇上奶油泡沫和榛果冰淇淋的描述之后，倾巢出动，坐上车朝镇上直奔。已是晚上十一点，小镇依然一片生气。大家全都待在户外，有的在喝咖啡，有的在吃冰淇淋，还有的在喝 amaro（一种苦味餐后酒）。推车中的小婴儿和父母一样，眼睛依旧炯炯有神；少男少女们则结伴坐在市政大楼前的台阶上，只有一只小猫蜷缩在警车车顶，呼噜呼噜睡着了。看到这热闹的夜景，我们这些外国人全都傻眼了。

婚礼当天早上，我、苏珊和莎拉三个人到屋外采了一把欧薄荷、一些粉红和黄色的野花，做了一束新娘捧花。我们一干人，女士绸裙男士西装，沿着罗马古道，浩浩荡荡地步行前往市政大厅。女士的高档皮鞋先放在一个袋子里，交给埃迪拎着。苏珊给了我们每人一把中国纸伞，抵挡正午的艳阳。我们穿过小镇，来到市政大楼前拾级而上。市政大厅又高又暗，两侧挂了不少织锦和壁画，还摆放了一排类似法官椅的高背椅，的确是山盟海誓的好地方。科尔托纳市政府送来了一束红玫瑰，埃迪联系好了“运动酒吧”，请他们在婚礼结束后送来冰镇普罗赛柯红酒。苏珊的表哥布莱恩拿着录像机来回穿梭，从各个角度捕捉镜头。简短的仪式结束后，我们穿过市政广场，前往洛格塔餐厅享用精挑细选的托斯卡纳大餐。首先上的是crostini，一种小圆面包，顶上放着橄榄、辣椒、香菇和鸡肝；prosciutto e melone，煎橄榄，外面裹着干酪和辣面包屑；还有当地的finocchiona，意大利萨拉米香肠，表面上撒了茴香籽。接着是主菜，包括意式小方饺配黄油和酱汁，以及本地土豆丸子配香蒜酱。佳肴一道接着一道送上餐桌，高潮部分是烤羊肉、烤小牛肉和著名的基亚纳谷烤牛排。凯文看见餐厅一角的大花瓶下有一台钢琴，便怂恿钢琴家科尔弹奏一曲助兴。科尔弹奏意大利作曲家斯卡拉蒂的曲子时，坐在桌子另一端的埃迪，若有所思地看了我一眼。是啊，就在三个星期之前，眼前的一切还仿佛一场梦、一个远镜头、一个令我们望而却步的未来。“干杯！”苏珊的英国表哥喊道。

回到巴玛苏罗，美味的食物加上炎热的天气，令我们晕乎乎的，大家一致决定结婚蛋糕傍晚再吃。我听到有一个人，不，是两个人，鼾声如雷。

结婚蛋糕虽然做得不够专业，却是迄今为止我所吃过最美味的。感谢屋外的果树，是它们提供了上好的坚果。莎拉和凯文又在餐厅里翩然起舞了。其他人走到屋外，站在梯田的尽头，眺望碧湖幽谷。我们拿不定主意要不要吃晚饭，最后决定还是到卡姆基亚吃比萨。可是等来到卡姆基亚，我和埃迪最中意的几家比萨店都打烊了，只好退而求其次，光顾了一家既没档次又没气氛的比萨店。没想到，那里的比萨出奇地好吃，谁也没空去注意脏兮兮的窗帘和跳上邻桌舔残羹的小猫。桌子另一端，新娘和新郎手握着手，完全沉浸于二人世界。

吃完比萨，苏珊和科尔起身前往卢卡，再从卢卡返回法国。他们的亲戚也都离开了。

莎拉和凯文在我家多住了几日。我和埃迪去了一趟石材厂，选购厚厚的白色大理石板做厨房的灶台。第二天，石匠按照我们的规格，切割好石板，由埃迪和凯文两个人扛进汽车后备厢，载回巴玛苏罗。一夜之间，厨房神奇地变成了我理想中的模样：砖地、白色家用电器、长水槽、木碗架和大理石灶台。我裁了一块蓝色方格子布，挂在水槽下面，又在壁架上吊了一串大蒜和一束干香草。我们还从镇上买回来一个农家用的旧杯碟架，深栗色的架子挂在白墙壁上分外和谐，终于替那几只富有当地特色的陶瓷杯碗找到了容身之所。

客人全走了。我们把剩下的结婚蛋糕一扫而光。埃迪又开始忙碌，列了一大堆马上要做的事儿，厚厚的一叠纸都够我们贴面墙了。厨房美轮美奂，我们在里面放了好些新鲜果蔬。现在才七月四日，夏天还长着呢。女儿阿雪莉不久会过来。不时会有路过科尔托纳的朋友，进来吃顿午餐或留宿。来吧，这里已是万事俱备，只欠访客。

树下的长桌

卡姆基亚的集市日是星期四，那是个生气勃勃的小镇，位于科尔托纳所在山脊的脚下。我去得很早，天还不热，可是集市上已经游人如织。卡姆基亚受声名远播、高高在上的科尔托纳镇影响，充满了现代气息。但是这种“现代”是相对的。在兼卖五金和种子的蔬菜水果店铺之间，你会意外地碰到伊特鲁里亚人的古墓；而在某个肉铺附近，你也会看到安着巨大的弧形铁门、花园护墙已经摇摇欲坠的古代宅院。卡姆基亚虽在二战期间遭遇空袭，但部分栗树大难不死，郁郁葱葱；许多值得留影的门廊和装了百叶窗的房屋也劫后余生，重焕生机。

集市这一天，有几条街道禁止车辆通行。小贩早早赶来，一辆辆改装货车和汽车沿街排开，使得街道很像超市过道。有一辆货车卖的是本地产佩科里诺羊奶干酪，有的又松又软像奶油，有的又硬又老像打谷场。这辆车旁边的几辆小车，都卖帕尔玛干酪。这种干酪存放一段时间后，香脆可口，我买了一些边嚼边逛。

我来这儿是想买些食物，招待今晚的新朋友。而最喜欢光顾的是两个烤乳猪摊。大砧板上摆着一头烤好的全猪，猪尾巴上绑着西芹，嘴里含个苹果或大蘑菇。有时，猪头会被切下放在一旁的角落里，看着自己的身躯装着香草和耳朵这类东西（还是不要上前细瞧为好）在木炉上烤。你可以买个脆皮卷，不放别的，就放一片烤猪肉——根据各人口味可以选纯瘦肉或带着脆皮的肥肉——拿回家慢慢享用。其中一个卖烤猪的老板，长得很像他卖的东西：小眼睛、皮肤油亮、小臂肥嘟嘟的、手指又胖又短，指甲像被什么东西咬过一样。他招徕生意时笑容可掬，可一转身同妻子说话就成了凶神恶煞。他的妻子始终闭着嘴，一种似笑非笑的表情。我以前买过他的猪肉，味道好极了，但今天打算买旁边态度更温和的老板的。

我为埃迪要了一份馅料，就是塞在乳猪肚子里的东西。我不是不喜欢那东西的味道，只是不想在里面挑来挑去，总担心藏着什么古怪东西。虽然猪肉用各种方法烹调都很好吃，但我一直觉得用慢火烤出的乳猪是人间极品。去蔬菜摊的路上，我瞅上了一双鲜黄的布面平底凉鞋，它的缎带可以绑在脚踝上。拎着购物袋试穿了一下，正好合脚，而且不到十美元，于是买下扔进装烤乳猪肉和帕尔玛干酪的袋子里。

遮雨棚下，五花八门的仿名牌披肩和亚麻桌布随风飘扬；卫生间的清洁用品、录音带和T恤衫成箱堆在一张张折叠椅上。在这个集市里，不仅可以买到食物，衣服、园艺工具和家庭用品也一应俱全。还有几家卖当地手工艺品的小摊，不过得一家一家慢慢找。但托斯卡纳的市场跟墨西哥的市场不同，这里没有有趣的玩具、编织品和陶器。以意大利人现有的生活水平和精明的生意头脑，这样的集市竟然能有生存空间真是一大怪事。我发现，传统手工铁艺依旧可见。偶尔还会看到做工精细的壁炉架和放在壁炉里的柴架。我非常喜欢一个卖整根烟熏五香火腿的摊子，就是火腿太大了，也许哪天需要那么多，我会买上一根。

有一次逛集市，我买到几个柔软的手工编织的黑色柳条篮子，大的装房中物品，小的装熟桃子或樱桃。有一个妇女卖的是旧桌布和亚麻床罩，上面绣着厚重的图案，一定是她从农家和别墅里收集来的。她的摊子上还有三堆黄色缎带，或许其中一些来自特拉斯蒙诺湖上的马乔里岛。下午，岛上妇女会坐在自家门口，在阳光下编织缎带。我看中两个超大的亚麻方形枕套，带长长的花边和缎带，一万里拉，相当于十美元，跟那双凉鞋一样的价钱，似乎一万是今天的幸运数字。自然，买下这两个大枕套，我得专门定做配套的枕心。我在一个摊前挑条纹亚麻擦碟巾时，抬头看见了几张悬挂的羊皮。在我家的黑地板上铺上一张山羊皮，效果一定棒极了。可惜这里的四张山羊皮都太小，老板说下周还会来，到时带几张大一点儿的。他一直对我说，这几张羊皮比大的质量好，但我不为所动。

去农产品摊位之前，我先进了一家小酒吧，点了杯咖啡。其实，我逗留此地别有所图，就是想找个好地方，好好看看当地的风土民情。人们从附近赶到这里，不只是为了购物，也想趁机会见朋友或洽谈生意。卡姆基亚集市，人语嘈杂。许多人说的是基亚纳谷地区的方言，我基本听不懂，但却发现了其中的一些发音规律。这里的人把意大利语中本该发 ch 音的 c，发成 sh。比如，说 cento（百），他们会把地道的 chento 念成 shento。我还听到有人把 cappuccino（卡布奇诺咖啡）念成 cappushino，虽然通常简称为 cappuch。本来小镇名按照发音规则应读成 camuchia（卡姆基亚），但他们却说成 camushea（卡姆西亚）。奇怪的是，c 是个经常出问题的音。在锡耶纳也是如此。那里的居民把 c 读成 h，所以他们会把 casa（房子）念成 hasa，把 Coca-Cola 念成 Hoca-Hola。虽然各说各的方言，但是这里就没谁的嘴巴在闲着。酒吧外面聚集了一大群农民，可能有上百人，有的在玩牌，有的在聊天。而他们的妻子则挤在人群中，把小草莓、带根的罗勒、干蘑菇或者海鲜摊上的鱼，塞进手提袋里。意大利人通常都是端起一小杯浓咖啡，一饮而尽。但我没有效仿，只是小口小口地呷着。

一个朋友曾向我抱怨，说意大利跟其他地方都一样了，越来越美国化，越来越趋同。我真想把她拉到这里，让她站在酒吧门口看看。只要看看周围这些男子的外貌，就知道他们过的是什么样的生活，或许我们也不例外。辛苦的劳作使得他们的脸庞和身躯精瘦而结实，浑身没有一块赘肉。皮肤像被太阳加工过似的，黑黝黝的，就是冬天也变不白。穿的都是耐用粗糙的衣物，对此他们毫不讲究，只是为了遮羞蔽体。不过，衣服穿在他们身上，却很得体。他们当中难免有人狡猾、暴躁、冷酷，但却都很实在，毫无遮掩，都是鲜活的生命。有的掉了好几颗牙齿，但笑的时候仍大张着嘴巴，丝毫不觉得尴尬。我注意到一个男子，他的左眼白上是大理石花纹般的蓝色血管，另一只眼球呈黑色，像向日葵的花蕊。一个弱智小男孩在人群间走来走去，既没人特别照顾他，也没人嫌弃他，完全当他是个普通孩子。

在美国我外出购物都事先列好清单，虽然也常临时加买东西。但在托斯卡纳，我总是看到什么东西当季，才想到该买什么。冲动之下经常满载而归，好像家里有十个饥肠辘辘的人等着填肚。最初，看到没有及时吃完的番茄和豌豆烂掉，我痛心极了。现在我终于摸到了门道：这里卖的果蔬，都是当天早上熟得恰到好处的，只适合当日食用，无法存放。这也解开了我心中的另一个谜团：为什么在意大利家家户户的冰箱都那么小？现在知道了，因为不像美国人，每家每户都需储存一大堆食物。跟巴玛苏罗的玩具冰箱相比，我在美国家中的那台简直就是一个巨无霸。

两星期以前，我在集市上买到一些连着长茎的紫色小洋蓟，在小洋蓟里塞入番茄、大蒜、隔夜面包和欧芹，浇上醋和橄榄油，做成了一道美味佳肴。但今天却不见有人卖。每次见到青豆，我都非买不可。今晚做两道沙拉吧，有何不可？用醋和酱油拌青豆冬葱，味道绝了。我又挑了一些白桃明天早餐时吃。今晚的甜品，我选的是樱桃。买了一公斤的樱桃，之后到集市的另一头买除核器。由于不知道意大利语的“除核器”怎么说，我只能用手比画。好在会说意大利语的“樱桃”，帮了我大忙。我发现，在法国和意大利的乡村，厨师们都懒得给甜品里的樱桃去核，但我却喜欢去核后，单将果肉浸在奇扬第葡萄酒里，再加点糖和柠檬。我决定再买些带土的小黄马铃薯，回家后将皮去掉，洒上少许油和迷迭香，放进火炉里烤着吃。

其实目前为止，今天的采购计划完全可以结束了。但我又路过了一些关着珍珠鸡、鸭和兔的笼子。因为女儿小时候养过一只黑色的安哥拉兔当宠物，看到那两只长着斑点的小兔子在肮脏的袋子里咬胡萝卜吃，我实在没法无动于衷，可一想到把它们扔进车的后备厢，吓得它们簌簌发抖，又于心不忍。我打算去肉铺买些小牛肉，回去烤着吃。但肉铺着实恐怖，我知道这种想法有失逻辑：我们吃肉的时候，其实知道肉是怎么卖的。可我仍愣愣地看着鹌鹑和鸽子耷拉着的脑袋和紧闭的眼睛。鸡头、鸡脚、兔子毛皮、一头头倒挂着的牛（地上铺着大张的纸，用来接滴落的血），令我一阵恶心。那些毛茸茸的小鸡，肯定没人吃吧。小时候，我坐在屋后楼梯上，看见了可怕的一幕：厨娘抓住一只鸡，喀嚓一声扭断鸡脖子，硬生生地拽下鸡头。无头鸡登时血如泉涌，转了几圈后翻倒在地，抽搐而死。我喜欢吃烤鸡，但要我拧断鸡的脖子，怎能下得了手？

我买了一大堆东西，都快拿不动了。下一个目的地是一家联合酒厂，要去买些本地葡萄酒。在集市蜿蜒的小路尽头，一个妇女在卖自家花园里的鲜花。接过她用一张报纸为我包好的粉红百日菊，我把它搭在购物袋上。日头已经毒辣辣的了，人们纷纷收起摊子，准备午休。一个卖黄灰相间的毛巾的妇女，因为生意不好一脸倦容。她赶走原来睡在折叠椅上的狗，坐下歇了片刻，才起身收摊。

离开集市的时候，我看见一个男子，大热天还穿着厚外套。在他那辆小型菲亚特的车厢里，堆着满满的黑葡萄。被太阳晒了一个早上的葡萄，发出一种略带酒味的紫罗兰香。我又一次停下脚步。他摘了一粒给我，初尝之下，一股温热的甜味顿时在我口中弥散。有生以来，我从未体味过如这粒葡萄般带来的无穷回味。闻起来，它的味道都是紫色的，甚至比伊特鲁里亚人的历史还要久远，带给人无以言表的清新和欢愉。我有些醉了。圆润饱满、沾着尘土的葡萄，像瀑布一样从篮子中倾泻而出。我买了一串，希望回味能够停留一个早上。

打开购物袋，厨房里立刻充满了被太阳晒过的果蔬的清香。每个逛完集市的人，肯定都有这种冲动：把番茄、茄子、夏南瓜和大辣椒放进身边的篮子里，组成一幅静物画。我不喜欢用碗装水果，除非是当天要吃的。因为这里的水果都熟得正透，如果不现吃，就得放进冰箱保存。

新厨房竟然已经配备齐全，对于这一点我至今仍恍若梦中。尽管厨房门的上方依稀可见一圈壁龛的痕迹——这里曾是礼拜室，壁龛里也曾供奉过圣徒像或摆放过十字架，但其后的居民，那些牛和鸡却影踪全无。拆除食槽的时候，我和埃迪发现原来的灰泥墙上是一圈圈精美图案，还发现家畜圈下面铺有绿色人造大理石。清理厨房的时候，我们俩老打趣对方：“你想到过有朝一日我们要清扫动物粪便吗？”“你知道我们会在礼拜室里煮饭吗？”

但现在，我们觉得厨房理所应当建在这里。厨房的装修跟其他房间大致一样：地板铺着打了蜡的地砖，墙上漆的是白灰泥，天花板的横梁一律漆成深色（噢，埃迪的脖子和后背可遭罪了）。我们没用碗橱，改用自己设计的碗架来代替——先用砖头砌出支架，然后涂上灰泥，利用晚上空闲时间锯出厚木板并漆成白色，往砖头支架上一放，一个摆放碗碟的橱架就轻松完成了。从集市上买来的大篮子用于盛放食物和厨房用具。灶上那块两英寸厚的白色大理石台面，入眼整洁，触手清凉，连在上面擀出的面皮和馅饼皮都凉丝丝的。在另一面墙上，也安装了一个简易橱架，摆放玻璃杯和大面碗。为了固定橱架，埃迪把螺钉打入坚硬的石墙中所能到达的最深的地方。

那位百年前住在巴玛苏罗的女主人，现在可以进厨房大展厨艺了。她肯定很喜欢我们的大瓷水槽，给婴儿当洗澡盆都绰绰有余，还有瓷水槽的滴水板和不锈钢水龙头。在我的想象中，这位女主人有个尖下巴，眼睛乌黑明亮，脑后盘有发髻。她脚穿结实的系带鞋，围一条黑裙，袖子挽得高高的，准备擀皮包方饺。厨房中的现代设备，洗碗机、瓦斯炉、无霜冰箱（即使在现在的托斯卡纳仍是新鲜事物），肯定让她喜出望外，但是对其他东西，她一定非常熟悉。下辈子，假如我改行当了建筑师，一定要秉持这个传统，将厨房一律设计在大门旁边。我喜欢一步就能从厨房走到户外，坐在石墙上剥豆子；把脏锅拿到外面浸泡；把洗碗布晒在石墙上；用多余的清水浇门口的芝麻菜、百里香和迷迭香。到了夏天，我们从来不关大门，这样户外的空气和阳光就可随时进出厨房。有一只黄蜂（是同一只吗？）每天都会飞进厨房，到水龙头前喝几口水，再从容飞走。

厨房里最具美国特色的就是灯了。意大利的电费贵得惊人，大多数家庭都只使用四十瓦的灯泡。可我受不了昏暗的厨房，所以安装了两盏明亮的固定电灯和一个变阻器，这让我们的电工里诺十分不解。他从没安装过变阻器，所以还是很有兴趣。但一提到电灯，他就出面阻止了，“一盏灯就够了，厨房又不是手术室。”其实，他应该警告我们意大利的电费多么贵才对，可他只是一味地摇头摆手，只字未提电费的事儿。显然，我们正走向破产的边缘。

在水槽后面的平台上，放着我收集来的本地手绘陶制碗碟。我打算想个办法再次将莎拉哄骗到意大利，帮我们在墙壁上方画些葡萄、树叶和藤蔓。不过，就目前而言，厨房已经初具规模了。

我之所以在厨房上倾注这么多精力，归根结底与最重要的遗传基因烹饪脱不了干系。无论面对什么场合、什么艰难情形，我们家的女人都能从容地站在厨房里，不慌不忙地烤鸡、炖鹅肉，端出一大堆美食。夏日里，母亲和厨娘薇莉·贝尔，总是从早到晚忙个不停，给番茄搭架子、腌制黄瓜或搅拌一大桶绿葡萄做果冻。到十二月初，她俩又开始烤白兰地蛋糕，剥一大堆烘焙时用的山核桃。我家的厨房从来不缺冷藏的曲奇饼和果仁巧克力蛋糕，至少可以找到一碟昨天晚餐时剩下的饼干。我至今非常怀念那些烤饼的味道。一家人吃饭时最爱谈论的话题，就是下一餐吃什么。

在母亲和薇莉的耳濡目染下，我和姐姐注定爱买食谱、喜欢办晚宴，甚至一个人在家吃饭也绝不含糊了事——这可是对一个人是否热衷于厨艺的真正考验。但种种迹象表明，我女儿阿雪莉起先拒绝继承这个家庭传统。打小起，她除了偶尔进厨房做一点像黑曜石般的乳脂软糖，对厨房不屑一顾。但大学一毕业，她就开始下厨煮饭，并不时打电话回家，询问蒜香鸡、甜馅小圆饼、肉汁饭、巧克力蛋奶酥和炸薯片的做法。似乎不经意间，她已经掌握了不少烹饪知识。现在，我们只要待在一块儿，就鼓捣着煮什么好吃的。我从她那儿学会了做卤汁里脊和酪乳柠檬蛋糕。面对家人和烹饪之间的不解之缘，我更加坚持：烹饪是我们的宿命。

虽然家族的烹饪基因不可避免地遗传给了我，但最近几年，由于工作越来越忙，我几乎没时间下厨。在美国旧金山，每天的一日三餐简直成了负担。我承认，有时就只靠在灶台边，拿把叉子，挖纸盒中的冰淇淋充当晚饭。有时我和埃迪下班都晚了，回到家发现冰箱里只剩芹菜、葡萄、蔫苹果和牛奶。没关系，旧金山的好餐馆多的是。周末，我们通常烤两只鸡或者做一大锅意式肉汁菜汤或一大盆意式肉酱，足够两个人吃到下周二。到了周三，就去戈尔多速食店买涂了乳酪的面饼、鳄梨酱和一些高脂肪的东西填肚子。我也常常把汤、咖喱和炖肉装到塑料餐盒里，放进冰箱保存，为日后的晚餐做储备。

而在这里，休闲的夏日时光、丰富的食材、欢快的心情，都让我无法怠慢厨房。我常想起母亲的夏日餐桌，她好像轻轻松松就可以煮出一桌佳肴。现在我终于恍然大悟：也许我的厨艺并不比母亲逊色，只是母亲当年有许多帮手，就像我如今在托斯卡纳一样。那时候，我按住冰淇淋的搅乳器，好让姐姐转动手柄，另一个姐姐剥豆子。薇莉更是能干利落。母亲就像个指挥官，安排餐桌上的一切。现在，我也常用母亲的食谱，也可以像她一样招待客人时应对自如，只是我的炸鸡仍拿不出手。好在，在托斯卡纳，我有一个最大的帮手：时间。我的客人也会帮忙去樱桃核，或到镇上买来帕尔玛干酪。再者，这里的食材质量上乘，只需简单的烹煮就可做出美味，因此省去了不少时间。夏南瓜真的很好吃，用大蒜炒甜菜也别有风味。这里的水果不会贴标签，蔬菜也不会打蜡或使用其他保鲜方法，味道与其他地方的全然不同。

我们的房屋坐落于一千五百英尺高的山上，一到夜里就凉爽无比。

这实在太好了，可以煮一些不宜在大太阳下吃的食物。加无花果的烟熏火腿肠、番茄凉汤、罗马洋蓟、龙须菜和搁了柠檬片的意大利面，合在一起就是一顿完美的午餐；而凉爽的傍晚更让人胃口大开，我们会准备这样的晚餐：番茄汁意式卤肉面（后来我才知道，卤汁中有一种秘密成分：鸡肝）、酱汁菜丝汤、煮玉米粥、塞了乡村干酪和香草乳蛋糕的烤红辣椒、温热的加了樱桃的奇扬第葡萄酒和榛仁蛋糕。

在番茄成熟的季节，用熟番茄加一把罗勒和玉米薄片煮出的番茄凉汤，鲜美自不待言。潘赞纳拉沙拉也是以番茄为原料，用番茄、罗勒、黄瓜、洋葱丝和浸水后再挤干的隔夜面包（我的独特秘方）和油、醋搅拌一下，一道美食旋即出场。其实在托斯卡纳，新鲜面包每天都买得到，但隔夜面包自有其用途。它们既是制作面包布丁的理想材料，也是做法式面包的最佳原料。我们可以一连好几天不吃肉，不过素食几日之后，一盘迷迭香烤珍珠鸡或一盘鼠尾草炒里脊肉，就能唤醒我们对鲜美荤味的记忆。

我割了一小篮子百里香、迷迭香和鼠尾草，打算带回旧金山栽种。在旧金山家中窗台上有一个玻璃箱，里面种了几株香草，可都长得瘦瘦小小。不似这里阳光充足，植物每隔几周就长大一倍。井边的牛至，不用多久就围着水井形成一个三英尺的大圈。就连我从山上移栽的野薄荷和蜜蜂花都已生机勃勃了。尤其是野薄荷，十分茂盛。维吉尔说过，被猎人打伤的小鹿懂得寻找野薄荷治伤。托斯卡纳的多数野生动物，早已被猎人赶尽杀绝，所以今日的野薄荷数量远比小鹿多。我们常光顾的那家果蔬店老板娘玛丽亚·丽达教我用蜜蜂花做沙拉和蔬菜的调味品，还说蜜蜂花可以泡澡。即使不用于烹饪，我也同样爱割香草。因为新割的香草散发的独特气味除了可以给食物增味外，还给人带来一份难得的情趣。割完百里香之后，也不舍得洗手，让草香慢慢自行消散。

我还种了一篱笆的鼠尾草，而自己根本用不了多少，大多数都交给了翩翩彩蝶。鼠尾草就像薰衣草一样，是野草中的美人儿。我常把新鲜的或晒干的鼠尾草切碎，和白刀豆一起用橄榄油清炒，做出托斯卡纳人最喜欢吃的“鼠尾草炒白刀豆”。托斯卡纳人人都是“好豆者”。

每次烧烤，埃迪都要往炭和肉上扔几束长长的迷迭香。迷迭香的卷叶不仅能给食物增味，就是直接放进嘴里咀嚼，也很清香甜爽。烤虾时，埃迪干脆就用迷迭香梗串虾串。

厨房门前摆有几盆罗勒，听说罗勒的气味具有驱赶苍蝇的奇效。在修墙和钻井的那段日子里，我看见一个工人将几片罗勒叶子揉碎，涂在被黄蜂蜇了的地方，说止疼效果绝佳。距厨房门几英尺处，长了一片更茂密的罗勒，割得越多，长得越盛。我把罗勒的叶子拌进沙拉，梗放入香蒜酱。炒夏南瓜和番茄时，也会丢入不少。各种香草之中，罗勒可谓托斯卡纳夏季的“草中之王”。

夏日丰富的午餐需配一张长餐桌。如今厨房已是一应俱全，只欠一张户外餐桌了，越长越好。我每周去市场都抵制不了诱惑满载而归，买的东西总得有地方放置吧；亲朋好友——老家的朋友、亲戚的朋友（他们认为远道而来理应向我们打声招呼）、新结识的朋友以及朋友的朋友——自远方来，总得有地方招待吧。有客人来，只需临时加一些意大利面，添几副餐具，摆几张椅子就能宾主尽欢，所以厨房和长餐桌至关重要。

我心中已经有了理想餐桌的模样。如果我是个孩子，希望能掀起桌布，在一眼看不到头的桌底爬行，在朦胧的灯光下，听大人们高声谈笑和觥筹交错，看大人们的膝盖、在桌子附近走动的鞋子和贪凉而掀起的花裙子。不管上面摆放了多少食物，桌子都能屹立不倒。这张桌子还应该有足够的空间，让一只大狗在下面逛荡，让一个大大的花瓶挺立桌头，瓶中的鲜花次第绽放。这张桌子又不能太宽，要让桌子两侧的人伸长手臂够得着菜肴，同时放得下几小时里积攒的酒瓶和玻璃瓶。桌上应有位置摆放浸泡葡萄和梨子的冷水碗、一碟用碗盖住以防小虫飞入的羊乳奶酪，以及一碟当地软酪。橄榄核就无需占地儿了，只要随手抛向远处便可。理想的桌布应该是浅色亚麻布，或是蓝格子布，或是粉绿相间的格子布，就是不能用毫无生气的白色，因为白色太刺眼。如果餐桌够长，所有的食物都可一次性摆上桌，省却了在厨房和餐桌之间跑来跑去的麻烦。这张桌子专为快乐而设：中午时分，围坐树下，悠闲自在地满足口腹之欲。你就是自己的客人，夏日就该是这般模样！

夏日的午后，当你切开最后一个梨子，吃完最后一块羊乳奶酪，喝光杯中最后一滴酒，酒酣饭饱之时，是否有种恍若梦中的感觉？如果你有此体会，就加入了真正意大利人的行列。此时的意大利，数以百万的人都跟你一样，坐在夏日的桌边享受美味。当然也有例外，比如停车场管理员、侍者、厨师以及成千上万的游客。他们因为早上不慎吃了两大块香肠比萨，没有任何空间再填塞别的东西，只能在烈日之下漫无目的地溜达。可是，每家商店都歇业午休了，只能透过拉下铁栅栏的橱窗偷窥几眼。想推开教堂的大门到里面歇歇，却发现午休时间教堂也门户紧闭。学聪明点儿吧，这样的傻事我也做过。磨破了脚后跟的游客，在热气未消的晚上七点返回旅店的途中，看见可口的甜瓜冰淇淋，又怎能抵得住诱惑？而意志薄弱者恐怕又吃下了一张洋蓟比萨。当意大利人晚上九点摆好餐桌吃晚饭的时候，游客们的胃里仍满满当当，等他们的肚子咕咕叫时，所有的好饭店早已人满为患。

吃毕托斯卡纳的长午餐，陶醉于满足中的我们，在户外待了如许之久，接下来该做什么也就不言而喻——睡午觉。没有比用三小时的午睡填补白日的空当更让人神清气爽的了。此时的我，拿着介绍画家皮耶罗·德拉·弗朗西斯科的书，慢慢走上楼去，迷迷糊糊地进入梦乡。

我知道自己想要一张木餐桌。小时候每逢星期五，父亲常常邀请好友和员工到家吃饭。每到那时，厨娘薇莉·贝尔和母亲就会在后院的山核桃树下，摆放一张白色的长餐桌，端上烤鸡（就在桌边的砖烤炉里现烤）、马铃薯沙拉、热松饼、冰红茶、蛋糕和几瓶杜松子酒。午餐一般要持续大半天，有时散席的时候，几个喝得踉踉跄跄的男子，手挽着手唱着南方民谣。他们唱得很慢，像是在播放被太阳烤坏的录音带。

搬进巴玛苏罗的头几星期，我们把一个废弃的工作台挪到那五棵并排而立的无花果树下，充当餐桌。后来，我从集市上买了一张大桌布，盖住桌子的木刺，免得膝盖不小心被它扎伤。又再摆上餐巾纸，三盆罂粟花、蒲公英和矢车菊，几只从集市上淘回的黄色盘子做装饰。而其实大部分时光坐在桌子两侧欣赏这一切的，只有我和埃迪两人而已。

我理想中的天堂生活，就是与埃迪共享一顿两小时的午餐。我相信埃迪前生一定是意大利人。他已经像意大利人一样，讲起话来比手画脚，以前可从不这样。虽然在美国他也常煮饭，但只是到了意大利才乐此不疲，会为了一顿午餐准备如此丰富的食材：帕尔玛干酪、新鲜的乳花干酪、从山上买来的佩科里诺干酪、红辣椒、新摘的莴苣、本地产的茴香香肠、咸面包（不常见，因为它是咸的）、熏五香火腿，以及一大袋番茄。至于甜品，则有桃子、李子和一种被戏称为“修女乳房”的本地西瓜。这种西瓜一向是我的最爱。他还会在面包架上摆满干酪、腊肠、辣椒和午餐头盘，即我们俩的经典菜式：切片番茄加罗勒、莫泽雷勒干酪，最后滴入几滴橄榄油。

我们坐在无花果树下，躲开正午的太阳。蝉儿唧唧地叫个不停，把夏日最盛时的声音传递给我们。番茄香醇馥郁，我们俩坐在餐桌边，沉浸于美味中，连话都懒得说。埃迪打开一瓶普罗赛柯酒，断断续续地回忆起从买房到修缮的一幕幕。奇怪的是，个中辛苦和焦虑似乎都已被遗忘，忆起的只是那些可圈可点的成绩。也许，正是这种精神才让人类生生不息，长存于世。埃迪又开始设计面包烤炉了。我们还一起商量着其他购物计划。几缕金色阳光穿过果树，照在身上。“这不是真的吧，好像误入了费里尼的怀旧电影。”我说。

埃迪摇了摇头，说：“我已经不觉得费里尼有多少天分了，他拍的充其量只能算是纪录片。片中的景象在这里随处可见。记得《阿玛柯德》那部电影吗？里面有一辆漂亮的机车。他的电影总是这样：在一个偏远的小山村里，静谧不见人影，忽然一辆巨大的老爷车嘎吱嘎吱地开出。”说话间，他已灵巧地把桃皮削成了螺旋形长条。也许是太有兴致了，我们又开了一瓶普罗赛柯，如此又消磨了一小时时光，才慢吞吞地回屋睡觉。待养足了精神，我们便沿着山谷边的花圃散步到镇上，选定一家餐馆，又开始了一顿大餐。

我们找来的木匠师傅马可和鲁道夫腼腆而沉默。似乎无论分配到什么活儿，他们俩都喜滋滋的。但听说要做一张能容纳十人的长桌还要涂油漆，他们目瞪口呆，因为惯常做的总是那种染成栗色的桌子。“你们想好了吗？”我看到他们俩疑惑地彼此对视一眼。“那样，每隔两年就得重漆一遍，太不划算了。”但我们已经画好了桌子的草图并选定了颜色——主打又是黄色。

四天后，桌子送来了。这么快就做好并涂了漆，在哪儿都堪称奇迹，更何况他们俩是大忙人。他们一边笑哈哈地说这张桌子在黑暗中会发光哟，一边把它抬到一处最容易俯瞰山谷的地方。阴暗的树荫下，上了黄漆的桌子闪闪发光，我和埃迪禁不住诱惑，一趟趟往厨房跑，把水壶、热气腾腾的食物、水果篮和用葡萄叶裹着的新鲜奶酪，悉数端到餐桌上。

今天晚上的客人是一对意大利夫妇和他们的小宝宝，以及我们的美国作家朋友们。意大利小宝宝才七个月大，就喜欢嚼辣橄榄，瞧她那模样，什么食物都乐于品尝。客人们对“装修经”特别感兴趣，似乎每个人对水井、防腐和排水系统都有很深的了解。这些知识大概都是久住古老农场日积月累的吧。我的老美同胞都能说一口流利的意大利语，也深谙此地繁复的电话收费项目，让我和埃迪大为佩服。本以为大家会一起探讨意大利当代文学和歌剧或一些热门文学话题，没想到聊得最起劲的却是如何修剪橄榄枝、通下水道、测试水井和修理百叶窗。

晚餐菜单如下：开胃菜是番茄丁和罗勒丝烤面包，红椒焖肉冻烤面包。头盘：意大利方饺，方饺主料不是平时用的土豆，而是粗小麦粉。接下来是大蒜土豆烤小牛肉，配菜是鼠尾草、茴香和橄榄油烧制的香脆小青豆。客人们到来之前，我就摘了一大篮莴苣。初夏时分，我曾沿着花床边儿撒了两信封的莴苣种子。一星期后，它们就冒出了嫩芽，三星期便长满了花床四周，如今几乎俯首可拾了。我们摘莴苣不仅是为晚餐准备食材，更给花园除了草，真的很有意思。有些莴苣的模样似乎有点陌生，但愿我们没有误食刚长出来的金盏花或蜀葵。煮熟后又冷却的樱桃，招来了一群蜜蜂，在上面嘤嘤地飞了一个下午。一只小蜂鸟倏地飞进厨房，或许是没有抵抗住深红色葡萄汁的诱惑。

日落时分，客人们陆续到达。托斯卡纳的黄昏柔和而漫长。我们喝餐前酒的时候，天色由透明变为金色，又从金色变成傍晚独特的蓝色，等快用完第一道菜时，夜幕业已降临。黑夜来得极为突然，好像被人猛地从山上拽了下来。我们点起蜡烛，放在石墙和餐桌上。背景音乐是四周热闹的蛙声。

“Molti anni fa ...”（许多年前……）朋友们开始了各自的故事，把只能从书中和荧屏上看到的意大利带到了我们身边。“六十年代……七十年代……意大利可是真正的天堂。”正因此，他们深深眷恋着意大利，虽然同过去相比，现在的意大利在走下坡路。“那时的罗马街道多么繁荣。还记得那间带活动顶棚的剧院吗？每到下雨时顶棚就开始滑动……”接着，话题转向了政治。他们似乎无所不晓。西西里的汽车爆炸案让我们大为惊恐。科尔托纳也有黑手党吗？我们的问题很天真。最近几次大选中，法西斯势力似有抬头，大家忐忑不安。意大利会走回头路吗？我向大家讲了在圣萨维诺山遇到的古董商。在一间古董店，我看到店门上方挂着一张墨索里尼的照片。店主循着我的视线，笑问我是否知道照片上的人物。我不确定他是贴着玩儿还是真的崇拜墨索里尼，干脆冲他敬了个法西斯军礼，作为回答。他却以为我是同道中人，高兴得忘乎所以，对我掏心掏肺，说“领袖”多么无畏，多么勇敢。我一心想带着刚买的奇怪古董——一个镀金大十字架和一个圣匣盖——赶快离开，他却主动降低了价钱，还邀请我再来，想把家人介绍给我认识。听了我的故事，大家纷纷叫我趁此机会多买一些便宜古董回来。

这里的生活已经令我乐不思蜀，而“真正的生活”似乎那么遥远。我们一群人居然能够在异乡相聚，实在不可思议。上天赐予我们一个国籍，我们却来到另一个国家，过起另一种生活。有的朋友更彻底，干脆抛却故土，到这里工作。尽管我们脸色苍白、浑身美国气息，却在这里生活得无比惬意。或许可以简简单单地生活，我留一头长发，教当地人英语，骑着摩托去镇上买面包。埃迪呢，开一辆小型拖拉机，在田里耕地或种葡萄。也许还可以用蜜蜂花做香茶。我看了一眼埃迪，他正在斟酒。我甚至感觉到，我们夹杂着英语、法语和意大利语的奇怪说话声传出了屋子，回荡在山谷中。托斯卡纳人叫我们“老外”，听起来令人心寒，很不舒服，好像我们是“陌生人”。对于附近开晚会的惯常声响而言，我们似乎改变了古老的秩序。邻居们，一个税务官、一名警官和一个报摊摊主，在我们到来之前，恐怕听到的只有意大利语的欢笑吧。

北斗七星清晰无比，仿佛是幅连线图，悬挂在房屋上空。我总感觉它像是要往我家屋顶倾倒什么。银河中的点点繁星，如同婚礼花车队，掠过我们的头顶。在拉丁文中，银河的名字多美啊：via lactia。青蛙们突然间集体沉默，好像有人要求它们肃静。埃迪拿出一瓶“圣酒”和一盘他今天早上刚做的饼干。夜空广袤而宁静，没有月亮。

我们天南地北地聊着。除了流星，再也没有什么能够打断我们的谈话。

夏日私厨

一年春天，我去名厨西蒙妮·贝克位于普罗旺斯的家中上烹饪课。有一个学员是宴会备办者兼烹饪教师，一个劲儿地缠着西蒙妮询问每道菜的烹饪技巧。她手拿笔记本，西蒙妮说什么她就记什么。而我和其他三个学员只顾埋头大吃刚刚做出的菜。有一次，她一连串地提了一堆问题，西蒙妮终于不耐烦了，说了一番我至今难忘的话："什么技巧都没有，只有方法而已。敢问我们是学计算还是学做菜啊？"

在巴玛苏罗，我明白了简单即自由的道理。西蒙妮的烹饪之道在这里非常适用，我们不用计算，只管做菜。大部分厨师都知道，最好的方法就是巧用现有的材料。这里介绍的大部分日常菜肴都很简单，上不了食谱，不过是一种煮法而已。比如，我做的番茄凉汤：把各种香草丝，主要是罗勒丝，同熟番茄一起倒入纯鸡汤中略煮，放进冰箱冷却即可。面包酱也不难做，大蒜加少许橄榄油放入一只陶瓷碟内，碾碎、烤后抹在面包上。最可口的意大利面做法一点不复杂：将芝麻菜切成丝，与奶油、意式五香香肠丁一同做成酱汁，倒入意大利面中，撒上帕尔玛干酪末就可装盘。用黑橄榄、生茴香片、春蒜、柠檬汁（或一种清淡的酱汁）做成汁，浇在青豆上，天底下最美味的豆子就大功告成了。

埃迪首创的私房菜则更简单。他把无花果切开，倒入少许蜂蜜，放入烤箱中烤后浇淋奶油，美味的蜜汁无花果便做成了。有时我们也会做一些略显费事的美食，当然，结果证明绝对值得。

因为种了满院的香草，所以我们下手特别大方，一次一大把，煮每道菜都配它。比如把开着花的百里香撒在蔬菜里、用鼠尾草烤肉、把牛至梗搁在面条四周。此外，用欧薄荷、茴香、葡萄和无花果的叶子装饰食物，也相当有趣。把野花和香草插在陶罐里，摆在餐桌上，更是别有一番情趣。

以下介绍的这些简便食谱，不是备受客人称赞，就是我们自己一吃难忘，隔天一大早就去翻冰箱找盘中剩菜解馋。意大利人都不把面条或调味饭当主食，但我和埃迪不然。

食谱中提到的油，除非另有声明，否则一律是橄榄油。所用香草皆为新鲜现品。

开胃菜

香醋红椒（洋葱）酱配烤面包

又大又亮的红甜椒、绿甜椒和黄甜椒是我夏日最爱的蔬菜，因为它们具有开胃奇效。除了下面推荐的香醋煨红椒，其他甜椒美食还有：红甜椒汤、黄甜椒奶油冻和传统的酿绿甜椒……

四个红椒去籽切成薄片，加入少许橄榄油和四分之一杯香醋，用文火煮至柔软，约需一小时。其间，偶尔加以搅拌，如果甜椒太干，再加一至两次橄榄油和香醋。待甜椒煮至接近“融化”状态，加入盐和胡椒调味。香醋红椒酱便烹制成功。

放二十五个圆面包在烤箱或烤架上，表面淋些橄榄油，烤制。

切一瓣大蒜，将蒜汁均匀涂抹于每一个烤好的面包表面后，把煮好的甜椒酱浇在面包上，装盘趁热吃。

还可以用此法烹制洋葱酱。煮洋葱时在香醋中加入一茶匙红糖，文火煮至褐色。

红椒酱或洋葱酱，都是吃烤鸡的最佳配料。隔夜的红椒酱或洋葱酱浇在面食或玉米粥上，味道也极佳。

豌豆泥配烤面包

原料是新摘的豌豆。我原以为剥豌豆可以让人心无杂念，后来在镇上看到一位坐在门外剥豌豆的妇女，才知不然。那位妇女脚边是一大堆豌豆荚，旁边则是一盆剥好的豌豆，一只猫趴在她脚边睡觉。我经过她身边时，她抬起头用意大利语极快地对我说了些什么。我一时没听懂，只好冲她笑了笑。走出几步后才恍然大悟，原来她说的是："狗怎么能做那事儿呢？"

一茶杯豌豆，青葱四根，切碎。把葱和豌豆放入锅内牛油中，待豌豆熟透，葱至卷曲，起锅后加入少许薄荷丝、盐和胡椒粉，调匀。用食品加工机或菜刀把豌豆等剁碎，浇在烤面包上即可。

罗勒薄荷冰糕

我第一次吃到这种令人销魂的冰糕，是在西娜伦加附近一间由农舍改成的餐厅里。第二天，我在家中试做一次。在餐厅里，吃完面食和鱼，上的就是冰糕，然后才是主菜。我们没有那么讲究，暖烘烘的夏日里，晚餐伊始我们就开吃了。

把一杯糖加入一杯水中，煮沸五分钟，其间不断搅拌成糖浆，起锅放入冰箱中冷却。把半杯薄荷叶和半杯罗勒叶，放入一杯水中碾烂，再加入一杯水和一茶匙柠檬汁煮沸，也放入冰箱冷却。从冰箱中取出糖浆和薄荷罗勒水，搅匀，倒入冰淇淋机，按照说明书操作，制成冰糕后，将其舀进马丁尼酒杯或任何干净玻璃盘中，四周以薄荷叶装饰。可供八人食用。

头盘

大蒜凉汤

煮意大利鸡汤要用四十瓣大蒜，但煮这道汤要用的大蒜数量肯定不会如此惊人。虽然省了不少事儿，但无损汤的美味。

剥两瓣大蒜。将一头小洋葱切片，把两个中等大小的马铃薯削皮切丝。锅内倒入一茶匙橄榄油，放入洋葱片，文火煮至半透明，再加入大蒜。将大蒜煮软，但不能煮焦。马铃薯丝蒸熟，倒入大蒜和洋葱汤中，再倒入一杯鸡汤，大火煮沸后立刻关至小火，煮二十分钟。起锅，倒入食品加工机中研磨，再倒回锅中，加入四杯鸡汤和一茶匙百里香细丝。如果没有食品加工机，可先把大蒜和洋葱捣碎再煮；马铃薯丝蒸熟后放入碾磨机中处理。加入盐和胡椒粉调味，然后冷却。食用前先搅拌，撒上百里香或香葱末。可供六人食用。

茴香汤

把两个茴香头和两把大葱切成薄片，在少许橄榄油中略煎，倒入两杯鸡汤，煮熟。不时翻搅，并将锅中茴香碾烂，之后加入两杯半鸡汤，放入盐和胡椒粉调味，然后盖锅盖。沸腾时关至小火，煮十分钟后，倒入半杯干酪或浓奶油立刻起锅。冷吃或热吃皆可，食用时在四周放入烤茴香籽作配饰。可供六人食用。

洋葱香肠比萨

意大利的比萨种类繁多。埃迪酷爱那不勒斯比萨，即用刺山柑、鳀鱼和乳花干酪为辅料的比萨。我则喜欢果仁羊奶干酪、橄榄和腌火腿做成的比萨。我们共同喜欢的比萨是芝麻菜和帕尔玛干酪比萨。马铃薯比萨和普通比萨味道也很不错。在户外烤肉时，我们总会多烤一些蔬菜和香肠，以备第二日做沙拉和比萨时用。有一种素比萨特别好吃，用料是烤茄子、干番茄、橄榄、牛至、罗勒和乳花干酪。

菜料：切三片薄洋葱片，放入煎锅中，加入少许橄榄油、三茶匙香醋，慢火煮至褐色，放入牛至叶末、盐和胡椒粉调味。烤或煎两根香肠，切成片。我们使用的是本地茴香籽猪肉香肠。刨一杯乳花干酪或帕尔玛干酪。

面团：把一包酵母放入四分之一杯温开水中稀释，放置十分钟。把半茶匙盐、一茶匙糖、三茶匙橄榄油和一杯冷水倒入四分之一杯面粉中。将生面团揉至光滑、有弹性为止。如果家中备有食物加工器，先用加工器把生面团压成球形，再摊开揉更轻松。在一只碗里洒上牛油和面粉，混入面团。三十分钟后再把面团揉成一个大圆球或六个小圆球，表面涂抹橄榄油，撒奶油、干酪、洋葱和香肠，放入四百度烤箱烘烤十五分钟。烤好后切成八块，装盘。

粗面方饺

在意大利，方饺的种类各式各样，但跟一般的马铃薯方饺或菠菜米饭方饺不同，粗面方饺只有指节大小，而其他方饺则状若松饼。以前我常去基亚纳山谷向一个妇女购买，后来才知道做这种方饺并不复杂。

往煎锅中倒入六杯牛奶。煮至快沸，将三杯粗面粉均匀倒入其中，慢火煮十五分钟，倒入和煮时均需不停搅拌。关火，挪锅，加入三个蛋黄、三茶匙牛油和半杯帕尔玛干酪丁，用盐、胡椒粉和少许肉蔻调味。而后稍加敲打面团，使其吸收空气发胀起来。把面团摊在砧板或撒了面粉的台面上，压成一英寸厚的圆形。待面团冷却后，用玻璃杯口或曲奇饼模，压出与松饼大小相似的圆形，放至涂有厚厚一层牛油的烤盘上。在其表面淋上三茶匙融化的牛油，再撒入四分之一杯帕尔玛干酪。以四百度烘烤十五分钟即成。可供六人食用。

面条沙拉配烤番茄

在做汤类、什锦菜肉羹或下面介绍的沙拉时，我喜欢分煮各种蔬菜，以防串味。再说，不同蔬菜煮熟所需时间不同，分煮不会过头。我在意大利食谱上从未见过面条沙拉，因此这算得上是美国舶来品。放进大塑料食盒中，带着去野餐，非常方便。

调制醋酱汁：找一个瓶子，放入四分之三杯橄榄油、约三茶匙的红葡萄酒醋、三瓣捣碎的蒜、一茶匙百里香碎末、盐和胡椒粉，摇匀。

新鲜蔬菜：八个中等大小的胡萝卜、五棵小芝麻菜、二个大红甜椒、两个尖辣椒、约四分之一杯青豆和一棵大葱。除尖辣椒，一律切小，尖辣椒切成碎末。把每一种蔬菜分别煮熟，冷却。

鸡肉：取两块鸡胸肉，淋上橄榄油后，将煎锅抹上橄榄油，倒入鸡肉。放入百里香、盐、胡椒粉。将烤箱温度调至三百五十度，烤三十分钟，取出冷却后切成丁。

面条：富斯利面，即那种短而卷的面条，是制作沙拉的最佳选择。将两包一磅重的面条煮熟，沥干水分，加入两茶匙橄榄油，搅拌均匀，放入调味品后冷却。把做好的醋酱汁、蔬菜、鸡肉及面条通通倒入一个大容器中搅拌均匀后，放进冰箱冷却。食用前一小时取出，再搅匀，用两个大碗分装。

番茄：给每位客人准备一份番茄（可以多准备一些供第二天食用）。在番茄上打一个圆锥形小洞，挖出籽。在洞中撒入盐和胡椒粉，填入面包屑、罗勒碎末和烤松仁制成的馅儿。淋上橄榄油，将烤箱温度调至三百五十度，烤十五分钟。

上桌前，把番茄放在盘子中央，四周放面条沙拉，外围再以黑橄榄和百里香梗（或罗勒叶）装饰。分量够十六或二十人食用。

主菜

红甜菜焗饭

我最拿手的就是意式焗饭。像比萨、面条和玉米糊一样，焗饭也名目繁多。春天，只用过水的芦荟、小胡萝卜和几片柠檬，就能做出一份清淡美味的焗饭。我最喜欢吃蚕豆焗饭了。只要把蚕豆与葱丝一起过油，放入焖锅中焖熟，倒进米饭搅拌即可。另外值得一提的焗饭配料有：茴香碎末过火配龙虾；清炒口蘑或干牛肝菌（牛肝菌得先用温水浸泡方能使用）；烤菊苣和意式火腿肠。如果手边没有高汤，可去食杂店买牛肝菌汤料代替。一般食谱上的牛油用量都太多了，如果备有好的高汤，其实可以不用牛油，只需少许橄榄油即可。

如果家里有隔夜焗饭，只要在煎锅中倒入一茶匙橄榄油加热，倒入剩饭，用中火煎，直至饭的底部又硬又脆，然后用锅铲翻面，煎至脆硬。这样，一顿可口的午餐就出炉了。

把一头中等大小的洋葱切片，放入一茶匙橄榄油中，炒两分钟。

加入两杯米，继续炒两三分钟。同时，在另一个锅里倒入五杯半高汤和半杯白葡萄酒，大火煮沸后转成小火慢煨。之后，将高汤舀入饭中，每舀一次需先行搅拌，使饭与高汤充分混合，煨至饭熟。这样煮熟的饭既有嚼头又不至于太干。加入半杯帕尔玛干酪末到饭中，搅匀。把一把甜菜洗净（红甜菜为上选），切成细条，加入橄榄油和捣碎的蒜，稍炒片刻，倒入饭中搅拌。吃时配一碗刨成碎末的帕尔玛干酪。可供六人食用。

帕尔玛干酪玉米糊

以下介绍的这道浓汤与其说是意式传统浓汤，倒不如说是加州浓汤，因为需用大量的牛油和奶油。传统的意式玉米糊烹制方法大同小异：把玉米糁放入两到三杯水中，加热并不断搅拌，待熟后静置令其凝固，配番茄肉末卤汁或牛肝菌一起食用。我曾用下面这道菜招待意大利朋友，他们个个赞不绝口。隔夜的玉米糊，放至煎锅中煎脆，味道极佳。

把两杯玉米糁放入三杯冷水中浸泡十分钟。往汤锅中倒入三杯水，煮沸后把浸泡好的玉米糁倒入锅中搅拌。等水再度沸腾时，立刻把火关小，但要让水缓慢冒气，持续搅拌十五分钟，加入盐、胡椒粉、八汤匙牛油和一杯帕尔玛干酪末。如果太稠，则多加些水。放入烤箱，将温度调至三百五十度，烤十五分钟即可。可供六人食用。

牛肝菌酱汁

如果买得到，鲜牛肝菌是上选之材。把鲜牛肝菌抹上橄榄油，放在烤架上烤熟，其味道绝对不比牛排逊色。在没有新鲜牛肝菌的季节里，干牛肝菌也可以让人创意频出。尽管价格不菲，但只需少许，便可令食物增味不少。以下这种酱汁，用来拌玉米糊、焗饭或面条皆可。

把两盎司的牛肝菌泡入一杯半温水中，约半小时。将五瓣蒜剥皮切碎，放入两汤匙橄榄油，文火慢煎。加入剁碎的百里香和迷迭香各一汤匙、番茄酱一杯、盐和胡椒粉调味。将牛肝菌从水中捞起，用纸巾擦干水分，放入番茄酱汁中，约二十分钟后，酱汁熬至浓稠、香味四溢。浇至玉米糊上，可供六人食用；浇面条，可供四人食用。

鹰嘴豆（大蒜、番茄或迷迭香）烤鸡

以下这道菜，如果人数较多，只需按比例增加配料即可。

把两杯干鹰嘴豆放入水中，加两瓣大蒜、盐和胡椒粉，煮至柔软而有弹性，约需两小时。用面粉裹六块鸡胸肉，放入热橄榄油中快速煎至金黄色，出锅，排在烤盘上。捞起鹰嘴豆，沥干水分，放在鸡肉上。将一头洋葱切粗片、三瓣蒜压碎，一起倒入加有少许橄榄油的煎锅中翻炒片刻。起锅，将其均匀铺在鸡肉上，放入盐、胡椒粉、百里香梗和半杯黑橄榄调味。将烤箱温度调至三百五十度，烤约三十分钟。实际用时根据鸡肉的大小而定。如果使用陶盘盛放，特别养眼。可供六人食用。

柠檬罗勒鸡

这道菜，配夏南瓜和番茄片，可令你在炎炎夏日夜晚心平气和。

把半杯剁碎的大葱和半杯罗勒叶放入大碗中，搅拌均匀。加入一个柠檬的汁、盐和胡椒粉调匀，抹在六块鸡块上。鸡块放入淋过油（多放一点油）的烤盘中，滴少许橄榄油在鸡块表面。送进烤箱，调至三百五十度，烤约三十分钟，具体用时根据鸡块实际大小而定。上菜的时候，在盘子四周摆放罗勒叶和柠檬片作装饰。

橄榄炒火鸡

这里的人时兴吃火鸡肉，但除了圣诞节，平时很难买到整鸡。在这个食谱中，火鸡胸肉得切成薄片，跟炸肉片的厚度差不多，也可以用普通鸡肉代替。如果橄榄没有脱核，食用时需告知客人。

把六片薄火鸡肉均匀摊在一个大煎锅里，用橄榄油煎至快熟，装入一个大碟子里。再在煎锅中抹一层橄榄油，把一头洋葱和两瓣蒜切碎，翻炒片刻。加入一杯苦艾酒，大火煮沸后转为小火，加盖焖两三分钟。之后，加入火鸡肉、一个柠檬的汁和一杯橄榄（绿橄榄和黑橄榄各半杯），煮五分钟。至火鸡肉熟透，加入盐和胡椒粉调味。可供六人食用。

配菜

炸夏南瓜花

炸夏南瓜花如果做得好，极其美味；如果炸得软绵绵的，则极其难吃。两种情形我均有体验，问题出在用油技巧上——油必须是滚烫的，花生油或葵花油为上选。

挑一束新鲜夏南瓜花，约二十朵。如果有一点点蔫，没关系。不要清洗花瓣，如果花瓣上有水，只需用纸巾轻轻擦干。在每朵夏南瓜花里塞一片薄薄的乳花干酪，然后浸入面糊中。面糊的做法：把两颗鸡蛋和四分之一茶匙盐，放入一杯水和一又四分之一杯面粉中，搅拌充分，用叉子全部打散。

油加热到三百五十度左右，但不能冒烟。把浸了面糊的夏南瓜花放入其中炸至金黄松脆。捞起后立刻用纸巾吸干多余油分，即食。

乳清干酪填烤甜椒

大学住宿舍时，干酪填烤甜椒一直是我的最爱。用羊奶制作的新鲜乳清干酪，绝对是食物中的佳品。制作这种干酪需要一种特制的篮子，所以干酪四周印有篮子的纹理。我们经常去皮恩扎附近的农场买乳清干酪。皮恩扎是产羊大村，也是佩科里诺干酪的产地之一。

把三个黄甜椒放在瓦斯炉或烤架上烤至表面发焦（不能烤太久，不然甜椒会发软），用塑料袋包好后，放入冰箱冷却。待表皮冷后取出，撕去黄甜椒的焦皮，再从中切成两半，去筋和籽，洒少许橄榄油。

在一个碗中倒入两杯乳清干酪、半杯剁碎的罗勒、半杯切成细丝的洋葱和半杯欧芹丁，再加入盐和胡椒粉，最后打入两颗鸡蛋。调匀后填入黄甜椒，以三百五十度烘烤三十分钟。上桌时，可用罗勒叶在碟子四周配饰。供六人食用。

炸鼠尾草

鼠尾草容易让人想到小药瓶中闻了会令人打喷嚏的绿色药粉。新鲜鼠尾草味儿特浓，能盖住肉腥味。

把二十至三十小枝的鼠尾草冲洗干净，用纸巾轻轻擦抹，让它干透后，倒入面糊（面糊的做法参见夏南瓜花的食谱）。在锅中注入两英寸高的葵花油或花生油，加热至约三百五十度。把面糊连同鼠尾草一起倒至沸油中，炸两分钟，至鼠尾草叶变脆。用纸巾将多余的油分吸干。炸鼠尾草配羊肉、猪肉或任何肉类同食皆可。

鼠尾草酱

有一次，我在阿雷佐每月一次的集市上，买了一根橄榄木杵。后来，又从一个朋友那里救了一个石臼（被她大材小用，当成了烟灰缸）。朋友告诉我，这个石臼原来是研磨粗盐的。就是在如今的意大利，细盐也一直是政府垄断产品，课税很重，只有烟草专卖店才出售。因此，过去的意大利人多食粗盐。我发现，从朋友家拿来的大石臼很适合做酱汁。把香草放入石臼中，用木杵舂，很快就能碾出油质，磨出菜之精华。我参照罗勒酱的做法，发明了许多不同口味的酱汁。比如，配鱼的柠檬西芹酱、配意大利面的芝麻菜酱、配虾吃的薄荷叶酱。我发现，这些略带纤维的酱汁，比惯常吃的滑溜溜的酱汁更合我口味。吃鼠尾草煮白刀豆这道托斯卡纳传统名菜时，能够蘸一点我下面介绍的鼠尾草酱，真是锦上添花。我也喜欢用它蘸面包吃。烤香肠配鼠尾草酱，肯定是最佳搭配。

把一大把鼠尾草、两瓣蒜和四茶匙松仁分别捣碎，倒入石臼（或食品加工机）中碾碎。一边碾磨一边加入橄榄油，成鼠尾草糊后，倒入碗中，加入盐、胡椒粉和一把帕尔玛干酪末，搅匀即大功告成。成品约一杯半。

～ 甜 品 ～

榛果冰淇淋

这种味道醇美的冰淇淋差点儿让我放弃美国公民权，永居此地。

即使不喜冰淇淋的人，只要尝一口，也会终生难忘。

把一杯半的榛果放入烤箱中，用中火烤五分钟。烤时需时时留意榛果的变化，因为榛果极易被烤焦。取出榛果，去皮，略微压碎。在六个蛋黄中加入一杯半糖，充分搅拌。把一夸脱的对半啤酒（即一半淡啤和一半黑皮兑成的美国啤酒）加热，快要沸腾时倒入蛋黄中，将啤酒蛋黄煮至糊状，放入冰箱冷却。冷却后取出，倒入两茶匙的榛露酒或香草，再加入两杯浓牛奶。接着放入榛果和两片柠檬皮。把全部的混合物倒入冰淇淋机中，按说明书操作，即成。成品约为二夸脱。

红酒樱桃

整个六月，我们买樱桃都是论磅，等不及回家，就坐在车里海吃起来。原汁原味的樱桃最美了，人类的任何发明都无法与之相比。我们种了三棵樱桃树，又在常春藤和荆棘丛中找到了三棵。樱桃树需成双成对才能结出果子。

把一磅樱桃去柄去核，同一杯红酒、两片柠檬皮熬十五分钟，不时搅拌。熄火后盖好盖子，放两到三小时。吃时分装在碗中，内放红酒汁、一大团奶油和马斯卡普尼干酪。也可以配小片的榛果蛋糕或曲奇饼吃。可供四人食用。李子、梨子也可如法炮制。

双层桃子馅饼

我第一次做双层馅饼是从宝拉·沃尔弗特的菜谱中学来的。把馅饼皮摊在曲奇烤板上，往中央部位放馅，再把馅皮向中间折起，一种朴素的乡村风味馅饼就圆满地制作出来了。托斯卡纳这里出产的桃子，不管是白桃还是黄桃都美味至极，适合独自一人悄悄品尝。

擀一块较通常所用略大一点儿的馅饼皮，放在不粘曲奇烤板或烤盘上。切四至五片桃子。往一杯马斯卡普尼干酪中加入四分之一杯糖、四分之一杯烤杏仁，混合搅拌后将桃片放入其中轻轻搅拌，舀至馅皮中央。将馅皮折起，可以稍微用力按压但不要闭拢，留一个四英寸的口子。烤箱温度设三百五十度，烤大约二十分钟。可供六人食用。

梨子蛋奶糕

这种蛋糕，严格说来是意式美国南方水果馅饼。我六个月大时，就开始吃了。美国南方水果馅饼，用的不是桃子就是黑莓。

将六个中等大小的梨子削皮切片（也可使用桃子或苹果），排在抹了牛油的烤盘上后，在梨片上撒一茶匙糖。将四茶匙牛油加入半杯糖中搅拌，然后加入三分之二杯马斯卡普尼干酪，再加入两茶匙面粉，充分搅拌后把面糊舀在水果上面。将烤盘放进烤箱，以三百五十度烘烤约二十分钟。六个人吃绰绰有余。

高贵的科尔托纳

意大利人总喜欢把自家的底楼当店铺。即使是豪门望族的别墅，底楼也有砖砌的拱门，隐约可见等腰高的柜台痕迹，一定有人曾在那里贩卖成桶的咸鱼或装了馅的烤乳猪。如今，它们已被一周一次的集市货车或路边小摊取而代之。每次我经过那些房屋，总喜欢让手在破旧的砖砌柜台上慢慢滑过。那些奇怪的窗户，想必就是当年卖家酿葡萄酒的窗口吧。有一些大宅邸的一楼是仓库。我在科尔托纳的开户银行，就设在大名鼎鼎的拉帕雷利大宅之内，那可是建在伊特鲁里亚石壁上的建筑呢。夜里，透过窗户，看得见建筑顶楼双臂合抱大小的古老枝形大吊灯。经常会有两三个人站在窗前，探出头来，看着广场上又一天走向历史。商业主街两侧，建筑宏伟，鳞次栉比。但几乎每栋建筑的一楼，都无一例外被改成了商店：五金店铺、瓷器店、食品店和布艺店。很多建筑，也许自落成伊始，就一直是店面。

从这些建筑的正面，可以看出不同主人的不同心思。原来是门的地方被封起来，原来的窗户变成现在的拱门，原来独立的两栋建筑被连起来，原来的三栋中世纪房屋，硬生生加了一堵文艺复兴时期的共用外墙。那个中世纪的鱼市，成了如今的餐厅；那家文艺复兴时期的私人剧院，变成现在的展览馆。只有洗衣服的石槽依然守在原地，等着哗哗的水流，等着提篮洗衣的妇人。

还有，那个钟表匠也仍然守候在六英尺长、四英尺宽的修表店中。这家钟表店自十一世纪以来，一直在市政厅的楼梯间安家，尽管现在钟表匠可能是在替某个外国留学生更换芝华士名表的电池。而过去，他的主要工作是修理滴漏和制作钟表玻璃面。他对水钟也有研究。他总是坐着，从没有人见他站起过身。一定是有铁环之类的东西将他的后背固定了，否则坐了这么多世纪，脑袋怎么能不低垂？他戴着一副几乎遮住了整张脸的大眼镜，厚厚的镜片显得眼睛格外凸起。我来到他的店铺前时，他正借着斜斜的日光，在和数不清的小齿轮或金色小三角打交道。白色表盘上的时间数字有的已脱落：4、5、9，四散在桌子上。

或许，我的教书工作一样年代久远，只是少了时间背景，自己浑然不觉而已。我上课的那栋大楼因不抗震，行将拆除。明年秋天，就要搬进新大楼授课了。新楼的建筑结构具有弹性，适合建在多沙地带。而旧楼是二战后的产品，经历了半个世纪的风风雨雨，已经破旧不堪了。

修鞋匠似乎也一直守在洞穴似的小店铺里。店里除了他坐的那张小椅子、一个工具架、一些鞋子，只能勉强站立一个顾客。地上躺着一只红靴子（很像主教区博物馆里一幅油画上小天使穿的红靴子）、一只 Gucci 平底便鞋、一只舞鞋和一只破旧笨重的工作鞋，它肯定比初生婴儿还重。一架三十年代产小收音机，正在播报亚平宁半岛的天气。他一边擦着刚修好的凉鞋，一边对我说这只鞋肯定能再穿好几年。

和往年七月底一样，玛丽亚·丽达的果蔬店里，白桃又上架了。无花果熟得正好，只是我担心买回家时会熟过头。篮中的杏子像初升的小太阳，一捆捆莴苣上晨露晶莹。那个拉帕雷利女孩，为了真切体验基督受难的痛苦绝食而死，被当成圣女，尸体做了防腐处理，安葬在一个令人肃然起敬的坟墓里。女孩没绝食之前，曾在这里停下脚步购买葡萄。“这是早上刚从院子里摘来的。”这句话女孩一定听过吧。丽达举起甜瓜，让我闻瓜香。她的手虽然经常接触泥土，却总是干干净净的。她领我到果蔬店的后面感受凉爽，那里曾是中世纪的养兔场。如今这里的许多建筑正面出售摄像机、丝绸裙和工艺品，后面依然是养兔场。我们拾级而下，经过她平日洗果蔬的水槽，来到一个狭长的石室。“凉快吧？”她边问边用手扇风，接着指了指放在木箱间的椅子，告诉我她有空就坐在那里休息。她的空闲时间并不多，顾客喜欢爽朗的笑声，也喜欢质量上乘的商品。她的店铺每周开张六天半，还得打理院里的蔬菜和果树。她丈夫今年病了，所以搬运货物的工作也得她亲自动手。到了晚上八点，她总是笑眯眯地清洗店铺门廊，尽力擦去金字塔似的红辣椒留下的红色印记。

我们每天都会到她的店里买东西。见到我她总是说：“夫人，看看这个吧。”同时举起一大篮甜美的番茄，或一根长得古怪、她不喜欢的胡萝卜，或一小把滑稽可爱的白萝卜。她店里的每一头大蒜、每一只柠檬、每一个西瓜，都足以引得顾客的青睐。所有的水果都被冲洗干净，排列整齐，务求最好的顾客能买到最好的商品。我挑李子时（在水果店里不该用手摸水果，可我经常忘记），她总是陪着我细心挑选，看见有瑕疵的水果，嘴里一边嘟嘟囔囔一边换上更好的。买每一样东西，她都不吝啬建议：做蔬菜通心粉要用甜菜，再加点儿帕尔玛干酪调味；把这些洋葱泡到橄榄油里，再加点儿香醋……

她的大部分顾客是游客，进来只是买少许葡萄或几个桃子。有一次，一个外国游客买好桃后，做了个洗手的动作，又用手指了指水果。她猜他想知道哪里可以洗水果，于是告诉他水果都洗得很干净，没人碰过。

显然，她是在对牛弹琴。不得已她把他领到街上，指了指公共喷泉。事后，她哭笑不得："那个人凭什么认为我的水果不干净啊？"

也是在这条街道的两侧，有不少工艺作坊。工匠师傅敞开作坊门，好让阳光照进屋子。看着他们手中的活计，我以为中世纪的行会又开始运作了呢！一个小伙子正在整修一张十七世纪书桌上的精美花果图案。他认真地修补着一小幅梨树图案，那架势就像外科医生给病人作拇指缝合手术。我走进一个位于圣阿戈斯蒂诺门附近的工艺作坊，店主安东尼奥正在专心致志地装订一本有关植物的书籍。我看见架上有一面可爱的古镜。"Posso?"（可以看看吗？）说着，我拿起镜子，不料镜框上方突然松动，银制的古镜从我手中滑落，摔碎了。我非常不好意思。但老板担心的是，打碎镜子会给我带来七年厄运。我坚持要赔钱给他，他却一再推辞，说自己可以用碎片做出很多面小镜子，而这个镜框只要装面新镜子就行。我离开时，看见他正小心翼翼地捡拾地上的碎片。

整条街上，最吸引人的要数油画修复作坊了。作坊门口香水味儿迎面袭来，原来在作坊中工作的是两名白衣女子。她们正灵巧地清除油画表面因年深日久而留下的污垢，并修补画面上遭损毁的地方。文艺复兴时期的画家，常用大理石粉、白垩粉和蛋壳粉充当油画的底色。有时还会用金色的叶子和大蒜制成油画的底色。黑色颜料提炼自煤、橄榄枝和坚果核。有些红色颜料的原料是由亚洲进口而来的昆虫分泌物。石头、梅子、桃核和玻璃则被用来提炼其他颜色。他们的作画工具常由野猪毛、貂毛、羽毛和翎管制成。可见，精神艺术与大自然息息相通。当然，为使画中的深紫外衣、淡紫斗篷和石青裙子更加鲜艳，现代冶金术帮了大忙，功不可没。

镇上还有许多旧家具翻新作坊。很多工匠用旧木头做桌子或柜子，可不是为了仿造古董，而是因为这些古老的木头不易断裂，容易染色和打蜡。最重要的是，它古色古香，易与周围环境搭配，协调顺眼。

我们把家中的一些工具拿到一家铁匠铺里去打磨，可是铁匠抱歉地说，恐怕第二天才能打磨完。第二天登门去取的时候，锄头、大小镰刀等十件铁器寒光闪闪，惹得我很想用手试一下刀刃，最终还是没有那个胆儿。

裁缝店的老裁缝没有戴眼镜，没准像童话里一样，他的活儿也是小老鼠代劳的吧。昏暗的小店里，靠窗摆了架缝纫机，线轴在窗台上一字排开。屋里还有一辆崭新的白色自行车，把手上系了一个供长途骑车用的水壶，后轮处挂了个漂亮的小皮包。后来，我在镇上公园里又遇见了他，他心无旁骛地从皮包中拿出食物喂三只流浪猫。小猫的眼睛滴溜溜地跟着他的手转。星期天，偌大的公园里只有我和他，其他人不知都去忙什么了。上周，我送了条裤子到他店里锁裤边儿，他让我看墙上挂着的一圈照片。照片里他的妻子还很年轻，双唇微启，波浪似的头发分梳两侧，可如今她已经离开了人世。他母亲也已去世了，但照片中还像个苹果娃娃。他姐姐的照片也在其中。还有一张是他自己的：一个年轻人身穿戎装，一头乌发，双腿分立，肩膀后仰。二战结束时他在罗马，是教皇卫队的一名卫士，刚二十五岁。一晃五十多年过去了，亲人们相继离开。他拍了拍身旁的自行车，说："从没想过，最后只剩下我一人。"

《蓝色的旅行：意大利北部之旅》绝对是本值得一看的旅游指南。此书不吝篇幅，用七页纸介绍了科尔托纳。作者细心地引领你穿行于每一条街道，指出每一处值得留步的景致。还会带你穿过城门，到四周乡村游览。作者按方位顺序，描述了主教教堂两侧的每一个祭坛。

因此，只要你能辨别东西南北，就能独自行走于蜿蜒小路，在偏僻的角落流连忘返时也不会迷路。教堂里唱诗班背后的墙壁上，有一幅幅晦涩难懂的壁画，体贴的作者连这个都照顾到了，每一幅都有文字鉴赏。阅读着这本旅游指南，小小山城的艺术、建筑和历史，又一次令我沉迷痴醉。科尔托纳原本只是意大利几百个哨所之一，唯独它位置得天独厚，风景优美。

因为对这里已经有所了解，所以看这本书时我倍感亲切。它又将我带回城墙内侧那条洋槐树下的小路，我回忆起城墙一侧那些简单朴素的石屋和另一侧的基亚纳山谷。仿佛看到了石屋门口那只三条腿的土狗和院子里晾晒着的一排排大短裤。黄昏时刻，附近居民纷纷搬出藤椅，看日落风光，数天上繁星。昨天，我打那里经过的时候，差点儿踩到了一只软塌塌的死老鼠。从一扇朝街开着的门中，我瞥见一个女子趴在厨房餐桌上，头埋进双臂。是在哭泣还是睡觉，我不得而知。

无论旅游指南上怎么写，一个地点能否让你印象深刻，全凭个人的嗅觉和本能。我曾经去过好些地方，总是老老实实地按照指南走遍每一处景点，晚上又认真标出第二日的行程，可是归来以后却毫无印象。而第一次到意大利游玩的时候，兴致高涨，旋风似的在两周之内游历了五个城市。那两周发生的一切至今历历在目：在博洛尼亚的拱廊下喝到生平第一杯浓咖啡，刺激得喉咙发疼；爬遍了每一座高塔，到了晚上不得不用热水泡满是泡的双脚；在佛罗伦萨的一家烛光餐厅，首次吃到牛油和鼠尾草做的意式方饺，买回的一盒盒糕点包装得像礼物盒；在一家散发着浓重皮革味道的鞋店，买到第一双意大利鞋，从那儿以后购鞋欲望一发不可收拾；在佛罗伦萨乌菲兹美术馆的一个角落，发现了阿洛里的画作；站在济慈故居附近的西班牙台阶上，把手伸进旁边船形喷泉中，想象着济慈也曾如此……对这次旅行，我没有留下任何文字。但之后的每次旅行都写了旅游日志，因为我已经意识到，随着时间的流逝，许多记忆都会随风消散。记忆，就是一个大骗子。我在奥地利因斯布鲁克待过三天，但只记得那里的初秋气息和餐厅里见到的一个漂亮红发女郎。不过，我没忘记在秘鲁库斯科摸过的每一块石头。虽然我对墨西哥瓦利亚塔港印象模糊，但对其西南部尤加敦半岛的记忆却清晰如昨：在滚滚热浪下参观玛雅遗址，我们的茅草屋门口睡了一只大蜥蜴，当地居民固执又孤僻，天气喜怒无常，暴风雨吹倒了电线杆，我还记得床上飘动的蚊帐，以及迅速熔化的蜡烛。

除了平常的周末游玩，大多数旅行都是为了满足一种潜在需求。我们在找寻什么。是什么呢？乐趣，逃避，冒险……到底是什么？“这次旅行改变了我的一生。”外甥自意大利游玩后告诉我。他是一开始就感觉到内心渴望改变，只是到意大利印证、并完成自己的感觉吗？应该不是。他一定是在走访意大利的途中，逐渐感受到自己的变化。一位到我家做客的朋友，喜欢拿这里的一切，如供水、建筑、地貌还有葡萄酒，与美国相比，根据她的标准，美国无法超越。我听了非常生气，差点儿用胶布封住她的嘴，指着一座十一世纪的修道院，喝问：“看！那是什么？”我猜她返美之后，一定脑袋空空。不久，她写了一封信，告诉我她来意大利前刚刚离婚（可她在这里只字未提），跟她一起生活了十四年的丈夫宣告自己是个同性恋者。再次回想她在这里的表现，我恍然大悟，原来她的表现只是出于对那个舒适、却不复存在的家的极度留恋呀。另一位今年初夏来此做客的朋友，三周之内旅游了七个国家。虽然我很想奚落她，但是更想探明，究竟是什么力量让她走了那么多路。依我看，第一动力应该来自美国的行事风格，我仿佛听到她在说：司机先生，开车吧，去哪儿都行，越快越好，越远越好。其实这样的游客，一心只想“离开这里”，虽然有时会找诸如此类借口掩饰真相：多看一些地方，下次就知道该去哪里了。他们旅游不是为了感受目的地的人文景致，而是为了表现自己的行动能力，或者逃到一处无人认识的地方，忘却一切让人喘不过气来的负担。好像一只蜥蜴，尾巴被巨石压住了，却仍幻想着自由的天地。人们去或不去旅游，都有众多理由。我的一个大学同事对我说："很高兴自己去了伦敦，以后就不必再去了。"另一个朋友夏洛蒂却截然相反，她坐在一辆卡车后面横穿中国，只是为了去看西藏。美国诗人 W. S. 默文在诗歌《一个动物图腾的告白》中，一语道出真谛：

请把我送到另一种生活之中吧
主啊，因为现在的生活日渐暗淡
我不希望一直如此。

一旦到达一个地方，你的心灵列车要么驶向最遥远的内心深处，要么原地停留。有些感受只能属于你自己，它有时无法言喻，任何书本都捕捉不到；有时又非常简单，就像那日午后阳光下，我看见三个手挽手的女子脸上的光芒，如同上天赐予的祝福。我也希望能被这样的阳光照耀。

如果来我新的家乡旅游，最佳起点莫过于位于科尔托纳下方平原地区的伊特鲁里亚人的古墓。从卡姆基亚火车站前往佛亚诺的途中，散布着一座座从公元前八世纪到公元前二世纪的古墓。这些古墓的管理员从不接受小费。也许是在那些阴森森的夜晚，守着古墓心情不好吧。月明之夜，由一小块豆子地、一窝满地乱跑的小鸡构成的管理员农舍与坟墓共处，显得十分诡异。沿着山坡往上走，有个锈迹斑斑的黄色路标，指示前方是“毕达哥拉斯之墓”。我把车停在路边，下车沿着一道小溪前行，接着转入一条柏树夹道、直通古墓的小径。古墓入口处有一扇门，但好像从来没关上过。一个圆形石头平台上，安放着雕刻精美的石棺，周围布有一些神龛，与我那位于车道下方的圣地有些类似。墓顶有几处破损，但凭着所剩弧形，不难想象原来的圆顶形状。我竟身处一个两千多年前的建筑里。墓门上方有一块巨大的楣石，状如一弯精美绝伦的半月。

啊，谜一样的伊特鲁里亚人！来意大利之前，我对他们知之甚少，只懂得他们的历史早于罗马人，文字很难解读，所建多为木头建筑，遗迹难寻。可我错了。尽管他们留下的文字不多，但多数已被破解。这得多亏萨格勒布的一个重大发现：考古学家从萨格勒布馆的一具埃及木乃伊身上，发现了几条用煤烟或木炭写满伊特鲁里亚文字的亚麻裹尸布。为什么写着伊特鲁里亚文字的亚麻布，会成为一个妙龄少女的裹尸布，至今仍是个谜。可能是公元一世纪前后，罗马人入侵时，她跟着其他伊特鲁里亚人一起逃难至埃及了吧。又或许是人们在将女孩制成木乃伊时，手边刚好有这些亚麻布，于是撕开包在了她身上。虽然裹尸布上的文字没有全部破译出来，却提供了足够的资料来解读伊特鲁里亚文字中的一些关键词。遗憾的是，破解出的石刻文字多为墓志铭或公文。一个朋友告诉我，去年一个装修师在监督修复一幢农舍时，无意中踢到一块埋在土里的铜板，上面刻满了伊特鲁里亚文字，他把它带回了家。当晚，警察就打来了电话。估计现在这块铜板应该在考古学家的手中吧。

我相信，伊特鲁里亚文物还有相当惊人的一部分埋在地下。一九九〇年，在当地一座伊特鲁里亚墓穴旁边，又发现了一段七级台阶的楼梯，楼梯一侧刻着狮子食人图，极可能出自对冥府的恐怖想象。丘西，跟科尔托纳一样，属于十二个最古老的伊特鲁里亚城镇之一。不久前，那里发现了一座古城墙。在科尔托纳和丘西发现的大量伊特鲁里亚文物，有的是考古学家挖掘出的，有的是农民耕地时发现的。在丘西，你还可以在博物馆馆员的带领下，参观当地数十座伊特鲁里亚古墓。古罗马人认为伊特鲁里亚人斗胜好战（他们自己何尝不是），所以流传下来一些有损伊特鲁里亚人名誉的说法，幸亏有那些墓室、大陶马、铜像和日常用具作证，人们才知道伊特鲁里亚是个有尊严、有创意、有幽默感的民族。毋庸置疑，他们的确是个强壮的民族，不然怎么可能处处留有用大石头建造而成的石壁和古墓呢。

在科尔托纳周边地区，人们称这些出土的古墓为“甜瓜”，这是因为其圆弧形顶部状若甜瓜。在这样的墓穴旁逗留片刻，你就能真切感受到何谓天地苍茫。带着这样的体悟，你也可以更好地理解科尔托纳。

离开古墓，我开始朝山上行驶。上山的路起初还很平坦，随后就崎岖陡峭起来，只好缓缓爬行。透过挡风玻璃，可以看到山坡上一片片橄榄树林、锯齿形的帕拉佐宫塔楼，卢卡·西纽雷利当年就是从这里摔下几个月后含恨而终的；远处，一个残破的瞭望台和几家黄褐色的小农舍静立。所有一切都朦胧而柔和：石头轮廓柔美；橄榄树枝随风摇曳，在阳光的照射下，不时从苔绿色变成银灰色；湖边冉冉升起的雾霭像轻纱似的遮住了天空。七月里，橄榄树周围的麦田一派金黄，如同雄狮的毛发。我望了一眼科尔托纳，它高贵得如同埃及王后奈费尔提蒂。起初，我处在那座宏伟的文艺复兴时期圣母大教堂下方，随后拐了一个二百八十度大弯继续爬坡，很快就与这座结实的教堂等高了。我继续攀升，教堂那银色的圆顶和十字形造型被我远远地落下。这座教堂是制革商出资兴建的，又被称为石灰窑圣母教堂，是因为石灰是制革的原材料，而教堂又建立在一个石灰场之上。真奇怪，似乎圣地就是圣地：教堂坐落在伊特鲁里亚遗址上，很可能当初这里就是一座神庙或一片坟茔。

我向后扫了一眼，蓦地发现自己居然爬升了这么高。开阔的基亚纳山谷，犹如一把绿扇子，映入我的眼帘。晴天里，站在这儿，看得见远处的圣萨维诺山、辛纳兰加和蒙特普尔恰诺。以前这些小镇如有节庆活动，可以用烟火传讯：快来吧，这里今晚有庆祝活动！不久，我就站到了科尔托纳高耸的城墙边了。为了进一步了解伊特鲁里亚人，我一直把车开到了最后一道城门前：科洛尼亚大门。城门地基是伊特鲁里亚人用大得惊人的巨石建成的，上面部分是中世纪和其后时代加建的。

我喜欢在飞速行驶的车中，看城门里的风景。镇上卖的一些明信片里的风光和我此刻见到的一模一样：大铁门、向上延伸的小街以及两旁的古宅。一进科尔托纳镇，我立刻觉得，我在城门里面了。城门能给人一种安全感：一旦走进去，远处的敌情，管它是保皇派、教皇派或其他什么，都跟我无关；甚至于尽管刚才险些与一辆飞驰电掣的小汽车相撞，但来到这里，一切又都踏实了。

开车前来，我常把车停到城门外，沿着达尔达诺斯路走进小镇。达尔达诺斯是神话中特洛伊城的建造者，据说他出生于此地。在路的左边，我经过一家只在中午营业、摆有四张桌子的小食店。虽然这里没有菜单，也只提供简单家常菜，但芝麻菜烤牛排味道非常不错。看着厨房木火炉边忙碌的两个女子，我纳闷她们怎么就感觉不到热呢！

这条街上保存完好的“逝者之门”，令我很是好奇。一般认为，开这些门是为了把患瘟疫的死者抬出屋外。因为当时人们相信，如果将死者从正门抬出，会给活人带来厄运。如果真有这种说法，那肯定源于基督教之前的某种迷信传说，因为瘟疫流行时基督教已经非常盛行了。也有人说，这些门是纷争年代正门被封时，用于逃难的。我私下以为，它们只是普通小门，天气恶劣时，方便马车和骑马者直接进入，免得踩踏水洼或者泥泞的街道。甚至在晴天，女士们在这些门中穿行，也不会被街道弄脏长长的丝裙。十九世纪的考古学家乔治·丹尼斯，就将科尔托纳描述为“非常肮脏”的小镇。但是，由于这些门的形状和棺材颇为相似，被误认为是用来抬死尸的，也不算捕风捉影。

小镇中心有两个形状不规则的广场，由一条短街相接。也许，没有一个城市规划者会如此规划，不过，这种格局倒是很吸引人。沿共和广场往上爬二十四级大台阶，就是建于十四世纪雄伟的市政大楼。傍晚，人们常坐在这些环形台阶上，一边吃冰淇淋，一边欣赏夜景。坐在这里，你还可以看到远处一个位置略高于广场的凉亭，过去那里是个热闹的鱼市场，如今成了一家餐厅的露台，同样也是眺望风景的好地方。广场四周，建筑风格和谐，街道四通八达，但最终通往那三座城门。街道上人声鼎沸，一片生机，却没有一辆汽车，着实叫人惊诧，这也恰恰说明了在这个小镇里人的重要。我还发现，此地低矮建筑总是与高大建筑比肩而立，连为一体。科尔托纳中心街道的官方名称为“国民大道”，但当地人却爱叫它“平坦大道”。这是一条步行街，只有早晨运货时间才允许车辆通行，城市的其他街道因为窄而陡不宜通车。通常，为连接高处和低处的街道，设有一些步行小巷。比如，夜晚小巷、黎明小巷、浅阶小巷，光听这些名字，就想走进去一探究竟。

走在托斯卡纳古老的石头小镇上，我并没有时光倒流的感觉。在南斯拉夫、墨西哥和秘鲁时，我却常有此感。托斯卡纳人是活在当下的，他们只是本能地把历史带到了今日。如果说美国的文化是“人走即烧桥”（我们的确如此），科尔托纳的文化则是“在桥上自由穿行”。假如哪个十四世纪的瘟疫死者重新回来，可能还会找到自己的房屋，甚至发现它完好无损。不论喜欢与否，在科尔托纳，历史与现实共生共存。共和广场上那个古老的梅第奇球形徽章，直到去年还与一个由铁锤和镰刀构成的共产党党徽并排而立。

穿过那条连接两个广场的短街，就到达了以大画家西纽雷利的名字命名的广场。这个广场略大一些，周六的集市日，广场上人山人海，向来如此。在夏季，每个月的第三个星期日，又成了古董市场。两家小酒馆的露天座位，一直排到了广场上。每次来这里，我都要抬头看看那只站在柱头上、渐被腐蚀的佛罗伦萨狮子，它看上去是那样的孤单。无论多晚到此，广场上总是人满为患，有人专门赶来这里喝午夜前的最后一杯咖啡。

也是在这里，市政府偶尔会出资举办音乐晚会。每逢这个时候，大家倾巢出动，广场上挤满了周围的农民和乡间别墅里的住户。今天晚上，在这座有着几十个天主教教堂的城镇里，有一个美国黑人福音唱诗班进行表演。他们不是美国南方自发组织的浸信会教派合唱团，而是芝加哥一个收入丰厚的职业唱诗班。单从那些红色和蓝色的舞台照明灯以及两千里拉一盒的磁带，便可见一斑。他们热情澎湃地演唱了《神的恩赐》和《玛丽不要哭》。奇怪的音响和唱诗班的歌声，在这些十一二世纪的建筑群上空回荡。这里经常举办马上枪术表演和掷旗比赛。在一些节日里，主教会站在高处举着圣徒的遗骸，牧师们则摇晃着燃烧着没药树的火盆，引着众人走在被孩子们撒满鲜花的城镇街道上……音响师调好了麦克风，主唱立刻调动场下观众的情绪。“来，跟我一起说，”他用英语说，“赞美主。感谢你，耶稣基督。”自从一九四四年英美联军解放了科尔托纳以来，可能再也没有这么多外国人聚集于此，更不可能有这么多黑人了。这是个大合唱团。佐治亚大学有一些学生在科尔托纳的艺术系学习，这样的场面勾起了他们的思乡之情。几乎所有的游客和科尔托纳市民都涌进了西纽雷利广场。“噢，快乐的一天……”黑人领唱边唱边把一个意大利女孩拉到台上。小姑娘的声音嘹亮清脆，毫不费劲就融入了合唱团，她那小小的身躯里似乎装满了歌声。你们都在想什么呢，有着古老血统的科尔托纳人？是在回想坦克开进城里的那一天——那可是快乐的一天——英美士兵向孩子们扔橘子的情景，还是在想这些音乐怎么跟教堂弥撒毫不相同呢？或许他们什么也没想，只是跟着美国的耶稣随音乐摇晃身体。

西纽雷利广场的焦点建筑是卡萨里宫殿，即现在的伊特鲁里亚博物馆。镇馆之宝是一个公元前四世纪的精美铜烛台。其造型极具创意，烛台中间的碗可以喂油给四周的十六盏灯。灯与灯之间是充满想象的浮雕：动物、长角的酒神、海豚、俯卧的裸体男子和长了翅膀的女妖。其中的两盏灯之间写着“tinscvil”几个字母。据詹姆斯·威拉德所著的《寻找伊特鲁里亚人》书中所说：“tin”相当于伊特鲁里亚人的宙斯，而“tinscvil”可解释为“向主神致敬”。这个大烛台是一八四〇年在科尔托纳附近的一个沟渠里发现的。它悬挂在博物馆的一面镜子下，以便游客全面观察。我曾听一位英国女士说：“蛮有意思的，不过，要是在旧物拍卖会上看见了它，我是不会买的。”这里的其他展品还包括环形花、花瓶、瓶子、一只造型奇妙的铜猪、双头男子、好些玩具士兵大小的铜像等公元前七世纪到前六世纪的作品，其中一些让人想起雕塑家贾科梅蒂的雕塑。除了这些伊特鲁里亚藏品，馆里还有不少埃及的木乃伊和手工艺品。很多博物馆都有上乘的埃及展品，我常想，古埃及是不是遗失了很多文物？每次逛这座博物馆，我都要去看那几幅喜欢的油画。一幅描绘的是沉思的普林妮娅。这位圣诗女神身穿蓝衣，头戴月桂花冠，从表情来看，非常尽职。长久以来，这幅油画都被认定是罗马时期约公元一世纪的作品，但现在又被认为只是十七世纪的卓越仿制品，只是博物馆并没有把那个令人动容的日期牌换掉。

卡萨里宫一侧的建筑上雕刻有天鹅、梨树和想象中的动物装饰，旁边有一条短街直接通向主座教堂和主教博物馆（以前是耶稣会教堂）。有时，我也会去那里参观。主教博物馆的楼上，最珍贵的藏品要数费拉·安吉列科修士[①]的油画《天使报喜》了。画中的天使长着橘红色的头发，正对玛利亚说些什么，玛利亚则垂头回答天使。这是安吉列科修士最有名的油画之一。他在这里工作了十年，这三张相连的《天使报喜》和圣多米尼哥修道院大门上方业已褪色的油画，就是他在这里留下的所有作品。

卡萨里宫的右侧是西纽雷利剧院。剧院建于一八五四年，算是这个城镇的新建筑了，风格接近文艺复兴时期的建筑。这座剧院带有一个拱形门廊，可以为卖菜小贩遮阳避雨。剧院内部就像加西亚·马尔克斯的小说所描写的：椭圆形的梯形座椅、小包厢、红色椅垫和一个不太大的舞台。我曾在这里看过一场两小时的俄罗斯芭蕾舞剧。到了冬天，剧院就成了电影院。电影放到一半时，幕布徐徐拉下，一刻钟的休息时间到了。届时，全部观众起身去喝咖啡，闲聊十五分钟。对于很爱说话的人，如果整整两小时不能开口，肯定非常难受。在夏季，电影都是在星空下放映，地点选在镇公园。橘黄色的塑料椅摆在圆形的石头露天剧场里，很像一个没有汽车的汽车电影院。

在两个广场的周围，街道向四处辐射。这条通向中世纪的房屋，那条通往十三世纪的喷泉；这条通向小广场，那条通往庄严的修道院和一些小教堂。我常在这些街道上逛荡，但每次都有新的发现。今天，

---

①费拉·安吉列科修士（1378－1455），意大利多明我会修士，佛罗伦萨派画家。

我走的是一条名叫“尘土”的小巷，可我根本没觉得它比其他小巷的灰尘更多。

若是脚力不错，可以再往高处走一点儿。即使午后骄阳似火，你也会发现不虚此行。经过一家有道长长走廊的中世纪医院时，我暗自祈祷，千万别跑到这里做阑尾炎手术。正是吃饭时间，女人们端着盖着盖儿的盘子或托盘，匆匆走进医院。住在医院，一定很盼望家人带着食物来看望吧。医院旁边是永久关闭的圣方济各教堂。这座朴素的建筑物，是圣方济各的朋友伊莱亚斯修士设计的。教堂墙边，隐约可见穹顶回廊的痕迹。再往前走，街道纤尘不染，两旁的老房子维护良好。只要有四英尺长的空地，就有人种番茄和莴苣。附近的居民最爱在罐里种天竺葵和八仙花了。四处可见如灌木丛高的八仙花，粉红色的花朵经久不败。当地妇女都爱面街而坐，一边剥豆子或缝补衣服，一边和邻居聊家常。有一次，我看见一个又瘦又干的老太太，穿着黑色长裙，披着黑色头巾，蜷缩着身子坐在一把小藤椅上。莫非现在是一七〇〇年？当我走到她身边时，发现她正拿着手机跟人说话。在贝尔勒基尼街三十三号房，墙壁上挂着一块牌子，宣称此处是彼得罗·贝尔勒基尼的出生地。这时，我才猛醒，他一定就是十七世纪的大画家彼得罗·达·科尔托纳了。绿树成荫的广场四周是一些风格酷似市政大楼的老房子，房前都有精致的小花园。如果在这里居住，我一定选择那一栋——爬满五叶地锦的凉亭下摆有一张大理石餐桌，朴素的白窗帘在窗前静垂。一个挽着精致发髻的女子，抖开一张桌布，铺在餐桌上，端盘上菜。她做的番茄肉末酱汁，令我垂涎欲滴，惹得我死死盯着绿格子桌布和餐桌上的农家葡萄酒。

圣克里斯托夫教堂大概位于整个城镇的最高处，也是镇子里我最喜欢的建筑。它历史悠久，建于伊特鲁里亚遗址之上，最早可以追溯到一一九二年。我在教堂外面看见了小礼拜堂里的天使报喜壁画。画上的天使刚刚降落，用白垩溶液绘制的袖子和裙子看上去胀鼓鼓的，像要随时飞走一般。教堂大门一直敞开着，严格地说是半掩着，因此进去之前我犹豫了片刻。教堂里面的布局大体属于罗马风格，木制风琴台上刻着美丽的花饰，像是乡村风格的巴洛克。有一幅褪色壁画，画的是基督受难图，一点立体感都没有。耶稣的每处伤口下，都有一个飞翔的小天使，手捧着杯子，接滴落的鲜血。这一带的教堂大都朴实无华。我很喜欢圣坛上罐装的鲜花（今天有六罐），也喜欢堆放在另一幅天使报喜图下的天主教杂志。这一幅画中的圣母听到天使的消息，举起了双手，好像在说："你在开玩笑吧！"教堂后方黑漆漆的。我听到轻微的鼾声：一个男子躺在最后一排的椅子上睡得正香。

圣克里斯托夫教堂后面，是一幅令人惊愕的山谷景观：一列高耸入云的古堡围墙，从山坡上横切而过。经过了这么多世纪，是什么让它屹立不倒？梅第奇古堡高高矗立于山顶，眼前这列围墙就是古堡的延伸。我继续往上走，前往蒙塔尼亚城门，即镇里最高的城门。这里也是伊特鲁里亚人生活过的地方，很古老吧？我常从这个门进镇，因为我家就在山的那一侧，从我的房子到科尔托纳的上城区，平平坦坦，没有斜坡，因此我喜欢走这个最高的城门，省得再去爬坡了。我走路进镇的乐趣之一，就是能看到新圣母教堂。和石灰窑圣母教堂一样，新圣母教堂也位于城镇下的开阔山地之间。走在通往蒙塔尼亚门的路上，可以俯瞰它纤巧的造型，韵律十足的线条，优美的圆顶，以及阳光下闪着海蓝色和青铜色的彩色玻璃。虽然石灰窑圣母教堂是弗朗西斯科·马蒂尼设计的，也更声名赫赫，但我认为新圣母教堂更赏心悦目。它的线条设计让整栋教堂轻盈飘逸。好像只要施与适当的神迹，这栋看起来会发光的建筑就会腾空飘起，飞往另一个地方。

我从蒙塔尼亚门掉头，朝圣尼克洛教堂走去。这座教堂相对较新，建于十五世纪中叶。同圣克里斯托夫教堂一样，它的装饰简朴而迷人。教堂里最有价值的艺术品，应是西纽雷利的一幅油画了。这是一幅双图画，一边是被卸下十字架的耶稣，一边是圣母和圣婴。论时间顺序，圣母和圣婴的画像应该放在左边才对，但现在却挂在了右边，可能是管理人员搞错了。大热天里，圣尼克洛教堂可是个不错的休息场所。既有名画让你大饱眼福，又有清凉的石头地板给双脚降温。在出口处，我在一个极不起眼的地方看见一尊很小的基督像。这尊基督像是吉诺·塞维里尼的作品，他也是科尔托纳人。作为未来派艺术代表人，他签署了《未来主义者宣言》，也赞同“杀死月光”这一口号。我一时半会儿很难把他和宗教艺术联系起来。未来主义者主张摒弃过去，拥抱速度、机械和工业。在小镇的餐厅和酒吧里，我看见过一些塞维里尼设计的海报，色彩浓烈、醒目动感。在运动酒吧的一张餐桌上，我见过一尊圣母哺乳像，就是出自他手。圣母造型不同以往：双乳如哈密瓜般大，而在传统的圣母像中，圣母的乳房似乎与身体分离，只有网球般大小。伊特鲁里亚博物馆有一间独立的展览室，专门陈列塞维里尼的部分有趣创作，可惜他的重要作品不在其中，只展示了一些他曾经尝试过的艺术风格：未来派最爱的齿轮、水管和记速器组成的布拉克[①]式拼贴画，一副萨金特[②]风格的女人像，艺术学院式的素描和著名的立体派抽象画。在两个玻璃箱内，放着他的出版物和几封布拉克和阿波利奈尔[③]写给他的信。这些藏品没有一幅可以恰如其分地反映出他的艺术活力和抱负。当然，所有的未来派艺术家都因早年热衷于法西斯而名誉受损，一步

①乔治·布拉克（1882－1963），法国画家，曾与毕加索一起发起立体主义绘画运动。

②约翰·辛格·萨金特（1856－1925），美国画家。

③纪尧姆·阿波利奈尔（1880－1919），法国诗人。

错似乎难回头。更糟的是，他们成了现代绘画风格的始作俑者。直到现在，艺术潮流还是跟着法国走。未来派艺术家的许多令人惊异的作品，名气都不大。不知出于什么原因，晚年的塞维里尼渐渐向先辈靠拢。我总觉得，意大利画家的血管里都潜藏着某些微生物，迫使他们不得不去画耶稣和圣母。

我离开圣尼克洛教堂，向山下走去，经过好几座几乎没有窗户的修道院（它们的后面肯定有大院子），其中一间至今没有开放。要是有饰带需要修补，可以把它放到一扇圆花窗前，里面的修女会拿去修补。有两座修道院有小礼拜堂，看上去相当现代。下坡时我在圣马可教堂，又看到一幅塞维里尼的马赛克画作。沿着这条路走，就是他设计好的十字架之路。一路上，一系列镶在石头神龛里的马赛克画作，将耶稣被钉上十字架到从十字架卸下的经过详尽描绘了一遍。大热天里，我仿佛觉得自己也背了一个十字架。路的尽头，是圣玛格丽特大教堂暨女修道院。教堂里的一个玻璃罩内，安放着圣玛格丽特像。她又干又瘦，双脚如柴。通常，前来祈祷的女子都会跪在她的面前。玛格丽特是一个禁食的女圣人，每天得由人哄骗着勉强吃下一汤匙橄榄油。她曾跑到街上大喊自己曾经犯下的罪行。换作今天，人们肯定当她是疯子，得了厌食症。而在那个时候，大家都认为她渴望像耶稣一样受苦。据说，一二八九年但丁也曾向她请教，怎样克服自己的“卑怯”。玛格丽特在当地备受尊敬，这一点极易证明：在公园里，妈妈们呼喊孩子时，最经常听见的名字就是玛格丽特。贝纳大门（现已关闭）旁的一块牌子上说，玛格丽特于一二七二年首次从此门入镇。

共和广场的主街通向镇公园，咖啡馆和小商店分立两侧。店老板或在店门外的椅子上坐着，或拿着咖啡在附近转悠。从烧烤店里飘出阵阵烤鸡、烤鸭和烤兔肉的香味，让我垂涎三尺。烤肉店也卖快餐，午餐供应酱汁宽面，全天供应 panzarotti。panzarotti 是一种夹馅面包卷，不好翻译。里面的馅五花八门，丰富异常：香菇、火腿、奶油等等。味道最好的莫过于香肠馅和莫泽雷干酪馅了。

在加里波第圆形广场（在意大利，几乎每个城市都有加里波第广场），你肯定能感受到科尔托纳是世界上最文明的城市之一。一个绿树成荫的公园沿着路边花坛延伸约一公里长，科尔托纳居民每天都会来这里溜达。在公园里，时间是静止的。除了游人的服饰、花草、树木的大小有所变化，它跟一百年前毫无二致。清凉的喷泉中央，矗立着一尊仙女骑海豚雕塑。喷泉四周，年轻的父母看着自家孩子玩耍。长椅上坐满聊天的附近居民。一个父亲正在教儿子骑自行车，望着孩子摇摇晃晃的身影，做父亲的既得意又担忧。这还是一个读报的好地方，小狗也可以跟着主人尽情散步。公园的右侧是山谷和特拉斯蒙诺湖。

公园尽头与我家门前的那条白鹅卵石路相通相连。道路两侧柏树成荫，一株柏树纪念一位一战中的阵亡士兵。我沿着这条尘土飞扬的道路往家的方向走了大约一公里，抬头望见位于梅第奇古堡尽头的伊特鲁里亚石壁。这个石壁名叫“巴玛苏罗”，我家房子的名字正取于此。石壁朝南而立，很像博洛尼亚附近马察博托的神庙，也许这道石壁本来就是太阳神庙的一部分。一些当地人告诉我，叫“巴玛苏罗”（渴望阳光），是因为山的这一侧冬天日照稀少。有谁知道这个名字由来多久了呢？一整个夏天，阳光从清晨就直射在石壁上了，常常把我叫醒。看着清新而动人的朝阳，我感受到了一种古老而原始的反应：新的一天又开始了，黑夜之神并没有将太阳吞噬。所以，在所有的建筑物中，太阳神庙最合乎常理。或许，石壁的名字真的可以追溯到二千六百年前，当时的伊特鲁里亚人正是因为对太阳的渴望才以此命名它。我仿佛看到伊特鲁里亚人对着亚平宁半岛上的第一缕阳光，吟唱祈祷；然后全身涂满橄榄油，躺在古老的地中海大太阳下，享受一个早上。

亨利·詹姆斯也曾走过这条鹅卵石路，他在《旅游的艺术》一书中记述了当时的情景：“顶着炎炎烈日，绕行石壁一周，我看见了许多没抹灰泥的巨石。它们在阳光的照射下，闪耀着强烈的白光，我不得不戴上一副蓝色的眼镜，以寻找合适的角度，观察伊特鲁里亚的朦胧历史……”蓝色的眼镜？是不是十九世纪的太阳镜？我好像看见亨利站在鹅卵石路上，凝望着石壁，若有所思地点点头，拍拍尘土走回旅馆，去写每天必须完成的文章。我也同样在这条路上漫步，也想尝试着同样的神奇举动，把那道很久很久以前的阳光带入今晨的明媚之中。

托斯卡纳的四野

终于，我们一切准备就绪，可以作别巴玛苏罗了，当然只是暂别而已。打过蜡的地板闪闪发光。伊丽莎白送给我们的家具全部用蜂蜡上过光，抽屉也都用佛罗伦萨纸贴了边。每张床上都铺好了从集市买回的老式白色床单。一切是那么称心如意。我们甚至利用一个周末的时间，卸下所有的百叶窗，清洗干净后漆上无所不能的亚麻籽油。看来，亚麻籽油用在哪儿都适宜。我放在波兰石墙上的一罐罐野花已经怒放，准备随时传播种子，拓展新的领地。既然我们现在以巴玛苏罗为家，就应该以它为圆心，去四周走走看看。今年先去托斯卡纳和翁布里亚，或许明年再去意大利南部。从某种意义上来说，此行是为了进一步完善我们的家园。因为我们打算去买葡萄酒，填充酒窖，开始收藏各种具有地方特色的葡萄酒，以配各地不同风味的食物。许多意大利葡萄酒都要求酿好即饮，但我们可以在楼梯间的酒窖储备一些特殊酒。在厨房外的藏酒室，我们打算用一些细颈坛子装家酿葡萄酒。

一路上，我们要敞开肚皮疯狂享用马莱玛美食，晒日光浴，寻找伊特鲁里亚遗迹。几年前，我读过 D.H. 劳伦斯写的《伊特鲁里亚人的土地》。打那以后，我一直念叨着想亲眼目睹他们的古代艺术创作：潜水男孩、穿凉鞋的吹笛手和蜷伏的豹子；还想感受一下那些埋藏于地下的千年神韵和生活情趣。我们花了好多天筹划这次旅行，好像要去遥远他乡远足似的，事实上，我家距离塔奎尼亚不过一百英里。在那儿，大片的伊特鲁里亚古墓正在挖掘。但我总觉得时间不够用。托斯卡纳值得一看的东西太多，改变了我的距离感和时间感。在美国加州，埃迪每天上班就要在高速上行驶五十英里呢。而这里，一个星期就令我觉得实在太短了。我们即将前往的地方叫“马莱玛”，意思是沼泽地，但那里已经没有沼泽了。沼泽地里的最后一滴水早已枯竭多时。历史上，马莱玛曾疟疾横行，使得托斯卡纳的这个西南部地区人口相对稀少。这里如今是牛仔们的牧场，也是第勒尼安海岸唯一一块无人居住区。这片广阔的土地上，只有零星几座牧羊人搭盖的石屋。

我们从巴玛苏罗出发，很快就到达了蒙塔尔奇诺。这是坐落在一条嶙峋山脊一侧的小镇，视野极其宽广，似乎就连隐隐青山外的风景都能尽收眼中。街道两侧分布着卖葡萄酒的小店，每扇店门里都有铺着白色桌布的桌子，上面摆着几个玻璃酒杯，好像在邀请路人进来喝一杯，和店主共庆葡萄的丰收。

镇上的旅店很是简朴。最令我错愕的是，浴室的电开关竟然安在热水器上。洗澡时，我只能尽量把喷头往开关反方向拉，再尽量让水流不往外溅，我可不想尚未品尝当地的葡萄酒，就被烧成焦炭！但这里并非一无是处，站在房间就能够一览镇上所有的屋顶和远处的山村。位于小镇中心的“美好时光咖啡屋”从一八七〇年开业直到现在，几乎丝毫未变，依然是大理石桌子、红色天鹅绒椅垫、镶着金框的镜子。那位正在擦拭吧台的女服务员，嘴巴长得像丘比特的弓箭，穿着一件浆洗得硬挺挺、袖口上装饰有缎带的白色上衣。什么样的午餐能比一块五香橄榄油咸面包配一片意大利熏火腿更美妙呢？这就是绝对简单又足够体面的托斯卡纳食物！

午睡后，我们去了一个十四世纪的城堡，城堡如今是个气派十足的葡萄酒展览馆。它的地下室曾被当成军火库，用来存放石弓、箭、炮和火药；现在摆在里面的却是本地生产的各类葡萄酒。外面阳光灿烂，可城堡里光线幽暗，散发着麝香味儿的石墙摸上去冷冰冰的。我们品尝班菲葡萄园和吉奥康多葡萄园酿制的可口葡萄酒时，屋里旋转着维瓦尔第的曲子；而当我们开始品尝深红色的布鲁内罗葡萄酒时，音乐恰到好处地换成了勃拉姆斯的乐曲。这里陈列的布鲁内罗葡萄酒来自不同的葡萄园：坡乔罗葡萄园、卡丝巴莎葡萄园和毕安迪葡萄园，毕安迪是所有布鲁内罗葡萄酒的祖师爷。这些美酒如此香醇，使得我很想立刻冲进厨房，烹一桌丰盛的下酒菜。一想到用香醋和迷迭香烤的兔肉、大蒜鸡和用葡萄酒炖的梨，我已经迫不及待了。服务员一定要我们尝尝这里的餐后甜酒。一种名为“B”的甜酒和另一种坡乔罗葡萄园酿造的莫斯卡德洛让我们一喝倾心。或许，发明这种酒的人原来是调制香水的。这些酒本不需配甜品，不过刚成熟的白桃是个例外，要是再有一份柠檬蛋奶酥，我恐怕会感到自己身处天堂了。我们买了几瓶昂贵的布鲁内罗，想到这种酒在美国的天价，也就咬咬牙买下了。在巴玛苏罗的楼梯间，我们有两个很好的藏酒处，可以把它们放到里面，关门上锁，若干年之后再取出享用。但这种长期计划难解当前之需。于是，我们又买了两三箱便宜一点儿的罗丝·蒙塔尔奇诺，适合立刻饮用，口感极佳且分量充足。我很怀疑，这个夏季结束的时候，这几箱酒还能剩下几瓶。

午后，我们驱车几英里，来到了圣安蒂摩，这个地方给人的感觉就像建于圣地之上。远远地，透过修剪齐整的橄榄树林，看得见那座白石灰石罗马教堂。教堂造型简单而朴实，看上去不像意大利的建筑。

当年，查理曼大帝率军经过此地时，许多士兵得了传染病。查理曼大帝向上帝祈祷，假如疫情能够终止，他就修建一座修道院。就这样，在公元七八一年，他在此地修建了一座修道院。也许，眼前这座建于一一一八年的教堂，正是有了这层渊源，才像法国建筑一样又细又长。我们走入教堂时，正值晚祷开始。教堂里只有十来个人，坐在我们身后的三个女人边摇扇子边聊家常。要是换作平日，她们把教堂当成起居室或广场的行为，肯定会引起我的兴趣，但是今天，我的注意力全被五个基督教会修士吸引去了。他们阔步走入教堂，拿起诗本，开始吟诵《格列高利圣咏》。这个高贵而未加装饰的教堂衬得他们的声音格外嘹亮，斜阳的余晖将石灰石变成了半透明物体。音乐穿过我的耳鼓，尖锐如鸟鸣，使心灵震颤。他们的声音时高时低，时分时合，最后会聚成低沉吟诵声。我感到自己的心情渐渐放松了起来，慢慢失去了逻辑思维能力，意识随着吟诵声不停地游动，游动，游至无边的宁静中。他们的声音是有浮力的，像小河一样，能够让人漂浮其上。我不禁想起了加里·斯奈德[①]的诗句：

坐在一起
辨识着花朵
一身轻松

我看了一眼埃迪，他正目不转睛地盯着灯柱。但那三个女子似乎无动于衷，也许是因为每天都上教堂，所以对这一切早已司空见惯吧。歌声还没停止，她们便吵吵嚷嚷地离开了。如果我住在这里，也会每

①加里·斯奈德（1930－），美国著名诗人，“垮掉派”代表人物之一。

天上教堂，因为在这个地方都感觉不到神圣的话，那么就没有地方能让你如愿。这些修士每天要念六个小时祷文。早晨七点，开始唱赞美诗，而晚祷要到晚上九点才结束，他们的勤奋着实让我震撼。找个时间，我一定会再来这里，完完整整地听完他们的圣歌。我手头的旅游指南说，想要获得心灵平静的人，可以在这里的客房留宿，到附近的女修道院用餐。我们到教堂外面走了走，屋檐下活灵活现的动物雕塑令人赞叹不已。

凉爽的黄昏，我们开车行驶在布满砂石的小道上，像小狗一样努力嗅着窗外乡间的干草味，前往圣天使餐馆——一家由波吉奥·安蒂科葡萄园经营的餐馆。餐厅里正在举办一场婚宴，热闹非凡，女服务员们也兴高采烈地加入其中。我和埃迪被带进餐厅最后一间包厢。置身于这样热烈的场面，我们俩并不介意。房间里有一个石水槽，上面堆着熟桃子，桃香四溢。我们点了个洋葱浓汤、烤乳鸽、迷迭香烤马铃薯和一瓶该葡萄园自产的葡萄酒。

托斯卡纳的郊野其实是个充满矛盾的所在。这个地区就整体而言，在许多世纪之前就已经是个文明之所。每次我在花园东挖西掘时，总能挖出点什么，提醒我脚下的土地曾有多少先人生活过。我已经收集了为数不少的盘子碎片，各种各样，种类丰富。我开始怀疑，这里居住过一个女子，她以往花园里扔盘子为乐趣。在屋外的一张桌子上，堆满了我们从地里挖出来的陶漏勺、破锅盖、细致的杯柄、各种盘子的碎片，以及一些豪猪和野猪的颚骨。这片土地不知被人踩了多少遍。只要看看山，就知道人类为了自己的生活与便利，把原来的青山变成了什么模样。不过，马莱玛保留了下来。这个地区一百年前才第一次有人定居，以前是牛仔、牧羊人和蚊子的落脚之地。马莱玛的荒凉，显然与疟疾和热病的肆虐脱不了干系。托斯卡纳随处可见的农舍，在此寥寥无几。文艺复兴几乎没在这片地区留下任何印记：这里既没有里程碑似的建筑物，也没有伟大画家的作品。虽然现在的空气温柔而清晰，过去却糟糕透顶，或许正是多亏了糟糕的空气，伊特鲁里亚古墓才得以完整保存。虽然不少古墓被盗了，但仍有惊人的数量平安无事。伊特鲁里亚人是不是对疟疾有免疫力？所有的证据都显示，在他们那个时代，马莱玛地区人口密集。

我们的下一站是栋古代别墅，如今是一家小旅店，位于蒙特马拉诺外围的一个葡萄园。埃迪取出行李中的指南，发现这个小小的地方竟有三家不错的餐厅。因为这家旅店离我们打算观光的地方都很近，所以决定在这里多住几日，省去换住处的麻烦。沿着一条林荫道，我们来到一个公园一般大的花园，花园里有几处阴凉的歇脚处，可以让人们一边乘凉，一边眺望起伏连绵的葡萄园。我们的客房正对花园。打开百叶窗，窗户外满是蓝色八仙花。我们匆匆卸下行李，没有休息就急着出门了。

皮蒂利亚诺一定是托斯卡纳最奇怪的小镇。同奥维多一样，这个镇子也坐落在一片多孔凝灰岩之上。小镇像一个悬空的城堡，在深深的峡谷上若隐若现。多孔凝灰岩并不是世界上最坚固的岩石，有些断裂的凝灰岩，脆弱易腐蚀，甚至容易移位。镇上的房屋栋栋笔直，沿绝壁而建。这里的居民是真正生活在悬崖边缘的人。房屋下面的凝灰岩有许多洞穴。或许这些洞穴是用来贮藏当地产的毕安科·皮蒂利亚诺葡萄酒的，这种酒需要吸收火山土壤的精华来增味。镇上的一个酒保告诉我们，以前很多洞穴是伊特鲁里亚人的墓穴。现在，这些墓穴除了存放葡萄酒外，也是橄榄油和小动物的安身之所。中世纪时期的城镇通常幽暗阴沉、机关重重，而这个城镇比中世纪的城镇更幽沉，更内含机密。十五世纪，很多遭受迫害的犹太人来此地定居，因为这个镇子不受教皇管制。于是，这里被称作“犹太人居住区”。至于它是不是跟威尼斯的犹太人居住区一样，也有宵禁的规定，有自己的政府和文化生活，我不得而知。犹太人会所因重建而关闭了，但好像没什么修建动静，倒像待价而售似的。现在或将来的某一天，这些凭崖而立的房屋，会突然发现自己身坠峡谷。或许，正是因为这种担忧，我对小镇的印象越发灰暗了。离开之前，又买了几瓶当地葡萄酒，我们的收藏也因此丰富了不少。我询问酒保，二战期间这里居住了多少犹太人。“我不知道，女士。我是那不勒斯人。”在下山途中，我翻了翻旅游指南，上面提到，皮蒂利亚诺的犹太人，在二战期间惨遭灭绝。我从不相信旅游书上的东西，但愿他们写错了。

皮蒂利亚诺的近邻小镇索瓦纳，极像加州的鬼城，唯一差别在于街道两侧的房屋没有鬼城的古老。这里的人口总数，似乎还没有山边伊特鲁里亚古墓的数量多。我们看见一个路牌便驶了过去，把车停在路边。一条小路带我们来到一片阴森树林之中，林边一条静止不动的小溪，是母疟蚊栖息的最佳场所。我们沿着又陡又滑的小路朝山上爬，过了不久，一座座古墓慢慢出现了。这些古墓像隧道一样伸至山边，或许在这些石道里出入的只有毒蛇。这里人迹罕至，似乎好几个世纪无人光顾，没有售票亭，也没有导游，让人感觉自己是这个鬼魂出没之所的第一发现者。此处藤蔓四处爬伸，很像墨西哥帕兰克城周围玛雅丛林里的古墓。另外，凝灰岩墓壁上的那些朽蚀的雕刻带着奇异的东方风韵，也和玛雅的雕刻艺术相仿。似乎在遥远的古代，天下的艺术风格大同小异。看来，做个伊特鲁里亚考古学家是个不错的选择，因为这里尚有数不清的文化遗址，等待你的发现。我们俩爬了好几小时的山路，一路上所见的唯一生物，就是一头在溪边饮水的大白牛。

到达古墓的时候，我的脚已经被各种植物划得伤痕累累，但并没有遭到一只蚊子的攻击。我有一种感觉，在今后失眠的夜里，我想起的地方肯定是这儿。

沿路返回时，我们发现另一个路标，根据路标找到了一处古庙遗址。这座古庙像从凝灰岩山坡雕刻而出似的。我们穿行于一片诡异的拱门和石柱之间，这里被挖掘了一半后又被抛弃了。那些伊特鲁里亚人的谜团仍悬而未决。他们建这座庙宇做什么？莫非夏季在此地开音乐会，抑或举行一些奇怪的仪式？旅游指南既然把此地称为庙宇，说不定这里就是巫师用羊肝进行占卜的地方。在皮亚琴察附近出土了一个铜雕，刻的是被切成十六份的羊肝。据推测，伊特鲁里亚人用分割羊肝的方法分割天体，还用此法决定城镇的格局。是真是假，谁知道呢？没准这里是个演讲台或鱼市场呢。每当我置身于像秘鲁的马丘比丘、墨西哥的帕兰克、美国梅萨维德国家公园、英国的斯通亨巨石阵和我脚下这样的地方，心中都有一种奇怪而强烈的感触：逝者已矣，来者难追。尤其是身处这样的人类文化母体之中，感触更甚。对眼前之物，我们无法改变，只能尽力去想象和诠释。诗人和哲学家一心想寻找理论支持“永恒回归”和“过去即现在”的观点。比如，伯兰特·罗素就提出宇宙是五分钟之前创造出来的理论。对于建庙者的表情、庙宇奠基的情形、煮午饭的火光，以及搅拌饭锅的动作，如今我们不可能再次目睹。我们唯一能做的就是在这里，一个时间长轴最新出现的小点上走一走。每每想到这里，再想起自己以前因为地图折得整不整齐、家里煤气所剩无几、身上现金够不够用等琐事而费神，就觉得滑稽可笑。只有当某种东西行将消失的时候，你才知道它是多么重要。

其实我们今天看的东西已经够多了，但眼饱心未饱，于是朝古老的索拉诺进发。索拉诺也建于颤巍巍的凝灰岩之上。整个地区游人罕至，就连路上都看不到一个人影。看来，索拉诺自一四九二年，也是哥伦布发现美洲大陆的那一年，到现在几乎没有变化。此地最新的建筑物大概也是那时建造的。狭窄的小路压抑逼仄，深色石头建筑里面灯光幽暗，但居民却格外友善。一个制陶师傅见到我们朝他店里探头探脑，就一个劲儿地邀请我们参观他的作坊。买桃子的时候，水果店老板特意挑了一串葡萄送给我们，并且说就他家店里有。还有两个路人停下脚步，帮我们从狭窄的停车场倒车，一个做“向前开”的手势，另一个做“停止”手势。

我们开车驶回旅店院子里时，已是满身尘土，精疲力竭。晚饭前，我们冲了个澡，换上干净衣衫，拿了两个酒杯和一瓶比安科白葡萄酒，坐在屋外舒适的躺椅上，观看夕阳下山的美景。也许在远古，也有两个伊特鲁里亚人坐在我们坐着的地方，同我们一样看日落。

蒙特马拉诺距离我们的落脚点只有几分钟车程。它是一个居高临下的城堡镇，美丽而小巧。

这个小镇不可避免地有十五世纪的教堂，教堂里有圣母像，但这尊圣母与众不同，题目为“猫洞上的圣母”，原因是雕像的底部有一个洞，方便猫们进出教堂。镇上似乎没人待在家里。几个当地小男孩和几名男子在镇中心演奏爵士乐。一家小酒馆的老板娘使劲儿地关上店门，她肯定是听够了。当一个脚踏长靴身着紧身T恤的高大英俊男子走过时，所有的目光刷地一下射向他，而他却毫不在意。我发现他每经过一家商店橱窗，都要转头照照自己的尊容。

我们俩饿坏了。当神奇的七点半一到，弗兰托奥餐厅店门一开，我们俩便率先冲入，成为餐厅仅有的客人。这家餐厅的前身是一间橄榄油磨坊，现在的装潢仍仿磨坊模样，虽然感觉有失真实，却很像加州的纳帕谷餐厅，所以我们倒是很习惯。打开菜单一看，仍然是传统的马莱玛风味：有当地名吃 Acquacotta（煮水），虽然这道菜在托斯卡纳各地都吃得到，但只有马莱玛的最正宗。这是一种汤，青菜上面漂着蛋花。此外，还有拌牛肝菌、橄榄油的小牛头肉，兔肉酱汁拌面和苹果熏猪肉。托斯卡纳各地餐厅的菜单几乎千篇一律。调面食的不是番茄肉末酱汁、牛油和鼠尾草，就是蒜酱、番茄和罗勒；主菜通常是烤架串烧或烤箱烤肉；配菜则是烤马铃薯、菠菜或沙拉。面对一成不变的菜单，似乎谁都无意改变。不过，在这种人口稀少且游客寥寥的小镇，它们的菜肴反而更具托斯卡纳本色。猎人打到什么就吃什么，农户不会放过动物身体的每一部分，女人善于用蛋和蔬菜做出美味菜汤。通常，在菜单上找不到这些菜式，也很难看到用小山羊肝和野猪肝做的香肠。弗兰托奥餐厅还有一些精致菜肴，譬如烤洋蓟和用红菊苣及乳清干酪做的方饺。我们点的第一道菜是用牛肝菌浓汤煮的大麦粥，味道醇美。埃迪要了一道用番茄、洋葱和大蒜烤的兔肉，而我则试着点了份小山羊肉，没想到滋味出奇的好。我们俩有了一个新发现：当地的葡萄酒色深味正，跟卡霍斯的莫莱里诺葡萄酒有得一拼。

翌日清晨，我和埃迪体验到了此生最为美妙的时光。清晨五点，我们起床前往萨图尼亚附近的一座瀑布温泉泡澡。旅店经理告诉我们，要是去晚了，人会很多。但我们到的时候，一个游人都没看见。浅蓝色的瀑布从一块凝灰岩顶端飞流而下，将地面冲出好几个大凹洞，成了泡温泉的天然场所。首次听说温泉名字时，我和埃迪还担心，洗完温泉浴，我们闻起来会像放久的复活节彩蛋一样，体验之后才知道，这里的硫磺味儿不浓，瀑布的冲击力度也不轻不重，既可以让你享受按摩的乐趣，又不至于被撞得东倒西歪。真舒服啊！妖娆的水中仙女都跑哪儿去了？我毫不怀疑这样的温泉能有治病之疗效，虽然不知道究竟对哪些病管用。泡了一个小时后，我觉得自己柔软无骨，是那么的放松，陶醉，懒得讲话。我们离开的时候才又多了两辆车。回到住处，坐在露台上享用早餐：鲜橙汁、坚果面包、烤吐司、圆蛋糕、咖啡和温热的牛奶。只有伊特鲁里亚的古人才有魅力催我们离开，拿上地图，继续进发。

塔奎尼亚并不在托斯卡纳管辖区，但离拉齐奥只有几英里的车程。这一路的景致乏善可陈，到处充满工业化的印记，喧嚣杂乱。在如梦如幻、绿意盎然的马莱玛，我很容易想象出伊特鲁里亚人的模样，而在这儿我脑中空无一物。习惯了空空荡荡的街道，这里的交通令我们很不适应。没过多久，我们来到了繁忙的塔奎尼亚市。这里有一栋十五世纪的大屋子，专门用来展示从该地区出土的伊特鲁里亚文物。展览的稀世之宝肯定叫你瞠目结舌，仅仅那对公元前三四世纪的赤土陶飞马就会让你感觉不虚此行。这对飞马在一九三八年出土于一座庙宇的台阶附近，应该是庙宇的装饰物。我思忖，或许这两尊飞马跟希腊神话中的天马帕加索斯有一定关联。两匹陶马栩栩如生，筋肉、生殖器、肋骨、飞扬的耳朵和一对长着羽毛的翅膀，全都雕刻得活灵活现。博物馆的展品按照年代先后排序，参观者一看便知哪些展品受到了希腊文化的影响、伊特鲁里亚人何时开始使用石棺殓尸，石棺的造型又有哪些变化。从骨灰盒到尸体的防腐处理，无不蕴藏着无穷的创造力。为了防止进一步腐坏，很多古墓壁画都被移到了博物馆中保存。壁画上矍铄的乐师和身披轻纱的年轻舞者，就连铁石心肠的人看了也会动容。不过，在博物馆消磨了两三个小时之后，我的兴奋劲儿慢慢减弱，某些初到时会看上好几分钟的展品，后来只是匆匆一扫而过。我们决定择机再访，因为这里值得一看的东西实在太多了。

这儿的任何一片田里，都可能发现古墓，墓地就如同房屋的附属品。所有的古墓都对外开放，游人只需从入口处向下走几级台阶就可以到达墓室。墓室里面有灯光照明。唯一让我们失望的是，一天只开放四间墓室。为什么呢？没有人能回答，只知道这些古墓轮流开放。看来，非得再来一次不可，因为我们心向往之的“猎渔古墓”不在今天的开放之列。我们参观了“莲花古墓”，里面的装饰酷似装饰派艺术风格[①]。还参观了“母狮古墓”，这座古墓以一幅卧地高举一枚鸡蛋的男子壁画而闻名。它寓指复活，根据基督教的信仰，蛋壳象征开启的坟墓。这里也有欢乐的舞者的壁画，画中人穿着脚踝系带的精致凉鞋，跟我脚上的一模一样——莫非意大利人自古以来就对鞋子情有独钟？幸运的是，我们今天看到了“卖艺者古墓”。这座古墓有浓郁的埃及风情，但那幅描绘一位准备表演肚皮舞的舞女图不算在内，因为画中的女子酷似中东人。“奥卡斯古墓”有两间墓室，在一幅已经略有模糊的宴饮壁画中，有位女子头戴橄榄叶冠，美丽无双，令人吃惊。

我们俩随便吃了点东西，便驱车来到几公里外的诺奇亚。听说那里最近出土了不少文物。诺奇亚像是荒凉了几十年，破旧的路标指向天空。我们辨不清方向，在周边徘徊了好一阵子，幸好碰见一个农民，告诉了正确的方向。我们在一条肮脏的泥路尽头停下车子，沿着麦田边缘步行，没走几米，就看见了几只羊头，上面叮满苍蝇。看样子这里像原始祭祀的场所。从羊头旁经过时，我对埃迪说：“这个地方阴森森的。”再往前走，坡越来越陡，我们只好抓住藤蔓，脚下还不断打滑。我满脑子想的都是，这么陡的坡待会儿怎么上来。沿路有生了锈的铁扶手，说明我们走的方向没错。难道我们看的古墓还不够多吗？地势慢慢平坦下来，看见位于山坡上的洞穴了。洞口黑漆漆的，外面藤蔓纵横，灌木丛肆虐。我们找来棍子，挑破几张大得出奇的蜘蛛网，

①起源于 20 世纪 20 年代的装饰艺术和建筑风格，轮廓和色彩明朗粗犷，以流线形或几何形为主要图形。

壮着胆子走进其中两座古墓。没错，置身坟墓就是如此漆黑。我们看见一些过去存放尸体和骨灰盒的木板和坑洞，那里想必已被毒蛇占领。我们又沿着崎岖小路走了约半英里。这里的古墓比索瓦纳的还多，杂乱地分布在沿路的山坡上。我突然觉得危机四伏，只想尽快离开，于是对埃迪说："这里感觉很诡异哦。"埃迪应到："没错，咱们快离开吧！"果然不出所料，上山的路极其难走。有一次，埃迪停下来拍鞋面上的泥土时，竟然拍落一小块骨头。我们回到原先放置山羊头的地方，可羊头已经不翼而飞。我们走回停车处，看到附近又停了一辆车。车中一对年轻男女正在热吻，对我们的出现浑然不觉。刚才的阴森诡异之感顿时烟消云散。我们俩带着一身伊特鲁里亚人的巫毒，开车回到了旅馆。

啊，心爱的晚餐时间又到了。今晚我们在萨图尼亚的卡伊诺餐厅就餐，期待一场无与伦比的盛筵。驱车前往蒙特马拉诺之前，我们在萨图尼亚镇兜了一圈，除了科尔托纳，它可能是意大利最古老的城镇了。根据罗马神话，萨图尼亚是天父和地母的儿子农神萨图恩建立的。我觉得有此可能。神话中还说，这儿的温泉瀑布是奥兰多（这个名字等同于英语的"罗兰"）的神马踏在地上的岩石中形成的。科罗迪亚大街肯定是我见过的最古老的一条街。我一遍遍地说着"我就住在科罗迪亚"，看看能不能感受到做科罗迪亚人的滋味。这个城镇绿树成荫，生气勃勃，并没有迷失在时间的长河之中。几个古铜色肌肤的人从瀑布附近一家高级旅馆走出来，看样子想到周边商场购物，但这里的商店相当普通。他们走到露天咖啡屋里坐下来，点了几杯色彩缤纷的饮料。

卡伊诺餐厅美丽高雅，两间温馨小屋、摆着鲜花的桌子、精美的瓷器和葡萄酒杯，令我们胃口大好。我们一边喝着苏打白葡萄酒，一边打量菜谱。似乎每道菜都很诱人，让人难以取舍。这里既有复杂菜肴，也有像马莱玛那样的地方菜，比如白刀豆汤、兔肉酱汁拌意大利面、黑莓烤野猪肉等。我们点了一份温番茄酱浇茄子牛奶果酱饼、黄瓜酪冷盘当开胃菜。至于第一道菜，我和埃迪不约而同选择了夏南瓜和南瓜花拌鸡蛋面。第二道菜呢，我点了是烤小羊肉，埃迪要的是葡萄醋汁鸭胸肉。我们听从了侍者的建议，又点了瓶莫莱里诺葡萄酒。赞美我主！这酒真好！一流的晚餐，一流的服务。

一对情侣坐在餐厅中央，从落座伊始，就成了众人的焦点。他们像双胞胎似的，留着一样浓密卷曲的黑发，只是姑娘头上插了几朵茉莉花；长着同样热情似火的眼睛——我母亲称之为“勾魂之眼”——和同样酷似古希腊雕像的双唇。他们身穿购自米兰或罗马精品店中的服装：男子穿着棕色起皱亚麻布套装，女孩则穿着像是专为她量身定做的黄色无领低胸丝裙。侍者为他们斟上香槟，这在意大利的餐厅可不常见。他们相互敬酒的时候含情脉脉，外人生怕惊扰了他们，纷纷收回目光。我们的沙拉十分新鲜，果蔬像是今天下午刚采摘的一样，也许事实就是如此。现在的我们轻松而兴奋，假期本来就该这样嘛。“想去摩洛哥走一走吗？”埃迪突然没头没脑地问。

“希腊怎么样？反正迟早都得去的。”游览一个新地方总会激起你游览下一个地方的兴致。此时，我们俩的目光再一次被那对情侣吸引。我发现其他客人也是一样。男子离开自己的座位，走到女孩身边，握住她的手，从衣兜里掏出一个小盒子。我们继续吃沙拉。我们本打算先吃甜品，但侍者送咖啡的时候把糕点一块儿端了上来。不过，这顿晚餐仍是我们到意大利以来最享受的一顿。埃迪建议在此地多逗留几日，每晚都上这里来吃饭。从我的位置上，看得见男子从盒里取出一枚戒指，镶着方形绿宝石，四周一圈碎钻。女孩容光焕发，伸出纤纤玉手。这时他们俩才意识到，这场求婚有这么多见证者，于是向餐厅里的客人微笑致意。大家不约而同举杯祝贺，侍者反应很快，赶忙为每个酒杯斟满酒。女孩甩了甩头发，几朵白色小花落到了地上。

我们离开餐厅的时候，镇上漆黑宁静，街道尽头的一家小酒馆却热闹非凡，好像全镇的居民都聚集于此，玩牌、畅饮今天的最后一杯咖啡。

第二天早晨，我们开车来到另一座古镇瓦尔奇。这里有一道拱桥和一座改成博物馆的碉堡。拱桥最初是伊特鲁里亚人修建的，在罗马和中世纪时期又被重建。为什么桥拱要修这么高？桥下费奥拉河的水流量充其量只抵得过一条溪流，更何况这条河还位于深深的峡谷之中，我百思不解。过去连接此桥的所有道路早已消失不见，为这座桥笼罩了一种奇怪的超现实主义味道。相比而言，桥另一端的城堡年代可没有那么久远。它的前身是一座西多会修道院。像塔奎尼亚的博物馆一样，城堡里面也有众多有趣的收藏，可惜我们隔着一扇玻璃窗，看不清究竟。这里的展品很有意思，令人有一种想要触摸的冲动。我很想拿起那个鹿形香水瓶，抚摸那一尊尊石雕像，尤其是一尊骑飞马男孩的雕像。这里记录了一条有关伊特鲁里亚人的新发现：他们的艺术通常是为了保护遗体。这一点自然没有逃脱 D.H. 劳伦斯的眼睛。不过，任何像他那样目睹了如此众多伊特鲁里亚文物的人，都不难看出这一点。路上，我又重读了一遍劳伦斯的书，才发现他其实很不可靠。就因为这里的村民没有及时满足他这个讨厌的外国佬的愿望，就被他写成了一群傻瓜；就因为没人随时恭候他的大驾领他到乡间看废墟，没人随身携带蜡烛供他使用，这里就成了要什么没什么的地方；就因为列车班次比维多利亚少很多，食物又不合他的口味，这里就乱七八糟！话又说回来，当我读到他撇开个人好恶如实描写的所见所闻，不禁又原谅了他。

这里的田间，随处可见伊特鲁里亚人和罗马人的城镇遗址：石头地基、碎木板、黑白花纹的马赛克、地下通道和浴场，一张城市布局图慢慢展现，因此你可以展开想象的翅膀，行走在一个四面环墙的古镇里，观察此处居民的日常生活。在桥的一边，有一座保存完好的古罗马砖建筑，墙、几扇窗户、插横梁的孔洞皆清晰可见。瓦尔奇简直就是考古学家的宝藏。可惜此地的彩绘古墓今天已经关闭——这恰好又成了我们将来故地重游的理由。

这里的餐厅也令人刮目相看。在去往蒙特马拉诺的路上，有一家名为“帕萨帕罗拉”的餐馆，里面陈设简朴：纸质餐巾、菜单写在黑板上、木质地板，食物却极其新鲜。如果马莱玛地区还有牛仔，肯定会结伴前来此地用餐。我们点了份大盘的烤蔬菜、美味的绿色沙拉和一瓶卢纳亚葡萄酒——马莱玛的另一种名酒，拉什拉塔葡萄园生产。侍者向我们推荐了当地一家葡萄合作社生产的莫莱里诺葡萄酒，并倒了一杯给我们品尝。酒甜美得出乎意料，酒味更直接，完全值得拥有。而一瓶大约是一百七十美分。我们终于为暑假剩余时间挑选到了合适的日用酒。车的后座还空着，放得下好几箱这种酒。

餐厅的另一张桌子旁坐着一位画家。他给我和埃迪画了两张漫画。画上的我神似毕加索笔下的多拉·玛尔。我们向他敬酒致谢，他打开一个小背包，拿出他的画展目录给我们看。没过多久，我和埃迪就懒得搭腔了，只是礼貌性地点点头而已。他又取出一些画作评论给我们看，同时不断自斟自饮。他的妻子对他的行为并不觉难堪，看来早已习以为常了，毕竟又不是初次陪丈夫到酒吧。他们是来这里的温泉疗养所疗养的，希望温泉水能治疗他的肝病。可以想象，和他一起疗养的病人，肯定快被他逼疯了。到了最后，他干脆扔下妻子，跨过坐椅，坐到我们桌边来。我左右为难，是赶快结账逃离这个啰唆鬼，还是等着品尝梅子馅饼？埃迪当机立断结账走人。我们到镇中心又喝了杯咖啡，原路返回取车时，透过餐厅的窗玻璃，发现“毕加索先生”已经走了。终于，我们俩又可以品尝梅子馅饼了。餐厅侍者向我们大吐苦水：“这对夫妻每天晚上都会上这儿来，我们每天都在盘算，到底要过多少天他才能带着自己的肝回米兰。”

我们带着对伊特鲁里亚古迹的体味和满腹美食的回味，收拾行囊，起身前往塔拉莫内，一个有着高耸城墙的海边小镇。这里，水纯净而清冽。我们找了一家相当现代化的旅店落脚。旅店四周没有海滩，只有若干突兀的礁石，客人可以坐在混凝土阳台上的椅子里晒日光浴。我们选择塔拉莫内的一个理由是，它离马莱玛海滩保护区很近，是托斯卡纳唯一一片未被经济开发浪潮破坏的海滩。意大利的海滩大都摆满遮阳伞和长椅，只留下临海细细一条沙滩供人散步。海滩上甚至有浴室、更衣室和小吃店，似乎意大利人之所以觉得待在海滩上很惬意，是因为这里有很多人可以聊天。他们也常常携家带口或呼朋唤友一起来海边。我这个来自加州的老美，不喜欢挤在人堆里的感觉。从小在佐治亚海边长大，也喜欢带着沙味儿的凉凉海风，但旧大陆的海滩我一时难以适应。埃迪和我女儿都很喜欢那些大阳伞，硬扯着我去了托斯卡纳的维拉瑞吉、比萨海滩和皮亚特桑塔，坚持说那些地方与众不同，一定得看看。我喜欢听着涛声，躺在海滩上，或在周遭无人的地方散步，可托斯卡纳的海滩拥挤得像繁华大街。不过，我手上的旅游指南说，马莱玛的海滩保护区大不相同，那里甚至可能看到野马、狐狸、野猪和小鹿。我很喜欢玛基亚树散发的味道。玛基亚是一种生长在海边的野生灌木，据水手们说，大陆还遥不可及的时候，玛基亚树的清香就先来报道。保护区的沙滩空空旷旷，只有野生迷迭香和海洋薰衣草稀疏地点缀其间。我们一整个早上都待在海滩上，时坐时走。古老的大海似乎在讲述古老的伊特鲁里亚历史。我们随身带着熏肉火腿肠三明治、一大块帕尔玛干酪和冰红茶。除了沙滩那儿有三五个人，我几乎体会了与自然合而为一的感觉。水是什么颜色？是钴那种深蓝色吗？不对，应该是天青色，像许多油画中圣母身上衣裳的颜色，只是天青色的四周缀上了银光闪闪的浪花。这些天来，我们一直开着车四处游玩，现在能够散散步，真是莫大的享受啊！我想在海边看书，可是阳光太刺眼了，或许我也需要一把大阳伞。

早上，我们来到了被誉为“伊特鲁里亚海岸”的里瓦。一到这里，我们就不想走了。虽然这片海滩也有沙滩椅出租，但因距离海滩保护区很近，游人并不多，所以我们在一间农家旅馆睡了午觉后，去海边散步很久很久。这里离卡尔维诺、夏日避暑胜地圣维森佐不远。镇上的商店里有胶皮沙滩球、橡皮船和沙桶出售。到了傍晚，人们都来到街上，买明信片，吃冰淇淋。海滨小镇毕竟是海滨小镇，处处闻得到海洋的气息。我们找到一家露天餐厅，点了一道炖鱼汤后，侍者推来一辆餐车，上面装着好几种不同的鱼片。他把鱼片一一放进大白碗内，再倒入热腾腾的肉汤；随后，又在烤面包上涂抹用奶油烤过的大蒜。我们把面包放在鱼汤上，让它吸收浓郁的鱼香。碗中，两只小龙虾凶巴巴地瞪着我们。侍者不时过来加汤，这样面包就不会沉入汤底。送沙拉的时候，餐车上至少有二十种橄榄油，有的装在透明瓶子里，有的装在彩色陶罐中。我们请侍者帮忙挑选一种，于是，他拿起一瓶淡绿色橄榄油，从半空中浇在红红绿绿的菊苣上。

前往马里蒂玛的途中，我们绕道去波普罗尼亚转了转。因为这两个地方离得很近，留着这么古老的小镇不去，岂不可惜！每一次的走马观花，都激起我多待几日的愿望。我们在一家咖啡屋歇脚的时候，看见两名渔夫提着整桶昨晚刚打的鲜鱼，走入店中。一个老妇走出厨房，在黑板上写当日菜单。可惜现在不是午餐时间。稍作停留后，我们开车来到镇里，把车子停在一座巨大的城堡前。好哇，又是一座收藏伊特鲁里亚文物的博物馆，我得进去好好瞧一瞧。埃迪如今对千年前的任何东西都已意兴阑珊，独自去买马基亚蜜了。在我们俩约好见面的那家商店中，有一件伊特鲁里亚文物在出售——一只陶制的脚。因为搞不清真假，我们决定先上街散步，待会儿再做打算。可打道回府时，店门已关，我们只得悻悻离开。路上途经一个路标，指向一处伊特鲁里亚遗址，埃迪见了，非但没有停车，反而踩足油门飞驰而去，好像刚从古墓中逃生出来似的。

我老是念不清这个古镇的名字。现在才反应过来，马里蒂玛的重音应该在第二个音节，而不是第三个。[①]在意大利待了这么久，还老犯这种基本的语音错误，我能学会意大利语吗？马里蒂玛过去离海很近，后来海水渐渐退去，它被一大片淤泥包围，最终成了一个内陆城镇。而现在，它却建在一片高高的草原之上，让人恍如置身一个备受魔幻现实主义小说家眷顾的巴西偏远小城。确切地说，马里蒂玛是两个城镇：一个新城、一个旧城。但两个城市同样严峻肃穆，到处是建筑物的深色投影和忽然出现的猛烈阳光。我们有点累了，便找了家旅店休息，这是沿途中唯一一家配了电视的旅店。我们入住的时候电视里正在播放一部二战时的影片，片子有点褪色了，演员们都说着发音古里古怪的意大利语。影片里，一个村庄被德国人占领了，一个藏身市郊的美国士兵，想帮助村民逃离德军魔掌。村民们把所有用品都放在几只驴背上，开始了逃生之旅，至于逃往何处，我就不知道了。我迷迷糊糊地进入了梦乡，梦见有人在撬巴玛苏罗的窗户，一惊而醒。电影还在播放，另一个士兵藏在谷仓的干草堆里，周围有什么东西正在燃

①马里蒂玛，Marittima。重音于第二个音节，Marit’tima；于第三个音节，Maritti’ma。

烧。但我已无心看片，心里挂念着巴玛苏罗：她还好吗？过了一会儿，我才真正清醒过来，意识到自己是在马里蒂玛，而不是美国。

我们只用了两个小时，就把马里蒂玛的每条街走了一遍。这里老是勾起我对美国西部的记忆。譬如那些距离高速公路五十英里的偏远小镇，譬如那些喜欢透过窗户眺望广阔苍穹的小店主。当然，美国西部没有这样的广场和宏伟的大教堂。这两个地方只是神似：那份油然而生的孤独感，以及当地人看外地人的眼神。

在回家途中，我们在圣迦加诺稍事逗留。这里有一处绝美的废墟——一座优雅的法国哥特式教堂。教堂地板和屋顶早在几世纪之前就踪影全无，唯留下面朝白云碧草敞开的窗户架。在这里举行一场浪漫的婚礼，倒是一个不错的选择。原先的那些玫瑰花窗，如今得靠你丰富的想象力去填充鲜红或碧蓝的色彩；往日修士们点蜡烛的祭坛，此刻已成鸟儿的小巢。有一条石楼梯，但已看不出要通往何处。另一个石祭坛还残存，但它跟基督教教堂常见的祭坛不同，更像祭祀活人用的。当年，一位修道院院长为了资助战争，把屋顶的薄铅片拆下来卖钱，好端端的一座教堂从此变成废墟一堆，成了十几只野猫的栖身之所。那只白猫妈妈生了不少小猫，但每只小猫的毛色各不相同：黑的、褐色的、虎皮样的、软毛的，想必小猫们的爸爸不同吧。

终于回家了！我们把成箱的葡萄酒拖进家门，打开所有的窗户，匆忙跑去给无精打采的植物浇水。忙完了这一茬儿，我们再把葡萄酒装入板条箱，放进楼梯间里。这些葡萄酒早已饱熟，只等着喜庆的节日到来，好好表现一番。埃迪关上楼梯间的橱门，把馥郁的酒香留给了尘土和蝎子。我们不过离开一周而已，没想到竟会如此想念它。如今，我们对它的周围有了更深的了解，也越发深刻地意识到了，意大利人的血液里流淌着某种令我们这些外人忌妒的特质：他们深谙生活的艺术，真正懂得如何生活得无忧无虑。或许是遗传自伊特鲁里亚人吧。看来，每一座古墓的壁画都蕴含一定的意义，只是我们暂时解读不了罢了。我阖上双眼，仿佛又看到了那只蜷伏的豹子、精巧的死者像、数不胜数的宴饮图。希腊神话中的人物也不时闪过我的脑海：冥王之妻珀耳塞福涅、青年猎人阿克特翁和他的猎犬、帕加索斯飞马……但直觉告诉我，无论是古墓中的形象，还是希腊神话中的人物，都应该有一个更古老的源头，而这个更古老的源头之上还有源头。最初的原型会在历史中反复出现，我们也能或多或少感受到什么，因为它们会同我们身体内最古老的神经元和神经腱交谈。

我曾在纽约萨莫斯区的一栋十八世纪的房屋里居住过，它的旁边有一个种满香草的大花园。现在我还经常梦见那里。我常在花园里挖到棕色或琥珀色的瓶子。有一次，我在花园边松土打算种神圣亚麻，中世纪的教堂地板上常铺这种亚麻枝条吸收人的汗味和体味，没想到挖到了一匹生了锈的小铁马。小铁马意态舒展、蓄势待发。我把它摆在书桌上，当作自己的图腾。今年夏初，我在巴玛苏罗挖石头的时候，无意中掘出了一个小玩意。我捡起一看，又是一匹奔马。是伊特鲁里亚人的工艺品，还是一百年前的小玩具？

几年前，读维吉尔的《埃涅阿斯纪》时，书中提到，一些流浪者挖到一件富有征兆的信物，于是决定在那片土地上建立迦太基城。

> 一匹英勇神马的头颅，象征着
> 我们的种族将在战争中无往不胜，
> 并将拥有多彩多姿的生活。

我对书中提到的战争并不感兴趣，倒是“多彩多姿的生活”这几个字对我触动挺深。英雄奥兰多的骏马踏出一眼温泉，而那两匹从塔奎尼亚的瓦砾和尘土中挖掘出来的飞马，也时常跃然眼前。我把印有飞马照片的明信片摆在书桌上，与我挖到的两匹马做伴。是呀，多姿多彩的生活，就像伊特鲁里亚人的生活那样，在某个时空中，我们也曾拥有过。而此刻，即使不能飞翔，我们也要飞奔向“多彩多姿的生活”。

做个意大利人

“意大利人”埃迪是个计划狂。在我家的餐桌上、床头柜上、汽车坐椅上、衬衫和运动衣的衣兜里，都能找到一张张折好的便条。购物计划、短期计划、长期计划、园艺计划，以及应做什么计划的计划，应有尽有。计划中英语和意大利语混杂，哪一种语言的字母少，就写哪一种。有时遇到某件只有意大利才有的工具，他就写意大利文。我真该把他的便条都保存起来，在装修房子的时候，把它们当成壁纸贴在浴室墙上，效仿乔伊斯当年对待退稿通知的做法。我们俩的习惯似乎颠倒了过来：埃迪在美国连购物清单都难得一列，反倒是我事无巨细都会列清单——要给谁写信啦、家务清单啦，周计划更是非写不可。但是到了这里，我反而没有目标了。

要想察觉新环境对自己的改变着实不易，但要发现别人的变化却易如反掌。我们刚到意大利的时候，埃迪喜欢喝茶，可能是他上大学留下的习惯吧。他有一学期是在英国念的，住在大英博物馆附近一间只有冷水供应的廉价房里。在读艾略特和康拉德的作品时，他常喝加了奶和糖的茶来提神。但在意大利，浓咖啡随处可见，走在任何一个广场上，都能听到咖啡机的嘶嘶声。我还记得埃迪第一次来托斯卡纳度暑假的情景。在小酒馆里，他老爱盯着点咖啡的意大利人看。他们总是一迈进酒馆就冲着侍者痛快地说上一句:“一杯咖啡。”那个时候，浓咖啡在美国还很少见。可当他第一次学意大利人那样点咖啡时，侍者却问了句:“普通的咖啡吗？”他肯定认为这个外国游客搞错了，我们应该要的是“大杯的棕色咖啡”，意大利人总是这样称呼我们美国人喝的咖啡。

“对，对，普通的咖啡。”埃迪回答，略有点儿不耐烦。但是没过多久，他点咖啡的语气就变得权威起来，也不再有人问他究竟要哪一种了。他留意到当地人喝咖啡全都是一饮而尽，而不是一口一口地慢慢喝。他还熟悉了不同酒吧出售的不同咖啡品牌。对咖啡上面的那层奶油，他也开始有了看法。平日里，他喜欢喝苦咖啡。

“你的生活一定很甜蜜，”一个侍者对他说，“要不，你怎么总喝苦咖啡呢。”经他提醒，埃迪才注意到每一家酒吧都有一只船形的糖碗，侍者每次把咖啡递给客人的时候，都会将碗盖打开，朝客人手边移近。意大利人加糖的数量惊人，满满两到三勺。有一天，我惊异地发现，埃迪也在往咖啡里加糖。“这样就是一道甜品了。”埃迪自圆其说。

第二年夏末我们从意大利回美国时，埃迪在佛罗伦萨买了一台拉帕奥尼牌手动咖啡机。咖啡机是不锈钢的，闪闪发光，顶端还立着一只鹰。有了这台机器，我就可以躺在床上喝卡布其诺了，我们还可以在晚餐之后，给客人端上一杯意大利杯子装的意大利咖啡。

在巴玛苏罗，埃迪也买了一台拉帕奥尼咖啡机，只是这一台是自动的。每晚临睡前，埃迪都要喝一杯他的“圣水”，有时是在家里，有时是在镇上。他很喜欢上酒吧喝咖啡，因为那里有不同款式的咖啡机。他先是认真打量一番咖啡上的泡沫，然后摇晃几下，举杯一饮而尽，还狡辩地说，这玩意儿能改善他的睡眠质量。

意大利文化中吸引埃迪的另一处是驾车。大多数游客都有这种体会：应该把自己曾在罗马的开车经历写到个人履历表中。在这里，开车是在考验一个人的胆量，只要沿亚马菲海岸驾驶一圈，就知道跟地狱打交道是什么情形。有一次，我们开着租来的菲亚特行驶在高速公路上。埃迪一个劲儿地对我夸意大利人的驾驶技术有多高超。他说："这里个个都是驾驶高手。"说着准备打灯上超车道，就在这时，通过后视镜中看见超车道上有一辆车，正全速在车后飞驰，我们自知不是对手，赶紧退回右车道。看着那个汽车勇士，埃迪不无羡慕地说："瞧见了吧，人家两个轮子都腾空了！当然，也有一些笨蛋在两条车道中间开车，但大部分人都是很守规则的。"

"什么规则？"我问道。正巧这时有一辆和我们的菲亚特一样小的汽车，以一百英里的时速呼啸而过。不用说，意大利也有限速，根据汽车马力大小而不同。但我在意大利待了这么多个夏天，从没看见哪辆车因为超速而遭到拦截。反倒是那些以六十英里时速规矩开车的人四面楚歌。不清楚这里的交通事故比例到底有多高，但我猜测，大部分事故是开慢车的司机（没准是游客开的）被身后高速驶来的车撞翻而造成的。

"看好了，在有人超车未遂的时候，后面的司机不会赶着去补这辆车的空位，只有这辆超车成功才会补位，这是给超车者留有余地，万一他超车失败，不至于无路可退。此外，从没有人在右侧车道超车，打算超车的司机都会在左侧行驶。而在美国，大家没有这种约束，想在哪条车道上开就在哪条车道上开。"

"对，但是快看哪！他们老爱在弯道上超车。现在就是弯道，超车时机又到了。这一定是他们从驾校学来的。我敢说，驾校的教练车只有油门，没有刹车。你知道，在意大利，你后面要是有车，这辆车肯定正准备超过你——这简直就是他的义务。”

“是的，所有司机都心知肚明，他们早就适应了。”

有一篇采访那不勒斯市市长的报道，把埃迪乐坏了。那不勒斯肯定是全世界交通最乱的地方。但埃迪却喜欢那里，因为他可以在人行道上开车，而行人都走在马路上。“绿灯就是绿灯，它的意思就是‘向前，向前’！”市长发表高见，“红灯只是个建议。”当被问到黄灯的意思时，市长口出妙语：“黄灯代表的是快乐。”

不过，托斯卡纳这里的居民要守规矩得多。他们虽然会在红灯将要转成绿灯时抢先离开，却不会硬闯红灯。在这里，真正危险的是那些狭长的中世纪街道：如果一辆车开进这样的街道，两旁只能各剩下几英寸的空间，连自行车都无法拐弯。好在大多数城镇开始禁止汽车开进这些古老的街道，这对谁都好，广场上也逐渐恢复了人气。再者，对我的神经也好，因为那种弯弯曲曲的街道对埃迪特别有吸引力。当这些街道最终变得无法通行时，他才会把车一点一点倒回来，这样所有的行人都得止步，纷纷让路，看着我们一点点退出他们的城镇。

埃迪对意大利的警车阿尔法·罗密欧也很感兴趣。我们初次从意大利游玩返美之后，他买了一辆二十年车龄的银色阿尔法 GTV，但车子性能很好，毫无疑问也最漂亮。可他开这辆车才短短六个星期，就接到了三次超速罚单。对其中一次，他很不服气。他对法官说，他没有超车，是交警对跑车格外挑剔。但埃迪的正义没有得到伸张，法官劝告他，要是他不满意美国的司法系统，最好趁早把车卖了，并当场把罚金加倍。

有一阵子，我们俩换车开。这也是不得已。因为埃迪再开快车，驾照就可能被吊销。可我驾着这辆银箭似的跑车去上班，从来没接到一张罚单。埃迪只能开我那辆老爷车。

“你的车子太慢了。”他抱怨道。

“但很安全，现在不就没警察拦你了吗？”

“我什么时候变成胆小鬼了？”

可是一回到意大利，埃迪就原形毕露。我们大部分时候都行驶在小路上。只要觉得风光无限，即使是崎岖不平的山道，我们也奋勇向前。通常，这样的路况还不错，至少是可以通行的。但有一次，我们沿着一条粗糙的山路一直往下开，想找一座十三世纪的废弃教堂，谁知开着开着前方没了路。因为在小镇上也经常倒车，所以这对我们俩来说不是难事。可这一次却不同，必须在一条弯曲的单行山道上，自下而上地把车倒出去。这倒是让埃迪这个驾驶狂过足了瘾。“哇——”埃迪侧着身，一路喊叫，一手握方向盘，一手搭在我的椅背上。我望出窗外，朝正下方一看，上帝，一个美丽的山谷正等着接收我们呢。车轮距离山路边缘不过五英寸远。路上我们遇到了另一辆驶来的车。车上的人跳下来，问过埃迪后，也开始了倒车之旅。于是，一支白痴车队诞生了。前面开道的是一辆红色阿尔法 GTV，与埃迪美国的那款车相同。终于，我们退到了一片较为宽敞的地方。所有人都下车小憩，讨论起阿尔法 GTV 来，该配什么镜子，转向灯会出什么状况，现在的车价等等；我呢，把地图铺在菲亚特滚烫的车篷上，研究怎样才能开出山谷。显然，这里根本没有什么废弃的教堂。

埃迪喜欢在高速上驾车还有一个原因，在这里他的两大爱好——喝咖啡和开快车——能够兼顾。在高速每行驶三十英里左右，就有一个休息站。有的休息站里设有酒吧和加油站，有的还有餐厅和商店，甚至是汽车旅店。埃迪很欣赏这些小酒吧的整洁与高效。他通常点一杯浓咖啡外加一份香肠面包，而我喜欢慢慢喝上一杯卡布其诺，虽然下午人们一般不喝这种咖啡，但埃迪总会在一旁耐心地等我。埃迪从不泡吧，一般都是喝完咖啡便走人。等再次上路时，浓咖啡赐予他的旺盛精力，使得我们的汽车风驰电掣起来。天哪！

意大利这片土地还在一个更根本的层面上改变了埃迪。起初，我们想买的是一栋拥有二三十亩土地的房屋，巴玛苏罗五英亩的面积似乎太小了些。可是等我们开始披荆斩棘装修房屋之时，才发现这地方其实一点儿都不小。我们的柠檬屋里早已塞满了各种工具；而在美国，只需一个小金属工具箱就可以装下所有的工具。以前，我们做梦都想不到，自己会去买钻孔机、链锯、修篱剪、除草机、各种型号的锄头、耙子和另外一些数不清的仿佛工业革命之前的工具，比如镰刀、葡萄剪和长柄大镰刀等。

在买下它时，我们已有心理准备，将来得清理这片土地，修剪一下树枝，顶多再除除草、施施肥。但是大自然强大的再生能力让我们始料不及，这片土地的生长能力更让我们惊愕万分。拾掇花草的经验告诉我，植物需要精心呵护才能长好，但在这里，常春藤、无花果、漆树、洋槐和黑莓，无时无刻不在生长。一种我们称为“毒草”的藤蔓植物最为难缠，要想铲除它，得把它那胡萝卜大小的根拔出来才行。对待荨麻也是如此。这里没有被荨麻统治简直是一大奇迹。要想把它们挖出来，即使手上戴着厚手套，也难保不被它们的汁液“刺”到。竹子也一样不让人省心，小竹笋总是当仁不让地抢占车道上的地盘。暴风雨过后，许多树枝都被吹得东倒西歪，而小橄榄树必须重新用绳子绑紧固定。每年，我们都得犁田，得给橄榄树锄草施肥，得花好几星期悉心照料葡萄。总之，虽然我们的土地不多，构不成农田，但需要农夫的照料与劳作。只要我们稍加懈怠，这片土地将在短短几个月内，倒退回我们刚买时的荒芜模样。摆在面前的只有两种选择：要么视农活为负担，要么学会自得其乐。

我的一个朋友每次问起埃迪就说："你家的约翰尼·阿普尔西德[1]还好吗？"她曾亲眼目睹埃迪站在高高的梯田上，检查每一棵果树，时而用手抚弄一株小樱桃树，时而拾起田里的一块石头。埃迪对山上的每一株冬青、每一块石头、每一个树桩，乃至每一棵橡树都了然于胸。劳作与付出增进了他与它们之间的情感。

如今，埃迪每天都要上田里走走。他已经养成穿短裤、靴子和贴身汗衫的习惯。他的双头肌和胸肌大得像漫画中的人物。他父亲原本是农民，四十岁才弃农进城。他的祖先也一定是波兰农民。我相信，要是他们来到巴玛苏罗，从田的另一头一眼就能认出埃迪。虽然埃迪在旧金山常常连花都会忘了浇，但在这里，他却会一次次、一桶桶地提水，给田间干涸的新栽果树浇水，像照顾婴儿般照料散发独特香味的薰衣草，每晚读有关施肥和剪枝的书籍直到深夜。

现在，我们成了意大利人吗？恐怕没有。肤色还太白了，说话时也不能够自然地做出那么多手势。我以前见过一个意大利人，把听筒扯到电话亭外面打电话，因为里面空间太小，两手不好比画。许多人打汽车电话时，也得先把车停到路边，因为握方向盘的时候，他们无法既拿电话又打手势。我们也永远学不会意大利人几个人同时讲话的本领。我常在窗边看见外面的路人，三五成群出来散步，大家的嘴里都说着话。究竟听谁的呢？或许他们是为说话而说话吧。看完足球比赛，我们也无法像意大利人那样，加大汽车油门满街鸣喇叭，或者骑着小摩托车，一圈圈绕广场转。至于意大利的政治，就更是摸不着头脑了。

Ferragosto，圣母升天节，即八月节，一度让我们大惑不解。起初

①约翰尼·阿普尔西德（1774－1845），美国著名的拓荒者和果园种植者。

我们以为它不过一个节日而已，后来才知道它带来的是一种心态，而我们自己也渐渐受到这种心态的影响。说简单点，八月十五，是圣母身体与灵魂一同升入天堂的标志。为什么定在八月十五呢？恐怕是天气太热，圣母一天也待不下去了吧！帕尔玛小镇的教堂圆顶上，画着圣母在众人的陪同下升天的壮丽景象。从下往上看，她们飞舞的裙摆如同从教堂地板起飞的气球，但没有一个人的内衣裤春光外泄——真是不朽的艺术成就！这一天对意大利人来说只是一个标志，因为它还有一个更为深层的意义：八月长假到来了，每个人都自由了。我们慢慢发现，人们把八月的全部工作都推到一边置之不理了。即使是在游客纷至沓来的时候，即使是意大利最好的餐厅，都会挂出一块“外出度假”的牌子，关门大吉；商店老板早收拾好行囊，踏上旅途了。这种行为与美国的经商之道大相径庭。美国的商家绝对不会错失这种日进斗金的良机，他们往往选择四月或十一月这种旅游淡季出门。但对意大利人来说，有何不可？这可是八月啊！每年八月，交通事故的数字明显攀升，海滨城市游人如织。现在，我和埃迪也入乡随俗，除了做做果酱，什么事儿都懒得做。有时我连果酱都不做，只是用帽子装满李子，坐在树下，一边呷着果汁，一边把果皮和果核扔过石墙。在八月十五这一天，整个意大利都在举办庆祝活动，科尔托纳举办的是全市牛排大餐。

“sagra”（节）这个词在科尔托纳很平常。托斯卡纳的居民常因为某种食物进入时令季节而借机庆祝一番。整个小镇的种种氛围，告诉你某种节到了，像草莓节、栗子节、葡萄酒节、圣酒节、杏子节、田鸡腿节、野猪节、橄榄油节和湖鳟节，不一而足。今年初夏，我们还参加了镇上的蜗牛节。小镇沿街大约摆了八张桌子，音乐喧嚣，但由于最近没有下雨，蜗牛们集体消失，主办方只好改用炖小牛肉奉客。

有一次，我在一个小山城的节日抽奖活动中，抽中了一头驴子。我们在那里吃了番茄肉末酱汁面、烤羊羔，看见一对仪态端庄的老年夫妻，先生身穿笔挺的衬衣，太太一身长及脚踝的黑裙，随着手风琴音乐翩翩起舞。

科尔托纳的牛排大餐为期两天，准备工作早在几天前便开始了。镇政府雇来人手，在镇公园搭建了六个巨大的烤炉，有二十英尺长，六英尺宽，一英尺高，上面铺着一层铁烤板，有点儿像美国的烤窑。还是在镇公园，这些设备将在过些日子举办的秋季牛肝菌节再次派上用场。据说，科尔托纳拥有世界上最大的蘑菇煎锅。我虽然从未亲临现场，但想象得出牛肝菌香飘四溢的诱人场面。工作人员在树荫下摆好一张张桌子，有四人桌、六人桌、八人桌和十二人桌，并在周围挂上灯笼。烤炉附近有很多小服务亭，工作人员又从一个满是灰尘的小棚子里抬出一个售票亭，擦去上面的灰尘，摆在公园入口处。经过的时候我瞥见棚子里堆满一捆捆的木炭。

平时的公园禁止通行车辆，但为了招徕全镇居民，在牛排大餐这两天破例。这对我们家门前的那条道路来说，可不是什么好消息，它可是直接通向公园的。车流从早晨七点涌入，又从晚上十一点涌出。为了躲避白茫茫的灰尘，我们决定从罗马古道步行到公园。到了公园里，邻居普拉切多看见我们直招手，他是烤牛排节的志愿者。

一大块一大块牛排被火红的木炭烧得吱吱作响。我们排着队，准备领取盘子、沙拉和蔬菜。取烤肉的时候，普拉切多叉了两块巨大的烤牛排给我们，我们端着盘子，在一张快坐满人的桌边找到位子坐下。大罐的葡萄酒被传来传去。几乎全镇居民倾巢出动。奇怪的是，除了一长桌英国游客，看不到其他的外国游客。我们并不认识同桌的人。他们是从活水葡萄园来的，两对夫妇和三个孩子。小女孩啃着一根骨头，看起来吃得很香。两个男孩跟其他意大利孩子一样，规规矩矩，正在认真地切牛排。两对夫妻向我们敬酒，我们也回敬他们。听到我们介绍自己是美国人，同桌的一位男士问我们认不认识他住在芝加哥的舅舅和舅妈。

吃完晚餐，我们随着人流到镇上散步。大街上人山人海，酒吧里人满为患。我们费了好些劲儿才买到蛋筒果仁冰淇淋。一群十来岁的孩子坐在市政大楼的台阶上唱歌。三个小男孩乱扔爆竹，之后又想装出一脸无辜，可是办不到，于是笑得越发响亮了。我站在酒吧外一边听孩子们唱歌,一边等候正在酒吧里喝“黑圣水”的埃迪。回家的途中，我们路过镇公园。此时已是夜里十点半了，烤板上还冒着烟。我们看到普拉切多正在和美丽的妻子、女儿以及十来个朋友一起用餐。“镇上什么时候开始有这个节的？”埃迪问他们。

“一直都有，一直都有。”普拉切多应道。据学者研究，安提俄克人在公元三七〇年就开始庆祝圣母升天节了。这么算来，到今年为止，已经是第一千六百二十六次庆祝该节日了。像科尔托纳这么古老的城市，说不定宰白牛祭神灵的仪式，早在公元三七〇年之前就有了呢。

八月节之后，科尔托纳通常会安静好几天。想外出度假的都走了。留下的店主都坐在店铺外面，要么看报纸，要么心不在焉地看着街道。你若是在这个时候向他购买什么，得等到九月份，他才会拿出来给你。

我们的邻居普拉切多，就是那位烤肉大师，其实是镇上的税务官。每天，他都会骑着摩托经过我们家，一天四次：早上上班、午餐时间、下午上班和下班回家。只要他经过，我们就知道现在大约几点钟了。我已经把他的生活理想化了。外国人看本地人，很容易把他们理想化、浪漫化、典型化或者简单化。清晨搬完箱子多喝了几杯走不稳路的人，极有可能被我们当成酒鬼看待；佝偻着腰长着蓝黑色长发的女子就成了刚堕完胎的；每天早上到三间肉铺觅食的棕白花色的小狗被认定是镇上的野狗；同样，还有疯狂的艺术家、法西斯分子、古典美女以及先知。一旦我们对一个人有了真正的了解，想象的色彩就会慢慢褪去，还以真实面貌。就拿普拉切多来说吧。他养了两匹白马。每天骑着摩托唱着歌儿从我家门前经过。家里养了鹅、孔雀和白鸽。刚刚步入中年，留着一头浅色长发，有时会用大手帕扎起来。骑在马上潇洒从容，是个天生的骑马高手。太太和女儿都极其漂亮。妈妈常到我家神龛前献花，他的姐姐称埃迪为"英俊的老美"。这就是我对他的全部了解。也正是基于这些了解，我想象着他的生活特别幸福。镇上的每一个人都很喜欢他。"哇，原来你是普拉切多的邻居呀，真有福气。"他走在镇子上，会和任何人打招呼。我有一种感觉，似乎他生活在哪个年代都如鱼得水。他拥有由一栋石屋和一片橄榄梯田构筑的平静小王国，在那里，他可以随时随地畅游徜徉。似乎为了证实我的直觉，我这个卢梭式的邻居，手腕上停着一只带着头套的猎鹰，站在我家门前。

不知为什么，我自小就有恐鸟症，所以我最害怕出现在门前的，非猛禽莫属了。普拉切多是和一个朋友一同前来的，他们想借我家院子训练猎鹰。我强装镇定地说了句："我怕鸟！"可是没有用，他没听懂我说什么，反而朝我走来，想让我试着把鸟放在胳膊上。埃迪刚巧下楼过来，乍一看见那只猎鹰的时候也吓了一跳，或许是受了我的影响吧。但我们还是很高兴，普拉切多能把我们两个老外当成好邻居，我们跟着他们来到院子里。他的朋友拿着猎鹰，站在五十英尺开外的地方。普拉切多从口袋里掏出了什么东西，猎鹰见了，张开大得吓人的大翅膀，死劲拍打着。

“是只活鹌鹑，下次我去广场上抓只鸽子回来。”他笑着说。他的朋友解开猎鹰头上漂亮的皮制头套，刹那间，这只鹰箭一样地冲向普拉切多。瞬时，羽毛纷飞。才一会儿工夫，鹌鹑就被猎鹰吞进肚里，只剩地上的羽毛和斑斑的血迹。普拉切多的朋友吹了声口哨，猎鹰旋即飞回他那里，他重新给它戴上头套。这样的表演实在叫人胆寒！普拉切多说，意大利一共有五百只这样的猎鹰。他这只是在德国买的，而那个头套是在加拿大买的。他说必须每天训练它，同时一个劲儿地夸奖手腕上这只纹丝不动的鸟儿。

当然，这次训练丝毫没有改变我原来的印象：普拉切多可以生活在任何时代。我似乎看见他骑着白马，擎着猎鹰，去参加中世纪的马上枪术比赛或者某个古代的展览会。我经过他家门口时，看到了那只关在笼子里的猎鹰。看着它那严肃的外形，我不由想起了七年级时的老师哈达威夫人。这时，猎鹰突然转了一下头，我又立刻想起了哈达威夫人发现我们在课堂上传纸条的表情。

正当我收拾行李，准备取道罗马飞回美国的时候，接到了一个陌生女子的电话。她从杂志上读过我写的有关买房和装修的文章。“很抱歉打搅你，但我实在不知道该和谁说。我很想做一件事儿，但又不知道究竟该做什么。我在巴尔的摩当律师，我母亲去世了，我……”

我懂她这种冲动，也懂她渴望改变的心思。“你必须改变你的生活。”我借用里尔克的诗句回答她。刚到意大利度假的头几年，我把学到的一切像铁锭一样存放起来。就拿我学来的意大利语单词为例吧，对于每一样东西的新名字，一旦我对它们熟悉得如同母语一般时，比如 pompelmo（柚子）、susino（李子）、fragola（草莓），心里就会感到特别满足。刚离婚时，我曾担心自己的生活会日渐狭隘。我想，我们家族过去的女子大都是听天由命而略带遗憾地走完了她们的一生，年老色衰的她们，只能靠欣赏夹在世界地图集里的玫瑰花瓣调节生活。而我们这代经历了妇女运动的女人，又总感觉它并不是那么真实，女人似乎并不能真正主宰自己命运。我感觉自己仿佛站在一块冲浪板上，浪头随时会扑向我，把我卷入深深的海底。但我慢慢相信，只要下定决心好好生活，任何力量都不会夺走我的快乐。电话那头的女子，一定是从我的学校里打听到我在意大利的电话号码。

“你打算做什么呢？”我问这个陌生人。

“我一直很喜欢华盛顿海岸附近的那些小岛，那里正巧有栋房子出售，可我朋友认为我疯了，跑到那么远的天边，还得坐轮渡……”

“没什么好犹豫的。”我肯定地告诉她。水管问题、经济问题、语言障碍、浴室的热水问题、横梁上厚厚的污垢、从加州到此地的长途飞行，凡此种种，同我们在托斯卡纳小山坡上的收获相比，是那么微不足道。

我很想邀她来此做客。我觉得我们是同路人，可以很快成为知已，促膝相谈直到深夜。可我马上就得走了。在我与摩天大楼里的她通话的当口，半个透明的月亮已经悄悄爬上了梅第奇古堡上空。透过窗户，在梯田上方，看得见橡树下埃迪为我做的长凳：一块厚木板架在两个树墩上。临近黄昏，夕阳镀金的光芒洒向山谷，长长的山脊渐幽渐暗，我最喜欢在这种时候，顺着蜿蜒的山道，走过层层梯田，坐在那张长凳上。我从来没当过嬉皮士，但我问她是否听过他们的座右铭“追随你的幸福”。

“听过，”她回答，“二十五年前，我还参加过伍德斯托克摇滚音乐会呢。现在，我主要在接一些跨国公司的劳资纠纷案……可我觉得这些事儿都很没劲。”

“那你觉得自己正朝更自由的方向前进吗？我觉得在这里收获的快乐无与伦比。”我没有对她说起这里的太阳，没有告诉她等我离开此地回想这儿的生活时，每一幅画中都有金色的阳光，那温暖的阳光早已渗透此时的我，直至骨髓深处。美国作家弗兰纳里·奥康纳女士曾说过，人若想获得快乐，“需咬紧牙关，强颜欢笑”。我在旧金山时偶尔得效仿此法，但在这里所有的快乐都是自然生发的。日子一天天过去，随意自在。如同集市里卖瓜的男孩在天平的一端放上大西瓜另一端放上生锈的砝码以保持平衡般轻松自如。

我期待着她能告诉我，她已经买下了那栋加了护墙板、带个深水小码头的别墅。

我依稀看到，她的蓝色自行车正斜靠在一棵松树下，牵牛花爬满了她家的阳台护栏。

多么勇敢的女孩！普拉切多的女儿手腕上站着那只猎鹰，跟着爸爸走向猎鹰训练地。她每走一步，长长的卷发就上下摆动。即使令我恐惧之物，也让我保存到了记忆深处。冬天，我会梦到这一幕的。或许，猎鹰会飞入我的一个噩梦之中，但梦中的猎鹰，不过是只在黄昏时刻陪着我的邻居到柏树间做飞行训练的鸟儿。这个夏末，我要带走的东西实在太多了。记得意大利诗人塞何里·帕维泽的诗歌《夜》就是这样结尾的：

> 那些沐浴在灿烂阳光下的记忆啊，
> 在平静如水的日子里，
> 将会时时重现。

绿色橄榄油

“今天别去摘了，太潮湿，”看见我们拿出摘橄榄的篮子，马可制止道，“再说，月亮也不对，还是等到周三再摘吧。”马可正在替我们装门，两扇旧的榛木门他已修好并上了油漆，另外一扇是我们秋天在美国的时候，他新做好的。旧门新门看不出分别，主要用来替换原来那几扇空心门，这种门想必是五十年代的那个屋主情有独钟之物。

我们已经错过了摘橄榄的最佳时节。圣诞节前，所有的磨坊都将关闭，可现在离圣诞节只剩下不到一个星期了。屋外蒙蒙细雨，模糊了花园里绿茵茵的小草。喝饱了十一月的雨水，它们长得格外精神。我把手贴在窗户上，好冷。马可说得没错，要是我们今天摘橄榄就必须一口气摘完，并立即送到磨坊去，不然湿橄榄会发霉的。于是，我们将原本打算系在腰间的柳条篮（这种篮子很方便，可以顺手把橄榄从枝条上摘下放入其中）、装橄榄的蓝袋子、铝制的梯子和雨靴放回原处。我们还在晕机，脑袋迷迷糊糊的，要不是马可在清晨七点半天还没大亮时就上我家来了，我们还在床上躺着呢。他叫我们现在先找磨坊，说不定待会儿天就放晴了呢。只要太阳一出来，橄榄上的水汽很快就会被晒干。

“可是跟月亮有什么关系呢？”我问，他只是不置可否地耸了耸肩。我知道了，换作他，现在是不会去摘的。

我们只想倒在床上蒙头大睡。昨天坐了二十小时的飞机，途中又遇到暴风雨，一路颠簸得够戗。等终于抵达罗马费米奇诺机场，我们走下飞机时，我简直都想亲吻脚下的柏油马路了。我们在罗马城匆匆采购了一番，随便租了一辆颜色花哨的车子（外面是紫色、里面是薄荷绿），不假思索地朝科尔托纳飞驰而去。高速公路犹如碰碰车场，令我们愈发疲惫。饶是如此，一路上湿润而富有生机的景象，依旧让我们俩喜不自胜。

记得八月我们离开之时，路旁的树木萎靡不振，如今它们旧貌换上了新颜，生机勃勃，绿意点点。我们终于在晚上到达了科尔托纳，在镇上吃了一份面包、一份小牛肉方饺。清新的空气令我们恢复了些许元气，不再一心想着睡觉。我们请来打扫卫生的姑娘罗拉，两天前就开好暖气，驱赶石墙在冬天聚集的冷气。她还准备了一些木柴，好让我们在回家的当晚，就坐在火堆旁吃顿像样的晚饭。我们一间间屋子走了个遍，问候似的抚摸着每一样久违的家具，然后才上床睡觉，直到早上被马可叫醒。“罗拉说你们回来了，我想你们希望门能马上换好。”每次一回到意大利这个家，各种琐事总是接踵而至，没有一次例外。埃迪先帮马可抬门，等马可装门的时候，又在一旁打下手。

马可给我们推荐了一家在圣安格鲁的磨坊，说那间磨坊的手艺最正宗，会按户处理，而不是把几小户的橄榄混起来一块榨。不过，你的橄榄重量必须达到他们规定的基本数，最少一百公斤。可是，我家的橄榄树有三十年没有好好打理，到现在还没有恢复精神，可能凑不了那么多。好多橄榄树还没结果儿呢。

那间圣安格鲁的磨坊里，充斥着一股浓浓的油味，潮湿的地板好像很滑，估计是渗透了橄榄油吧。榨葡萄和橄榄的屋子里，有一股年深日久的味道，就像教堂里的冰冷石头所散发的那种味道。这里的工人只怕连身上的毛孔里都渗着橄榄油吧。负责人向我们推荐了好几家收少量散货的磨坊。没想到橄榄油磨坊如此多。他给我们指明的都不是什么具体地方，而是“在最高的那棵松树旁右转”或者“那个长猪圈的后面”。

我们正打算走的时候，磨坊负责人又向我们夸赞，他们用传统方法榨出的油是多么好，并特意从油桶里舀出两勺新榨的橄榄油给我们品尝。我们手足无措，又不能把人家的橄榄油倒到地上，别无他法，只能硬着头皮喝下去咯。我先抿了一小口，味道非比寻常，口感细腻，清香纯正。可是，吞下一整勺橄榄油就另当别论了，那简直跟药一样难喝。“好极了！”我喝下后看了看埃迪，他正犹豫着，假装欣赏橄榄油的绿色。“那是怎么了？”我用手指着第一个槽中的果肉，问道。趁负责人回头看的当口，埃迪迅速将油倒回桶中，尝了尝勺中的剩油。

“Favoloso.”（不可思议。）埃迪说。的确如此。经过第一道冷压工序的橄榄油，流经输油管，到第二间磨坊再榨一次，这就是普通食用油；如果再榨一次，出来的就是润滑油。而橄榄残渣呢，通常被用作橄榄树的肥料。多么奇妙的资源循环方法！

我们上车打算离开磨坊的时候，看见圣米歇尔·阿肯格罗教堂，一座我们神往已久的教堂，今天的门敞开着。教堂门槛的周围都是米，我注意到是用来做焗饭的米粒。显然这里刚刚举行了一场婚礼，肯定马上会有人过来拖走松树和雪松枝条。这座教堂几乎有上千年的历史，与磨坊只隔着一条街，也和磨坊一样负责满足人类的一项基本需要。这类教堂的横梁很多，总让我想到船舱的模样。这个想法我一直没有说出来，但今天告诉埃迪的时候，他说："其实很多人都这么想，事实上，'nave'（中殿）这个词就是源于拉丁文的'navis'（船）。"

"那'apse'（后殿）这个词的出处又是什么呢？"我问道，因为那些可爱的圆形后殿，老让我想起孤零零放在农家院中的烤面包炉。

"我想这个词根的意思就是把东西绑紧，没有什么值得玩味的地方。"

但圣米歇尔·阿肯格罗教堂的三个中殿、三个后殿，以及那个小巧而古典的长方形中堂，却相当值得玩味。在这么小的教堂里，建筑的线条和石头结构相得益彰。教堂里唯一的装饰就是常青植物散发的清香。虽然我也钟爱那些满是壁画的宏伟大教堂，但是像这种朴素的小教堂更能打动我。在它们的石头和光影中，我仿佛可以看到人类灵魂的轮廓和肌理。

埃迪把车转入了一条过去的罗马古道，后来的朝圣者就是沿着这条路前往圣地圣米歇尔教堂。那可是一处可以让心灵得到休息和复苏的地方。我很想知道，过去的那里有没有磨坊。朝圣者是不是用橄榄油擦去双足的疲惫。但我们今天上这里来，只是想找一家能将我们辛苦采摘的黑橄榄榨成油的磨坊。有两家磨坊已关门了，第三家的女主人好像穿了六件毛衣，走下楼来说我们来晚了，还说我们应该早点儿摘，因为现在的月亮不对。我们告诉她："是的，我们知道。"但恰是因为月亮的原因，她丈夫关了磨坊。她指了指路尽头，叫我们上那儿的一家磨坊试试。我们沿着她指的方向，从一座宏伟的石质别墅前拐进，发现一个路牌，指示磨坊就在后面。我们开车过去一看，却发现两个工人正在用皮管冲洗工具，我们又晚来了一步。他们又告诉我们上科尔托纳附近最大的一家磨坊碰碰运气。

我坐在呼啸的车子里，看着路边的冬季花园。家家户户都种着细长的浅色刺菜蓟（当地人叫它驼峰）和墨绿的黑甘蓝，这种甘蓝的菜叶不会在头上结成球状，而是像羽毛一样向上翻卷。花园里，就数红色和绿色的菊苣最夺人眼球。大部分花园中还种了洋蓟。若不是冬天上来，我还真不知道这里有这么多柿树。一颗颗橘黄的大柿子挂在光秃秃的树枝上，使得这些柿树犹如一幅几笔而就的粗线条速写，像日本人画自画像所用的笔法。

大磨坊里，每个人都在忙，没人有空理睬我们。我们便四处走着，看这里的作业流程。可是看完之后，就不再想把家里珍贵的橄榄送到这里了：看起来这里的机械化程度很高。他们的大磨盘放哪儿去了？不知道他们是否会将橄榄加热，据说这道工序会破坏橄榄油的味道。

我们看见一个顾客走进磨坊，有个工人将他带来的橄榄过秤后，直接倒进一辆装着别家橄榄的大推车中。可能所有的橄榄都差不多，跟别人的混在一起并没什么不妥，但这一次我们很想尝尝亲手种的橄榄到底能榨出什么味道。于是我们迅速离开，驱车前往最后一个希望之所——一家位于费奥伦蒂诺堡镇的小磨坊。小磨坊门外，放着三个斜靠着墙的巨大石磨。磨坊里，待榨的橄榄被分开放着，每一袋上面都写着主人的名字。就是这里了，我们要把橄榄交给他们。他们同意收我们的橄榄，叫我们明天送过来。

午后的天气温暖而晴朗，马可同意我们摘橄榄。至于月亮，现在可顾不上了。采摘进展得很快。我们先把橄榄摘进小篮子里，小篮子满了就倒进一个洗衣篮里，等洗衣篮也满了，就把橄榄装袋。地上掉了很多橄榄，但这无法避免，一阵狂风就能吹落不少。要想减少损失，唯一的办法是在橄榄树下结张大网。亮闪闪的黑橄榄饱满而结实。我很想尝尝生橄榄的味道，就拿起一粒咬了一口，味道象明矾。最初，是谁想出改善橄榄油味道的良方呢？不用问，肯定是第一批“吃牡蛎”

的人。意大利西北部的利古里亚人过去习惯把橄榄泡在海水里，内陆居民则喜欢在冬天时把橄榄挂在烟囱里熏，我倒想试试这个做法。我们俩摘着摘着，先是脱掉了外面的夹克，接着又脱掉了毛衣，将它们挂在树上。气温升到了约十三摄氏度。虽然我们的靴子湿漉漉的，但空气中芳香四溢。远处，特拉斯蒙诺湖像条蓝色的带子，静卧在一碧如洗的天幕下。到下午三点，我们已经摘完了十二棵橄榄树。我又把毛衣穿上了，冬日里白天实在太短，才这个时候，太阳已经开始向房屋后面的山下落去。到了四点，我们俩的手指又红又僵，因此决定暂告一段落，先把袋子和篮子拖下梯田，送回家中。

在巴玛苏罗，我的身体会感觉不适并非头一遭。只是今天遭罪的是肩膀！还有什么比劳作之后洗个舒服澡、做个按摩更惬意的呢？我已经把精油放在暖气管上加热了。可是一想到只能在这里待二十天，每一分钟都不敢浪费。于是我们打起精神，到镇上买了一些食物作为储备。我女儿和她男友杰西三天后会到达。我们还想着为他们做几顿像样的大餐。当我们到镇上的时候，商店正好结束午休重新开张。看起来很是奇怪呀——天黑时镇上才恢复人气与活力！街道两边挂着白色的飘带，随风摇摆。我们打算购物的 A&Q 商场门外，矗立着一棵乱蓬蓬的人工圣诞树（本镇唯一一棵圣诞树），店里却摆了不少用大篮子装的食品礼盒。

因为去年圣诞节是在这里度过的，所以我们知道这里的圣诞节有两大主题：食物和 presepio（基督诞生像）。我们俩对前者跃跃欲试，对后者只想旁观。小酒馆的橱窗里，摆着一些极富想象力的糖果和装着节日水果蛋糕的彩色礼盒（这种蛋糕跟美国的圣诞水果蛋糕有些类似）。几家商店的外面，挂着别致的自制花环。在科尔托纳的商店橱窗和家庭中，除了基督诞生像之外，最常见的圣诞装饰品就是花环了。每一个见到你的人都会说："Auguri! auguri!"（节日快乐！节日快乐！）在这里，没有脚步匆忙的路人，也看不到圣诞节所特有的礼品包装、大幅商家广告和疯狂购物的人群。

玛丽亚·丽达的果蔬店窗户上蒙了一层雾气。在店门外面摆放夏季水果的摊位上，放着成篮的核桃、栗子和清香无核的小柑橘。店铺里，玛丽亚穿着一件黑毛衣，坐着剥杏仁。她看到我们，高兴地招呼道："Benissimo!"（欢迎回来！）店中原先放美味番茄的地方，如今放的是我们以前从未吃过的刺菜蓟梗。玛丽亚说："煮之前先把筋去掉。"她边说边拗断一根刺菜蓟，把里面一条芹菜皮一样的细丝剥下来。"然后放到柠檬水中迅速浸泡一下，不然它会变黑的。用水煮过之后，撒上帕尔玛干酪，抹上牛油，最后放到烤箱里烤。"

"一次要用多少？"

"这么多足够了。"接着，她教我在壁炉里的烤架上烤布鲁塞塔烤面包，把煎锅中用蒜和橄榄油炒好的黑甘蓝丝放在面包上。后来，我们又买了血橙、罐装小扁豆、栗子、冬梨、小苹果和花椰菜（我以前从没在意大利见过花椰菜）。"扁豆最好留到元旦吃，"她告诉我们，"我喜欢加薄荷煮。"最后，她把做瑞伯里塔汤——科尔托纳人冬天常喝的汤——所需的所有材料都装进我们的购物袋。

在肉店的柜台上，摆着一圈圈我以前没见过的香肠。一个鼻子长得像香肠的男顾客，用手肘顶了顶埃迪，说"念珠"，然后指了指那一圈圈的肥肉香肠。过了好一会儿，我们俩才明白过来，原来他觉得香肠像念珠很好笑。鹌鹑和几只原本应在树上婉转啼鸣的鸟儿，躺在柜台里，身上的羽毛还在。墙上挂了几张彩色照片，都是店老板和几只庞大的白母牛的合影，母牛的背上都写着老板的大名：布鲁洛。基亚纳山谷的牛排大餐用的就是这些母牛的肉。在其中一张照片上，布鲁洛一只手挽着一头大母牛的脖子，一副拥有者的模样，神气十足。布鲁洛看见我在看照片，便示意我们跟他走。他打开冷库大门，我们随他跟了进去。冷库里，一头大象般的大母牛被挂在天花板的吊钩上。他深情地拍了拍母牛的腰部，说："世界上最好的牛排，只要一个烤架、一点迷迭香和柠檬。"随即两手向上一摊，意思说："生命中还有比这个更美好的吗？"突然，冷库的门砰的一声关上了，我们和一具满身脂肪的巨大尸体关在了同一个房间。

"噢，不！"我跌跌撞撞地朝门边摸索，布鲁洛哈哈大笑，只一下子就把门打开了。我们夺门而出，却再也不想要什么牛排了。

我们原本打算自己做饭的，可是因为耽搁了一些时间，便改在镇上用餐。在把买来的食物全部放进车里后，我们径直走向那家叫达达诺的小餐馆。我们俩一直喜欢这里。充当服务生的老板儿子，乍一看像个十几岁的孩子。我们进来时，老板一家正围坐在厨房里的一张桌子旁。餐厅里除了我们之外，只有另外两个客人坐在另一张餐桌前，埋头吃通心粉，好像彼此互不认识似的。我们点了一份黑蘑菇汁意大利面和一瓶葡萄酒。酒足饭饱之后，我和埃迪在静悄悄的街上散步。几个小孩在空荡荡的广场上踢足球，叫喊声回荡在冰冷的空气中。户外的桌椅都收拾起来了，酒吧大门紧掩，顾客全都挤在里面呼吸着并不清新的空气。没有一辆车子。一只小狗独自游荡。除了我们俩，见不到其他外国游客，一派宁静。九点之后，男人们一定都在酒吧里打牌吧，空无一人的街道像是又回到了中世纪。我们靠坐在大教堂的石墙上，眺望着山谷下方的点点灯火。墙边还有几个人。因为天气实在太冷，我们只好沿原路返回，走到那家酒吧前时，推门而进，里面的欢声笑语立刻迎面而来。咖啡机旁的热可可又浓又稠，像布丁一样。

回来的第一天，我就爱上了这里的冬天。

太阳刚刚射出第一缕光线，我和埃迪就下了田，此时的橄榄上还带着沉甸甸的露珠。我们打算在今天摘完所有的橄榄，不让它们有时间发霉。山谷中，云雾缭绕，浓重如马斯卡普尼干酪。我们这片山上相对晴朗，空气凛冽而清新，虽然冷得不好呼吸，我有种奇妙的感觉：我们正坐在飞机上俯瞰，一座小山漂浮着，就连邻居普拉切多家的红屋顶，都隐没于浓雾中了。特拉斯蒙诺湖此时神秘莫测，大片雾气从湖面升起，迅速飘散到整个山谷，如同波浪一般汹涌翻滚。我们摘橄榄的时候，朵朵云彩轻盈地从我们头顶掠过。不久，太阳发威了，四周的浓雾被驱赶得无处可寻。首先从雾中露脸的是普拉切多家的那匹关在马棚里的白马，继而是他家的屋顶，然后是屋子下方的橄榄林。但是特拉斯蒙诺湖，依旧隐藏在奶白色旋涡状的云雾里。

我们走过那些已被摘完的橄榄树，来到一棵果实累累的树前。我负责摘低矮树枝上的橄榄，埃迪站在梯子上，负责摘高处的。替我们照看橄榄的弗朗西斯科也赶来帮忙了，让我们大为高兴。他穿着粗羊毛裤，头上戴着斜纹软呢帽，腰间挂了个篮子，一看就是摘橄榄的能手。事实证明的确如此：他一个人摘的比我和埃迪的加起来还要多。我和埃迪往篮子里装橄榄的时候，总是小心地把叶子挑出去，因为我们从书中看到，叶子会使橄榄带上一种丹宁酸味儿。但弗朗西斯科就没这么讲究了，他常常把橄榄连同枝叶一起扔进篮子里，还不时从后裤兜里掏出一把弯刀，砍掉缠在树上的藤蔓。我们俩很奇怪，为什么弯刀插在裤兜里不会刺伤他的屁股。他告诉我们必须尽快把橄榄收完，因为寒流马上就会来临。在我们休息喝咖啡的时候，他还在忙碌。

这个秋天，他把我们田里的枯橄榄树全部砍掉了，好让新树有更多的生长空间。到了春天，他还会砍去橄榄树的杂枝，并给它们锄草。

我们常向他请教该如何打理橄榄树，因为听他一席话，胜读十年书，虽然他肯定没读过什么专业书籍。显而易见，照顾橄榄树已成了他的主要生活。尽管他已经七十五岁了，但看着他精力充沛的样子，我们觉得他顶多不过四十岁。也许，正是因为这份不同寻常的精力，才使得他能够在二战结束时徒步从苏联走回意大利家中。在我们的心里，弗朗西斯科和科尔托纳的土地已经融为一体，当年从苏联跋涉回国的年轻士兵弗朗西斯科是什么样子，我们已经难以想象了。他很喜欢说笑话，但今天忘了戴假牙，我们听不清楚他讲的是什么。他摘完高层梯田的橄榄后，朝低处的橄榄树走去。虽然那里依旧杂草丛生，但他已从高处看见了那里也有不少橄榄树结了果实。

连同地上拾起的橄榄，我们最后竟然凑足了一百公斤。午睡时间过后，当然这个时候我和埃迪也在工作，弗朗西斯科和贝皮开着一辆拖拉机驶入我家，拖拉机后面装了一大袋的橄榄。原来他们是要帮朋友吉诺送橄榄去磨坊，想顺道把我们的也捎去。我们开车尾随在后。天色渐渐暗了下来，温度也随之降低。长期住在加州的我们，几乎已经忘记了真正冬天的模样。现在，真正的冬天就在我们面前。我的脚趾都冻僵了，车上的暖气散发着少得可怜的热量。“现在大概只有零下四摄氏度。”埃迪说。他这个人似乎能够发热，我每次说冷的时候，他都若无其事，后来我想起了这家伙是在冰天雪地的明尼苏达州长大的。

“这里冷得就像布鲁洛的冷库。”

我们的橄榄过秤后，被倒进一个容器里冲洗，然后送到三个大石磨里碾磨。碾碎的橄榄被送入一台机器。这台机器将碎橄榄铺在一张圆形麻席上，铺满一层后往上面垫一层麻席，如此反复，直至堆到五英尺高左右，碎橄榄就像三明治一样被夹在一张张麻席之间。这时，机器自上往下压，压挤出的橄榄油直接滴落到下面的一个大桶里。稍后，橄榄油会被送入离心分离机中脱水。我们的橄榄油被倒进一个坛子里，呈混浊的绿色。磨坊主人告诉我们，我们的橄榄含油量很高，所有的橄榄一共榨出十八点六公斤油，也就是说，一棵结满果实的橄榄树只能榨出大约一公斤油，难怪橄榄油这么贵！“油里的酸含量是多少？”我问。我曾在一本书上读到，酸含量低于百分之一的橄榄油才是最纯净的橄榄油。

“百分之一！”磨坊主人一边用鞋底踩灭烟蒂，一边吼道，“太太，这个已经很低很低了。”他好像受到了侮辱——我们不该怀疑他的磨坊会出劣质油。“这里的山地是全意大利最肥沃的！”

回到家里，我们往碗里倒了一些橄榄油，学托斯卡纳人拿面包蘸着吃。我们自己的油！天哪，味道简直棒极了！像新鲜豆瓣菜一样，还略微有点儿辣，又鲜又美。我要用它做各种布鲁塞塔烤面包。或许我该学学我以前见过的那些修士，吃橙子的时候也蘸盐巴和橄榄油。

放在大容器里的橄榄油，隔一段日子就会开始沉淀，但我们也喜欢这种沉淀后的带果味的暗色橄榄油。我们将事先准备好的瓶子都装满橄榄油，剩下的藏在黑糊糊的酒窖里。我们把五瓶橄榄油整齐地排在厨房大理石灶台上。五个瓶子上都盖着酒吧老板为客人斟酒时专用的特殊瓶盖。这种瓶盖不仅可以控制油的流量，还带有一个自动活门，使用完自动关闭以防落入脏物。在这个假期，我做的每一道菜都要加上我家的橄榄油。如果家里来了远方的客人，我会慷慨地送他们几瓶，因为橄榄油多得用不完，而我们的邻居家家户户都有自产的橄榄油，就算不产，也有亲戚赠送。等到我们的橄榄树产量大增时，多余的橄榄油就可以卖给当地的商店。我买过一种一加仑装的大罐橄榄油，售价约二十美元。有一次，我买了一罐坐飞机带回美国，尽管一路上放在双脚间的冰凉油罐子让我很难受，但我觉得这种牺牲绝对值得。

虽然天气寒冷，香草却依旧生长迅速。我切了一把鼠尾草和一把迷迭香、约四分之一磅的洋葱和马铃薯，把它们放在一块烤猪肉的四周，一起送入烤炉。烤好后，我在猪肉上洒了几滴收获的第一季橄榄油，为它施了洗礼。

第二天下午，我们发现镇上在举办品油大会——第一届科尔托纳山区橄榄油节。我不禁想起在橄榄油磨坊喝下的那一大勺油，但这一次有所不同，镇上的面包师特意为这个节准备了烤面包。广场上，九个种植园主的橄榄油被排成一列，摆在桌上。为了营造气氛，周围还摆着栽在罐中的橄榄树。“我真不敢相信，你呢？”当我们尝完四五种不同的油后，埃迪问我。是的，我也有同感。这里的油就跟我家的一样，那么鲜美，那么生气盎然，直叫人舔嘴咂舌，回味不已。但不同的油之间又存在极其细微的差别。我觉得，一种带着夏日热风的野味，另一种则带着第一场秋雨的滋味，接着我似乎又品到了罗马古道和树叶上的阳光。所有的橄榄油都充满了绿色的生机。

一个漂浮的冬季

在圣诞节前后，我们必定非常忙碌。似乎有一股无形的力量，把我扯进厨房。此时，我比任何时候都更渴望吃到那些星形的点心、橘黄的冰糕和焦糖糕点。即使在我信誓旦旦一切从简的时候，还是免不了家中的传统甜点“玛莎·华盛顿防波堤”。过去，母亲每年圣诞都会在冷冰冰的后廊里做这道甜点。这种美食只适合在寒冷的地方做，做时得先用牙签把凝固的奶油、糖和山核桃软糖在热巧克力中蘸一下，然后放入用冰冷的锡纸包好的盘子里。巧克力汁遇冷会慢慢变硬，因此必须不时地拿进厨房里加热。母亲经常做出数不胜数的“防波堤”，因为所有的朋友都想吃。我们一边说这东西太甜了，一边往嘴里塞，直到牙疼才住口。现在我还留着一个以前装“防波堤”的玻璃罐,但“防波堤”的保鲜期非常短。

另一种非做不可的食物是烤核桃。用盐和牛油烤核桃，听着就让人流口水，我们以前吃起来都是论磅的。没有烤核桃，我的圣诞节就过不好。事实上，现在我常把烤核桃送给朋友，自己只留一小罐，而那也常常是用来待客的。

今年没有“防波堤”。我们收获了许多杏仁，烤杏仁便成了理所当然之事了。此外，这样的天气少不了一锅热乎乎的辣汤。为了迎接阿雪莉和杰西的到来，我做了一大锅托斯卡纳的名汤——瑞伯里塔汤。这里的人们做此汤，是为庆贺一年的辛勤劳作，而我是为了迎接来自纽约的稀客。跟其他托斯卡纳家乡菜一样，瑞伯里塔汤使用的也是家常配料：白刀豆、蔬菜和面包块。

冬季的食物让我对托斯卡纳的菜肴有了更深的了解。法国菜曾是我的初恋，而今我却感觉它与我之间相隔了几百光年。法国菜很小资，而托斯卡纳的食物则很草根。有一本当地的菜谱这么说：穷人的厨房是如今花样繁多的托斯卡纳食物的源头。环形小水饺肉汤是当地圣诞的传统菜，这道菜听着复杂，其实相当简单，就是把几个包了馅的面球放进一锅肉汤里煮——还有什么比把隔夜的饺子放进剩下的肉汤里煮更节俭的呢？除了饺子，面包也是食谱中不可或缺的基本原料。在加州的餐馆里，你若看到面包汤和面包沙拉，会觉得这些食物营养丰富又具有想象力，但在托斯卡纳，这却是人们为了让隔夜面包物尽其用而想出的高招。证明托斯卡纳菜肴源于穷人厨房的最好例证就是“煮水”。这是一种蔬菜汤，虽然各地煮法不同，但都少不了水和面包。幸好路边野菜非常多。一把薄荷叶、蘑菇、少许甜山芋或其他绿色蔬菜，都可令汤的味道大增。如果家里有鸡蛋，还可以在汤快好的时候加一个。托斯卡纳的本地菜，向来风格朴素，这份功劳应该归于过去的巧手妇女，是她们想出来这么多的烹饪良方，才令今人得以坐享其成，不思改进。

阿雪莉和杰西到达的时间前后相差不到一个小时，实在很神奇。因为阿雪莉是从纽约飞到罗马，再从罗马乘火车到达丘西；而杰西是从纽约飞到伦敦，游完意大利的比萨和佛罗伦萨之后，再从佛罗伦萨坐火车到卡姆基亚。我们到丘西接完阿雪莉之后，再开四十分钟的车到卡姆基亚接杰西。而到达的时候，杰西刚刚下火车。

孩子带回家中的朋友常常令家长头疼。当年我们在佛罗伦萨北部的穆格罗租房住的时候，阿雪莉就带了一个很叫我们伤脑筋的朋友。他是美国作家托马斯·沃尔夫的铁杆粉丝。我们开车载着他（他是艺术家）在托斯卡纳四周游玩时，他却坐在后座上，捧着沃尔夫的大作《天使，望故乡》长吁短叹。有一次，他看到一片迷人田野中的圆形黄色干草垛，竟说了句："酷呆了，很像理查德·塞拉[①]的雕像。"我们敢肯定，这家伙除了书，其他东西都不入法眼。另一位阿雪莉带来做客的女孩，一到意大利就开始牙痛。只有我们提议要上街购物的时候，牙痛才会缓解。每当她买到一件中意的衣服（她对服装的确很有品位），牙齿便奇迹般的不治而愈。可是一回到家里，可怕的牙病会再次发作，她哼哼唧唧地叫我们把饭菜送进屋子，神奇的是，她的胃口却没有受到丝毫影响。回到纽约后，她的三颗牙齿不得不做了牙根管手术。可见，她在意大利的购物行为，堪称精神战胜肉体的一大表现。阿雪莉的另一个朋友，从纽约到罗马的往返机票钱至今还未还我，因为他的机票是阿雪莉用我的联邦卡预订的。与她的这些朋友打过交道之后，我们自然对阿雪莉这次带来的朋友特别好奇。他可能要在我们这里住上好几星期呢。

要是我有一个儿子，我希望他能像杰西那样。杰西幽默、知性、好奇、亲切，我们一下子就喜欢上了他。他带来了一篮子熏鲑鱼、英国斯提尔顿干酪、燕麦饼干、蜂蜜和果酱。他在伦敦逗留的最后两天里，还给我们每个人买了精美的礼物。最让我们高兴的是，与他相处，我们无需像长辈那样高高在上，而是和朋友一样轻松自如。我们如释重负，

①理查德·塞拉（1939－），美国当代极简主义雕塑家和录影艺术家，以用金属板组合而成的大型作品闻名。

同时大为振奋，因为有一个陌生的生命从此走入我的生活。我的一个伊朗朋友说过，人与人之间的吸引力在于味道。这个说法很符合我的逻辑。我生命中最重要的朋友，大都是与之初交就渴望成为终生朋友的人。倘若友谊不能继续，我总会心痛许久。杰西知道每首摇滚歌曲的歌词,这让阿雪莉开心得哈哈大笑。我们开车接杰西回家时一路歌声，真是幸运啊！

正值中午时分，天气暖洋洋的，不宜喝瑞伯里塔汤。我们在镇上停了下来，到一家酒吧吃三明治。杰西给我们讲了他刚在威斯敏斯特大教堂参加的一场婚礼。回家以后，阿雪莉因刚结束长途旅行，想回房休息。我和埃迪则出去散了一会儿步。看着温暖的天气，加上已经习惯劳动了，我们俩又到园子里干起活来。我先去香草地拔草，再给天竺葵换盆——将天竺葵从花盆中拔起，抖落根部泥土，再用报纸包裹根部，重新用泥土掩埋好，帮助它们过冬。埃迪在锄草犁田。

园子里，所有的植物湿润而青翠，带着甜甜的香味，就连杂草都是美丽的。我用云杉枝、云杉果和橄榄枝将神龛装点一新，又在圣母的头上放了一颗金色的星星。埃迪想尽了法子把那堆去年夏天本该焚烧的树叶烧掉，可惜树叶太湿，只冒烟，烧不着。等阿雪莉和杰西养足了精神，我们四人一块去了趟苗圃，买了棵小树和能种树的大花盆。虽然这棵树不大，但放在起居室刚好。除了一串白色灯泡之外，我们没有其他圣诞饰物了。为此，我们决定第二天去趟佛罗伦萨，买些饰物回家。我买了许多星形蜡烛和一些托斯卡纳居民不常用的圣诞饰物。这些习惯是我在圣达菲过圣诞养成的。当年，我看到那里的人们用纸包的蜡烛装点泥砖房，纸包上还印着星形的图案，非常好看。我们也沿着房前的石墙摆了一排这样的蜡烛，点燃之后，星光闪闪，宛如仙境。接着我们又用下午埃迪拖回来的松球和柏树枝打扮壁炉。一切都安逸而舒适，充满了节日的气氛。一碗瑞伯里塔汤外加一个温暖的壁炉，令人昏昏欲睡。我们坐在宽大的靠背椅中，裹着马海毛毯子，聆听着CD中猫王的歌声：蓝色的，蓝色的，蓝色的圣诞……

在佛罗伦萨的露天市场里，我们买了几个小纸球和几挂坠着纸天使的小铃铛。街对面的小摊上，在卖佛罗伦萨人特别喜欢吃的牛肚，生意看上去还不错。如果说昨天我还只是感觉自己爱上了这里的冬天，那么今天我已确定无疑地爱上了它。在寒冷的十二月清晨，佛罗伦萨显得庄严而恢弘。这里跟其他城市一样，圣诞装饰精巧可爱：在狭窄的街道两侧，每隔一小段距离就挂着一串彩灯，彩灯下面垂着小饰品。佛罗伦萨的女子显然没听说过残杀野生动物的故事。我以前从未见过这么多又长又厚的毛皮大衣，并且没有一件仿制品。男人们身穿做工精良的羊毛大衣，脖子上围着雅致的围巾。我最喜欢的吉利酒吧，人语嘈杂、觥筹交错，咖啡机汩汩地冒着蒸汽。我们走到街道中央，埃迪突然停住脚步，举起手说："听！"

"怎么了？"我们全都停了下来。

"没什么。刚才咱们怎么没注意到，这里一辆摩托车都没有。肯定是因为太冷了！"

阿雪莉想买双靴子当圣诞礼物，显然她来对了地方。她看中一双黑色靴子和一双棕色鹿皮靴。有一款黑包很中我的意，但我没场合使用，只好抵抗诱惑。就在所有地方关门午睡之前，我们及时赶到了幽静的圣马可修道院。修道院的密室里珍藏着费拉·安吉列科修士的壁画。杰西以前没见过壁画，在冬季欣赏壁画上的十二个天使乐师，感觉真是不错。一阵倦意席卷而来，为了提神，我们前往安东利诺餐馆，吃了一顿长长的午餐。这是一家典型的当地餐馆：餐馆中央立着一个圆肚子火炉。菜单上有野兔面、野猪面、鸭肉面、玉米粥和肉汁饭。侍者端着大盘烤肉来回穿梭。

在商店下午开张之前，我们还有足够的时间散步。佛罗伦萨！游客们全都不见了，即使还在，也一定是被蒙蒙的细雨留在了旅馆里。我们路过了五年前租过的那间公寓，我还记得当时曾发誓，这辈子都要离佛罗伦萨远远的。每年夏日，总有大批游客涌入这座城市，好像它是一座文艺复兴时期的主题公园似的。似乎每个人的嘴里都在咀嚼什么。我住在这里的那年，环卫工人举行了罢工，时间超过一个星期。当我走过堆积如山、臭气熏天的垃圾堆时，觉得一场瘟疫即将爆发。可是尽管在那样的七月，尽管侍者和老板得忍受如此肮脏的环境，他们依旧热情如火，客人依旧纷至沓来。不管我走到哪儿都是人。人性的丑陋暴露无遗：身穿T恤、肩挎背包的各国年轻人，懒散地睡在台阶上。漫无目的的游客在街上随手丢弃冰淇淋包装纸，见到什么都问："这个东西换成美元要多少钱？"穿着短裤的德国游客纵容孩子在饭店闹腾。一对英国母女点了菠菜千层面和可乐，却抱怨面是绿色的。玻璃窗中照出我的样子：拎着刚买的大包小包的鞋子，身上的太阳裙也好像并不合身。我和他们又有什么分别呢？糟糕的旅游胜地。亨利·詹姆斯曾经说过，在佛罗伦萨，"每个人都带着一个可恶的朝圣伙伴。"是啊，当你发现自己也是其中一员的时候，就该走人了。可悲的是，我们这个世纪从未给佛罗伦萨锦上添花，反而为它招来一群乌合之众。

尽管如此，每天清晨，我们仍会步行到马里奥蛋糕坊，买热乎乎的奶油蛋糕，然后走到桥中央，欣赏亚诺河碧绿水面上的粼粼波光。大部分下午时光，我们会坐在圣灵广场的一家咖啡屋里，即使是夏天，也感觉惬意舒适。阳光透过树叶斜斜地照射在布鲁内莱斯基设计的高大朴素的建筑上，一群男孩子正在这座建筑下踢球。在圣灵广场踢过球的孩子，长大以后应该与众不同吧？这样的一幕，佛罗伦萨的多数夏日游客，恐怕都已见过。也正是在这个时候，这座城市才找到了它原来的自我。

今日的石街经过细雨的洗刷，熠熠生辉。我们直接走到布兰卡奇小教堂。没有排队的游人，只有五六个身着黑袍的年轻牧师，跟在一个年长牧师的身后，听他讲解马萨乔的壁画。我上次来时，没看到那几幅亚当和夏娃被逐出伊甸园的壁画，因为它们当时被卸下拿去清洗和修补了。这次亲眼一见，让我大为惊异：历经几个世纪的烛烟，画中人物的面部表情、淡粉和橘黄的长袍依旧那样栩栩如生。每一张脸孔，细细看来，都生动地刻画着人物的性格。“我希望能了解每个人与众不同的那一点。”美国作家格特鲁德·斯坦因谈及如何描写形态各异的人物时如是说。马萨乔就是刻画和捕捉人物个性的高手，并且对人物在画中的位置有自己独到的见解。其中一幅壁画刻画一个跪在小溪中接受洗礼的人。人们可以透过清澈的溪水看到膝盖和双足。圣彼得手举水盆，往他的头上和背部浇水。这幅画，摈弃了所有早期艺术象征手法，在对给小男孩背部浇水的艺术处理中表现尤甚。马萨乔画作带给我的另一个乐趣，就是他对建筑与光影的独到处理。马萨乔和里皮、马索利诺一样，注重表现技法。作品中展现的是他眼中的佛罗伦萨，或他理想中的佛罗伦萨。阳光合乎情理地照在这座城市的每个人身上，这一点与他的先辈大不相同，在那些画作中，看不出光线的来源。

我们匆匆忙忙地去赶六点十九分的火车，但没赶上。等下一趟车的时候，我又提到了那个没舍得买的黑包。虽然我们早已约定，今年的圣诞礼物只买家里用得着的东西，但埃迪仍认为那个包是个绝妙的圣诞礼物。他和杰西简直是跑着去那家商店的，而从火车站到商店要绕半个佛罗伦萨呢。距开车只有五分钟了，我和阿雪莉急得团团转，就在这时他们俩回来了，脸上洋溢着胜利的微笑，气喘吁吁地挥舞着手中的购物袋。此时，火车已经鸣笛了。

平安夜前，我们去了一趟翁布里亚。埃迪认为圣诞晚餐不能少了他最喜欢的萨格兰蒂诺葡萄酒，这种酒十分古老，现在已经难溯其源了。我一心想的则是节日果子蛋糕。我给一位厨艺高超的意大利朋友唐纳泰娜打电话，问她节日果子蛋糕的做法。我总觉得亲手做的比礼品盒中的好。“发面就要二十小时，还要发四次才行。”她告诉我。听了她的话，我不由得想自己就是做简简单单的面包，都得浪费好多发酵粉。她告诉我，她母亲小的时候，节日果子蛋糕不过是在生面团上嵌几个坚果和干果的普通面包罢了。原来这也是穷人的食物！“最好买着吃。”她向我推荐了几种品牌。我买了其中一种，想送给弗朗西斯科。就在我准备买另一种时，一个正在购物的女士告诉我，最好的果子蛋糕在佩鲁贾。她在一张纸条上写下一家糕点坊的名字：塞卡拉尼。于是我们动身前往佩鲁贾。

在塞卡拉尼糕点坊的橱窗里，摆着一个用彩色面团做的精致的基督诞生像。面团真是很好的材料，人物表情栩栩如生，绵羊毛绒绒的，棕榈树叶的叶脉也清晰可见。塑像的四周装饰着蘑菇状的杏仁糖和节日果子蛋糕。每个节日果子蛋糕的侧面都开了个洞，洞里又是一尊更小的耶稣像，真是不可思议啊！

这家糕点坊中挤满了女人。我挤过人群，来到店铺后面，挑了一个像绅士礼帽一样高的节日果子蛋糕。

我们朝翁布里亚更深处走去，来到斯佩洛，绕着这座状如陡峭梯田的小山城走了一圈。从斯佩洛下来时，初升的月亮刚好爬上山头，跟着我们走了一会儿就不见了，可当我们转了个弯后，它又出现了。去往萨格兰蒂诺葡萄酒的产地猎鹰山的路上，我们想方设法躲开月亮，可有那么两三次，它都爬在另一个山头上等着我们。杰西开玩笑地叫埃迪为“猎鹰”，因为埃迪穿着一件黑皮夹克，又喜欢飙车。这只“猎鹰”酷爱冒险，好几次领错了路。我们在猎鹰山的广场附近找到了一家葡萄酒店，店门敞开，却不见老板。在广场上转了一圈，回到店里，还是不见老板的人影。最后，我们跑进一家酒吧，向酒保问及此事，他指了指一个正在打牌的男子，原来他就是老板。我们买了四瓶酒，一路追着月亮返回家中。

平安夜当天，我和阿雪莉下厨做饭。杰西不会煮饭，我们分配他跑腿，背摇滚歌词逗我们开心。埃迪一个上午都在往窗户里塞硅树脂。之后，他跑到镇上一家面食店，买回了今晚的第一道菜——法式薄饼。这种美味的法式薄饼使用了巧克力糖和奶油。此外，我们的晚餐还包括：热牛肝菌沙拉、烤红甜椒、野莴苣、烤小牛排、酱汁刺菜蓟和烤榛果。甜点是我的拿手祖传点心和栗粉蛋糕。栗粉蛋糕是托斯卡纳的传统美食。邻居劝我不要学做这种蛋糕。过去家里穷的时候，她的祖母常做这种点心。“做这种点心需要的就是栗子粉、橄榄油和水。”她边说边做鬼脸，“我祖母说，她们成天吃这个。要是手头有迷迭香、松仁、茴香籽或葡萄干什么的，可能味道会好些。”以前我总以为栗子粉是种神秘的东西，到现在才知道原来它也是穷人厨房的主要原料。栗粉蛋糕的配方确实很古怪，搞不好真像邻居说的，要经过多年训练，才能做出入口的栗粉蛋糕。

“怎么不加糖和鸡蛋呢？光用栗粉就能做出蛋糕吗？用多少水？菜谱只说用适量的水，可以将栗粉糊轻松倒出就行。”我越发好奇了，邻居只是摇头。看来，这个栗粉蛋糕将把我们带回托斯卡纳食物的源头去，不知阿雪莉和杰西是否愿意走那么远。

午睡前，我们沿着家门口的罗马古道步行到镇上，买了最新鲜的莴苣和面包。也不知道我们的“天使”去哪儿了，他好像一个冬天都没来神龛这里了。我一直在等他慢慢走近、眼睛望着我们的房屋，在神龛前伫立良久后放下手中的花束。下次他会带一枝野蔷薇果，还是一串干葡萄，还是一捧多刺的裂出棕色果实的栗子？也许，这个冬天，他上别处去了，也许他一直待在他那中世纪的房屋里，不时往火炉里添些柴火。

科尔托纳在跳跃。每个行人都至少带了一个节日果子蛋糕和一个用玻璃纸包好的食品礼盒。没有一间商店在播放美国那种千篇一律的圣诞歌曲。人们涌进酒吧，大口喝着热咖啡或热巧克力，因为寒冷的北风将阿尔卑斯山和亚平宁北部山脉的寒流带到了这里。

平静的圣诞夜，丰盛的晚餐，放在壁炉旁的点心……我们都不喜欢吃栗粉蛋糕，味同嚼蜡，又会粘牙。或许二战时的圣诞点心只能是这个味道吧，因为栗子是人们唯一能够在森林中找到的食物。我们纷纷放弃栗粉蛋糕，转向胡桃、冻梨、羊乳白干酪，真是神仙般的享受！我们本打算去体验一下在小教堂中做午夜弥撒的感觉，可是离午夜还有很长时间就已经昏昏入睡了。

埃迪在楼下喊:“快看窗外呀！”昨晚下雪了，积雪刚好覆盖住了棕榈的落叶，给梯田镀上一层闪闪的银光。

“太美了！快把暖气打开！”我赤脚踩在地上，觉得很冷，赶忙套上长袖运动衫、牛仔裤和鞋子，迫不及待地冲下楼去。前门大开，寒光乍涌。埃迪站在外面的长桌边，朝我扔来一个雪球，我跳着躲开，雪球飞进了大厅。两个睡美人还没起床。我和埃迪把咖啡端到外面的石墙边,扫去雪坐在上面,望着谷中白浪翻滚的云雾。噢,圣诞节的雪！

一个人能拥有这么多幸福吗？我默默地问自己。诸神会不会从天而降，收回我的健康、快乐和对美好未来的憧憬呢？有如此想法是不是因为那道旧伤仍令我忧心忡忡，惶恐不安？我父亲是在平安夜的前一天去世的，那一年我十四岁。葬礼那天，天空下着倾盆大雨，棺材在积水中漂浮了好一会儿才沉入土中。我那件粉红的圣诞舞裙正挂在衣柜里。报纸上每年都会报道许多重大节日的悲伤事件，或许我的忧伤只是其中的一小部分？成年后，我的圣诞节大都过得美好而精致，尤其是阿雪莉小的时候更是如此。但有几年的圣诞节，我很孤独，还有一个圣诞节灰头土脸，十分落寞。尽管如此，圣诞节一到，节日的快乐如同一股原始的动力，总能流至我心灵深处。

吃完早饭，我们生好炉火，开始拆礼物。我们每次出去都会买一些，慢慢地树下便堆了一大堆礼物。本不打算买这么多，但无法抵抗佛罗伦萨的诱惑，肥皂、笔记本、毛衣和多得惊人的巧克力全被我们抱回来。有件礼物是烤栗子的平底锅，这样东西我马上就要派上用场。下午四点，我们要去费妮拉和彼得家中聚餐，红酒焖栗子是我们要带去的一道美食。我们将栗子两头各割开一道口子，在炭火上翻烤十来分钟后，准备牺牲指甲用手剥开，或许是因为栗子很新鲜，栗壳一剥就开，露出饱满的栗仁。去聚餐的人各有分工，我们还要准备两只珍珠鸡和一种乡村苹果馅饼。这种馅饼很好做，就是在准备好的馅饼皮中央，放入用糖和奶油调好的水果和烤栗子，包起来即可。要是我家的厨娘薇莉·贝尔知道如何改良她的奶油卤汁，肯定会引以为豪的。在珍珠鸡汤中，我加了贝夏美酱汁和碎栗子。我希望做的每一道菜里都有栗子。费妮拉负责准备烤猪肉和大麦粥，伊丽莎白准备沙拉，麦斯负责蔬菜和甜点。按理说，有这么丰富的晚餐等着，我们不该吃东西才对，可我们还是吃了一些野蘑菇酱汁面。圣诞节外出散步是我们家历史悠久的传统，至少对我和阿雪莉而言不可或缺。只是这次我和埃迪没有告诉两个年轻人，我们要去哪里。

我们把车开到家附近的一条道路尽头。找到这个散步地点纯属偶然。那天，我和埃迪沿着门前的公路散步，看见路尽头还有一条小路。我们走到那儿，发现了一个奇妙的散步场所。那是我平生最愉快的一次散步。我们当时就决定，圣诞节要故地重游。此刻，这儿的路面上有水流经，而在夏天我从未见过此情此景。一股股水流不时地从石头裂缝中涌出，溢到路面上。继续前行，一道瀑布、几处急流现于眼前。不久，我们来到一片长满松树和栗树的古老树林。树上还挂着残雪，更深更远处的树木上积雪似乎更多。空气十分湿润，弥漫着潮湿的松针的清香。突然，一条铺有平整圆石的小径展现眼前。“看哪，有条小路！”阿雪莉叫道，“怎么回事儿，前面更宽呀？”这条小路正是一条保存完好的罗马古道。我们从未走到它的尽头，但据从小熟知此路的贝皮说，这条路一直通到圣埃吉蒂奥山，全长约二十公里。罗马古道几乎很少拐弯，一般直达山顶。这正是它的特点。因为双轮战车非常轻便，因此如何使一条道路两点间的距离最短，似乎就成了当时道路设计者的首要任务。我从书上看到，有些罗马古道的路基深达十二英尺。我们一直想找这条路的距离标记，可是无从找起。此时，科尔托纳正在我们脚下，在它的下面，山谷和地平线似乎在隐隐发光。站在现在的位置，我们看得见一些平时看不见的远处的高山，还看得到辛纳兰加、蒙特普尔恰诺和圣萨维诺三座山城。这三座小城高耸入云，犹如三艘巨轮航行在茫茫天际。我不由得哼起一首圣诞童谣：“圣诞节，我看到三条远航的船，圣诞节的早上……”突然，一只红狐狸窜到我们面前，摇着毛茸茸的长尾巴，打量了我们几眼，纵身一跃，又跳回林中了。

去往费妮拉和彼得家的路，夏天已是凹凸不平，到了冬天路况更是不好。我们不得不死死抱住碗碟，生怕一个颠簸，食物倒在身上。我们可怜的车啊，一路上趟过好几条小溪，还差点儿陷入一个小水坑出不来。到达费妮拉家的时候，其他客人已经全部到齐，正围坐在大火炉前，连红酒都已经斟好了。费妮拉的农庄是当地最气派的建筑之一。起居室原先是个谷仓，有两层楼那么高，天花板上架着黑色的横梁，屋里摆放着主人穷尽毕生精力收藏的古董、地毯和各种宝贝。由于屋子太大了，暖气不管用，大家便坐到另一间屋子的沙发上，那里原来是个厨房，里面有一个巨大的壁炉，大得足以让厨师在壁炉中放张椅子，坐在里面看炉火上的炖罐。楼下已经摆好了一张三十英尺长的桌子，上面装点着松枝和红烛。大家讲述着各种关于节日的故事，而每个故事都不忘提及圣诞精灵。费妮拉把热腾腾的玉米饼摊到砧板上，埃迪切珍珠鸡，彼得切烤肉片。每个盘子都装满了食物。几天前，费妮拉专程去了趟蒙特普尔恰诺镇，去买她最爱的威诺·诺比利葡萄酒酒。此时，她的挚爱就在我们手中传来传去。“敬没到场的朋友们！”费妮拉举起酒杯说。“为玉米饼干杯！”埃迪附和道。我们这一群客居异国的人心中洋溢着无比的幸福。

回家的路上，我们到镇上喝了杯咖啡。我们本以为在圣诞夜的九点，街上会空空荡荡，没想到，上至祖母下到婴儿，所有的人都出来了，边散步边聊天，不停地聊天。“杰西，你刚来这里，比较客观，所以你必须告诉我，这是我的错觉，还是这里的确是世界上最神圣的地方？”

“神圣。”杰西干脆利落地回答，“绝对没错，棒极了。”

科尔托纳居民的圣诞活动，就是从一家教堂逛到另一家教堂，看各式各样的基督诞生像。尽管诞生像在科尔托纳无处不在，但在圣诞节里人们还是乐此不疲。虽然是个异教徒，但我也认为诞生在岁末，在充满黑暗和死亡的岁末，是个振奋人心的隐喻。躺在湿稻草上的圣婴一声啼哭，死气沉沉的气氛立即一扫而光。每幅基督诞生像上，圣婴的头部都环绕着一圈圣灵之光。此刻，太阳正跨过赤道，我喜爱的季节即将来临，再过一段日子，我们又可以沐浴在明媚的阳光下了。在辞旧迎新的季节里，人们难免怀有某种激情和憧憬，也许是都渴望能找到属于自己的圣灵之光吧。我曾在一本书中读到：人体中的矿物质含量和地球的矿物质含量比重相同。兴许正是这种一致性，使得我们人类有那种与生俱来的渴望，期待在地球重生时，也能随之获得重生。

科尔托纳的每家教堂都陈列着基督诞生像，带着浓厚的地方特色。一些是用蜡和木雕的，塑像上的建筑和服装雕刻得细致入微，一些是陶制的，还有一座塑像里的饲料槽是用雪糕棍做的。大部分构图是仿自名家油画。科尔托纳中学也有基督诞生像展览，展出的作品全都出自学生之手。孩子们稚嫩朴实的作品，给我们留下深刻的印象。多数作品都走传统路线，用小玩具、树枝当道具，用小镜子当池塘；不过有一件作品让我们大为惊异。创作者保罗·阿鲁尼，可能是个十来岁的孩子，绝对是酷爱机械及机械动力的未来派艺术正宗传人。他的基督诞生像中，马厩、人和动物，全都由钥匙构成。横放的钥匙是动物，哪些是羊，哪些是牛，清晰可辨；直立的钥匙是人，一把锁日记本的小钥匙代表的是圣婴耶稣；马厩的屋顶是铰链做的。作品风格怪诞却极其传神，在众多严肃作品中尤为突出。

每天清晨，我都要站在窗前，眺望那雾霭缭绕的山谷。在晴日的黎明，白雾会着上一层淡淡的粉色；而当天空飘满飞自北方的云朵时，翻腾的雾霭则显得灰蒙蒙的。我们这个假期，除了散步、读书就是旅游。我们去了安吉亚里、锡耶纳、阿西西和附近的卢奇尼亚诺，卢奇尼亚诺围了圈半月形的城墙，非常漂亮。夜晚，我们四人坐在壁炉前烤晚餐：

抹了半融化的佩科里诺干酪与核桃仁的布鲁塞塔面包、新鲜的佩科里诺干酪片、熏火腿肠、一种“8”字形的牛乳硬皮干酪。这种干酪源于阿布鲁佐，现在在科尔托纳十分流行。我们把它烤化了，淋在面包上。我还学会了用炉子烤热盘子，使食物不至于变凉。在我看来，原来住在这里的那位老祖母一定深谙此法。最近，我们喜欢上了一种像铅笔一样粗的意大利宽面，以烤香肠和野蘑菇为佐料，美极了。吃罢晚餐，我们沿着林间防火道散步七英里，借以消化吞入腹中的烧烤食物。

元旦前夕，我从镇上买了一车东西，包括一种扁豆（这种扁豆状如钱币，象征兴旺之意）和猪蹄状腊肠。都是托斯卡纳的传统年菜种类。在开车回家的山路上，我看见了下方新圣母教堂的圆顶。云雾缭绕，笼罩住了整座教堂，唯有圆顶浮出云端，五道交错的彩虹从云中拱起，环绕着圆顶四周。我看得入了迷，差点儿把车子开出了山道。我把车子停在一个转角，静静地凝望，真希望他们三人也能跟我一起共赏此景。简直美得令人窒息。如果身处中世纪，我一定会以为是天降神迹了。又有一辆车子停了下来，车上跳下一个男子，身穿迷彩猎装，可能是要去猎鸟的，也被眼前的奇景震撼了。我们俩目不转睛地望着前面。过了一会儿，云雾散去，彩虹也慢慢消失，但圆顶上依旧流光溢彩，仿佛另一个奇观随时都会出现。我向猎人挥了挥手，他回道：“节日快乐！”

阿雪莉和杰西就要返回即将步入隆冬的纽约，我和埃迪也该回旧金山了，金门公园的白水仙想必已经花团锦簇了吧。临走前，我们在梯田里种了棵圣诞树。我原以为泥土会很坚硬，没想到铁锹一着地，才发觉土质松软而肥沃。杰西挖出了一个豪猪头骨，其颚骨和牙齿依旧保存完好。这样一个死亡意象，在这个辞旧迎新的时候，恰能给人一些感悟。种在山上的那棵小小圣诞树，似乎立即融进了周围环境。随着慢慢成长，它的枝叶会离脚下的土地越来越远。站在楼上的我们，也将看到它的树冠一年高过一年。如果最初几年风调雨顺，五十年后它将长成一棵参天大树，矗立在田间。到那时，阿雪莉也将老去，也许她还记得今天种树的情景。现在的她是这样的青春貌美，我很难想象她年华老去的模样。将来，她带着家人好友再来此地，肯定心生无限感慨。又或许，将来的新主人，会砍下这棵树的矮枝条当柴烧。不管怎样，那时的巴玛苏罗必定还在，而我们种下的那一片橄榄树也必将枝繁叶茂。

冬日私厨

“ciba”是意大利语中的一个基本词汇，指食物。我正在打包一大袋 ciba，准备带回美国，但我不知道，它经我伪装后像不像普通行李袋。除了橄榄油，我带了几种烹饪简便美食的酱汁：野蘑菇酱、刺山柑酱、橄榄酱和大蒜酱，这些在意大利并不贵，而且携带方便；还带了几盒新鲜牛肝菌和约一磅重的干牛肝菌，这些在美国买不到；佩鲁贾巧克力，用锡箔纸包着装在鲜艳的盒子里，是馈赠佳品。我很想带一块车轮大小的帕尔玛干酪，可是装了一瓶带蘑菇味的醋和一瓶上好香醋之后，箱子里已经没有空间了。我发现，埃迪又往里面硬塞了一瓶果味白兰地和一罐栗花蜜。

对海关人员的例行问话：“有没有携带食品类的东西？”我准备老实回答说“有”，否则他会疑心的。不过，只要食物包装是密封的瓶瓶罐罐，他一般会睁只眼闭只眼。有一次，我的一个朋友从意大利老家费拉拉回美国时，在风衣口袋里藏了几根家乡香肠，结果被安检的猎犬嗅到了，功败垂成。

我平时从美国到意大利只带保鲜袋。意大利的保鲜袋一扯就粘在了一起，每次解开都很费劲。但这次到意大利过圣诞，除了保鲜袋，我还带了一袋佐治亚的山核桃和一罐蔗糖浆，准备做圣诞节的必备美食——山核桃派。托斯卡纳的多数冬季食材我从没见过，不过这正是在意大利下厨的乐趣所在：一切从头学起。

托斯卡纳的冬日食材，让我想起狩猎归来的猎人，夹克口袋里塞的都是鸟儿；刚摘完橄榄的农夫，准备犁地耕田、拾掇树木、葡萄藤，以迎接来年春天。这个季节的食物，都是给食欲旺盛的人准备的。为了培养胃口，我们每天都要散步很长时间，再上饭馆海吃一顿：番茄野猪肉卤面、野兔肉、煎蘑菇和玉米粥。冬日，在我们的厨房里，罗勒、蜜蜂花和番茄的夏日清香被蜂蜜烤里脊、火腿炖珍珠鸡和醇美无比的瑞伯里塔汤的浓郁香味取而代之。早餐时分，夏南瓜已被抛诸脑后，餐桌上是隔夜面包制成的法式面包，上面涂抹着我夏天做的李子酱。冬天的鸡蛋黄澄澄的，令我惊异，但味道格外鲜嫩，单用马斯卡普尼干酪炒鸡蛋，就是一盘佳肴。

在意大利，冬天做不出很多菜式，因为可采购的食材没有夏天丰富，既买不到秘鲁的芦笋，也买不到智利的葡萄。除了本地自产，唯一买得到的，就是来自意大利南部和西西里岛的柑橘。我们把这种颜色鲜艳的小橘子装在一个蓝色碗中，放在窗台上当摆设。埃迪一般一次吃两三个，顺手把橘皮抛进炉火中，橘皮很快变卷变焦，散发出浓浓的橘味儿。因为昼短夜长，所以晚餐都持续得很久，而煮饭的时间也相应变得很长。

~ 开胃菜 ~

布鲁塞塔烤面包

在托斯卡纳，每份菜单上的开胃菜中都有格罗斯提尼烤面包。布鲁塞塔烤面包和它一样，都是在面包上涂抹各种食物。格罗斯提尼烤面包选用圆面包，吃法有很多种，最流行的是涂抹鸡肝酱。我吃格罗斯提尼烤面包的时候喜欢抹大蒜酱加烤虾。布鲁塞塔烤面包则用普通方形面包片，做法非常简单：把面包片蘸点橄榄油，放到烤架上烤，之后用蒜瓣将表面抹一遍则可。在夏天，在布鲁塞塔烤面包上放番茄片和罗勒，通常就可当正餐的头盘或配菜了。在冬天，布鲁塞塔烤面包的配料很丰富，坐在壁炉旁边烤边吃，绝对是人生一大乐事。如有好友来访，我们则开上一大瓶威诺·诺比利葡萄酒助兴。

布鲁塞塔烤面包配坚果、佩科里诺干酪

依上述方法准备好烤面包。将煎锅放在燃烧的木炭或炉火上，放入一片佩科里诺干酪或意大利果仁味羊奶干酪。在干酪行将融化的时候，撒些核桃碎片，用抹刀铲起，淋到面包上即可。

布鲁塞塔烤面包配佩科里诺干酪、腌火腿

依前法准备好布鲁塞塔烤面包。煎锅置于火上，放入一片佩科里诺干酪。干酪略微融化后，在上面加一片腌火腿，然后放上另一片干酪，翻面，使另一面融化，待腌火腿片的边缘松脆，放置面包上即可。

布鲁塞塔烤面包配蔬菜

黑甘蓝(瑞士甜菜)切丝,调味后放入橄榄油中,加两瓣蒜的蒜泥,过火。每片面包上涂一到两茶匙，即可。

布鲁塞塔烤面包配芝麻菜酱

依此法煮意大利面味道也很好。芝麻菜长得很快，刚长出的尖尖嫩叶入菜最好。叶子长大后，常带苦味。

布鲁塞塔烤面包切成小片待用。用石臼或食品加工机将一棵芝麻菜、盐、胡椒粉、两瓣蒜和四分之一杯松仁充分碾烂后，倒入橄榄油中，使其成浓稠的菜酱，再加入半杯帕尔玛干酪细末。将芝麻菜酱涂抹于面包片上，即可。上述材料约可做一杯半芝麻菜酱。

布鲁塞塔烤面包配烤茄子

我常在烤架上烤茄子，但烤熟时茄子就焦了。这次，我先把茄子放入烤箱烤二十分钟，取出切片，再放到烤架上微烤，增加香味。

茄子一个，锡箔纸包好后放入烤箱，中火烤熟，取出切片，撒盐后，放在锡箔纸上晾几分钟。然后，在每片茄子上涂抹少许橄榄油，撒胡椒粉，放到烤架上烤制。切半杯新鲜西芹丝，将它同一些新鲜的百里香和牛至混合。如果茄片较干，再在上面抹点橄榄油。在每片烤面包上放一片茄子，撒上香草丝和少许佩科里诺干酪（或帕尔玛干酪）细末。吃之前先把面包放在烤架上稍微热一下，让干酪微融。

～ 头盘 ～

野蘑菇千层面

盒装的千层面冷冰冰的，波浪形的面皮边缘吃在嘴里，像嚼拖拉机的轮胎。但新鲜薄透的千层面却非常爽口。托斯卡纳的一家面店，老板娘手艺精湛，经她手做成的千层面，薄得像床单，却筋道有嚼头。

在夏日，不用香菇，单用蔬菜拌千层面，就已美味十足。西葫芦丝、番茄片、洋葱丝、茄子片，加点香草调味，皆可。

调制一碗贝夏美酱汁：将四茶匙牛油融化后，加入四茶匙面粉，搅拌后加热，注意不能使其变黄，三四分钟后离火，迅速倒入两杯牛奶。再放至火上，文火慢煮，同时搅拌，直至酱汁浓稠为止。把三瓣蒜切碎，加到酱汁中，再倒入一茶匙百里香、盐和胡椒粉，调好，待用。刨一杯半帕尔玛干酪丝备用。用一个大锅将两茶匙橄榄油（牛油亦可）加热，放入三颗蘑菇的碎末翻炒，以牛肝菌或褐菇为首选。如果没有，可用小蘑菇和干牛肝菌代替。干牛肝菌要先用高汤、水、葡萄酒或干邑浸泡三十分钟。

取六块千层面放入碗中。先煮一块，一熟即从水中捞起，铺在一块布巾上吸去水分，置于涂有少许橄榄油的烤盘上，浇点贝夏美酱汁，放几片炒好的蘑菇，撒一把帕尔玛干酪丝。如法炮制下一份面，把它叠在第一块面上，如此，共叠六层。如果第一层放的酱汁太多，可以舀一至两汤匙面汤倒入碗中的酱汁，作为补充。托斯卡纳的厨师都喜欢在贝夏美酱汁中加面汤。最后，在第六层面顶撒牛油面粉屑和帕尔玛干酪丝，放入烤箱中，烘烤三十分钟。可供八人食用。

瑞伯里塔汤

这种浓汤，足以令人销魂忘忧，但它的材料只是白刀豆、面包和蔬菜。Riboritta（瑞伯里塔）一词的意思是“再沸腾”，可以想见，原先这道汤的用料是剩菜，尤其是周末大餐的剩菜。传统的瑞伯里塔汤需要在临出锅前丢入几块面包。托斯卡纳人还会往每碗汤中加少许橄榄油。一碗瑞伯里塔汤，加上一份沙拉，保证叫人吃饱，除非下地犁田刚回来的。几乎所有的蔬菜都可以做瑞伯里塔汤。我只要对玛丽亚·丽达说个“zuppa”（汤），她就会把煮瑞伯里塔汤所需材料全部装好给我，外加新鲜的西芹、罗勒和大蒜。按照她的建议，我在汤中加了帕尔玛干酪的硬皮。果然，煮软后的帕尔玛干酪硬皮滋味无穷。

把一磅白刀豆洗净放入汤锅中，水能没过豆子即可。水沸之后，把汤锅从火上移走，放两三个小时。调味后，加水用文火熬，待豆子熟后即刻关火。应时刻观察豆子的情况，若熟了不关火，豆子很容易变烂。

把下列用料切成中等大小的颗粒：两个洋葱、五个胡萝卜、四根芹菜、一棵甘蓝（或甜菜）、四或五瓣蒜和五个大番茄（冬天可用一盒番茄干代替）。把一株西芹剁碎。用橄榄油翻炒洋葱和胡萝卜，几分钟后加入芹菜，然后是甘蓝（或甜菜）和大蒜，必要时可添加橄榄油。十分钟后，再加入番茄、帕尔玛干酪硬皮和白刀豆。加入足够的高汤（蔬菜汤、鸡汤或其他肉汤皆可）没过锅中之物。沸腾后转至文火熬一小时，让各种食物的味道充分融合后，加入面包块。熄火后不可即食。几小时后加入西芹第二次加热，配好帕尔玛干酪和橄榄油端盘上桌。第二天重热时，可放入剩下的意大利面、青豆、豌豆、熏肉和马铃薯等等。至少可供十五人食用，能否供更多人食用，得视所用高汤的多寡而定。

意大利面配番茄奶油酱汁

托斯拉纳当地有种面条，跟铅笔一样又长又粗，要是配上加入野兔肉或野猪肉的番茄奶油酱汁，简直令人陶醉。吃宽面或通心粉的时候，我一般就配这种浓稠的番茄奶油汁。这是我的最爱。

将四至五片意式熏肉焯水后，放到餐巾纸上沥去多余水分，切成细块，暂放一旁。将一颗中等大小的洋葱切片，两至三瓣大蒜捣碎，一起用橄榄油翻炒五分钟。倒入一个切成丝的大红椒和四至五个番茄，放入少许切碎的百里香、牛至和罗勒调味后，加入半杯稀奶油和四分之三杯番茄汁搅拌。在关火之前把意式熏肉放入番茄汁中(这样熏肉才不会变软)。另起一锅煮够四人同食的意大利面，沥干水分。舀一汤匙面汤加入酱汁中。将一半酱汁倒入面条之中加以搅拌，另一半则直接淋在面条上面，配帕尔玛干酪一起上桌。可供四人食用。

主菜

杜松子炖鹌鹑

我父亲喜欢打猎，我家的厨娘薇莉·贝尔就得经常拔鹌鹑毛，细细的鸟毛纷飞，我们都看不清楚她的模样了。在她脚下，一只只鹌鹑的小脑袋一律歪向一边。虽然用奶油和胡椒煮的鹌鹑在院里的大锅中阵阵飘香，但我一口都不吃。不过，用香醋焖的就令我难以拒绝了。香醋应该是摩德纳的最好。带着“Aceto Balsamico Tradizionale di Modena”商标并标着“API MO”字样的才是正品，至少储藏了十二年。有些陈年香醋的味道美如甘露酒。我相信下面这道鹌鹑，能够赢得薇莉的称赞。

将十二只鹌鹑用面粉裹好，放入热橄榄油中炸至黄褐色，放进一个带密封盖子的砂锅中，加入四分之一杯香醋。在鹌鹑表面铺上意式熏肉条和葱花，加入百里香的细枝、胡椒粉、杜松子后，用文火炖三个小时。一个半小时后将鹌鹑翻面。若鹌鹑太干，可在其表面淋少许红酒或香醋。可供六人食用，配玉米粥，堪称人间美味。

玉米粥填烤鸡

小时候在佐治亚，家里的圣诞火鸡肚子里都会填上玉米糁。我把母亲做的烤火鸡稍加变通，成了下面这道意大利菜肴。

在汤锅中加入两杯玉米糁和两杯冰水，浸泡十分钟后，再加两杯开水置火上煮。沸腾后即调文火，不断搅拌。约十分钟后，再加入一杯牛奶，继续搅拌。将汤锅从火上移开，打入两颗鸡蛋，加入两杯新鲜的油炸小面包块、切成细丝的两颗洋葱、三根芹菜丝，再用盐、胡椒粉、鼠尾草、百里香和牛至粉调味（不妨多加一些）。把上述食材填入两只鸡（或一只火鸡）的腹中，绑住鸡腿，在鸡身上铺盖百里香的小细枝，放在涂抹过油的烤架上送入烤箱，温度设置三百五十度，烘烤。一磅鸡肉约需烤二十分钟，具体所需时间，应按实际情况而定。馅料如有剩余，可放进一个涂好牛油的碟中单独烘烤。可供八人食用。

茴香珍珠鸡

珍珠鸡肉细而味美，一般肉铺均有出售。圣诞时节，我们烤了两只珍珠鸡，将其放入一个大大的浅口碟中，四周饰以烤香肠和各种香菜。珍珠鸡配用迷迭香和大蒜烤的马铃薯，最为适宜。

在烹制珍珠鸡前，有一件麻烦事儿非做不可：先用镊子把鸡身上的纤毛拔干净。选取两只珍珠鸡，彻底清洗并擦干后，备用。烤盘上涂抹橄榄油，铺迷迭香细梗，再放上珍珠鸡。用迷迭香、罗勒和百里香搅拌成的碎末涂抹鸡全身，再用切成条状的意式熏肉覆盖。取出两颗茴香球茎，去掉坚韧的外表部分，切成半英寸长的新月形小片，淋橄榄油后，铺在珍珠鸡四周，旁边再摆四个切成丝的洋葱。

将烤盘置入烤箱，设为三百五十度，烘烤。一磅鸡肉约需烤二十分钟。珍珠鸡比普通鸡肉瘦，所以要特别留意，别烤得太老。如果想令鸡肉更美味，可加入贝夏美酱汁与烤栗子。可供四人食用。

番茄香醋焖兔肉

coniglio（兔肉）是托斯卡纳人的主食之一。在周六的集市上，我经常看见一个农妇的摊上，三四只毛绒绒的兔子将头伸出袋外，瞪着圆溜溜的眼睛，四下打量。肉店冷冻柜中的兔肉，干净而精瘦，颜色粉红，有时尾巴上留一撮毛，证明这是兔肉而非猫肉。看了我的文字，你可能连胃口都没了。但是，用番茄香醋浓汤焖出的兔肉，味道的确可圈可点。不过为孩子着想，姑且称之为 coniglio 吧。

将兔肉切块，裹上面粉，放入橄榄油中，旺火翻炒至黄褐色。起锅，放进烤盘中，淋上番茄香醋汁。

番茄香醋汁做法如下：将一个洋葱切片、三四瓣大蒜捣碎，放入锅中翻炒至半透明，加入四至五个切成片的番茄。用半茶匙姜、适量迷迭香、盐、胡椒粉和烤茴香籽调味后，添四茶匙香醋搅拌，慢火熬至醋汁浓稠，水分变干。关火，淋至兔肉上。

兔肉直接放入烤箱，不作其他处理，以三百五十度烘烤约四十分钟。中途可再涂两至三茶匙香醋于兔肉表面。可用四人食用。

玉米粥配香肠和意大利果仁味羊奶干酪

冬日里，科尔托纳的面食店会卖掺了核桃仁的玉米粥。这道美食做法简单，但配上烤肉或鸡肉，别有一番滋味。玉米粥配香肠、外加一份大沙拉，作为一顿正餐就有模有样了。

依照常规方法制作玉米粥（参见“夏日私厨”）。将半份玉米粥倒入一个涂抹了油的烤盘中，切或刨一杯半的意大利果仁味羊奶干酪，均匀撒于其上。再把另半份玉米粥一并倒入烤盘，加入盐和胡椒粉调味。六根意大利香肠炒熟切片，铺在玉米粥最上面，并将炒香肠中的汤汁浇入粥里，放入烤箱，用三百度的温度烘烤十五分钟。可供六人食用。

茴香蜜汁里脊

里脊是最鲜嫩、最精瘦的肉，一整条里脊够两个饥肠辘辘者饱餐一顿。茴香是烹制里脊的最佳配料。在我们家的田里，野茴香到处都是。茴香在托斯卡纳如此受宠，究竟是因为能增加性欲，还是能治疗眼疾，我不得而知。我只是喜欢它羽毛状的叶子，喜欢它跟神话的不解之缘。据说，普罗米修斯盗天火给人类时，引火物就是粗厚而中空的茴香梗。

用蜂蜜轻抹两块里脊肉，备用。用石臼或食品加工机捣碎一茶匙茴香籽，倒入由一茶匙细碎的迷迭香、盐、胡椒粉和两瓣大蒜蒜末组成的调味品中，涂抹于里脊肉表层。将里脊肉放入一个抹有橄榄油的平底烤锅中，送入烤箱。用四百度炉温烘烤至里脊肉中央呈现淡粉色。约耗时三十分钟。

在烤里脊肉的同时，把两颗茴香球切成半英寸大小的细丁，入锅蒸约十分钟。取出茴香丁，碾烂，加入四分之一杯白酒、半杯帕尔玛干酪和半杯马斯卡普尼干酪（或酸奶），制成茴香酱汁。把烤熟的里脊放入抹油的烤盘上，淋茴香酱汁，撒牛油面包屑，然后放入烤箱，以三百五十度烘烤约十分钟。上桌前，在里脊四周铺上茴香叶或新鲜迷迭香细梗。可供四人食用。

~ 配 菜 ~

红酒泡栗子

虽然我家就在一片栗树林旁，但我依旧觉得栗子是奢侈品。我们每隔几晚就会烤一些栗子，配一杯格拉巴酒、果味白兰地，或睡前的最后一杯咖啡。一般先在栗壳上开一道小口子或一个小十字，再放在锅中烤，这样烤熟的栗子一剥就开。许多食谱上建议烤一小时，可是那样太久了。如果放在壁炉里烤，熟得很快，最多十五分钟，实际时间视炭火情况而定。不时晃动一下锅中的栗子，发现变焦的迹象即从火上移开。烤栗子配冬日所有的肉类，尤其是珍珠鸡，十分鲜美。

烤三十至四十颗栗子后，剥皮。填加红酒，没过栗子即可。用文火焖半小时，将红酒味彻底融入栗子中。可供六人食用。

大蒜牛奶饼

大蒜牛奶饼配任何烤制品皆宜。

将一粒未去皮的蒜瓣丢入沸水中煮五分钟。待冷却后去皮，叉烂，放入两杯牛奶中搅匀。将牛奶倒入炖锅中用文火煨，并加入少许肉豆蔻、盐和胡椒粉。关火，往牛奶中打入四个蛋黄，将其倒入六个糕饼模中。将糕饼模置入隔水炖锅中，送入烤箱，以三百五十度烘烤二十分钟。取出冷却，十分钟后倒出即成。

刺菜蓟

浅绿色的刺菜蓟长且多刺，摘洗很麻烦，但是它值得你费工夫去做。这道菜我也是头一次尝试。首先，剥去刺菜蓟表面的韧性纤维，跟剥芹菜差不多，随即放入柠檬水中浸泡，否则它会马上变黑。早先，我都是把它拿去蒸，可是很难蒸熟，后来发现水煮更好。煮至刚熟即捞起（用叉子轻轻一叉，能够戳破即证明已熟）。刺菜蓟的味道和纹理都很像洋蓟心。这不奇怪，它俩本来就属于同一科。

挑一大棵刺菜蓟，撕去韧性纤维后放入酸性水中浸泡片刻。捞出，切成两英寸长小段，放入水中，水开即捞起。沥去水分后放在一块涂抹牛油的烤盘上，用盐和胡椒粉调味，再往表面淋一层薄薄的贝夏美酱汁（参见“野蘑菇拌千层面”），点缀几粒黄油和一些帕尔玛干酪末。放入烤箱，以三百五十度烘烤二十分钟。

牛肝菌甜椒沙拉

这道色彩缤纷的沙拉也可为一道不错的头盘或主菜。

用烤架烤两个大牛肝菌（也可以用橄榄油煎，煎时牛肝菌头下脚上，以免汁液流失），烤后切片并洒少许醋酱汁。两个甜椒，一红一绿，用烤架烤好后包入塑料袋，放进冰箱。冷却后取出撕去焦皮，切片，淋醋酱汁。一颗洋葱切片。四分之一杯松仁烤香。在沙拉中摆放各种绿色蔬菜（菊苣、芝麻菜和莴苣等），浇上醋酱汁，四周围以甜椒片、洋葱片和牛肝菌片，上面再撒一把松仁。可供六人食用。

～ 甜 品 ～

红酒泡冬梨

用葡萄酒浸泡过的冬梨颜色特别鲜亮，若再配以戈贡佐拉干酪、烤面包以及用盐和牛油烤就的核桃，更加美味。

削六个梨子，保留梨柄，立着放入炖锅。将柠檬汁、一杯红酒和四分之一杯糖分洒在每个梨子上。再往酒中加入四分之一杯葡萄干、一粒香草豆和少许丁香。盖上锅盖，用文火炖二十分钟以上，具体时间视梨子大小而定，但不可煮软。蒸煮时要不时将梨子侧倒在红酒中浸泡几次。装盘后，在梨子上浇一些锅内的红酒汁，并于四周点缀柠檬皮细丝。可供六人食用。

苹果面包布丁

我在周六集市上见过一种皮很粗糙的苹果，其味道之美令我惊诧。我家院子里的苹果树，虽然多年无人照料，但仍会结出小小的果实，果皮也很粗糙。它们太小了，不好切片，但做成苹果泥，味道却出奇的好。

把四到五个苹果烤脆后，削皮、去核，切成大块。在每片苹果上淋柠檬汁，撒肉豆蔻。一杯杏仁，烤后切碎。取一条隔夜面包，去硬皮（不宜用新鲜面包，因其太软），切片，把其中一半倒入抹有牛油的长形锅中。锅的长宽应在九英寸乘十二英寸左右。另取一平底锅，置于火上。倒入六茶匙的糖和六茶匙的牛油，待其融化，加入四分之三杯烤杏仁、两茶匙柠檬汁和四分之一杯水或苹果汁放入切好的苹果。把锅里食物舀起，均分在长形锅中的每一片面包上，然后在上面叠上另一半面包。

另将六茶匙牛油和四茶匙糖搅拌均匀，打入四颗鸡蛋，倒入一又四分之一杯牛奶和四分之三杯稀奶油，搅拌后，均匀浇在面包片上。再在面包片上撒少许糖、肉豆蔻和剩下的烤杏仁，放入烤箱，调至三百五十度，烘烤一小时后，取出冷却十五到二十分钟。配马斯卡普尼甜干酪或泡沫奶油，一起上桌。可供四人食用。

柑橘冰糕

我要是在科尔托纳长大，脑中与圣诞有关的味道，一定是柑橘的清香。在阿西西，大家都用挂满柠檬的大树枝当圣诞装饰，在苍白的街道上，黄色的柠檬像一个个发光体，在寒冷的空气中弥漫柠檬的清香。在冬天，科尔托纳的街上也有闪闪发光的东西，那就是商店老板放在门口篮子中的柑橘。这里的小酒馆，冬天最普遍的果汁是深红色的橙汁。初喝第一口，如葡萄柚般酸涩，入口之后，却立刻变成满嘴的甘甜。以下介绍的柑橘冰糕，也可用其他水果替代。它是冬日晚餐一道极好的中场点心。配上巧克力牛油曲奇饼，亦是一道受人欢迎的饭后点心。

将一杯水加一杯糖大火熬至沸腾后，转用文火煨五分钟，制成糖浆。把四分之一杯鲜柑橘汁、一杯水、一茶匙柠檬汁，以及剥下的柑橘皮，倒入糖浆中，搅拌后放入冰箱内冷却。待摸起来冰冷时取出，倒入冰淇淋机中，按照操作要求制作冰糕即可。可供四人食用。

柠檬蛋糕

这种具有美国南方风味的蛋糕源自我家祖传秘方，我也已经做了不下一百次。意大利果品丰富，吃柠檬蛋糕时，夏日配草莓或樱桃，冬日配梨，或者干脆配意大利“B”牌甜酒，都是极好选择。

一杯淡牛油（未加盐的牛油或用朗姆酒调后的牛油）与两杯糖搅拌后，打入三颗鸡蛋（一颗搅拌好再加另一颗）。另外，将三杯面粉、一茶匙发酵粉、四分之一茶匙盐进行搅拌（先加一半面粉，搅拌好再加入另一半）后，慢慢倒入一杯酪乳于其中。在意大利，因为买不到酪乳，我用奶油代替。同时，加入三茶匙柠檬汁和刨成细丝的柠檬皮。将调好的面糊放入环形不粘锅中，置入烤箱，用三百度炉温烤五十分钟。可用牙签试看蛋糕的熟度。将四分之一杯黄油、二分之一杯细糖倒入三茶匙柠檬汁中搅拌，浇于蛋糕表面，即可。上桌前可在蛋糕四周点缀柠檬皮卷丝。

玫瑰花径

在从美国飞往巴黎的十个小时中，我坐在靠走道的座位上，认真地翻阅了一本法国实验派诗歌史、一本免费航空杂志，甚至连紧急逃生手册都从头到尾读了一遍。正值五月底，在离开旧金山之前，工作中的烦心事儿一件接一件，我真恨不得全身裹着纱布，躺在担架上，被人抬上飞机，放在飞机前部过道上，四周拉上帘子，只有乘务员偶尔过来探看，送杯热牛奶或蓝宝石色的杜松子马提尼酒之类的。我比埃迪早一星期结束课程，在学生毕业典礼的第二天，匆匆搭乘最早的一班飞机，逃也似的赶往意大利。

我在戴高乐机场逗留片刻，就乘上了一架意大利航空公司的班机。飞机迅速冲入云霄，没有在地面浪费一分一秒。我暗忖，这位飞行员肯定是意大利人。一想到意大利，我顿时紧张起来，说不定这位老兄会来个空中超机呢。没过多久，飞行员架着飞机几乎垂直俯冲向比萨机场降落，眼见同机乘客个个气定神闲，我也只能调整呼吸，抓牢座位扶手。

我准备在比萨过夜。因为这个时间比较尴尬，要是紧紧张张地赶到佛罗伦萨却搭不上末班火车，我肯定要崩溃的。我找了间酒店，入住后想到外面走走。现在正是散步的好时候。大街小巷人潮如涌：散步的、观光的、工作的。比萨斜塔依旧斜斜矗立着，游人们依旧站在它的身旁留影。色彩柔和的房子依旧分列在弯弯曲曲的小河两岸，如同水彩画一般。香飘四溢的面包坊中挤满了手拎购物袋的女子。能够独自来到另一个国度，感受另一种文化的冲击，是多么幸运。每个人都在为生计奔波、忙碌；言谈举止、生活节奏也与我截然不同，看来我的确是个外国人哪。我在广场上的一家露天餐馆吃了晚餐，点了意式方饺、烤鸡、青豆、沙拉和半瓶当地葡萄酒。酒饭半酣，一阵心满意足的倦意徐徐涌来，渐渐卷走了我的兴奋之情。我回到酒店泡了个澡，然后一觉睡了足足十个小时。

翌日的头班火车载着我飞速穿过开满红罂粟的田野、橄榄树林，走进熟悉的石头村庄。 干草堆、四个并肩行走的穿白衣的修女、翻飞出窗外的白色亚麻窗帘、羊圈、夹竹桃——啊，我的意大利！我又回来了！我牢牢盯着窗外。快到佛罗伦萨的时候，我开始担心，待会儿上火车，该怎样一边拎包一边保护新买的手提电脑。大部分夏装都留在巴玛苏罗，这给我减轻了不少负担。可我仍然觉得自己像只驮着货物的牲畜，背着行李，一手拎包一手拎手提电脑。但是，能从佛罗伦萨下火车，我仍然很开心。火车油味儿、南来北往的人群，以及扩音器里传出略带沙哑的异国声音，通知旅客从罗马开来的列车停在十一号站台，即将开往米兰的列车停在一号站台，总能让我想起二十五年前初访意大利的情景。

很幸运，这列火车空空荡荡，可以让我随心所欲地摆放行李。还有半程路就到家的时候（家，我对自己说），一辆装着三明治和饮料的餐车经过我的座位。这趟列车在卡姆基亚没有站，于是我在离家约十英里的特伦多纳下车，然后，打电话叫了一辆出租车。

十五分钟后，一辆出租车停到了面前。我刚坐进车里，又一辆出租车驶到我身旁停下，车上的司机朝着我们边喊叫边比画。我原以为我坐的这辆车是我打电话叫来的，没想到它只是一辆过路车，想顺道接单生意。我告诉司机我已叫车，可他仍想强行开走。旁边车上的司机一边拍着车门，一边高声吼叫，声称接到叫车通知时正在吃饭，是特意赶来接美国客人的，他也要养家糊口呢。他的嘴角都是唾沫，我担心它们会飞溅出来。“请停车，我必须坐他的车，很抱歉！”听到我的话，司机嘟囔了几声，啪地踩下了刹车，恶狠狠地把我的包拎出车子。此时，两个司机都下了车，怒目相向，双拳紧握，嘴里同时说着什么，忽然间他们俩就像达成协议般，居然笑眯眯地握起手来。那个被我遗弃的司机绕到我面前，笑着祝我旅途愉快。

我到家的时候，姐姐、外甥和他们的朋友都在巴玛苏罗，他们已经来这里好几个星期了。姐姐在所有的罐子里都种上了白色和珊瑚色的天竺葵。青草所特有的味道告诉我，贝皮今早一定割过草坪。虽然去年十二月，我大刀阔斧地修剪了一番玫瑰花，但去年夏天刚种植的它们，今年已经跟我一样高了，绽放着五颜六色的花儿：白的、黄的、粉色的、杏色的，煞是好看。上百只蝴蝶在薰衣草间飞舞。屋子里所有的花瓶都插上了金灿灿的百合、雏菊和各种野花，整个巴玛苏罗是那样干净，那样生机盎然，就连厨房门口都摆了一盆罗勒。

我回来的当天下午，姐姐一行人正要动身去佛罗伦萨一日游。这样也好，我可以乘机从床铺下面取出我的日用品，再把夏装拿出去晾晒。因为家里多了五口人，我要到书房睡上几天。我给书房的小床铺上黄色床单，把电脑放到书桌上，又打开窗户——我终于又回来了。

稍后，我穿上靴子，来到久违的田间。贝皮和弗朗西斯科已经锄过草了。而我与野花的战争再次宣告了我的失败。他们俩虽然干劲冲天却在野花面前无由止步，就连野玫瑰也丝毫未动。罂粟花、野康乃馨、一种毛茸茸的小白花和开着黄花的野草，在梯田边缘绽放。田里最大的新气象要数橄榄林了。今年三月，贝皮和弗朗西斯科在空地上又种了三十棵橄榄树，到目前为止，我们已有一百五十棵了。橄榄树正在开花。我们今年的树苗比去年埃迪种的那十棵大。如果橄榄树生长正常，我们就能亲自摘果榨油了。贝皮和弗朗西斯科给每棵新树支上了木桩，防止刮风下雨时倾倒。他们俩还在每棵树旁挖了一个四英尺深的环形大坑。埃迪知道要给树挖坑，但却不知要挖这么大这么深才行。贝皮说，每棵新树都需要一个大"肺"。另外，他们还种了两棵樱桃树，与埃迪去年种的那几棵比肩而立。

在接下来的整个星期，我们忙着买菜下厨，到阿雷佐和佩鲁贾游玩，四处散步，去卡姆基亚市场买披肩和床单，闲话家长里短。埃迪来的时候，正赶上饯别晚宴。我们打开我外甥从蒙塔尔奇诺买来的布鲁内罗葡萄酒，喝了个痛快。酒罢，姐姐他们去收拾行李，然后拎着数不清的大包小包（这里值得买的东西实在太多），离开了巴玛苏罗。

姐姐他们在这里度过了一个温暖的五月，可他们一走，天就下起雨来。那些猖獗的玫瑰在雨中低下了脑袋，随风摇来晃去。我和埃迪慌忙取来铲子，冒雨给它们搭立支架，却被淋成了落汤鸡。埃迪挖土，我则修剪残花枯枝，扔进玫瑰花丛下充当肥料，虽然我担心滋养的是野草和豆苗。我剪了一捧含苞欲放的白玫瑰回屋后，开始熨衣服，把客人按照自己喜好摆放的东西重新归位，很快一切又井然有序。那个满屋子都是梯子、管线、工人、碎石和尘土的六月，仿佛是远古以前的事儿了。可我们的生活才刚刚开始。

雨夜最宜喝通心粉菜汤，白天我们沿着罗马古道散步进镇，买些干酪、芝麻菜，再喝一杯咖啡。玛丽亚·丽达卖的樱桃永远都是佳品。

每二十四小时我们俩就能消灭一公斤。我们以前清理碎石和树桩的辛苦终于得到了回报，现在干起活来轻松多了。当我们推着割草机除草的时候，再也不会乱石飞溅。我们到底拾起了多少石头？恐怕可以盖栋房子吧。夜晚，萤火虫在田间闪闪烁烁；淡蓝色的清晨，布谷鸟（为什么叫这个名儿呢，它的叫声不是更像“咕咕”吗？）婉转啼鸣；一种很胆小的鸟儿轻轻哼唱着“甜蜜啊甜蜜”的曲子；穿着奇装异服的戴胜鸟，整日在土里啄个不停。日复一日，传进我们耳鼓的不是电话的铃声，而是小鸟的歌声。

我们又种了不少玫瑰。在托斯卡纳的这一地区，玫瑰花开得特别热闹。几乎家家户户的院子里都有玫瑰绽放。我们打算种一种名叫“保罗·内朗”的玫瑰。这种玫瑰花瓣是粉红色的，带着褶边儿，特别像芭蕾舞裙，还散发着奇特的柠檬清香。我一定还要种两株“唐娜·马莱拉·阿格奈里”，因为它的香味，总让我感觉又投入了祖母的朋友迪丽亚的怀抱。她总戴顶大帽子，有偷窃癖，但是从没人告发她，因为那样会让她丈夫难堪。每次她的丈夫发现家里多了一件不明之物，就拿着这件东西到他认为妻子行窃的商店，说：“我妻子昨天拿了这件东西却忘了付钱，到昨晚才想起来，我该付您多少钱呢？”说不定迪丽亚抹的香水也是她顺手牵羊的战利品呢。

“可别种和平玫瑰了，”我的一个朋友兼玫瑰鉴赏大家说，“大家都种，太没新意。”可是它不仅外形亮丽，而且乳白、桃红和大红的色彩与巴玛苏罗非常搭配，天生就属于我家花园，所以我还是种了几株。去年我们种的那几株橘黄玫瑰，花朵大得叫人难以忍受，张扬着粗俗妖艳的美。现在，我们已在门前的小径一侧种满了玫瑰，每两株之间还点缀着薰衣草。我开始相信香氛疗法的妙效。当我走出房门，步入阵阵芳香之中，怎能不尽情呼吸、感受花香带来的幸福呢？

梯田间还残留着部分铁凉亭的棚架。两年前种下的茉莉正在凉亭四周和铁扶手脚下恣意怒放。我们打算在小径的另一侧也种上玫瑰，并在路的尽头重搭一座凉亭。初次看房的时候，那里本就有一座。当然，我们不想照原样重建，而是想建得更贴近自然。我们为小径这一侧选了两种玫瑰：水粉色的“伊丽莎白女皇”和红色的“林肯”。一想到这两个人物要在我们的花园共存，就觉得有趣。我很喜欢一种变色玫瑰，初开是一种颜色，盛开时又变成另一种颜色。“欢乐玫瑰”就是这种：它的蓓蕾呈浅蓝灰色，盛开时变成了稻草的金黄色，有些花瓣上还有粉色的花纹。此外，我们还种了几株杏色玫瑰、几株黄得像交通灯的玫瑰、几株“篷比杜”和“教皇约翰二十三世”。花园里竟然绽放了这么多“名人”。还有一株色泽暗淡的丁香花，它那颓废的样子跟棺材中的故者手握的花一样，但我没有嫌弃人家。

我们去了卡姆基亚，找到小河边一间铁匠铺的主人。跟铁匠说话的时候，他的两个儿子都凑在跟前，想看看我们这些奇怪的老外。其中一个男孩大约十二岁，长着一双冰冷的精灵般的绿眼睛，皮肤浅棕，动作敏捷。他看我们的时候，我们也忍不住去看他。他只要披上一张山羊皮，手里再拿支笛子，就可以回到神话世界中去了。铁匠的眼睛也是绿色的，只是他的绿色更亲切一些。我们已经走访了五六家铁匠铺。这份职业一定十分吸引那些做事专注的人。这家铺子大门洞开，因此里面不像其他几家被煤烟熏得黑糊糊的。铁匠给我们看了他打的井盖和检修孔的栅格。我又想起了我们见过的第一位铁匠。他已经过世了，死于胃癌。或许他的灵魂还在那家幽暗的铺子里徘徊，不时抚摸着自己打造的蛇形火炬固定器和杖头铸着动物的古老手杖。我家的大门依然倾斜着，他还没来得及修理就已告别人世，我们也慢慢习惯了门上的铁锈和它倾斜的模样。这个绿眼睛铁匠又领我们参观了他的花园和漂亮的房屋。或许，那个酷似农牧神的男孩，有朝一日会继承他的手艺，成为一名铁匠吧。

有些事情做起来就这么简单。我们俩在地上挖了几个深坑，插进铁柱，再浇上水泥，一个凉棚就支起来了。我们挑了一种粉色的牵藤玫瑰种在凉棚两侧。问起卖花人这种玫瑰叫什么名字时，他说："没有名字，太太，就是玫瑰，漂亮的玫瑰。"

我有过几个花园，但从没种过玫瑰。小时候，父亲从爷爷手中接管了纺织厂后，倒是在厂子四周种了花草美化环境。但父亲非常专一，将近一千株的玫瑰都是一个品种，即"荷兰之星"，开着鲜艳的深红色花朵。从此我把这种花当成了父亲的象征。坦率地说，父亲这个人并不好相处，加上年仅四十七岁就过世，这使得我对他的了解少之又少。在他生前，家里到处是他种的玫瑰：大花瓶、水晶碗、银瓶子里都是。总之，只要能放东西的地方，只要能装东西的容器，全都派上了用场。家里的花永远都是新鲜的，因为在花开时节，他每天都叫人采上一大捧。我仿佛又看见父亲中午时分从后门走进家里，穿着笔挺的米色亚麻衬衣，像怀抱婴儿似的抱着一捧用报纸包着的鲜红玫瑰。"不想看看吗？"父亲一边把花递给薇莉一边问。薇莉早已准备好了剪刀和花瓶。父亲用手指转着自己的巴拿马草帽，说："天天都能守着这些花儿，你说，还有谁想去天堂呢？"

我曾在花园里种过香菜、冰岛罂粟、晚樱、三色紫罗兰和美洲石竹。现在我最喜欢的是玫瑰。如今，我家的草坪又厚又密，每天清晨都可以赤足走在带着露水的草地上，采一朵玫瑰或一束薰衣草，装点我的书桌。被剪辑的记忆又浮现在我脑海中了：父亲在棉纺厂的办公桌上，每天都有一枝玫瑰。我突然意识到，满院的玫瑰中，我种的红玫瑰都是那一个品种。每天太阳升起时，红玫瑰都会带给我加倍的芳香。

现在，似乎万事已成，我们又开始未雨绸缪了。是该好好计划一下如何规划花园，如何维护和清理房子了。让我们错愕的是，已经有扇窗户需要修理。我们列了一张清单，里面不乏令人愉快的项目。譬如清理小石径，请人在厨房墙壁上画画，搜集古董装饰房间，安一个室外面包烤炉。另外，我们还列了一张表，上面的项目就不那么可心，像搞清楚化粪池出了什么问题——每次住的人一多，马桶里就散发出一种恶心的大头菜味儿，修补雇农卧室的墙壁裂缝，敲掉浴室的蝴蝶瓷砖重铺。换作过去，这些可能是令人头疼的大工程，但在如今，不过是小菜一碟。美好惬意的生活指日可待：很快，我们就可以请一位意大利家庭教师指点意大利语，我们要捧着一本野花图鉴四处散步，我们要去威尼托区、撒丁岛和阿普利亚旅游，还要从布林迪西港或威尼斯出发，乘小船去希腊。想到从威尼斯出发，我似乎已经嗅到了一丝东方的气息。

一切仍需等待，因为最后一项大工程正在逼近。

永恒的石头

普里莫·比安基开了辆阿普，嘟嘟地运了一车水泥到我家。他跳下车，指挥身后一辆白色大卡车倒车。装着沙子、钢筋和砖块的卡车在狭窄的车道上，先是用车镜刮蹭了一棵松树，接着啪嗒一声撞断了一根云杉树枝。三年前，我们原本打算让普里莫负责装修，但他因胃部手术，没能接活儿。他还是老样子，活脱脱一个逃出玩具工厂的圣诞老人。我们旧话重提，要他把起居室那堵一码厚的墙敲掉，跟隔壁的雇农厨房打通；雇农厨房换新地板、重新布线和粉刷。他点头应道："小事儿，先生、太太，五天就能完工。"这间房子一直原封不动，冬天的时候我们把它当储藏室使用，存放花园里的桌椅；同时，这里也是蝎子在我家的最后栖息之所。但是事与愿违，考虑到地震时的安全需要，我们最多只能敲掉约五英尺的墙壁。不过可以朝外开扇门，这样两个房间就以另一种方式相通了。

我们告诉普里莫，贝尼托的工人在打通新厨房和餐厅之间的墙壁时狼狈外逃，他听了哈哈大笑。他的笑声让我们多了几分信心。明天开工吗？"不行，明天是星期二，不宜开工。星期二开工，会有干不完的活儿。我知道这是迷信，但伙计们信。"我们依了他，因为我们也希望这活儿能尽快干完。

我们在邪恶的星期二，把起居室中所有的书和家具搬出来，壁炉和墙上的东西也悉数取出。在墙壁的中心点，我们做了个记号，想象着扩大后的房间是什么样。也只有依靠想象的力量，我们才能把物件一件件搬出屋子。美好时光近在咫尺！打通的房间将不留痕迹，看上去从来就是一间。我们马上就可以坐在门前的草地上，聆听从雇农厨房里传出的勃拉姆斯或查理·帕克的音乐了。对了，到了那个时候，那儿就不再是雇农厨房，而是间像模像样的起居室。

“indercapedine”这个词只有意大利语里才有。我的一本字典把它翻译成“缝隙”、“洞穴”。它其实是修整潮湿的石头房屋时所用的行话，防湿墙。指一种盖在潮湿的外墙内侧的砖墙。两堵墙距离二指宽，用来阻截湿气入侵。雇农厨房的外侧就有一堵这样的防湿墙，但好像这堵墙与厨房外墙之间的距离比一般的要宽。我和埃迪迫不及待地想拆下部分防湿墙，看看能否将它外挪，以扩大雇农厨房的面积。扒掉砖头后，我们大吃一惊，这栋房子的一楼根本没有外墙，房子一端竟然直接以坚实的山壁为墙。防湿墙的背后，就是圣埃吉蒂奥山那粗糙而巨大的山石！“现在，总算知道为什么这间房子这么潮了。”埃迪边说边拔无花果根和漆树根。在地板的边缘，有一道被石头填满的排水沟，以前的房主一定用过它。

“会是个好酒窖。”我一时词穷。看着山石，我们也不知道该怎么办，只好拍了几张照片。这一发现显然与我那一百个天使的梦大有出入。

大吉大利的星期三到了，早上七点半时，普里莫就带着两个泥瓦匠和一个专搬石工来了。他们什么机器也没带，每人就带了一桶工具。他们搬出脚手架，被称作“小山羊”的锯木架和一种叫做“十字架”的T形金属天花板支架。他们背着双手，看着我们发现的这堵天然石壁，异口同声地喊道:“我的圣母呀!”单凭我们俩，尤其我还是一个女的，居然把防湿墙拆了，令他们难以置信。他们很快干起活来，先在地板上铺一层塑料保护膜，接着在预定的门洞位置凿开一个口子，敲打门上方的石头。我们又听到了那曲古老而熟悉的建筑音乐——凿子敲在石头上的叮叮当当声。没过多久，他们把一个“I”形桁条放进凿开的墙内，在其四周填上水泥和砖块，以作固定。在水泥凝固之前，他们不能再动墙壁，于是拿起长长的撬棍，撬地板上那些丑陋的地砖。

他们干活很利索，而说笑的速度也不亚于干活的速度。因为普里莫有点儿耳背，工人们都习惯了高声说话，即使普里莫不在场也是一样。他们干活很讲究，边做边清理，将电话埋在碎石堆里这类事是绝对不会发生的。弗朗哥是他们中最有力气的。他皮肤黝黑，眼里透着野性的光芒，虽然身材纤瘦，但力气却很足，好像他的力量不是来自身体，而是来自精神。他独自一人抱起一块巨大的台阶基石，惊得我目瞪口呆。看到我的样子，他更来劲了，将大石头一把举上肩头，扛着就走。埃米里奥似乎对自己的工作乐此不疲，总是乐呵呵的。虽然天气炎热，他仍然戴顶羊毡帽，帽子拉得低低的，使得四周的头发像鸟脖子上的毛一样竖着。瞧他的模样，大约六十五岁，干体力活儿是显得岁数大了一点儿。不知道他少了两根手指之前，是否也是泥瓦匠。他们撬完地砖和地砖下面的水泥，又发现了一层石头地板，弗朗哥搬开几块石头地砖，下面竟然又出现了一层石头地板。“石头，到处都是石头。”他说。

他说得没错。石房子，梯田石墙、石城墙和石车道。我们随便种株玫瑰，都会挖出四五块石头。所有的伊特鲁里亚石棺上都刻着栩栩如生的死者像，他们跟石头打了一辈子的交道，死后化成石头有何不妥，说不定在他们的想象中，这就是回归死亡最自然的方式吧。

第二天，他们在起居室一侧房门上方，与雇农厨房相对应的位置上，也凿了一道沟。他们叫我进去。普里莫用凿子戳了戳一根主梁的一端，说："È completamente marcia, questa trava." 接着又戳了戳主梁露出的地方，"Dura, qua." 他像是在说，墙里的梁全腐烂了，只有露在外面的部分没坏。"Pericoloso!" 他又补充了一句。他是在警告我们，这根承重梁随时可能塌落，到时连上一层的部分地板也会跟着坍塌。我们见状立刻让他们修补工作：先用十字架把梁撑住，普里莫量尺寸，去买新的栗木大梁。到中午时，钢筋已经插进墙内。他们一刻都没休息，只用一个小时吃了午饭，回来后又一口气儿干到傍晚五点才收工。

到第三个工作日，他们的进度快得惊人。这天早上，旧梁像拔松了的牙齿一样，三下五除二就给卸了下来。只见他们在横梁的两端，用十字架顶住厚木板，撑住天花板，接着凿去大梁周围的石楔子，将横梁摇松动后，慢慢卸下来搁在地板上，随即放进新的横梁。看他们干活，多么轻松！他们在新梁周围加上石楔子，抹上水泥，又在天花板和横梁的罅隙中填满水泥。普里莫换梁的时候，另外两个工人在撬地板。埃迪正在屋外干活，听见有人大声咒骂："该死的猪！"他忙往屋里瞅了一眼，看见埃米里奥在第二层大石头下竟然又撬到了第三层石头。前两层石头地板都是平滑的石块，很沉很重，十分难撬，而这层则是粗糙的公文包大小的石块，有些深嵌地下，而且边缘参差不齐，要想撬起就难上加难了。我在厨房都听得见石头从木板上滚到门外的咣当声。我真害怕这样挖下去，会挖到水。埃米里奥把小石头和泥土装在推车里，送到车道上，慢慢的车道上隆起一座渐渐增高的碎石山。我们把大石头留了下来。在其中一块上，刻有几个长形的象形图案。是伊特鲁里亚人留下的吗？我查了一下伊特鲁里亚人的字符表，但都与石头上的符号风马牛不相及。也许它们只是某个农民的种植草图，或史前人类的涂鸦。埃迪找来软皮水管，将石头上的泥土冲洗干净后，我们在石头的侧面找到了答案：原来上面刻的是基督教用语 ISH（“人类的救主耶稣”的拉丁文缩写），缩写字母上方是个十字架，侧面是一个更为粗糙的十字架。是墓碑，还是早期的祭坛？因为这块石头的顶端十分平整，我叫工人们把它拖到一边，留待日后做室外小石桌用。埃米里奥看不上它，嘟囔道：“太旧了。”不过，他也相信这样的石头肯定会派上用场。他们撬了一下午石头。我能听到他们不停地嘟囔：“伊特鲁里亚人，伊特鲁里亚人。”在第三层石头下面，他们撬到了山石。活干到这份上，他们打开了一瓶葡萄酒，不时地喝上一大口打气。

“加油，各位西绪弗斯！”我笑着打趣他们。

“说得对。”埃米里奥应道。他们在第三层石头地板中发现了几块楣石和一道石门槛，都是本地最大的建筑用石。很显然，这栋房子的石料取自一所旧房子。他们把楣石和门槛沿墙边摆好。这些上好的石材，令他们一个劲儿地啧啧称赞。

我们的一块梯田里堆着一堆地砖。这些砖是建新浴室和铺二楼露台时剩下的。我们希望能从其中挑出够铺新房间的瓷砖。我和埃迪拣出好砖，擦去灰浆，放进桶里过水后，拿铁刷子刷干净。我们一共挑出了一百八十块瓷砖，其中一些磨损较严重，但也许当边脚料还凑合。普里莫一干人还在搬石头。雇农厨房的地面现在已经下降了约两英尺。白色卡车又开进了我家车道，这回运的是宽十英寸长二十五英寸的长方形瓷砖，砖中留有让空气流通的管道。他们先在地板上（基本上是山石了）铺上十行规则的砖，作为排水通道，又在砖上抹上水泥、铺上方形瓷砖。他们和水泥的方法和揉面团差不多：先把沙子倒在地上，铲成一个大沙堆，然后在沙堆的中间挖个洞，倒入水和水泥后，拿铁锹使劲搅拌。他们还在瓷砖上铺了一层类似油毡纸的布料，又在上面放了一个加固用的粗铁丝格子。最后，还得在格子上面倒一层水泥。这些工作耗费了他们整整一天的时间。

他们没有用水泥搅拌机，这使我们俩的耳根清静了不少。我和埃迪笑着说起那年夏天阿费罗给我家砌梯田石墙的笑话。一天，阿费罗用搅拌机和了些水泥，就跑去忙别的活儿了。等他下午回来，搅拌机里的水泥已经凝固，气得他挥起拳头拼命砸搅拌机。我们俩经常回忆以前装修工人留下的笑料，但这个是最有趣的。

在新门的正上方，二楼和三楼的地板都出现了裂缝，裂缝大小跟旧金山地震过后我家餐厅的地板一样。这屋子会突然坍塌吗？白天看着工程的进度我激动万分，可到了晚上就噩梦连连，老是梦到自己要考试了却没有书本，也不知道要考哪门科目；或者夜深人静时，孤身一人在国外没赶上火车。埃迪也做噩梦，他梦见整整一巴士的学生带着作业到巴玛苏罗，而他必须在第二天把作业批改完毕。有一天早上六点，我在睡意朦胧中烤焦了两次面包。

墙几乎打通了。他们在门上插入了第三根钢筋，又在门的一侧砌了一条支撑砖柱，接着帮我们砌好了一堵厚砖墙，将房子和山体一分为二。普里莫检查了一番我们俩挑出的瓷砖。当他从中拿起一块时，一只大蝎子跑了出来，普里莫举起锤子，只一下蝎子就一命呜呼了。我不禁打了一个冷战，普里莫看见了，开心地哈哈大笑。

坐在书房看书时，我瞥到一只小蝎子在淡黄色的墙上爬来爬去。要是往常，我会拿只玻璃杯罩住它，把它送到户外放生；但今天我任由这只小东西待在墙上。坐在书房里，我还听得到三个工人凿石头的叮咚声，那声音好奇怪，像支古老的东方乐曲。天气非常炎热，热得我想像躲避暴风雨一样躲避太阳。我在看一本关于墨索里尼的书。书上说他曾向意大利妇女征收结婚戒指，充当意军对埃塞俄比亚作战的军饷，但这些戒指根本没拿去熔化。几年后，墨索里尼在逃亡途中被捕时，身上还带着一大袋金戒指。书上有幅墨索里尼的照片，他瞪着眼睛，秃顶的脑门有些变形，翘着下巴，像个精神病患者，或《鬼马小精灵》中的魔鬼。“咣当咣当”，楼下的敲石头声，听在耳中就像印尼木琴的声音。在书中的最后一幅照片上，墨索里尼被头下脚上地倒挂着。图片的文字说明写着，一个妇女朝他脸上踢了一脚。昏昏欲睡中，我好像梦到三个工人正在楼下和“领袖”跳印尼舞蹈。

门两侧的石头越积越多，着实吓人。我们必须立刻清理。斯坦尼斯洛，过去替我们砌墙的一个波兰工人，天刚蒙蒙亮就赶来我家帮忙了。清晨六点，弗朗西斯科的儿子乔吉奥，开着新拖拉机过来，他准备帮我们犁橄榄田。不久，步行的弗朗西斯科也赶到了，他像往常一样，将修剪工具，一把镰刀和一把弯刀，插在屁股后面的裤兜里。他主要给儿子乔吉奥打下手。当乔吉奥开拖拉机犁田的时候，他帮忙挪开挡路的石头和树枝，顺便平整一下土地，但我们的干草叉坏了。“瞧瞧！”他拿起干草叉向上一挑，只见叉头迅速翻了个个儿，耷拉下去了。他把金属头从木柄上敲下来，把木柄翻转过来，重新安上叉头，又向上举起干草叉，这回叉头不再翻转了。我们用这把叉子至少不下一百次了，从来没发现它是坏的。当然，弗朗西斯科是对的。

“老意大利人什么都在行。”斯坦尼斯洛说。

我们一车又一车地把石头运到一块橄榄田里，我搬中小块的石头，埃迪和斯坦尼斯洛搬大石头。我忽然想起了健康忠告：跳有氧健身操，开开心心地吃饱饭。每天有喝八杯水吗？八杯水算什么，我现在都快渴死了。在美国我经常穿着紧身舞蹈衣，跟着电视上有氧健身操教练的口令：弯腰站起，一下二下，弯腰站起……但干活不是跳舞，要辛苦得多。我清理山坡时，得一次次弯腰直立，那时我觉得这活儿很轻松。可是今天的活儿不一样，可我把累坏了。累归累，心情却特别好。我们忙碌了整整三个小时，才搬走了四分之一的石头。圣母呀！我不敢去想还要多少小时，才能把剩下的石头运完。汗水夹着泥土顺着我的手臂往下淌。男人们光着膀子，浑身汗臭。我的头发也湿漉漉的，沾满了灰尘。埃迪一只腿被划破了，流着血。我听见弗朗西斯科在田里和橄榄树说话。乔吉奥开着拖拉机，犁一块狭窄的梯田斜坡，要不是他技术过硬，说不定会连人带车翻下坡去。我一心只想好好泡个澡。斯坦尼斯洛吹起了口哨，《雾蒙蒙》随风在空中流淌。有一块大石，形状很像罗马的马头，十分沉重，埃迪和斯坦尼斯洛两人合力都搬不动。我拿起凿子，在马头上刻上眼睛和鬃毛。烈日很快照遍了山谷。普里莫突然发现我们在干重活，大声喊手下过来看。他说，他接过不少工程，但外国雇主一般只是站在一旁袖手旁观。他双手叉腰，面带笑意，看到一个女人肯干这样的粗活，竖起了大拇指。临近傍晚，我听见斯坦尼斯洛骂了句“该死的石头”，立刻又吹起了口哨，继续他百唱不厌的歌曲：“爱情啊，樱桃一样的粉红，苹果花一样的洁白……”田里的父子干完活下山来，我们大家一起坐在石墙上喝啤酒。看着自己的劳动果实，心情多么畅快！

那辆白色卡车又回来了，运来了一车的石灰和沙子（我们的石灰快用完了），又运走了一车的大小石头。三个工人大声闲聊着，一会儿是在美国举办的世界杯足球赛，一会儿是牛油鼠尾草方饺，一会儿是到阿雷佐的时间。“三十分钟。”“神经病，二十分钟就足够了！”

电工克劳迪奥来帮我们布新房的电线。他儿子罗伯特跟他一起来了。这个十四岁的男孩，眉毛又粗又浓，一双杏仁大眼十分灵活，你走到哪儿它们就跟到哪儿。克劳迪奥说孩子对语言很感兴趣，但是人总得有一技之长,所以暑假带他出来历练历练。男孩懒洋洋地靠着墙壁，准备给爸爸递工具。等他爸爸一转身回卡车取东西，他立刻抓起地上的一张英文报纸，津津有味地看了起来。

埋电线的线路要先凿好，才能在墙上抹水泥。管道工还得把现在的暖气管拆走，因为我们决定改变一下中央供暖设备的位置。是啊，事情还真多呀！要不是凭空多了那么多层石头要挖，普里莫他们本可以收尾了。那三个波兰人给我们干完活后，又在意大利种了一阵烟草，现在有两个回国了，只剩下斯坦尼斯洛。还有谁能帮我们搬走这些大石头呢？泥瓦匠干完一天的活儿后，领我看他们的新发现：一个用草和树枝编成的精巧的窝。“Nico di topo.”(老鼠窝。)他们说。在意大利，连老鼠窝都比其他地方的舒适。

现在，普里莫他们在打墙壁底漆。有了底漆，石灰才粘得住。普里莫从自家车库里找来一些旧瓷砖，给我们铺地板。他的地砖加上我们选出的，应该够用了。因为铺地板是最后一项工程，我们的工作显然已经接近了尾声。我巴不得现在就能动手布置房屋。现在的房子灰不溜丢的，真不知道家具放进去后会是什么样子。这么久了，我们第一次听到机器的声音。原来是电工的儿子，拿着电钻笨拙地在墙上钻电线管道。他爸爸干活时不小心被电到，现在回家休息去了。我们家的电线肯定是他平生碰到最难缠的东西了。

管道工装好了新的供暖系统，还叫了两个助手过来，将上周拆下的暖气管运走。他的助手年纪也很小。我想起来了，如果学生无意继续攻读，年满十五岁就可以离开学校出来工作了。两个助手都很胖，不爱说话，但总是笑嘻嘻的。希望他们知道自己的选择。所有的人嘴里都说着话，而且多数人是在扯着嗓门大喊。

看来，大功即将告成。每天收工后，我和埃迪都会把院子里的椅子搬到新房间里，坐在上面，浮想联翩：我们端着咖啡，坐在房间里蓝色亚麻双人椅上，椅子上方悬着一面古色古香的镜子，我们一边听着音乐，一边商量着下一步的计划……

因为得等底漆风干才能刷灰泥，所以只剩埃米里奥一个人在干活。他正刮下后楼梯间里的灰泥，把冒着烟的旧灰泥装在推车里，倒在外面的石头山上。

同样，没有抹好灰泥，电工就没法干活。现在我知道了墙板的作用。抹灰泥是件很辛苦的活儿，但是看别人抹灰泥却很有趣。也许打埃及人在金字塔上抹厚灰泥以来，抹灰泥的方法就没改变过。那两个男孩把水管截得不够短没法用，我们只得打电话叫他们回来重做。为了透透气，我们开车到帕斯尼亚诺，坐在湖边吃茄子比萨。我想起开工前预计的完工时间不过五天！格外盼望能够尽快享受无所事事的好日子，因为再过七周，我们就得返回美国。我听到了今夏的第一声蝉鸣，焦躁而急促的蝉声让我惊觉，盛夏已经到了！“听着怎么像鸭子急速划水的声音呢。”埃迪说。

周六，烈日炎炎。斯坦尼斯洛带来了一个帮手，刚从波兰到意大利的齐诺。他们俩一到就脱下衬衣忙活起来。他们早已习惯了夏日的这种炎热，不久前才铺了一星期的甲烷输送管道。在短短三小时里，将近一吨重的石头就被搬走了。我们选了一些平整的石头用来铺路，又挑了一些大方石铺在四个门前做台基，防止泥土带进屋里。吃完午饭，他们继续干活：挖土、打沙基、挑石头，往石缝里填土。他们选出的石头，块块都有枕头那么大。

锄草的时候，我被荨麻刺到了。这种植物很厉害，长着绒毛的叶子一碰到你，立刻释放出一种灼人的酸性物质，异常疼痛。说来奇怪，荨麻的嫩叶却是做焗饭的美味材料。我赶紧跑回屋里，在胳膊上涂抹消毒剂，可胳膊仍火辣辣地疼，就像好些带电的虫子在爬来爬去。吃完午饭，我洗了个澡，换上粉色的亚麻裙子，坐在露台上等下午商店开门。太多了，我已干了太多活，现在只想消磨消磨时间。我找了个通风口，悠闲地翻了翻菜谱，又开始观察一只蜥蜴。我在看蜥蜴，而蜥蜴好像正在看一群蚂蚁。这小家伙好生漂亮，穿着黑绿两色的背甲，闪闪发光，四只脚精巧而灵活，鼓着脖子，脑袋好奇地一伸一缩。我希望它能爬到我的书上，让我细细瞧个够，但是只要我稍微一动，它就机警地跑到一边，不过过一会儿又会跑回来继续看它的蚂蚁。至于蚂蚁在看什么，我就不知道了。

我到镇上买了一条白色棉裙、一套蓝色亚麻衣裤、一瓶昂贵的润肤液、一瓶粉色指甲油和一瓶上好的葡萄酒。我回来时埃迪正在洗澡。波兰人也把软管挂在树上，打开水龙头冲凉，然后穿上衣服。四个门前已铺好了方方正正的石头。

弗朗哥正在抹最后一层水泥。穿着蓝短裤的管道公司老板卡诺尼也亲临我家施工现场。他是来监督那几个男孩工作的。我家第一次安装供暖系统就是由他的公司负责。我认识他以来，他一向穿戴齐整，今天是不是忘了穿长裤就出来了。他上身一件熨得服服帖帖的衬衫，下面一条短裤，双腿白净、没长汗毛，脸蛋却黑黝黝的，灰白的头发上还绑着一条头巾，非常吸引我的眼球。而脚上的黑丝袜和便鞋，越发让我觉得他今天没穿长裤不够得体。自从暖气管道被他的工人拆除之后，另一间屋子的暖气管就开始漏水了。

弗朗西斯科和贝皮开着阿普带来了割草机，准备对杂草和野玫瑰进行一次大扫荡。贝皮口齿清晰，说的话我们能听懂，而弗朗西斯科因为不爱戴假牙，说话含含糊糊，实在令人费解。可是他又爱说话，看到自己每说一句，贝皮都要对我们重复一遍，他简直要发疯了。而贝皮是发现我们没听懂，才给我们当翻译的。这本来合情合理，但弗朗西斯科却不领情，酸溜溜地称贝皮为“师傅”来。他们俩见什么吵什么，像埃迪的砍刀是拿去磨还是翻个面用、葡萄园的架子用铁柱子还是用木柱子这样的小事儿，都要争个输赢。在贝皮身后，弗朗西斯科冲着我们直摇头，眼睛朝上一翻，意思是问我们：这个老傻瓜的话你们信吗？他哪里想得到，等他背过身，贝皮也在挤对他。

一车铺地板的沙子已经运来了，但是普里莫说，他家的旧地砖跟我家的规格不一样，必须再找五十块砖来才够用。

太慢了！太慢了！看来在意大利装修房子，就只能这个进度。

墙壁上还要再抹灰泥。灰泥浆好像灰色的果冻。弗朗哥说，他的房子很小很旧，但他并不想要大房子，因为房子大了，问题也就多了。楼上的卧室也因打掉了起居室的石墙而出现了裂缝。弗朗哥正在修补它们。我们请他凿开一点上次贝尼托新开的那扇门上方的水泥，看看里面用的是什么支撑物。他发现用的是原来的长石头，并不是贝尼托所说的钢筋。但他也告诉我们，不用担心，对于普通房门，石柱和钢筋一样牢固。

我觉得墙已经干了，可他们却说不够干，还得再晾一天。我迫不及待地想进去清洁墙壁、给横梁涂色，给砖砌的天花板上漆。我们已经等不及了。我早叫人把四把椅子重新铺了面，其中两把用的是我姐姐送的蓝白格子亚麻布，另外两把用我在安吉亚里买的藍黄条纹棉布。我们又订了一张蓝色双人椅和两把休闲椅。CD机还堆在书和盒子之间，椅子和书架都塞在其他屋里。这活儿该不会没完没了地干下去吧?

文艺复兴时期，人们若想预知未来或遇到疑难问题，就会打开维吉尔的书，随便翻一页，用手任指一行，进行占卜。同样，在美国南部,我们以前会用《圣经》做占卜书。人们总能通过各种办法获得启示:伊特鲁里亚人用动物肝脏解读预兆，而希腊人依靠鸟类的飞行轨迹和动物的粪便未卜先知。我翻开维吉尔的书，顺手指到的文字是:时光将带走一切，包括我的智慧。这话听着可不怎么好。

夏天的托斯卡纳经常旱情严重，土地干裂，但今年却一片绿色。站在露台凭栏远眺，山坡上的梯田里，果林仿佛绿色的波涛此起彼伏。露台上到处都是太阳，没必要挑选位置。我干脆就坐在炙热的太阳下，看起一本圣徒传记来。朱丽亚娜·法尔科涅里的经历实在神奇。书上说她在临死前，请人把圣饼放在胸膛上，圣饼立刻消失了，融进了她的心里。院子里一只山鸡正在啄食莴苣。我接着看歌伦巴的故事。歌伦巴每天只以圣饼为食，吃下肚后又吐到一只篮子里，藏在床铺下面。维洛妮卡的事迹就更令我动容。她每天什么都不吃，只吃五粒橙籽，以纪念耶稣身上的五道伤口。此时，埃迪送了一大块三明治和一杯桃汁冰茶给我。我对这些女圣徒的故事越来越着迷，从她们身上我看到一种敢于拒绝世间一切的精神。或许她们的行为恰恰是对意大利人耽于酒肉生活的反叛吧。人突然迷上一样东西，不会是无缘无故的。为什么有人会一口气买下四本写飓风的书?或者一次把所有的莫扎特歌剧买回家?这里面是有原因的，只是要事后，甚至好长一段日子以后，真相才会浮出水面。那么我为什么会对这些古怪的女子着迷呢?究竟要到什么时候才能知晓原因?

普里莫带了一些存放更久的地砖回来，交给费比奥清洗。实际上，费比奥牙疼得厉害，他张开嘴让我们看他左下方的蛀牙。我用力咬住嘴唇，以免露出惊恐之色。可怜的费比奥，下周得一次拔掉四颗牙。

普里莫铺地砖的工具，只有一根绳子和一把长长的水平仪。他干起活来又熟练又麻利，凭着本能就知道哪里该敲实，哪里该铺哪块地砖。石头清空之后，两间房子的地板几乎在一个平面上。他把门口铺得稍微高些，但很难察觉。接着，他和手下一起夯实地板。费比奥在用电锯割砖头，顿时红红的烟尘飞向四周，他从手指到手肘全是砖头的颜色。这么看，铺地砖也挺有趣的。没过多久砖就铺好了，这间新房连同隔壁屋子构成了一个“L”形。

尽管灯具、篮子和过道上的书籍还罩着塑料布，堆在走廊里，本该放在起居室的家具还塞得到处都是，客人却已经登门了。西蒙妮，埃迪的一位同事，为庆祝刚刚获得博士学位，准备到希腊旅行；芭芭拉，我以前的一个学生，刚在驻波兰的美国和平工作组服务了两年，准备前往非洲。意大利似乎是个十字路口。中世纪时，朝圣者去圣地朝拜都要经过特拉斯蒙诺湖。后来的各类朝圣者也都选择取道意大利前往圣地。时至今日，我们家还是旅行者临时歇脚的好地方。中午还有两位客人会过来用餐，一位是曼德琳，我的一个意大利朋友，另一位是她的美国丈夫约翰，来自旧金山。

我和埃迪一边忙着招待客人，一边想着下一步的计划。新房间今天终于要完工了！这顿午餐来得正是时候，真该好好庆祝一番。我们从镇上的一位面点师傅那里订了一份法式鸡蛋薄饼，他的薄饼可香了。虽然只有六个人，我还是各叫一打野蘑菇、香蒜酱和豌豆拌腌火腿（我和埃迪的最爱）。我们还准备了用番茄、莫泽雷勒干酪、罗勒和橄榄油拌的沙拉，以及一个用橄榄、干酪、面包片和意式香肠制成的拼盘。午餐的葡萄酒是从特列罗斯买的，是一种名为萨特里奥的夏敦埃葡萄酒。这可能是我在意大利喝到的最好的白葡萄酒了。许多夏敦埃酒，尤其是加州产的，都带着一股浓浓的橡木味儿，而且太甜，但我们买的这种酒却有股凉凉的桃香，橡木味儿也不浓。

树荫下的长桌上铺着黄格子亚麻桌布，上面摆着一篮金灿灿的金雀花。我们本想请工人们一起喝葡萄酒，但他们婉拒了，说要抓紧时间把活儿赶完。地砖的缝隙已经用水泥填好了，此刻做的是最后的清理工作：先把地上杂物扫尽，再撒上一层锯末，重新清扫。另外，工人们还给我们挖掘出来的石水槽做了两根支柱。此前，它已经在旧厨房里躺了两年了。普里莫叫埃迪帮忙搬这个沉甸甸的石头，他们俩连推带拽，想把它弄到我们吃饭的这片树荫下。约翰见状连忙起身帮忙，最终五个男人通力合作，石水槽才安装完毕。普里莫说，这个水槽重达两百多磅。之后，工人们开始收拾工具，这意味着他们的工作全都结束了。普里莫说还有一些小地方要修补，于是提着一桶水泥，补新房墙壁的细小裂纹，接着又爬到二楼，加固一些松动的地砖。

终了之时，所有的一切都浓缩成了一幅诗情画意的画面，化为那囊括全部经历的最后一笔，不是吗？

今天不仅是新房装修完毕的日子，也是耗时三年的房屋修缮工作宣告结束的日子。现在好了，一切如我所愿，我果然可以在光影斑驳的树荫下宴请朋友了。我走进厨房，往铺着葡萄叶的盘子里摆放本地干酪。我穿着一袭白色亚麻裙，裙子的袖子像一对小小的翅膀，面庞也因家有喜事而容光焕发。我抬头看了一眼天花板，发现普里莫正在上面修地板。天花板上的两块砖已被他掀开，露出一个小洞。我刚低下头准备干酪，普里莫不小心踢翻了水泥桶，哗啦一下，水泥全都浇到了我的身上！霎时，我的头发、裙子、胳膊以及干酪、地板全是水泥！我抬头，普里莫正一脸吃惊地看着我，那神情如同壁画里的小天使。

幸亏我的幽默感还在。我走到屋外的餐桌旁，一身水泥还在不断滴答。每个人都惊讶得张大了嘴巴，随即开怀大笑起来。普里莫赶紧追了出来，用指节直敲自己的额头。

在我洗澡的时候，客人们已把一切收拾得干干净净。我下来的时候，看见普里莫和大伙儿一起，坐在被太阳晒得热乎乎的墙头。埃迪问起费比奥拔牙的事儿。他只缺了两天工，过一个月就能镶上新牙。普里莫终于有空与我们干一杯了。客人们纷纷举杯，感谢这趣味盎然的一天，也祝贺我们新起居室大功告成。我和埃迪已经筋疲力尽，但还是兴高采烈地举杯同饮。普里莫很高兴，给我们讲起了他的牙疼史，还给我们看了他牙床上的一个大洞。他说，五年前他牙疼得不行，于是自己拿来老虎钳把它拔掉了，边拔边吼“via, via”（出来，出来）。

我舍不得让普里莫走，他真的很可爱，也是一个细致负责的好泥瓦匠。他的活儿做得无可挑剔，安排合情合理。可是我又打心眼儿里希望他走。他明明说过这个工程五天就能完工，可今天已经是第二十一天了。话又说回来，谁能料到要翻三层地板，天花板的横梁会腐烂一根呢？也许明天夏天他还会过来，替我们重铺那间蝴蝶瓷砖浴室或修补卧室墙壁的裂缝。看着他把推车抬上阿普，我耳边仿佛还在回响他以前说过的那句话：小事儿，先生、太太，五天就能完工……

夏日的圣物

这里每间教堂的洗礼盆都是干的。我用手指摸了摸一个脏兮兮的大理石扇贝形洗礼盆，里面半滴水都没有。我还想弄点儿水洒到热乎乎的额头上降降温呢。托斯卡纳的七月，热气可以长驱直入人的躯体，却怎么也渗透不进这些石头教堂。它们吸收了整整一个冬天的湿气，正好趁夏天将阴沉沉的冷气慢慢释放出来。走在教堂里，我感觉自己就像走进了伸手可触的寂静中，仿佛有个盖子或一只潮湿的巨掌，盖住了我们。一步入蒙特普尔恰诺那恢弘的圣比亚焦教堂，一种空灵的宁静便迎面将你包裹。站在圆顶上说话或拍手，能听到从圆顶上方传来的奇怪回声，它不像冲着湖边大喊所传回，而是尖尖细细，一遍遍回荡，好像来自另一个世界，不禁令人心生怀疑，是不是有个爱开玩笑的天使，藏身在壁画里。而事实上有可能在壁画上停栖的只有鸽子。

自到科尔托纳度暑假起，这里就像家，温暖舒适，令我既惊且喜。不仅如此，它还唤醒了朦胧的儿时记忆。大马路口，总有布满灰尘的卡车在卖西瓜。科尔托纳人和佐治亚人一样，用手拍拍西瓜就能知道是否已熟。那个卖瓜的小伙子，用生锈了的天平和砝码称重。他的双臂就像大力水手一样结实有力，微风将他身上的干草味、洋葱味和泥土味吹到我的鼻前。夏日的暴风雨天气，天上锯齿形的闪电直插地面，冰雹噼噼啪啪地砸在院子里，一股久违的臭氧气味，将我带回在佐治亚的日子。那时的我，在落完冰雹之后，总喜欢捡一大碗乒乓球大小的冰雹，放进冰箱冷藏。

科尔托纳的周日是扫墓的日子。虽然美国南方小镇的墓园不像这里的座座坟茔四周繁花似锦，但我们每次扫墓，也都会带上一束唐菖蒲或百日菊。我坐在车后座，将冰凉的花瓶夹在两膝之间，母亲则坐在前座，一个劲儿地抱怨：姑姑从不回家扫墓，埋在里面的是她的亲生妈妈，怎么老是做媳妇的在忙乎？墓园里，一群人围在一个刻有“安瑟姆·阿尔诺多（1904－1982）”的墓碑前。或许这家人说的话跟我们家人说的一样：感谢上帝把这个老东西带走，省得把我们逼疯。

在闷热的夜晚，空气的温度几乎跟人体的温度一样。一群群萤火虫飞了出来，仿佛天上的点点繁星。这样的夜晚，蚊子肆虐，它们嗡嗡地在人的头顶盘旋，连头发里都敢钻。夏天的白日十分漫长，可以尽情呼吸太阳的气息。我在这栋新买的异国房屋里一间间巡视，好像祖先的灵魂都留在里面似的，好像这里才是我该返回的家园。

我选择巴玛苏罗，不只因为它与一个著名小镇为邻，更因为它与大自然为邻。我的一个学生从洛杉矶来这里做客，我带他到山边看湖景、栗树林、亚平宁山脉、橄榄林和山谷，眼前的景色令他出乎意料。如我所料，他愣在那儿一言不发，过了良久才说：“这里，嗯，跟大自然一样呢。”说的没错，大自然。这里有从湖面飘来的团团浮云，也有来自天宇的阵阵响雷。雷声近时好像我脊柱噼啪断裂的声响，远时就像天边大海的咆哮。我在笔记本里这样写道：“洗碗机被雷击中了，发出嘶嘶的声响。我们跟躲在山洞火边的原始人一样，看着外面大雨倾盆，恐惧袭卷全身。我如同一只被母猫叼着脖子的小猫，被轰隆隆的巨雷震得惶恐不安。一道闪电将我带回了遥远的家乡：我躺在离此地四千英里的地方，任凭雨水肆无忌惮地打在身上。”

雨水狠狠鞭打着串串葡萄。这就是大自然吧：什么水果成熟了？大水会冲毁车道吗？什么时候可以挖马铃薯？灌溉梯田的水井还剩多少水？在这里，我接通了儿时生活。有一回，我到屋外拾柴火，一只黑蝎子不知何时爬上了我的手臂，霎时我想起了母亲的一桩轶事。天空下着蒙蒙细雨，母亲光着脚丫走在蒙特湖边，突然踩着一只毛绒绒的黑蜘蛛，母亲尖叫着抬起脚，蜘蛛像烂香蕉一样紧紧粘在她的脚趾间。

莫非这就是自由生活给予我的馈赠？那晚我梦见母亲用一碗雨水，清洗我的乱发。

多么甜蜜的日子，无与伦比的时光！天刚拂晓我便披衣起床，只因仲夏的太阳一升至山谷，就将第一缕阳光照在脸上。天色转为夹杂着玫瑰红的珊瑚色时，山谷里雾霭冉冉，金丝雀已放声歌唱，这时的我早已睡意全消。小时候在佐治亚，我和父亲常常在日出时分去沙滩上散步。但在旧金山，叫醒我的只有七点的闹铃、楼下催小孩上学的喇叭声，或者废物回收车中玻璃瓶的撞击声。我喜欢旧金山，但却一直没找到家的感觉。

意大利这片土地，吸引我的是它的山城、食物、语言和艺术，令我迷恋的则是尽情享受生活的态度、不同时代交叠的时空感。在这里，时间的长河是静止的，就像那面我每天清晨都会举着咖啡向它致敬的伊特鲁里亚石墙。我喜欢每年来意大利待上几个月，因为我对蕴含在这个国度里的一层层文化有着永无穷尽的好奇。但我压根儿没想到，意大利的教堂是我了解它的渠道之一。

我买了一尊手捧小杯子的圣母瓷像。这个举动令我自己莫名其妙。当过一阵子卫理会教徒、又当过一阵子圣公会教徒的我，本不应该信什么圣水，但我还是在家附近的山泉里舀了点水，倒进圣母的小杯子里。对我而言，山泉的水接近圣水。这汪泉水应是这栋房子最早的水源，或许它存在的时间比房子还要古老——或许是中世纪，或许是罗马时期，或许是更早的伊特鲁里亚时期。虽然天主教的某些内容会令我心生涟漪，但我不会成为天主教徒，甚至信仰者。我天生就是异教徒，流淌在我血液里的是美国南方的贫民思想。一想到主教的无上权威地位，我就浑身起鸡皮疙瘩。我们的牧师称敬拜马丽亚和圣徒的行为是“偶像崇拜”。我的同学常常嘲笑安迪·埃文斯，学校唯一一个天主教徒，说他是个“吃鱼者”[①]。上大学的时候，有那么一小阵子，我挺喜欢弥撒的浪漫气氛，尤其是新奥尔良圣路易斯教堂凌晨三点的渔夫弥撒。但是听了我一个新奥尔良天主教徒朋友的话，我对天主教的兴趣登时散失殆尽。她非常严肃地告诉我，接吻超过十秒钟是有罪的。我不解了，十秒钟的干巴巴的吻不算有罪，而二十秒的热吻却会惹祸上身。虽然直至今日，我对宗教仪式仍然很感兴趣，即使是空洞的形式，但这里的宗教吸引我的是一些教徒更为极端的行为。

我很喜欢到科尔托纳的一间小教堂做弥撒，那种声音为此地的居民营造了一处近八百年的安宁之所。一次，正在做弥撒的时候，一只黑色猎犬闯进教堂，神父立刻终止布道，喊：“基于对上帝的爱，麻烦谁把小狗带出去。”如果不是周末，我就独自一人坐在里面，欣赏教堂里乡村巴洛克式的装修风格，心里暗暗道：这里可是教堂哟。我也喜欢看街上的圣物游行，身穿金袍的神父走在手捧香烛的队列旁边，身穿白袍的小孩走在队伍的最前列，一路撒着金雀、玫瑰和雏菊的花瓣。正午热浪滚滚，我被晒得差点儿产生幻觉。抬在架子上的金盒子里，

①天主教徒过去习惯在星期五以鱼为食，故而得此名。

究竟是什么圣物？是耶稣摇篮的木头碎片吗？耶稣不是诞生在马厩里吗？但真的是耶稣摇篮的木片。难道是我听错了？应该是十字架的碎片吧。圣物一年会拿出来对众游行一次。观看游行的时候，我脑子里突然冒出了一个问题：很久以前，在佐治亚那座白色教堂内，人们吟诵的那句赞美诗“为我开裂”，是什么意思？

过去，美国南方的树上常挂着“你们当悔改”的牌子。我曾看见一棵瘦巴巴的松树上被挖了一个凹槽流松脂，凹槽的正上方挂着一个牌子，写着：“耶稣近了”。我在托斯卡纳打开汽车收音机时，常可以听到一个恳切的声音，哀求圣母为罪孽深重的我们求情。在托斯卡纳附近，一家教堂里珍藏了一件圣物——一瓶圣奶。要是被我那位洛杉矶的学生看见了，准会说：那个……嗯，像圣母的奶。

中午我坐在田间，一边让双腿晒太阳，一边看早期殉道者和中世纪圣徒的故事。圣劳伦佐的故事深深吸引了我。他因宗教信仰被抓，在烤架上施以酷刑。据说，烤了一会儿，他对行刑者说：“把我翻个面吧，这一面已经烤熟了。”因此，他成了意大利厨师最崇拜的圣徒。许多年轻童女因为信奉基督，遭强暴、凌辱、拷打或禁闭。但有时上帝也会伸出援手，救她们脱离苦海。厄休拉就是其中一个幸运者。她不愿嫁给凶狠野蛮的卡南，和其他一万名童女（全都是为了逃离男人的魔掌吗？）乘船逃走，上帝显能让厄休拉们升入天上，飞过不友善的天空，降落到罗马。在罗马她们用带石灰味的水沐浴后，成了一群虔诚的修女。中世纪奇迹之多，实在令人惊愕。好些德高望重的女子，自称耶稣的包皮显现在她们的口中。我不知道现在是否还有这样的圣物。（它是像一根嚼过的橡皮圈，还是像一块干掉的口香糖？）看到包皮显现之说，我足足沉思了十分钟之久。我想试着揣摩她们的心思，为什么她们会这么说，听者又作何反应。我盯着飞在菩提树间的蜜蜂，想象着当时的情景，而且这样的情景不只发生一次。不知为什么，我在美国从未听说过这类离奇故事。虽然曾经有人寄了一箱书给我，是一套圣徒传记。我打电话到书店，询问是谁送的，但书店方告诉我，送书的人希望身份保密。我拿起书，继续往下看。有些圣徒仅以圣饼为生。要是哪个小镇挖到了圣徒的遗骸，这个小镇立刻芳香四溢。圣方济各对小鸟布道完后，小鸟排成十字架形，向四方飞走。圣徒会吮吸穷人的脓疮、吃穷人身上的虱子，显示自己的卑微；而信徒愿意喝圣徒的洗澡水，表达自己的敬畏。在一个圣徒死后，切开他的心脏，可能会找到一颗宝石，上面刻着圣婴、圣母和圣约瑟的形象。啊，我明白了，原来奇迹是圣徒们寄托敬畏的所在。这一点我可以理解。

我可以理解，我来自渴望奇迹的美国南方，那里每天都有匪夷所思的奇事发生。圣母的椎骨和圣马可的脚指甲，几乎成了人们记忆深处的一部分。我本人最喜欢的是耶稣养父圣约瑟的气息。在我脑海中，他的气息装在一只不透明的绿玻璃瓶中，只要拔开瓶塞，就会飞出来。小时候，那个替我家做针线活的女子，在缝纫机旁的窗台上放了一罐胆石。她替我缝裙子褶边，一边用含着别针的嘴巴说："主啊，我不想再遭那种罪了。请现在显灵吧，那个东西放在汽油里都化不掉啊！"原来，窗台上的胆石是她与病魔作斗争的武器，对她而言，是一种象征和预兆。

圣多萝蒂亚曾把自己禁闭在教堂里一间又阴又潮的密室长达两年。这两年里，她只靠面包和稀粥维持生命。看到她的故事，我不由得想起黛比小姐。我讨厌跟母亲到黛比小姐家。母亲是去找她治脚上的鸡眼。黛比小姐先用一把水果刀割掉鸡眼，然后在创口上涂抹一种浓稠的药水，其气味既像曲轴箱中的机油，又像阿华田饮料。天花板上那盏明晃晃的灯泡，既照亮了母亲搁在垫子上的脚，又照亮了屋里的一副棺材。

黛比小姐每晚以棺材为床，大概是想事先习惯躺在棺材里的感觉吧。

读高中时，我和几个朋友曾跑到一家“摇喊教派”[①]的教堂外，趴在窗口偷窥他们做礼拜。教徒们说着奇怪的语言，脸上带着狂喜的表情，忽而高声尖叫，忽而在地上翻滚抽搐。我们真的很不虔敬，躲在一旁偷笑不已，觉得他们扭动的肢体非常暧昧，带着浓厚的性的意味。稍后，我们坐在汽车里，杰夫还抽着烟，看教堂里的人鱼贯而出，发现他们跟平常人完全一样。书上说，那不勒斯的一家教堂珍藏了一瓶圣热纳鲁的血。血虽然已经凝固，但每年会液化一次。还有一个十字架，以前会长出一根基督的长发，每年都得修剪一次。这件圣物似乎特别符合美国人的心思。

在美国，因为这类离奇之物找不到一个大众认可的地方放置，所以常在一些意想不到的地方出现。最近我开车经过南方，在佐治亚梅特镇一家烧烤小吃店前停了下来。一块三明治和一杯冰茶下肚后，我想要小解，浑身是汗、腆着一个大肚子的老板用脑袋指了指店的后面。我推开一扇没有任何标志的纱门，没想到里面竟然关着两只正在掉毛的鸵鸟。我大惑不解，一个住在南佐治亚边远小镇的家庭，养两只脏兮兮的鸵鸟干吗？是否带有某种宗教意义呢？将来我失眠睡不着的时候，又有问题可以思考了。

我生长的美国南方是个敬畏上帝、信仰深厚且认为末日将临的地方，因此趁父母到加油站加油时，我可以跑到旁边的蛇馆里面大开眼界；或者坐在车上看路边的宗教活动，在活动中凶恶的蛇最终总能被大快人心地“降服”；或者去沼泽旁边的小镇上一些简陋的神奇展览馆里参观。我知道，想对别人施咒，用一盒黑猫骨头就管用。而若想破解别

①该教派鼓励教徒在做礼拜时大喊大叫，手舞足蹈来表达虔敬之情。

人的咒语，就得戴上一副用十分硬币串成的手镯。我常看见背上爬满一群鳄鱼宝宝的短尾鳄妈妈。好家伙！我见过一条长达十四英尺的鳄鱼妈妈大张开嘴，我都可以站到里面了。那些睡着了的、像大木头一样的鳄鱼，如果醒了真想攻击你，别以为那张松垮垮的铁丝网，能救得了你——短尾鳄一小时能跑七十英里呢。我还见过一只得了白化病的鹿，身上长满了虱子，我伸手摸小鹿毛绒绒的鼻子时，虱子就跳到我的手上。还有一只长着绿宝石眼睛的黑豹和一条装在罐子里长三十英尺的绦虫。店老板告诉我，这条绦虫寄生在他十七岁的侄女肚子里，被一个医生用蒜头引了出来。一看见它露出一截身体，医生麻利地用一把剃须刀切掉它的头，继而将整条绦虫从她嘴里拔出来。

多么奇妙，多么神奇！但住在城里的我们，越来越难以接受超现实的东西，因为我们的想象力已经被现实碾碎。在乡村，也许是离星空和树林近的缘故吧，我们才会相信。记得有一次，父母把车开到了佐治亚边界的一个加油站，离佛罗里达的卡斯珀城很近，他们就是午夜时分在那里结的婚。我下了车，想进一家珍奇馆看看，但母亲不大同意，说这些店的老板都是江湖卖艺人，里面没什么可看的东西，最多只能给我十分钟，否则他们加好油就先走了。虽然我有点儿害怕被丢在长满橡树、弯弯曲曲的路上，但我还是壮着胆子去了。所谓珍奇馆其实就是一辆银色的拖车，拖车四周浇上了水泥。有个女子一边看着里面一边用一个锡碗洗头，身边放着一台收音机，里面唱着“我好孤独，孤独得想要哭泣”。我当时就知道，现在仍相信，那个手臂上纹着一朵盛开的玫瑰、背上纹着一个磷光闪闪的火炬的店主，表演的是真的奇迹，而不是骗人的把戏。我跟着他走进一间竹屋，看见一条加尔各答眼镜蛇关在笼子里。店主拿起一把包在玻璃纸中的梳子吹了起来，笼子里的蛇立刻随之跳舞。一只疥疮满身的小狗垂着尾巴站在门口，好像被眼镜蛇催眠了。关在另一个笼子里的孔雀，似乎不愿输给眼镜蛇，也随即开了屏，那蓝色的羽毛比我和母亲的眼睛还要湛蓝，而我和母亲的眼睛是远近闻名的最纯正的天蓝色。那只孔雀的眼睛跟眼镜蛇的一模一样。店主的妻子从拖车里走出来，脖子上漫不经心地挂着条蟒蛇，她看了看另一条蛇，拿出一只大老鼠喂它，是整只老鼠。那老鼠像只缩进袖中的拳头，倏地一下没了踪影。我买了一瓶汽水和一块燕麦三明治，飞快地跑回正在太阳下突突震动的汽车。父亲踩下油门，车子疾驰而出，车后沙石飞溅。“你买了什么东西？”母亲转头问道。

“就一瓶喝的和这个。”我举了举手中的三明治。

“那中间都是猪油，根本不是糖块，是猪油和砂糖，吃了牙齿会烂掉。”

母亲的话被我当成了耳边风，但我把三明治掰开发现，里面长了虫子，赶紧把它扔出窗外。

“你在那间小破店里都看到了什么？”

“没什么。”我答道。

在成长的过程中，我把南方人对住所的迷恋延续下来，住所对我而言就是自我的延伸。要是哪天我发现自己是用红土、黑水和白沙做成的，一点儿都不会吃惊。

可是，成年后的我住在旧金山，从没觉得那个地方属于我。在白色的城市里，明亮的灯光倒映在清澈的水面上，洁净的海滨美得令人动容，马丁山脉像个睡着的巨人，卧在绿毯之上。但我只是个游客，虽然惊叹于这里的美，也很高兴成年后能在这儿经历一番，但我不属于这个地方。我的房子不过是千万栋中的一栋，我的故事也只是千万个故事中的一个。我常站在餐厅窗口，凝望着泛美大楼剪刀状的尖顶和锯齿般参差不齐的天际线。在这里，每个人开门之前，都要先透过两英寸宽的门缝，看看摁门铃的是谁。我从我的门缝里看你，你从你的门缝里看我。生活在这儿，凡事只能靠自己。

意大利的教堂我百去不厌。没错，不过是些穹顶和宗教画而已。但是每座教堂各有独特的蓝色尘土味和时间气息。天使报喜图、基督诞生图和耶稣受难像每间教堂都有。归根结底，画中探索的皆为人类生活最核心的两大要素：生与死。人类很脆弱。在旁边的祭坛上、高高的穹顶上，或在地下室的玻璃手稿柜中、半圆形的壁龛里，这些画作放置的位置不同，画中那梦幻般的宗教热情给人的感受也不同。我特别喜欢一幅画风古怪的油画，那幅画挂在圣吉米纳诺教堂靠近天花板的镶板上，都快掉下来了。是幅夏娃诞生图。画中的夏娃大方地从卧在地上的亚当的肋侧走出来，跟我读《圣经·创世记》时想象的完全不同。我觉得夏娃应该是上帝瞬间造出来的，就像他说“要有光”于是就有了光那样轻松。在这幅画中，神迹之中还有人的激情存在。就像在潮湿的南佐治亚，我看见的那条闻乐起舞的灵蛇。亚当只是一块肉。这个想法像黑暗中的火炬，呈现于观者的眼前。下面，请听听这个声音吧，它又清晰又响亮。在奥维耶多的主教教堂，有一幅西纽雷利的作品，画的是审判日死而复生的人，他们的旁边就是自己的森森白骨。复活者的部分身体仍带着幽幽白骨之光，而结实的新生肉体上散发的却是一圈淡淡的白光。多么奇怪的转变：以前我们总是强调肉体的易朽，而这幅画强调的反而是重生的荣美。除了西纽雷利的这幅画，教堂里的其他壁画，一律恐怖吓人。比如，长着绿脑袋和蛇状阳具的地狱魔鬼，捆绑着挨千刀万剐的罪人，被一个长了翅膀的魔鬼裹挟走的淫荡金发女子（她犯的罪不言而喻），只是魔鬼的翅膀很短，不符合流体动力学原理。显然，我们都在某个人的脑海里，成了他午夜奇思异想的一部分，或正直，或堕落，或高尚。虽然这些画作都很壮观，但是多数流于简单，像漫画一样。那无言而粗糙的表达方法和美国南方依旧盛行的原教旨主义者的行为颇为类似。如果松树上不仅挂“你们当悔改”的牌子，我想原教旨主义者一定会挂：“末日近了。”

我逛了不少教堂，看了一遍又一遍圣徒受难图。比如被万箭穿心的圣塞巴斯蒂安、把被切下的乳房放在盘子上的阿加塔（她的乳房就像两个煮熟的鸡蛋）和虔诚跪地坦然受刑的圣阿格尼丝（行刑的年轻男子相当可爱）。在意大利，几乎每一座教堂都有自己的圣物盒，造型如微缩的陵墓，这有什么特殊意义吗？盒中装的要么是耶稣荆冠上的一根荆棘，要么是圣劳伦佐的一根手指。这些圣物仿佛在对参观者说：“一定要坚持，像他们一样，坚持信仰。”在一间乡村教堂幽暗的壁龛里，供奉着一把骨灰，不知已几百年，但我发现直到二十世纪末的今天，还有人用新鲜的康乃馨祭奠它。由此，我悟到了第二个道理：圣物是意大利人寄托记忆和希望的地方。意大利的教堂，作为一个巨大的文化储藏室，也体现了人类内心最深处的需要。对于圣方济各的粗布衣裳和圣母的眼泪这类圣物，我突然觉得亲切起来，它们跟野蛮血腥的教会史截然不同。在我眼里，它们就像我的那个宝盒，里面装着一缕黄色卷发，没有人知道它曾属于谁；或者像那盒藏在抽屉里的玫瑰花瓣；又或者像那粒我从半月湾捡回来的半透明白石子。勿忘我。每当我为瓷砖打蜡或拖地板的时候，都会想起主管家务的圣芝塔，就像想起老家的厨娘薇莉。乞丐、丧礼承办者、痢疾患者、公证人、洞穴学家，各色人等都有属于自己的典范，属于自己的守护神。中世纪的神学家认为，世界是上帝心灵的反映，这个观点我不敢苟同，我反倒认为，教堂是人类心灵寄托安慰的地图。说直接点儿，教堂是我们人类根据自己的渴望、自己的记忆、自己的追求以及自己内心的惊奇所创造出来的。

如果我喝了橙汁而过敏，使得咽喉发炎，我就会向圣比亚焦求助。

在圣比亚焦教堂的圣物盒里，放了一把他的骨灰。圣物盒的锁孔上写着一句非常贴心的话：你并不孤独。它吸引了我全部的注意力，使得我全然忘记了喉咙的疼痛。圣比亚焦，请为我祷告，助我完成力不能及之事。如果电视图像不清晰了，怎么调都无济于事，就得请圣基娅拉来帮忙。圣基娅拉是个千里眼，这下你知道为什么传播媒体奉她为守护神了。这个超凡的女子真的很实用啊。在电视上放一尊她的塑像，有百利而无一害，何乐不为?！在明年的七月三十日，圣母的结婚戒指将在佩鲁贾的主教教堂展出。据史书记载，这枚婚戒是从丘西一家教堂“偷来”的。尽管对婚戒一说，我一个字都不相信，但这出好戏我是一定不会错过的。

我爬到楼梯顶上，用指尖沾一点圣母瓶中的圣水，在额头上画了一个圈圈。我当初受洗的时候，卫理公会的牧师拿着一朵玫瑰，放入一个盛水的银碗中蘸了蘸，洒在我的头发上。我一直希望自己能跪在泥泞的土坑里，听着圣歌受洗。可惜我家的泉水化不作圣水，无法给我或其他世人除去罪孽。我家的圣母瓷像，更像玛丽——我最喜欢的姨母就叫这个名字，而非圣玛丽亚。在我心里，玛丽是一个朋友，是为孩子发愁的母亲们的朋友，是看着母亲为之发愁的孩子们的朋友。在托斯卡纳，她的照片随处可见：医院、银行、矿厂和面包坊，所以我已慢慢习惯了她的存在。英国作家提姆·帕克斯曾说过，无处不在的圣母像时刻提醒着我们，当今的世界还跟以前一样。若是少了它，“你可能会以为自己此时此地的遭遇是唯一要命的……我忍不住暗忖，圣母与月亮是否存在某种相同之处。”说得没错，就连我倒入圣母瓶中的普通泉水，都能给我安慰。我站在楼梯顶端，反复念叨这个可爱的词：“Acqua.”（水。）多年前，我在普林斯顿的湖边一棵盛开粉红花朵的大树下，教我的小女儿念这个词。女儿一边喊着“acqua, acqua”，一边用手舀水往头上泼。acqua 这个词听上去像水花溅落的声音，又充满了潮湿与发现的意味。女儿的声音至今萦绕在我耳旁。我一边回想一边摸了摸小指头。那天，我戴在小指头上的图章金戒指，我家的传家宝，丢到草地上怎么也找不到。生命之水，亲密的回忆。

亲密。就像夏娃触摸土地的感觉，再也没有力量能将她与土地分开。

在一些壁画里，科尔托纳这座山城，被圣母捧在手掌上，或罩在蓝裙下。凭着记忆，我至今仍能走遍故乡小镇的大街小巷。我依旧熟悉那放在山核桃树下的草叉，涵洞中的积水，还有小巷深处的那株梨树。托斯卡纳的村庄，很像一座大城堡，窄窄的街道就像城堡的走廊，广场则像一间挤满访客的大会客室。乡村教堂似乎都很私密，铺在祭坛上平平整整的亚麻花边桌布、插在广口瓶里的鲜红大丽花，都让人觉得自己是在一户人家的礼拜间里。家家户户的房子就像城堡里的一间套房。但我小时候的生活空间很大，因为祖母的房子、姨妈的房子、朋友的房子，还有自己的房子，我都了如指掌。我喜欢这里那条通往女修道院的羊肠小巷，常拿些花边放到一扇花窗旁，送给里面一个看不见的修女缝补。那些修女姐妹们在这个城堡的荫庇下，缝缝补补已经四百多年，而我连她们的半个指甲、一点身影都没窥见。离修道院不远处，有两个女子坐在门外旧木椅上，一边聊天一边织毛衣，看她俩的样子，一定是从小玩到大的。从这段石街到城墙，路陡得要命，但出了城墙就是宽阔的谷地。就在这时，我看见一辆微型菲亚特，妄图爬上这条汽车从不敢问津的陡坡。疯了！不过，我父亲就喜欢疾驰在被洪水淹没的路上，听到我吓得一路尖叫，父亲一边摁喇叭一边放声大笑，两旁的水花差点儿就溅到汽车窗户上了。水真的会溅得那么高吗？

每次，我只要打开大门，将那把大铁钥匙插入锁孔，推开房门，就能重回这栋大屋子里，开始我的新生活。

托斯卡纳艳阳下

-one 这个后缀在意大利语中十分好用，加在名词后面，该名词的意思便延长或扩大了。比如 porta（门），在它后面加 -one，就成了“portone”，意思是大门；我们所在地区是“Torreone”，是由 torre（塔）加上 -one 构成的，可想而知，过去这里一定有一座高塔。minestrone 是意大利的一种通心粉蔬菜羹，一般都很大份。夏天最炎热的日子称为“solleone”，指大太阳。在美国南方，人们把这样的夏日称为“狗日”（dog day）。我家厨娘薇莉告诉我，叫这个名儿是因为大热天里，狗热得受不了就会到处乱咬，还说我要是不听她的话，狗就会咬我。后来，我不无遗憾地得知，这个叫法来源于天狼星（俗称狗星）。每到夏天，天狼星就会随着太阳的升降而起落。以前的科学老师教我们，天狼星的体积是太阳的两倍，于是我私下揣摩：夏天会这么热，可能就是因为天狼星陪在太阳身边。托斯卡纳的太阳，大大地挂在房屋树木的上方，如同儿童画。树上的蝉儿一定心知肚明，自己是太阳最好的伙伴。每当太阳升起，它就开始鸣叫。只有拇指那么大的小昆虫，光凭胸腔的振动，怎么就能制造出如此喧嚣？我实在想不明白。当它们唱到最高音时，仿佛有人冲着你的耳朵摇晃手鼓。而一到中午，蝉声又变了，转为世界上最刺耳的锡塔琴声。只有风能让它们安静。可能是起风的时候，它们得抓牢树枝，无法振动胸腔吧。可是，夏天很少起风，除了那种邪恶的非洲热风。这样的风不仅带不来丝毫凉爽，反而令太阳越发骄横。我要是猫，还可以拱起身子，抵挡一下。因为这种热风携带着非洲沙漠的沙粒，会直吹进人的喉咙。如果这个时候我把湿衣服拿出去晾晒，只需短短几分钟就能干透。书房里的纸张像放飞的鸽子，会随风四处飞舞，飘到房间的各个角落。虽然今年雨量充足，我们每天也很认真地浇水，但菩提树还是掉落了不少枯叶，花儿们也萎靡不振起来。我们总是用皮管直接从旧井中接水浇花的，被大太阳晒了一天的花和树也许是受不了冰凉的井水，才变成这般模样的吧。门前梯田上的梨树，看上去就像预产期已过两周的孕妇。我们本该摘掉一些梨子的。正在变红的黄梨沉甸甸地坠在树上，树枝都快被压断了。我是去看几页形而上的书呢，还是去下厨？是该研究存在的本质呢，还是该煮一碗大蒜凉汤？我举棋不定。不过，这两者之间并没有什么太大差别。即使真有差异，又能怎样？这么热的天，谁有心思折腾这样的问题呢？

天气越热，我早晨出去散步的时间就越早。最初是八点，接着是七点，最后是六点，可即使是凌晨六点，出门前也还是要抹上一层防晒系数三十的防晒霜。我的最凉快的散步路线是从图伦开始，沿着下坡路一直走到塞勒——一座建于十二世纪的修道院。圣方济各当年修道的小屋，仍然在那条季节性河流对面开放。一二一一年，隐居在圣埃吉蒂奥山的第一批圣方济各会修士，合力建筑了这座塞勒修道院。它的造型就像一个筑在山坡上的石头蜂窝，让人想起古老修士们居住的洞穴。每次我走到这里，总觉得安静与孤独触手可及。初夏时分，一条小河流经陡峭的山谷，淙淙地弹奏着乐曲，有时候还能听到溪流上方的歌声。但如今，河水几乎干涸了。修道院里的菜园子堪称蔬菜园的典范。一位住在修道院的嘉布遣会修士，赤脚走在通向镇子的山路上。他身穿破旧的褐色长袍，头戴一顶奇怪的白色尖帽[①]，拄着两根棍子，白髯飘飘，棕色的眼睛灵活锐利，如同一个来自中世纪的幽灵。我从他身边走过时，他捋着白胡子，指着四周的风景，笑眯眯地说："早上好，太太。这里多美啊。"飘然而过的修士，就像一个驾着雪橇的时间老人。

但我今天要走的是另一条路线，更平坦一些。路旁有几栋较新的房屋和一个狗窝。几条狗汪汪地狂吠，等我走到距狗窝五英尺高的地方才住嘴。我转入一条松树和栗树间的白色小道。这条路上既没有车也没有人。道路两侧野花盛开，像是有人不小心撒落了一袋种子，如今它们全都发芽了，生机勃勃。我接着爬上一段山坡，去看上面的一座废宅。这座宅子十分古老，还是厚石板瓦屋顶，门窗四周荆棘遍布。我瞥了一眼四面石墙的黑屋子。屋子前方，视野宽达一百八十度，可以俯瞰科尔托纳的一侧和整个基亚纳山谷——一片黄色向日葵和绿色蔬菜相间的土地。屋子二楼的天花板想必又低又矮，房内刚够摆放一张栗木床，铺一床鹅毛被子。野百合丛前应该是个露台，尽管无人照料，一朵粉红的玫瑰仍兀自含苞怒放。是谁种的玫瑰，女主人吧？男主人会不会是个沉默的伐木工人？在冬日夜晚，当凛冽的北风敲打着屋后的窗户时，他静静地坐在屋里一边吸烟斗一边喝格拉巴酒。或许做妻子的没少抱怨他把家安到这么偏僻的地方。或许不会，她很知足，因为能够替附近的伯爵夫人刺绣挣钱。

这栋房子很小，但是假如站在田里可以遍览全世界的美景，又有谁会整天待在屋里呢？这是一栋待价而沽的屋子，它的未来有无限可

①卡布奇诺咖啡（cappuccino），即得名于嘉布遣会（Capuchin）的这种装束。

能。望着它，我不禁思绪翩飞，它会变成什么样子呢？总有一天会有人买下它。届时，新屋主就会跑遍整个托斯卡纳，寻找那种古老的石板瓦重修屋顶，保持原来的古韵；又或者会掀掉原来的屋顶，改用崭新的平瓦片。不管怎样，屋主会考虑小屋静谧的环境、引人注目的景观和每日在此出没的动物，设计出一套最佳修建方案。

这条道路的尽头另有一条小路，它穿过一片树林，通向那条我们最钟情的罗马古道。我猜这条路是奴隶们修建的。初闻巴玛苏罗周围有罗马古道时，我还以为只有一条。但是不久，我看到一本厚厚的介绍罗马古道的书籍，知道了这个地区的古道数量不在少数。我一个人散步时，常想象一辆辆古老的战车从古道上方疾驰而下，而现实中呢，我唯一可能撞见的是一头信步溜达的野猪。有一条小溪仍然流淌着涓涓细流。或许曾有一位罗马信使，热得快要中暑时来到此处，像我一样把双脚泡入清凉的溪水中。或许他是要前往南方，把哈德里安长城的修筑情况告诉罗马皇帝。最近，来这里游玩的人似乎增加了不少，在长满青草的溪边，我还看到了避孕套和卫生纸。

我走到镇上，看见一位脸色苍白、瘦骨嶙峋的男子，靠在自家门廊上晒太阳。显然，他已气息奄奄，阳光是他存活的唯一希望。他张开十指，放在胸前，似乎想让身体的每一部分都尽可能地晒到太阳。他的手很大。昨天，我的拇指不小心触了电，麻了半个小时。我书房顶灯的电线不知怎么掉进取暖器中，我本想把它拽出来，没想到上面竟有个裂口。当时我一只手的拇指碰到了热乎乎的电线，另一只手还按在金属取暖器上，电麻之下，我尖叫着直往后跳。人遭电击的那一瞬间似乎会丧失理智，变得像动物，我想知道，坐在太阳下的这个男子，此刻是否也有被电击的感觉？他的生命正逐渐枯竭，全靠太阳的巨大能量支撑着，给以力量。他的妻子守在身边，似乎有所期待。她并没有像别的女子那样在阳光下缝缝补补或修剪花朵。她似乎想静静地护送丈夫走完人生的最后一段旅程。也许丈夫死后，她会晒干他的尸体，再用橄榄油和葡萄酒涂抹他的尸骨。话又说回来，也许是我被太阳晒昏了头，才会这样想。他也许只是刚做完阑尾切除手术，很快就会痊愈。

我们必须去一趟离我家大约半小时车程的阿雷佐，缴纳明年的房屋保险。保险公司似乎更希望我们支付现金，而不愿意收取支票。我们把车停在了灼热的火车站停车场，数字温度钟显示，当前三十六摄氏度。与保险公司的多纳蒂先生短暂而愉快地交谈之后，我们出来吃了一份冰淇淋，又去了埃迪最喜欢的服装店买了一件衬衫。返回停车场后，钟面显示的温度是四十摄氏度。汽车的门把手烫得好像着了火，车内热浪滚滚，吓得我们赶快退出，通了一阵风之后才敢坐进去。我甚至感觉自己的眼皮和耳垂都是热的。埃迪只用拇指和食指夹着方向盘。我觉得头发在冒烟。商店纷纷关门休息。现在是一年中最热的一天最热的时刻。一回到家，我立刻泡进冷水里，用湿毛巾盖住脸，一直泡到体温和水温相当才爬出来。

午睡成了一种仪式。我们关上窗户，拉开百叶窗。屋里所有的地板上，都呈现出一道道光梯。我不会疯狂到下午一点三十分出去散步，这时候出去见不到一个人影甚至半条狗。在这神圣的三小时里，所有的商店全都关门歇息。如果你不巧被蜜蜂蜇或者出现过敏反应，只能自认倒霉。意大利人最喜欢在午睡时间看电视，也喜欢在这个时候做爱。也许这就是地中海人和其他地区的人性情不同的主要原因：在阳光下孕育的孩子与在黑夜里孕育的孩子肯定有所差别。古罗马诗人奥维德在公元一千年左右，写过一首有关午睡的小诗。他在闷热的夏日里悠闲地躺在床上，屋里的百叶窗一扇关着，另一扇半掩。“羞涩的姑娘们需要暗光，”他写道，“将自己的犹豫隐藏。”他伸手去抓姑娘身上的衣裳，姑娘的薄裳下自然遮掩不了什么。不论怎么说，太阳底下并无新事嘛。而现在的我，要去冲个凉，回头再工作。

午睡时间，多么了不起的概念！一天之中，你可以拥有三个小时，做自己感兴趣或喜欢的事儿。这可是一天中最好的光阴，而不是劳作了八九小时之后的夜晚时光。

一间间高大宽敞的屋子，百叶窗紧闭，四周静悄悄的，就连蝉儿都停止了鸣叫。这样的下午宁静得如同梦境。我为了享受瓷砖地板的清凉，赤着脚从一间房间走到另外一间。我们起居室的风格古典：黑色横梁、白色天花板、白色墙壁和泛着蜡光的瓷砖地板，今天已在我的眼前出现了第十一次，这是第十二次。在我看来，托斯卡纳这一带的室内设计——粗糙的质感和强烈的色彩对比，可以适用于任何一种建筑风格的室内设计。夏天这样的房屋清新宁静，冬天则舒适安定。热带地区的房屋，用竹子做屋顶，四周墙壁如百叶窗般有一道道缝隙，来捕捉每一丝微风；美国西南部的土坯房，里面常常摆着长条形软凳和人体曲线形的圆壁炉。这些房子总向我传达一种信息：我可以居住在这里。它们与周围的环境是那样的协调，仿佛是从地里自然生长出来、经人们微微加工而成的。但在意大利，无论油漆还是地蜡，都可以轻而易举地找到“手”的印记。我记得，在起居室还没涂灰泥的时候，费比奥曾在湿水泥上写了自己名字的首字母缩写；还有那三个波兰人，在我家石墙上刻下他们国家的名字。我很想知道，考古学家是否能在艰辛的考古中发现诸多无名手印并从中获得启发？我曾在一个法国史前洞穴里，看到许多手印就印在洞壁上绘制的马匹上，就像孩子们常在幼儿园里做的那样。在文字出现之前，艺术家的“签名”就是用鲜血、煤烟或灰烬印出的手掌。当埃及那些宏伟的古墓被打开时，人们还能看到在古墓封闭之前，最后一个走出的建筑者的足印依然留在沙中，仿佛在告诉我们：最后的工程已经完成了，他这一天的工作终于结束了。

一只蝴蝶被困在我的房间里，它一次次地扇动翅膀扑向百叶窗，又一次次地失败。电风扇在我头顶上方嗡嗡地转动不停，睡意朦胧之时，我好像看到了一个带有光环的脑袋四下张望。

我喜欢热，喜欢超乎寻常的坚持。在我心里，有个声音这么告诉我。或许是因为出生于美国南方，所以才会对热天如此情有独钟。但我的这份喜爱更像发乎自然，似乎与走到大太阳下的人类先民息息相关。

太阳炙烤着巴玛苏罗，但四周的景色依旧葱绿清凉。我们的田地并没有像过去的某些年那样，被晒得褪了色。站在家里望向远方，亚平宁山脉郁郁葱葱、树木茂密。山谷下方的一家游泳池边，一个小木棍似的人形跳入水中。

建在山坡上的巴玛苏罗，一到夜晚，就变得凉爽舒适起来。傍晚时分，一团团云朵飘过屋顶，在群山之间投下道道阴影。今天晚上，可以看到英仙座流星雨，为了这个难得的一刻，我们应该多备几道美食。以前曾看过一次流星雨，它们稍纵即逝，来去如风，你刚抬手指向某颗流星，下一秒钟它就消失于茫茫黑夜了。大蒜汤正在冰箱里冷却，柠檬罗勒鸡（我无意中的新发现）和装在陶盘中的多菲内奶油烤马铃薯也已准备就绪，只等下锅。我已经削好了足够的梨子并切好片，待会儿就可以把它们铺到马斯卡普尼乳酪蛋糕上，一起放入烤箱中烘烤。我扫去黄色餐桌上的鸟粪，铺上去年冬天缝制的一块桌布。这桌布是用我十五年前买的一块布料的边角料缝制的。当时，我住在加州的帕罗奥图，买这块布料是要给露台上的柳条躺椅缝一个靠垫。要是没有搬家，现在我可能正走出餐厅，拍拍露台上的躺椅靠垫，对躺在上面的小狗说“下来”，然后走进长满金钱橘、枇杷、山梅花和橄榄的院子里去。我会一直待着不走吗？当年我买缝制椅垫的布料时，又怎会想到，有朝一日它会铺在一张意大利的黄色餐桌上，与我一同开创新生活呢？

就像洗牌一样，我在脑袋里迅速盘点了一下生活中的上千种可能性。究竟是靠多少机缘巧合，才得以来到此地安家？漫漫长路上，我只要在一条岔道上转一个不同的弯，今天就不会出现在这里，我也将成为另一个我。究竟是谁第一次使用了“阳光下的土地”这个说法？理智告诉我，所有事物均是自由意志和偶然事件共同作用的结果，而情感告诉我，是血液跟随命运之河流淌到了这个地方。我会到这里，是因为我在三四岁的一个夜晚，跳到了窗外。

所有地中海阳光下的夏季水果都陆续成熟了。我们刚到的时候是樱桃，随后是黄桃。在通往圣埃吉蒂奥山山顶的罗马古道上，我们还采到了一把稀世珍品——野生小草莓。它们就像小宝石一样，挂在锯齿形的叶子下面。接着成熟的是白桃，颜色浅淡，肉质肥美。吃了用白桃做的冰淇淋，会情不自禁翩然起舞。紧接着登场的是各种各样的李子：小而圆的金李子、蓝紫色李子，还有比高尔夫球还大的浅绿色李子。而此时，南方的葡萄也运到了这里。当苹果变红的时候，梨也日渐成熟了。有一种梨看上去又小又青，却是已经成熟了的，紧随其后的是带斑点的圆形黄梨。在八月，无花果日渐丰满，不过九月才是品尝它们的最佳季节。最晚成熟的夏季水果，就是被誉为“夏日心脏”的黑莓。

八月底回美国之前，我每个早晨都会拿着罐子，采摘黑莓当早餐。即使小鸟敞开肚子尽情享用，也食之不尽。采黑莓能令人享受回归自然的乐趣——还泛着红色的黑莓不要采，变软的也不要采，我每次只挑最漂亮的。等我采够了，手指也被染成了玫瑰色。品尝着被太阳晒过的黑莓，我常不自觉地回到童年的记忆中。小时候，我常拿着罐子去一个荒芜的坟场摘黑莓。然后坐在一个土堆上，吃着这些甘甜的果子，完全没有意识到，它们的根须正跟死人的骨头纠缠在一起。

蜜蜂在枝头的梨子上钻探。掉在地上的又成了画眉鸟的美餐。谁知道祖先的愿望是如何影响我们的？果实成熟的气息让我想起了我那刻薄的外婆黛维丝。父亲在背地里叫她“老毒蛇”。外婆眼睛瞎了，看上去像希腊铜像的眼睛，但我却始终相信，她仍看得见。她从双亲那里继承了南佐治亚的一大片土地，可惜都被她那位迷人的丈夫赔光了。每逢星期日，她总要妈妈载着她去那片失去的土地上看看。虽然她看不见，却闻得到潮湿的空气中棉花和花生的味道。“就是这个味儿，”她喃喃自语，“就是这个味儿。”听到她的声音，我会从书本里抬头。车子的两侧，一望无际的褐色土地，向远方延伸着直至地平线。此时此处，又有谁会相信地球是圆的呢？来到意大利，我第一次想起外婆，是在田里翻土打算种植果树的时候。这里的土地肥沃得就像巧克力蛋糕。我想起了她那张饼干似的脸，还有父亲给她取的外号“老毒蛇”。我在心里说：老外婆，看看这里的土地吧，就是这个味儿。

一阵急雨让酷暑中止了一会儿。待大地一淋湿，它便马上不见踪影。沾满水滴的玻璃窗，将屋外翠绿的景色变得朦朦胧胧。太阳又重新冒了出来，但已威风不再。秋季已近。什么味道？噢，是叶子枯萎的味道。天空突然变了色彩，阳光中掺杂了一抹淡淡的琥珀色，黄昏时分，一片蓝色的雾霭自山谷袅袅升起。我多么希望能看到叶子变黄的过程，能亲手采摘榛子和杏果，能感受第一场秋霜，能用橄榄枝生火驱走清晨的寒气。我把夏装放进袋子，藏到床铺底下，又用葡萄藤编了几个花环，在上面绕了一些鼠尾草、百里香和牛至。奇怪，我晒在筛子里的茴香花，莫名其妙地跑到了屋中的一个彩色罐子里。或许是住在这里的“老祖母”把它们收拾进来，放到了自己习惯的地方吧。

那位喜欢把外套披在肩头的先生又在我家神龛前出现了，手里拿着一束略显干枯的欧蓍草。他用手轻轻拂去神龛上的灰尘。接下来的整个秋季里，当我忙着处理学生事务时，他还会继续走在这条白色石道上。那时，他或许穿上了旧毛衣；更冷些的时候，或许还会戴上围巾。他转身离去。我看见他走了几步又回头凝望我们的房屋。我不下千次地问自己，他在望什么呢？他看见了窗前的我，便整理了一下肩头的衣服，独自回家去了。

凌乱的书籍已经各归其位，屋子变得井然有序起来。再吃最后一餐黑莓，我就要作别巴玛苏罗了。一只蜥蜴窜了进来，又赶紧逃出门外。一想到未来，我思绪万千。这里到底有什么令我如此留恋不舍？我把报纸摞成一堆放进书橱。在清理书桌的时候，发现了一张以前列的清单：擦铜器、买绳子、打电话给一个朋友、种向日葵、再种一排属葵……太阳照着山顶的伊特鲁里亚石壁，又为院子里的洋槐树镶了一道亮边。两只白蝴蝶在半空中交尾。我从每一扇窗口走过，匆匆瞥过每一间屋子。

归来

几个月后，我自加州回到科尔托纳。第一个早上，我和丈夫埃迪走路去镇上买日用品。我先把胶卷拿到乔吉奥和琳达的照相馆冲洗。“Ben tornati.”（欢迎回来。）乔吉奥大声招呼道，琳达从柜台后面走出来，我们四个人按意大利方式行了吻面礼。我终于知道了行吻面礼的正确方法：先右后左，这样就不会嘴对嘴碰个正着。尽管照相馆很小，而且还有别的客人在场，琳达仍直入正题：“来我家吃饭吧。”“来吧，我们住在乡下，但是很近。”琳达最后不忘向客人称赞我一句：“她煮的菜跟我妈妈煮的一样好吃。”

乔吉奥插了句话：“周六还是周日？我喜欢周六，但那样我的牺牲可就大了。”他长得就像卡拉瓦乔画笔下的酒神巴库斯，只是更年长些，却也更淘气些。他是镇上的摄影师，婚礼和各类庆典活动都少不了他，听说还是个舞蹈高手。去年夏天，我们与他和琳达，当然还有其他二十多人，一起享用了一顿鹅肉宴。在每次庆祝活动中，桌子都是越加越长。“鸭肉面……”他摇着头说，“可怜的鸭子呀，早上还嘎嘎叫，晚上就到了桌上。”

“要牺牲什么呀？”埃迪问。

“罗马的足球赛。”

“那我们周六去看球赛吧。”埃迪知道，意大利的足球赛不容错过。

我们穿过广场的时候，碰到了阿丽桑德罗。“走，喝杯咖啡去。”她说着领我们快步进了酒吧，把自己的近况一股脑儿地倒给我们。她刚怀孕，正在为给宝宝取名大伤脑筋。告别阿丽桑德罗后，我们朝杂货店走去，又看见了塞西莉娅、她的英国丈夫和他们两个可爱的小女儿。“过来吃晚饭吧，”他们盛情邀请，“方便的时候就过来，随时都行。”

回家后，我们发现帮忙照料橄榄树和菜园子的贝皮，留了十几个鸡蛋在户外的桌上。看着他送的新鲜鸡蛋，哪个厨师都会手痒，想立刻开火一展身手。我们的朋友古西送来了几块煎饼，煎饼面上还撒了糖霜。

第二天，乔吉奥——另一个乔吉奥，埃迪的好友，带了一大块野猪肉过来。我们知道他妻子维多利亚的腌泡、烘烤腰肉远近闻名。

“你怎么陷害这头可怜的猪的？”我调侃道。他知道，对托斯卡纳人猎食鸟和野生动物（包括豪猪）的行为，我特别震惊。

“哦，你喜欢它！麻烦大啰。”他告诉我们他的猎队今年夏季打了二十头野猪。稍后，贝皮又来了，这回送来一只兔子。

朋友们的馈赠数不胜数。每天我们回家，总能收到一两件礼物。每次回到科尔托纳，我都特别惊诧，惊诧于这里人们天生的热情与慷慨，它们宛如一道神奇之光，将我的生活照得通体明亮。

十年前我买下了巴玛苏罗，托斯卡纳乡下一栋荒芜的废宅，自那以后我们每年都上这儿住几个月。慢慢地，被遗弃的橄榄树开始有人剪枝、翻土和施肥。慢慢地，巴玛苏罗开始从沉睡中苏醒，重新抖擞起精神。花园里有了成排的天竺葵，屋子里也摆进了从市场上一件一件淘回来的家具。因为我们非常享受整修房屋的过程，所以又开始了另一项工程。去年夏天，我们和邻居基娅拉一起摘黑莓时，看见了一栋石屋，或许就是小红帽探望奶奶的屋子。我们穿过荆棘，走近这栋有九百年历史的建筑，它是如此古老，屋顶还铺着石板瓦。没过多久，我们开始了还原历史的修复工程。虽然散了不少家财，却异常激动。我们爱上了这片土地，尤其钟爱每个收获橄榄的秋季。载着自己的橄榄前往磨坊，榨出又香又醇的绿色橄榄油，是多么令人兴奋。今年九月，我们又买了一片橄榄林，就在房屋的正下方，由此又多了二百五十棵神奇的橄榄树。在橄榄林的边缘，有一列石墙，埃迪在石墙边发现了一根细长的大理石柱子。我们俩通力把石柱拔了出来，发现上面刻有字母。我把石块擦干净，原来是块纪念碑，纪念一位在一战中牺牲的年轻战士。

这样的发现，我们已经司空见惯。这块拥有悠长记忆的土地，一有机会就把过去的事物带到我们面前，更新我们对未来的看法。就连古老的葡萄藤也在巴玛苏罗的梯田里重焕生机。去年十月，我们在贝皮的帮助下酿了十二瓶葡萄酒。打开第一瓶酒的时候，我和埃迪还以为十二瓶足够了，但是这些来自巴玛苏罗陡峭梯田泥土中的酒，虽然酸酸涩涩却也回味无穷。里卡多听说我们自酿的酒口感不好，为我们买了足足一百株新葡萄苗。现在，一个朋友在一片梯田里用锄头挖了一个深坑育苗。什么时候适合栽种，贝皮会告诉我们的。

住在这里，我跟大自然亲如手足。这片土地日新月异。柏树刚种下的时候，不过跟我齐高，如今已然成了托斯卡纳最引人注目的风景之一。柏树间的薰衣草，紫花绚烂，它们的光彩令小路都明亮起来。门前的那块梯田里，玫瑰、雏菊、薰衣草、淡黄的矮牵牛，还有百合，开得热闹无比，藤蔓和黑莓丛已经成了过往的记忆。变化最大的莫过于野草了。在托斯卡纳，野草没有容身之所。好些年来，我们的草坪总是时时有人打理、浇水。春季和初夏，草坪新鲜悦目，但到了八月就颇显萧瑟了，因为没有宝贵的水供给。一年九月，我们在三个邻居的鼎力相助下，从罗马运来好几平方英里草皮。灌溉系统完备得跟芝加哥消防总部的设施有得一比，如今，事隔几年，三叶草和小花们重新粉墨登场——野草又把领地拱手让给了草坪。

我们想把一个大汽油桶改装成取暖器，于是把这个笨家伙推到山边，在它前面砌了一道墙。我请泥瓦匠给墙装了一扇旧窗户，又在墙的一侧砌了个神龛。工人们故意把墙顶砌得凹凸不平，使它看起来就像旧房的残垣。墙头还种上了薰衣草，引来成千只白蝴蝶。看着这些傻事，我们特别开心。工人们完工后，我自己给神龛内壁漆蓝漆，这一带的旧神龛都是这个颜色。我已经买了一尊圣母和耶稣的瓷像，准备摆在里面。油漆干了的时候，工人们看到神龛中的“神迹”，半真半假地大呼小叫。“可别让主教知道了，”他们建议道，“不然，上这儿朝圣的人将络绎不绝。”我不明白他们为什么这么说。“看哪，那是什么？”我望了过去。

虽然朦胧不清，但敢肯定，我看见了一个天使的白翅膀、朦胧的脸庞和飞翔的衣袍。我拙劣的油漆技术留下的杰作。我悄悄地把圣母瓷像挪至角落，让“神迹”享受供奉的石榴和山楂。

过了几周，红罂粟迎来了生命的巅峰时刻，神龛下几株白罂粟也绽开了花朵。在托斯卡纳的田野，即使是鲜花遍地怒放的时候，我都没见过白罂粟的影子，替我干活的工人们也一样。我们边看边说笑。工人们忙完这个活儿，又去做别的事儿了。

许多当地人相信，这一带是神灵出没的场所。“你没见到圣方济各教堂的台阶上有什么吗？”有人问我。噢，没有啊，我什么都没看见呢。

但是，看到突如其来的白罂粟和模糊不清的天使像，会有一点儿神异之想，也在情理中吧。

现在，我们建了一堵新石墙，将花园一分为二。石墙一端的花园，在菜园尽头，每年我们都会撒上几百粒洋姜种子。另一端花园中的向日葵，已有我一个朋友的九岁女儿那么高，它们灿烂的花朵，令我家的房子熠熠生辉。

我还有许多计划：建第三座喷泉、种一片覆盆子，给栗树建篱笆，省得那些开粉红花儿的野玫瑰强行攀爬到栗树上。

十年来，房屋和花园（最初几年我们忙于整理）发生了翻天覆地的变化，而我们俩多年来生活在意大利人中间，变化并不亚于房屋和花园。以前，我们是老外，疯了似的想把一栋闲置三十年的老宅买到手，如今我们已经在这里生活。人们常认为，美国人到外国安家，是不会被当地人真心接受的。其实这个看法错了。同样大错特错的看法是，当地人在这些美国人的眼里，都是滑稽可笑的。科尔托纳是我的家。我们原本并没想到会出现这样的心理变化，但是事实不容置疑。我们交了一大群意大利朋友，每一个人都那么富有个性。我们与邻居亲如一家。多么幸运啊——这个亲密的小山城如今接受了我们，让我们成为其中一员。我做梦都没想到，这里的生活如此舒适。

我是在被当选为这个高贵城市的荣誉市民颁证典礼上，突然意识到自己从里到外的变化。没有一个地方的典礼能跟意大利的相提并论。我跟在一群身穿中世纪服装的队伍后面，他们吹吹打打地走过广场。市政官员们穿着笔挺的制服陪着我们一同走入那栋十四世纪的市政大楼。太刺激了！可是他们要我做十分钟演讲，把我吓坏了。好在我看到人群中笑意盈盈、手握鲜花的朋友们，心情大悦，恐惧感顿时随风消散。

这个典礼是个象征，它暗示我的生活发生了始料未及的巨大变化。我们被一个地方改变了。我知道意大利与我初想的大不同，我知道世界很大，我知道每个民族各具特色。对这个认识我喜出望外并深深迷恋。

我初次到科尔托纳的时候，常想：能为这里做点什么？总想教教课或者帮着筹集资金，设个奖学金之类的。我压根儿没想到，一口气写了三本书记述自己的新生活。而读者对书出人意料的反响，令我和埃迪惊呆，也令整个小镇惊呆。《托斯卡纳艳阳下》一书问世的时候，我想科尔托纳肯定没有一个读者。初版的开本很小，我想让这本书跟我的诗歌一样流通于世——给家人、同事、朋友或许还有朋友的朋友阅读。出于对隐私的尊重，我改变了一些人的名字。书出现在意大利后，常有人把我扯到一边，问："干吗把我的名字改了？"现在，经常有人主动告诉我自己在二战中的经历，或者古老的小麦节的源起，抑或自己的人生故事。"你可以把这个写进书里，对吧？"每个人都这么问。这种态度对我至关重要。

当我的读者开始奔赴科尔托纳时，商店主和市民们大为兴奋，不是出于经济考虑，而是因为文化——那些旅行者是看到了书中的文化、艺术和历史，才千里迢迢造访此地的。无知无畏的游客哪个人不厌烦？可是在科尔托纳，这样的游客却鲜有。我们站在家里，经常看到外面的小路上，有人画画，有人照相，有人与路上邂逅的其他游人一同观光。要是碰巧我们在户外，就会同他们聊上几句。近五年来我遇见的人比以前所有岁月累加起来的还要多。当地艺术家喜欢画我家的风景，挂在镇上的店里出售。当我看到巴玛苏罗挂在一家餐馆墙上时，还是大吃一惊，但对这种行为并不介意。有人特地走一英里的路，只为亲眼看看我写的房子，这让我骄傲无比。许多人担忧，我写的这本书会给我们的生活带来麻烦，其实不然，它让我们更加充分地领略到了日常生活的丰富多彩。“那个美国作家的房子在哪儿呀？”我听到有人问警察。“上车吧，我带你去。”警察回答道。我听到无数的游客说自己曾被人邀请到家里吃饭、喝一杯葡萄酒或搭顺风车。我们感受到的坦诚与慷慨，仅在这里住三宿的游客也同样能够感受到。

“哇，瞧你说的，好像那里是世外桃源。”也常有人挖苦我说。

“比世外桃源还要好。”我应道。科尔托纳的美好生活，但愿我能一五一十地描述出来！

现在，迪斯尼进镇了。

这个秋季的大部分时候，我都在四处奔走，给小说《天鹅》签名售书。电影公司的先行部队到意大利，想物色一栋别墅，复制巴玛苏罗，埃迪一直陪着他们。他寄了几张照片给我：圣诞雪景中的广场和一个直径为六英尺的蛋糕，蛋糕上用草莓拼写了“托斯卡纳艳阳下”几个字，这是为一栋举世无双的别墅乔迁之喜而准备的。照片上的人个个神采奕奕，我与他们一比，顿时相形见绌，因为每天都得在可恶的机场排长队，赶往各个城市。

我在从科尔托纳寄来的一张照片上，发现小镇热闹异常，像拍电影一样。而这与我有莫大关系，令我又惊又喜，百感交集，但最突出的感觉是恍若梦中。那栋罗拉别墅，被埃迪称作“巴玛苏罗二世”，跟我家的房屋一样，被遗弃多年。对于它，我还是心怀抵触的，总觉得巴玛苏罗更诗意、更神圣。片场上，黛安·莲恩像童话中的公主。那些逝去的日子似乎被她一一演绎了一遍：我擦墙壁发现壁画的那天、猫头鹰守在窗沿上的暴风雨之夜，甚至我煮的佳肴美食。她演的是我。多么奇怪的表达方式啊。对我个人的写作生涯又是多么令人惊异的转变。这样的事情究竟是怎么发生在我的人生里？我纳闷不已。

奥黛丽·威尔斯，导演兼剧本作家，似乎就像我的女儿。她同我女儿一样，执著而聪慧，内敛而不张扬。她写剧本前我们曾一起待了几天，之后我便迫不及待地想知道，她怎样把我的文字转变成影像。

我收到剧本的当天，一直不敢打开阅读，终于鼓起勇气拿起书却是一口气读完。我折服于威尔斯的才智，她那分解、重组的能力堪称一流。虽然许多内容被改动了，但我觉得书中的精神毫发无损，甚至经过她的手笔得到升华。我读到自己写给埃迪的信，忍不住哈哈大笑。她为电影中的弗朗西丝添加了一个意大利情人。“我的人生少了那部分，真遗憾啊。”我故意打趣埃迪。

人人都问我：“有了电影，你的书怎么办？”在我的书房里，英文版本的《托斯卡纳艳阳下》与法文、希伯来文、爱沙尼亚文和中文译本并排而立。电影是另一种译本，自有它的命运。

好莱坞电影演员和这座石墙环绕的山城居民一起拍片的情景，令我回味无穷。不过，托斯卡纳居民自古见多识广——世间没有什么能令他们震惊、狼狈，甚或痛苦。他们从不追星。我开始琢磨，仅这部戏的拍摄过程就可以写部书或拍部电影了。意大利制片人的年轻助手，迅速与当地旅行社的一位美丽女子坠入爱河。有人看见明星黛安·莲恩到镇上的主街买古董。饭店开始给演职人员打折扣。镇长大开方便之门，为电影录制组提供了宽敞的办公室。我们的邻居普拉切多和费奥里拉，一周至少请一次客，我、制片人汤姆·斯坦贝恩以及他的助手都在受邀之列。奥黛丽的丈夫约翰尼，花了一个下午训练猎鹰。意大利语台词负责人罗拉·法多丽，一下子爱上了科尔托纳，开始在镇上物色一幢十三世纪的房屋。

几乎一半的镇民在电影中充当背景，另一半跑龙套。我们看见皮埃罗，一个将近九十高龄的著名老石匠，穿戴整齐地出现在广场上。

我们以为是有人作古了，他告诉我们没有，在一场街景中有他一个镜头。我们带了许多朋友去巴玛苏罗的拍摄现场看热闹，这时候的巴玛苏罗还是最初的色彩，房间里还有壁画，外面有一道石墙。石墙是负责电影布景的工作人员用从罗马运来的树脂盖的，固定在木框上。连普拉切多都信以为真，他用手敲了敲石头，听到中空的声音才知道上当受骗了。我一直觊觎女修道院大理石厨房的那条长水槽。一个带凉棚和柠檬树的花园连夜建成。亲朋好友从美国远道而来，目睹这一奇事。我们一行人浩浩荡荡驱车前往蒙特普尔恰诺，观看在广场上拍摄的一场中世纪节庆场面。就像汉尼拔挥师穿越阿尔卑斯山脉，场面恢弘巨大！不知要多少车辆才装得下这些道具，不知要多大的组织才能为演职人员提供伙食，也不知电线要拉多少英里才够用。为了一出戏的需要，科尔托纳还用纤维玻璃临时建了一座喷泉。我在等去邮局办事的埃迪时，听到一个导游告诉游客："这是科尔托纳最著名的巴洛克喷泉，正在重修。"喷泉中央的男子，男性武器十分抢眼。围观的群众越来越多。有人向镇长抱怨，说喷泉布景有伤风化，于是第二天清晨，迪斯尼人员出动了，三下两下把它锯小了。

所有发行到世界各地的书，都有自己的人生。它们有的安安静静、灰尘满身，静静待在图书馆书架上无人问津的角落。我的诗集就是这样的命运。但这本书的命运却充满惊喜，它凭借自己的力量，把触角一点一点伸进那些宽敞而神奇的领地。《托斯卡纳艳阳下》问世之初，巨大的惊喜令我不知所措。

周六的夜晚，在乡村的长桌边，我坐在埃迪和一位女子之间。这位女子拥有神话中的名字，勒达。我们的对面是乔吉奥和一位从罗马来的男子。每端出一盘丰美的食物，坐在桌首的琳达都冲我们粲然一笑。

上了五道菜（包括百吃不厌的传统玉米粥和白菜汤）之后，是菠菜米饭小丸子。啊哈，今天早上还呱呱叫的鸭子，此刻变成了埃迪最喜欢的鸭肉面。大家举杯互祝，叮当之声此起彼伏。酒水喝完又添。这顿盛宴的主厨，多纳特拉跟她的女儿露西娅也来到桌边。接着，烤猪肉、茴香兔肉和烤土豆陆续上场，然后是两种点心，再然后是告别的拥吻和不绝于耳的再会声。乔吉奥开着车，一路呼啸回到科尔托纳，把我们送到主座教堂，因为我们的车停在那里。

这时，教堂的钟响了，划破寂静的夜空，预示着在这块古老的土地上，新的一天又来到了。

图书在版编目（CIP）数据

托斯卡纳艳阳下 / （美）梅斯著；邱艺鸿译. —2版. —海口：南海出版公司，2014.3
ISBN 978-7-5442-6869-1

Ⅰ.①托… Ⅱ.①梅…②邱… Ⅲ.①长篇小说—美国—现代 Ⅳ.①I712.45

中国版本图书馆CIP数据核字（2013）第248954号

著作权合同登记号 图字：30—2010—078

UNDER THE TUSCAN SUN by Frances Mayes

托斯卡纳艳阳下
〔美〕弗朗西丝·梅斯 著
邱艺鸿 译

出　　版　南海出版公司　（0898）66568511
　　　　　海口市海秀中路51号星华大厦五楼　邮编 570206
发　　行　新经典发行有限公司
　　　　　电话（010）68423599　邮箱 editor@readinglife.com
经　　销　新华书店

责任编辑　马秀琴　刘灿灿
装帧设计　朱柳柳
内文制作　田晓波

印　　刷　北京中科印刷有限公司
开　　本　880毫米×1230毫米　1/32
印　　张　9.5
字　　数　200千
版　　次　2010年9月第1版　2014年3月第2版
印　　次　2020年7月第10次印刷
书　　号　ISBN 978-7-5442-6869-1
定　　价　59.00元